Le faubourg des Coups-de-Trique

Alain Gerber

Le faubourg des Coups-de-Trique

Roman

Éditions Robert Laffont

Médium poche
l'école des loisirs
11, rue de Sèvres, Paris 6e

Remerciements

À Gilles Archambault, sans qui je n'aurais pas imaginé d'écrire ce livre.
À Bernard Cerquiglini, qui fut avec une intelligence supérieure son critique au jour le jour.
À M. Mansotte, enfin, qui m'a ouvert les Archives départementales du Territoire de Belfort et a aimablement mis à mon service sa compétence exceptionnelle.

A. G.

Composition: Sereg, Paris (Bembo 12/14)
Loi n° 49956 du 16 juillet 1949 sur les publications destinées à la jeunesse: janvier 1991
Dépôt légal: janvier 1991
Imprimé en France par SEPC à Saint-Amand-Montrond en janvier 1991 - N° d'édit. : 9242 - N° d'imp. : 070

À Reine et Edgard Gerber

Théo

Histoire du petit sou

L'enfance de Théo dura cent sept ans, on n'en voyait pas le bout. En ce temps-là, les semaines étaient bourrées de jours à craquer. Il y en avait autant qu'on pouvait en faire tenir pour éloigner jeudi dernier de jeudi prochain. Et chaque jour durait autant qu'il fallait pour qu'on se mette au lit sans regretter de n'avoir pu accomplir telle chose ou telle autre. Un été de ce temps-là durait plusieurs fois le temps d'une vie.

Théo avait été photographié tout nu sur une peau de bête avec des cerises en plâtre dans un coin. Puis il était allé à la petite école. Il avait appris ses lettres et s'était fait beaucoup de taches sur les doigts. On lui avait enfoncé dans le crâne la bonne méthode pour dénombrer les espaces qu'il y a entre des arbres, des piquets, et compter les morceaux de carrelage sur un mur, et mesurer la vitesse d'une locomotive et dire à quelle heure elle croise une charrette. Théo ne voyait pas à quoi tout cela était bon; il préférait regarder sur le livre les images de Clovis cassant la cruche ou de Gambetta ôtant son gibus dans un ballon. Il attendait le moment d'aller dehors et de se tabasser avec les autres.

Dehors était le vrai monde à Théo, où les locomotives se fichaient pas mal des charrettes. Les trottoirs avaient une autre odeur que maintenant; on pouvait se coucher dessus pour faire le mort. Dans bien des rues, cependant, il n'y avait pas de trottoir du tout. Un sentier courait en zigzag au milieu des herbes, sur un talus. Vous entendiez la cloche de Saint-Joseph en jouant aux Indiens. Le crépi de la maison avait pris une couleur de vieil or patiné. L'ombre tiède et précieuse s'épanchait de sa gousse et se déroulait sur la ville. Les martinets plongeaient bas au-dessus des têtes, tandis que les gens se parlaient sans s'écouter. Ce qu'ils écoutaient, c'était la cloche de Saint-Joseph égrenant lascivement sept, huit, neuf coups. L'air était plein du capiteux parfum de la sciure de bois chauffée au soleil; les murs exhalaient d'épaisses et odorantes bouffées de chaleur; il y avait toujours un chien qui aboyait là-bas. Il faisait beau du matin au soir. Mais la veille de Noël, ponctuellement, la neige se mettait à tomber et elle restait sur la route un certain temps avant que les gens viennent faire des traces dedans. Les jours qui suivaient, l'étang des Forges était gelé et, par les courts après-midi nacrés de l'hiver, on pouvait aller patiner sans patins en glissant sur ses croquenots. Vous regardiez là-bas les jeunes filles riches passant sur des traîneaux, ayant des yeux doux et ne voyant même pas ceux de l'autre bout de l'étang et qui étaient nous, parce qu'elles étaient si riches et si belles. Ceux qui avaient des vraies luges montaient jusqu'en dessous des remparts et se laissaient glisser; on les attendait en bas pour les traiter de poules mouillées et les pousser à la renverse dans la neige.

Théo fabriquait une luge avec un cageot ou quelque chose, et elle se brisait à la première descente. Il envoyait valser les bouts avec son pied en riant très fort. À table, il y avait des moments où l'on n'entendait que le bruit des fourchettes et des dents. Comme beaucoup de vieilles gens du faubourg, son grand-père et sa grand-mère avaient une façon spéciale de prononcer les mots. Entre eux, il leur arrivait même de parler une langue incompréhensible, âpre et tonitruante. Mais si Maman les entendait (Maman était leur fille), elle les regardait fixement en pinçant les lèvres: ils rougissaient, se détournaient l'un de l'autre et ne disaient plus rien jusqu'au moment d'aller se coucher, regardant droit devant soi. Un dimanche, après le dessert, Agathe qui était la grande sœur de Théo et qui voulait devenir institutrice leur avait demandé: «Dites, Mémère, Papy, est-ce que vous connaissez l'allemand?» Il y avait eu un grand silence. Tout d'un coup, Agathe s'était levée et était sortie de la cuisine en courant.

Jadis, le grand-père de Théo conduisait le camion à chevaux des Galeries Modernes. Mémère avait travaillé aux filatures Dollfus-Mieg et Compagnie, qui sont de l'autre côté du pont de Roubaix, près de l'usine à gaz: on disait le D.M.C.: Maman était une ouvrière du D.M.C., elle aussi. Quand elle serait grande, Agathe ne voulait pas aller au D.M.C. : elle voulait être institutrice. Théo pensait que c'étaient là des idées de fille et puisque les filles du faubourg vont toutes au D.M.C., elle n'avait qu'à y aller. Le faubourg avait un nom : faubourg des Vosges, bien qu'aucune de ses rues ne se soit appelée ainsi et que son artère principale ait reçu le nom d'avenue Jean-Jaurès. Les riches habitaient faubourg des Ancêtres, faubourg de Montbéliard, faubourg de France, faubourg de Lyon, quai Vauban, rue de la République, rue Michelet, avenue Wilson, rue du Docteur-Fréry et dans le bas de la rue du Magasin, près du pont.

Le père de Théo avait une minuscule boutique dans la rue Quand-Même. Il réparait les assiettes.

C'était un petit homme timide, fragile, déçu, plein de peur et de frilosité. Même lorsque Théo était enfant, son père paraissait très vieux et très fatigué. On avait toujours l'impression qu'il tremblait ; à table, il poussait des soupirs, sans regarder personne. Il laissait sa femme faire les remontrances, remplir la maison de ses cris et distribuer les calottes. Tout cela avait l'air de lui faire mal à la tête : il battait en retraite dans une autre pièce ; il s'enfermait des heures sur le palier, dans les cabinets de l'étage. Quelque chose ou quelqu'un l'avait vaincu, autrefois. Depuis lors, il campait dans sa défaite, déambulait à petit pas, un fardeau invisible écrasant ses épaules. Mémère et Papy ne s'adressaient jamais à lui autrement qu'en disant « mon pauvre Roméo ».

– Mon pauvre Roméo ! disait Mémère en levant le nez du journal. Voilà encore bien du souci pour vous !

Il secouait la tête d'un air d'excuse et de modestie. Il se levait pour aller ôter une rondelle du fourneau et il crachait dans le feu. Il ne portait pas de cravate, mais sa chemise sans col était toujours fermée jusqu'en haut et son gilet noir à dos de lustrine était fermé jusqu'en haut pendant le mois d'août.

Théo avait aimé cet homme d'une façon farouche et insoupçonnable. Il ne lui parlait pas, il ne le regardait guère, mais il l'aimait comme on ne peut pas aimer beaucoup d'êtres dans une vie, parce qu'on n'a pas le cœur assez fort. Une des idées secrètes de Théo était que si on avait fait du mal à son père autrefois, un jour il le vengerait. Et Mémère disait : « Décidément, vous n'aurez pas été gâté dans votre vie, mon pauvre Roméo ! » Son père baissait le nez et Théo aurait voulu pouvoir lui donner un sac d'or et le droit de commander la terre. Et puis, le cœur gros, il allait contempler par la fenêtre la poussière blonde qui retombe en valsant sur la place du marché couvert, quand les mois de juin sont chauds, rue d'Hanoï, rue de Madagascar.

Théo avait honoré son père dans le secret de son cœur et il l'avait aimé – son père qui ressemblait dans sa vie à la figure éteinte d'une ancienne photographie et qui s'était avancé à petits pas au travers d'un poussiéreux parfum d'automne finissant, ne sachant comment s'excuser de son insignifiance, et qui allait vers son échoppe dans la nuit mouillée des matins de novembre, après avoir couru et crié de joie dans la montagne, étant jeune homme – un vieux polichinelle au cœur las, que les villes avaient renversé, humilié et flétri, si bien qu'il ne pouvait plus avaler qu'un air déjà respiré par d'autres et qu'il ne savait pas qui remercier pour cela.

Ayant su que les manèges s'étaient installés sur le Champ de Foire, il remit une pièce à Théo. Il lui donna ce tout petit sou en détournant les yeux, puis il fit un geste de désolation et d'impuissance avec les bras, parce qu'il n'avait pas d'autre pièce à donner, même plus petite, puis il chercha quand même dans ses poches et il ne trouva rien. Il regardait le sou et il ne pouvait même pas dire merci, parce qu'il sentait que son père tremblait.

Il alla jusqu'au Champ de Foire, vit les baraques et fit demi-tour. Il avait la main dans la poche et sa main était serrée sur le sou.

Son père avait le dos tourné quand il poussa la porte de la boutique. Il entendit du bruit et bougea la tête. En voyant que c'était Théo, il eut un sourire clair et chaud que l'enfant ne lui connaissait pas, un genre de sourire que celui-ci ne pouvait pas comprendre, n'ayant pas encore eu assez de malheurs, et qui devait dater de l'époque où son père courait au milieu des collines, un foulard rouge autour du cou, et qu'il écartait les bras dans la bise pour accueillir les cadeaux du bon Dieu.

– Alors, mon garçon ? dit-il.

Ce n'était pas une question. Théo sait qu'il n'a pas besoin de répondre. Il reste debout devant son père, dans la lumière un peu rousse de la boutique, avec la poudre dorée roulant paresseusement dans les rayons obliques du soleil. L'enfant songe tout à coup aux images du catéchisme, où l'on montre le Saint-Esprit. On aurait dit que le sourire de son père éclairait toute la pièce. Et Théo voyait bien que, cette fois, son père ne tremblait pas du tout. Il paraissait aussi beaucoup plus grand que d'habitude.

– Viens, mon garçon, viens un peu…

On avait chuchoté, mais Théo entendit ces mots comme si l'univers entier avait hurlé à pleins poumons. Il courut se percher sur les genoux du vieux.

– Là, disait le père, là, que je te montre, mon fils.

Alors, il prenait tous les outils l'un après l'autre, il les nommait, il disait pour quoi c'est faire et comment ça marche, il montrait les gestes à Théo, il mettait la main de Théo comme il faut sur chaque outil et guidait sa main pour faire le geste qu'on doit, et l'enfant s'appliquait et gravait le nom de chaque outil dans sa tête, tandis que les doigts de son père passaient si doucement sur les objets, si tendrement sur les objets. Et comme son père caressait les morceaux de vaisselle et remettait les outils bien en ordre, il expliquait à Théo le mariage qui existe entre les hommes et les objets, et ce mariage c'est le travail. Le travail, disait-il, n'est pas fait pour avoir des sous – les sous, c'est en plus, et si l'on pouvait complètement s'en passer, sûrement que les choses iraient mieux sur la terre et qu'on n'irait pas se battre avec des gens qu'on ne connaît même pas et qui sont de pauvres gens et des travailleurs comme nous. Non, mon petit Théo, le travail est autre chose. Le travail, c'est – comment dire ? – quand on sent qu'on est à sa place, comprends-tu ? Théo ne comprenait pas, mais il gravait chaque mot dans sa tête à côté du nom de chaque outil. Et son père disait :

– Ce n'est pas la faïence que je répare avec mes mains, je ne recouds pas des morceaux d'assiette ensemble, je recouds des morceaux de moi avec tout ce qu'il y a autour et qui est notre vie, il faut bien la prendre telle qu'elle est.

– La vie, disait-il, la vie on te la donne, mon petit Théo, mais le travail, le travail, mon enfant, c'est toi seul qui en fais ce qu'il vaut, c'est toi seul qui en es responsable ! Fais en sorte que pas un honnête homme ne puisse te reprocher un jour ton mauvais travail. Prends un travail facile, si tu n'as pas les capacités, garde les bêtes si tu ne sais pas labourer la terre, mais ton travail, fais-le de telle manière qu'aucun autre ouvrier de n'importe quel pays du monde ne puisse dire : maintenant je vais m'appliquer et je ferai mieux que lui.

Théo comprenait que bien faire son travail est la chose principale. Et il comprenait que son père n'aimait pas les sous, qui sont une calamité. Cela le troublait infiniment. Il était revenu de la fête pour rendre la pièce à son père. Mais à présent, il n'osait même plus mettre la main dans sa poche pour voir si elle était encore là. Il aurait dû dépenser cette pièce à la fête, qu'elle disparaisse dans la main de l'homme du manège ou du marchand de beignets hollandais et que ce soit comme si elle n'avait jamais existé. Maintenant, c'était trop tard: il ne pouvait plus la dépenser, puisqu'il avait décidé de la rendre, mais il ne pouvait plus la rendre, de peur de fâcher son père, et il ne pouvait pas non plus la jeter, parce que son père la lui avait remise. Il aurait fallu qu'elle s'envole, mais il savait bien qu'elle était au fond de sa poche, ce n'était pas la peine de vérifier.

Il sortit dans la rue. Vous savez comment sont les rues du faubourg à cinq heures du soir, au tout début de l'été. Il n'y a pas un chat et l'on dirait que le soleil pèse un poids et l'ombre un autre poids. Le soleil est très chaud et l'ombre très froide, surtout dans les couloirs. On a l'impression que les maisons s'enfoncent dans la terre et que les arbres rapetissent dans les jardins. Le trottoir chauffe les jambes et le mâchefer scintille comme un étang au fond de la rue fermée par un mur. Quand le tramway passe dans l'avenue Jean-Jaurès, à l'autre bout de la rue, il a du mica orange sur les vitres et il va plus lentement que d'habitude, les oiseaux couvrant le bruit de ses roues.

Théo prit le chemin le plus long. Il passa de la rue Paul-Bert dans la rue Paul-Lépine, puis tourna à droite dans la rue de Port-Arthur. Il traversa le désert brûlant de la place du marché, suivit la rue du Nord jusqu'au faubourg et arriva enfin dans la rue des Prés. Il traînait les pieds, son doigt ne quittait pas le long du mur, qui sentait bon. Il demeura quelque temps assis sur le perron de la maison. Il savait bien que la pièce ne s'était pas envolée, il n'avait jamais été aussi malheureux. Il monta l'escalier une marche à la fois, l'escalier sentait bon. Il sentait le frais quand on a trop chaud dehors. L'appartement était vide, la clé dans le pot de fleurs. Mémère et Papy avaient dû aller se promener. Il traîna d'une chambre à l'autre et, finalement, cacha la pièce quelque part. Puis il essaya d'oublier où c'était ; toute la vie, il essaya d'oublier où c'était.

Gentil
Histoire de l'Artichaut

Les hivers du faubourg étaient rudes, et pourtant moins livides qu'aujourd'hui. Mais aujourd'hui, le faubourg est très loin. Il ne tenait plus debout, on l'achève. Quand on aura changé tous les noms des rues, Théo n'aura plus besoin de revenir. D'ailleurs, lui aussi sera mort. Tout cela n'aura servi à rien. Les bouquins de Théo deviendront rapidement illisibles. Et les siens, ceux du faubourg, les seuls qui auraient pu les comprendre, seront partis sans les avoir lus. Étonnez-vous qu'il n'y ait plus d'hiver comme avant !

Théo, quand les hivers étaient violets et verglacés, avait un grand-père Papy et un grand-père Joseph. Même son fils l'appelait Joseph, car il vivait seul sur une colline avec des bêtes, regardant les nuages entrer dans sa maison. Il se taillait des bâtons avec un couteau à virole et n'enlevait pas son chapeau pour manger. Il avait son chapeau sur la tête le jour où il mourut dans son lit vers cinq heures du soir, ayant réclamé sa pipe. Théo eut le droit d'emporter un bâton, celui qui est entouré d'un serpent taillé à même le bois et qui tire la langue. Avec le bout qui servait de pommeau, dit Gentil-N'a-Qu'un-OEil, on aurait pu fracasser le crâne d'un homme. Mais Joseph vivait seul depuis longtemps, là-haut. Il ne disait pas trois mots quand du monde était là. À Théo, il ne disait rien du tout; il ne le voyait même pas, apparemment. Théo avait une peur bleue du vieux Joseph. Heureusement, on n'allait pas souvent le voir et il fut bientôt mort. Après le car, il fallait encore grimper sur ses jambes pendant deux heures. Puis le vieux, voyant son fils venir, repartait dans la maison en grognant.

Un jour, pourtant, il l'avait appelé Roméo. (Ou bien c'était sa femme, dont il ne parlait pas plus que du reste.) Si Roméo n'est pas un nom d'amour, qu'est-ce que c'est? Mais les jours passent et l'amour qu'on a eu pour un tel, on ne peut même plus le comprendre. C'est que le cœur fatigue et que les gens ne sont pas toujours les mêmes. On voudrait qu'ils s'arrêtent à un certain moment de la vie, ils ne peuvent pas et on se prend à leur en vouloir. Ensuite c'est à soi-même qu'on en veut et alors on devient méchant. Il y a eu tout cet amour: il est encore là, mais il n'est plus à nous, on ne peut plus y toucher, seulement avec les yeux de nos souvenirs et des appareils photo. Dès lors Roméo, ou Mathilde, ou tout autre nom, ça ne veut plus rien dire. Il vaut mieux rentrer et finir comme on peut. Le vieux avait prononcé Roméo d'une certaine manière, jadis. Et quand jadis s'appelle jadis, c'est comme si c'était jamais.

Ils le mirent sous la terre, en bas de la montagne,

dans un pays. Ils allèrent manger au café ce qu'ils avaient emporté de la ville dans un cabas. Ils étaient cinq, ou peut-être seulement trois. Il y avait de la buée sur les vitres puis, quand ils levèrent le nez de leurs assiettes, il pleuvait. Le bistrot versa la goutte, puisqu'ils étaient en peine. Ils secouèrent gravement la tête. Ils burent. On s'en retourna.

Ainsi était grand-père Joseph. Quand vous le voyiez, vous aviez froid. Quand il était mort, vous aviez encore peur de lui. Même les grandes personnes avaient peur, c'était comme s'il était le grand-père de tout le monde et savait qu'à n'importe quel âge, les gens ne valent pas grand-chose. Et lui-même ne valait plus rien, mais il vous jugeait quand même. Il pleuvait sur les bouses de vache lorsqu'ils grimpèrent dans le car où l'on s'assied en soupirant, où des hommes deux fois trop maigres pour leur costume se mettent au fond, une boîte à chaussures sur les genoux, liée avec une grosse ficelle. Devant, il y a le neveu du chauffeur, si bien qu'il faut se contenter des simples places. Votre joue est toute froide, du côté de la vitre. On voit la terre retournée, les prés déserts, le mauve des forêts qui n'ont pas de feuilles car la saison est en retard. On voit les villages où il semble que personne n'a jamais vécu, et les auberges fermées à double tour. Quelqu'un dit: « C'est toujours plus long de ce sens-là que dans l'autre », mais Théo fait semblant de dormir.

Grand-mère Joseph, il ne l'a jamais connue. Son nom à elle, comment était-ce? Certainement pas Edwige. Peut-être bien Delphine. Ou Charlotte.

Manuella. Elle était venue d'une autre montagne et s'était arrêtée dans celle-ci pour toujours. Elle n'avait pas été vaillante, mais bonne, et son fils l'avait embrassée souvent à des moments de la journée où l'on ne s'embrasse pas d'habitude. Même étant jeune homme, il avait fait cela, et personne n'en avait été malade pour autant. Cependant, elle vieillissait plus vite que d'autres, alors que Mémère, mère de Maman, semblait rester la même et considérer l'ouvrage sans effroi. Mémère pouvait galoper à l'autre bout de la ville faire tamponner une paperasse à la mairie. Papy n'était pas aussi vif, mais il suivait à son train, il ne demeurait pas assis entre l'évier et le buffet, comme tant d'autres. Il aimait bien dire des incongruités aux repas de fête et taquinait Agathe parce qu'elle était une fille. Il connaissait une fameuse histoire sur la merde du uhlan. Bref.

Les Galeries Modernes ont brûlé. Mémère ne reconnaîtrait plus son usine. Les chevaux de Papy, on ne sait pas où ils sont passés. Même les tramways, ça n'existe plus. On a rasé plusieurs casernes pour faire des blocs ; une route passe au travers de l'ancienne gendarmerie. Ça bouge. Déjà, quand Théo était tout petit, on avait changé le nom de sa rue et de l'autre à côté, je vous demande bien pourquoi. Les gens du faubourg continuaient à dire rue des Prés, rue du Nord, mais les plaques disaient : rue de Toulouse, rue de Bordeaux. Rue des Prés, pourtant, c'était joli comme nom ; seulement, ce qui est joli, on s'en fiche, on le change en premier et si vous n'êtes pas content, c'est la même chose. Gentil-N'a-Qu'un-Œil, qui allait avec les Rouges aux réunions, soufflait par les trous de nez et disait: «Un jour, ils nous changeront nos noms à nous. Vous verrez qu'ils le feront! Ce coup-là, il ne nous restera vraiment plus rien du tout. Ils nous colleront leurs noms à eux, comme aux Nègres, et on habitera jour et nuit dans leurs sacrées usines; comme ça, on n'aura même plus besoin d'apprendre à lire.»

Gentil travaillait comme manutentionnaire à la Société alsacienne de constructions mécaniques, devenue l'Alsthom l'année où Théo était né. Il habitait avec la famille de sa sœur dans les cités, rue de Wesserling, mais il était tout le temps fourré chez nous. Il avait presque fait le tour du monde à dix-sept ans, s'étant engagé dans les marsouins pour fuir la condition d'ouvrier, comme indigne de l'homme. On ne savait pas pourquoi il s'appelait N'a-Qu'un-OEil, puisqu'il n'avait pas perdu l'autre. Quoi qu'il en soit, il était parti au Tonkin avec son régiment. En ce temps-là, il ne ressemblait guère au Gentil de maintenant. Arrivé là-bas, il fit les quatre cents coups, fuma une herbe spéciale qui fait voir des dragons et des jeunes filles qui ont un œil au bout des seins, but de bon matin, à cause des maladies, disait-il, donna rendez-vous derrière le cantonnement à une niaquouée qui n'avait pas quatorze ans, chercha la bagarre en ville, eut les fièvres et quelque chose d'autre, s'endormit en tirant à la mitrailleuse sur une bande de salopards, pissa dans son casque, apprit trois mots dans une langue dont il ne savait même pas exactement laquelle c'était, sauf qu'on n'avait pas idée d'un pareil charabia, s'arrêta de rigoler et réfléchit, cessa de réfléchir, fut nommé caporal, fut dégradé le soir même, ayant voulu chaparder des litres au mess des officiers. Quand il revint, on s'aperçut qu'un Chinois lui avait enseigné à jouer de la clarinette, ce qui n'est pas ordinaire. Avec le coupeur de bois, Gentil-N'a-Qu'un-Œil était un des grands amis de Théo.

À Madagascar, il avait vu des sauvages qui se disputaient la possession d'un couvercle. Dans un autre endroit, les gens étaient si bêtes qu'ils ne distinguaient pas leur tête de leur cul et restaient à rire tandis qu'on jouait au foot avec leur chapeau. Et maintenant, Gentil était revenu de ces pays lointains et il songeait parfois à des choses que nous ne pouvions pas comprendre. Il souriait bizarrement; il avait changé; il était devenu tranquille et plein de sagesse. Nous écoutions lorsqu'il parlait. Il disait qu'il ne fallait pas qu'on se laisse bouffer la laine sur le dos. Il se fâchait tout seul. « C'est pas ainsi qu'il faut s'y prendre ! ronchonnait-il. Vous faites leur jeu. Vous ne voyez donc pas qu'ils n'attendent que ça ? » La mère de Théo prétendait qu'il avait mauvais esprit. Mais son mari hochait gravement la tête en écoutant l'ancien marsouin.

– Je vais faire une course jusqu'au bazar Cherpitel, dit Théo. Vous venez avec moi, monsieur Gentil ?

L'interpellé fronça le sourcil :

– Pas de monsieur, mon Théo ! On est des hommes tous les deux, pas vrai ?

Le bazar Cherpitel est à l'angle de la rue du

Tramway, quand on descend en ville. L'enfant trottinait au côté de Gentil-N'a-Qu'un-Œil, particulièrement fier parce que celui-ci avait son étui à clarinette sous le bras. Le ciel était d'une certaine couleur verte. Les jours de paye, il fallait descendre du trottoir devant les cafés, à cause des bicyclettes empilées contre la devanture. Ça gueulait comme l'enfer chez le Chpaniaque, où les pauvres diables disputaient des parties de cartes acharnées. On aurait dit qu'ils étaient impatients de se faire arracher leurs trois sous. Et plus tard, ils se battraient entre eux ; le remords les ferait vomir sous les fenêtres de chez eux, où l'on attendait. Demain dimanche, le plus long jour de la semaine. Et l'ami de Théo soupirait :

– Sans doute qu'il leur faut ça, mon Théo. Sans doute qu'ils en ont besoin...

On se battait dans la rue, les soirs de paye. Un homme restait des fois sur le carreau. C'est Gentil qui avait appris à Théo l'autre nom du faubourg des Vosges : le faubourg des Coups-de-Trique. On avait vu le cas où des femmes se battaient aussi. Les hirondelles étaient obligées d'ôter leur pèlerine pour nous foutre sur la gueule. Et pendant ce temps-là, l'un ou l'autre allait leur crever les pneus par-derrière.

Le nom des choses est important. C'est pourquoi les vrais noms sont à moitié secrets. Vous pouvez changer toutes les plaques du monde, tandis que vous ne pouvez pas faire disparaître « faubourg des Coups-de-Trique », parce que c'est écrit au fond des cœurs. Il faudrait dévisser les cœurs...

Samedi soir n'est pas le jeudi des hommes. Pour ceux du faubourg, c'est seulement le moment où le ciel et l'enfer descendent parmi nous et se rentrent dedans. Au coin de la rue Quand-Même est édifié le Luxhof, où l'on boit toute la nuit, où l'on fait tourbillonner les filles les plus dégrafées de Cravanche et du Valdoie au son d'un vacarme qui est la musique soufflée à pleins poumons par Gentil-N'a-Qu'un-Œil et sa tribu de camps volants. Maintenant, si vous ne craignez pas de finir la fête au poste, il y a aussi le Bristol, plus loin vers l'U.S.B., de l'autre côté de la rue. Seulement, l'orchestre est moitié moins bon. Remarquez que les coups de trique se distribuent aussi bien au Luxhof, mais en quelque sorte de façon plus décente.

Les gamins ne vont pas au Luxhof, ce n'est pas l'endroit pour eux. Ils observent par la fenêtre, là où le rideau est déchiré. Ils voient les parents faire la bringue : c'est un spectacle qui afflige et stupéfie et fait vieillir d'un seul coup. Théo, lui, pouvait franchir la porte, pour la raison qu'il portait l'étui à clarinette. Gentil venait devant, ouvrant les bras et recevant une grappe de filles sur la poitrine. On voyait les garçons de côté, la casquette penchée sur l'œil. Plus loin étaient les hommes, assis, hagards, écarlates, qui brandissaient leur chope et acclamaient Gentil, sur les talons duquel se pavanait un minuscule Théo, serrant l'étui contre son cœur. Ce n'était qu'un hurlement, du moment où Gentil pénétrait dans le dancing par la grande porte (jamais par-derrière, comme le gros et las vieux accordéoniste du Bristol) jusqu'à celui où l'enfant tendait à bout de bras l'étui ouvert pour que l'ancien marsouin dressé sur la pointe des pieds plonge ses mains dedans puis lentement, lentement, retire les morceaux de clarinette et lentement, lentement, les élève dans la lumière cramoisie des hauteurs, ignorant les pièces de monnaie qui pleuvaient sur son corps, nouées dans de petits mouchoirs.

Gentil grandissait à mesure qu'il approchait de l'estrade et les femmes se décrochaient de lui parce qu'il devenait trop grand. Et sur l'estrade il était grand comme un roi de pierre, grand et lent comme les rois de pierre des statues. Et il levait sa clarinette dans une clameur presque douloureuse à force de félicité. Une fois, à la T.S.F., il entendit par hasard un clarinettiste répondant au nom ridicule d'Artichaut. Il ne l'entendit qu'une seule fois, mais il devait se souvenir toute sa vie de cette musique. Et alors, un peu avant minuit, sur son estrade, flottant romantiquement par-dessus les têtes des danseurs du Luxhof, il s'éveillait comme d'un rêve, s'ébrouait et criait :

– Artichaaaaaauuuuuut !!!

Ça vous faisait froid dans le dos. Il se poussait la clarinette au fond du gosier, serrait les mâchoires. Il se mettait à remuer les doigts à toute vitesse sur les mécanismes. Les autres ne savaient pas trop quoi faire, surtout dans les débuts. Le piston battait en retraite vers le fond de l'estrade. La guitare baissait les bras et regardait par terre. Le violon, n'en parlons pas ! La pianiste, elle, tapait sur n'importe quelles touches le plus doucement qu'elle pouvait. Quant à la batterie, qui était le ramoneur de la rue de la Croix-du-Tilleul, elle commençait à perdre la tête, à rouler et à ronfler, à faire éclater ses cymbales comme des pétards du 14 Juillet. Tout le Luxhof se mettait à vibrer et les gens n'osaient pas s'arrêter de danser de peur que Gentil ne se froisse, plie la clarinette et cesse de jouer pour toujours. Hors d'haleine, ils sautillaient sur le plancher passé au savon noir, ne sachant comment s'empoigner et suivre cette musique qui partait dans tous les sens et qui ne ressemblait pas à une chanson qu'on peut chanter. Et là-haut, le pavillon de sa clarinette collé au plafond qui ondule, Gentil-N'a-Qu'un-Œil est heureux. Il n'y a plus ces raclures de violon pour l'emmerder et le terrible boucan de la batterie est pour lui comme le frôlement d'un jupon de gaze contre un tapis d'Orient. On devait entendre le glapissement de son fieûtot jusqu'au milieu du Bristol, mais il était heureux. Et si jamais Théo se trouvait encore là, il ne cessait d'encourager l'artiste en piaillant à s'en rompre la tête :

– Artichaaaaaauuuuuut !!! Artichaaaaaauuuuuut !!!

Car figurez-vous que Théo n'avait jamais rien entendu d'aussi beau. Il connaissait des musiques comme aiment les gens (c'est-à-dire qu'ils ne les aiment pas, puisqu'ils n'arrêtent pas de s'en lasser pour s'enticher d'autres qui sont d'ailleurs exactement les mêmes, et souvent bien pires). Mais cela, ce n'est pas la vraie musique. La vraie musique, il n'y en a pas trente-six, c'est Artichaaaaaauuuuuut !!!!!! Ça vous emporte. Ça vous embrouille la tête. Ça vous met des sortes d'oiseaux dans la poitrine, qui battent des ailes en cadence. Et ça vous rend triste et heureux en même temps, si heureux et si triste en même temps. La musique n'est pas la valse, qui est bête, ni la java, qui est bête, ni la marche, ni la polka, ni les romances, ni la rengaine des Suisses, car elles sont beaucoup trop bêtes. La musique, c'est Artichaaaaaauuuuuut!!!!!! Théo ne comprenait pas pourquoi son ami perdait son temps à en jouer d'autres. De l'ouverture du dancing jusqu'au petit matin, Gentil n'aurait dû jouer qu'Artichaut, s'il fallait en croire Théo. Tout le reste ne valait pas la peine qu'on s'y consacre le moins du monde. C'était de la musique qui pouvait aussi bien rester où elle était, sur les lignes du foutu papier à musique.

Mais Artichaut ne durait jamais trop longtemps. Tout à coup, Gentil détachait la clarinette de ses lèvres, regardant dans le vague, et le ramoneur, pris au dépourvu, se faisait peur lui-même avec son fracas. Puis tout le monde allait boire et, cette fois, Gentil restait seul. Il secouait pensivement sa clarinette pour faire partir le crachat et paraissait soudain très fatigué.

Théo bondissait sur l'estrade à côté de lui :

– Oh! dites, c'était rudement bien, c'était rudement bien, Gentil!

L'ancien marsouin avait un pauvre sourire :

– Je joue pour eux, murmurait-il. Je joue pour eux de tout mon cœur, et ils ne peuvent même pas m'entendre.

Mais le samedi suivant, Gentil poussait la porte d'un coup de pied et se montrait sur le seuil de la salle, rayonnant, commençant déjà de changer de taille, les bras grands ouverts pour recevoir l'amour du monde. Et Théo venait ensuite, portant le saint sacrement. Puis s'avançaient en procession:

– M. Clément le violoniste, préparateur en pharmacie, sournois et jouant faux, désirant secrètement être le chef d'orchestre, capable de tout, mais il était utile pour les airs doux;

– Jeannot Hoffstetter, joueur de piston; il s'était inventé un nom pour les affiches, Armand de Saint-Austerlitz; comme il n'y avait pas d'affiche, tout le monde l'appelait Hansi; sa profession était chaudronnier;

– Mlle Lucie Schnoebelen, une sorte de jeune fille qui avait appris le piano avec son oncle le Dédé Mougenot, chef de la clique du Valdoie, aussi gardait-elle le nez sur sa musique tant qu'elle pouvait;

– Le Gitan et sa guitare fendue; le Gitan était un Italien déjeté et vert de peau, avec une pomme d'Adam énorme et, disait-on, de la crasse autour des oreilles; sur l'estrade, on ne pouvait jamais être sûr qu'il jouait ou qu'il faisait semblant, et même quand il était en train de vous parler, ce qui n'arrivait guère, on ne savait pas au juste s'il était là.

Une haie s'est formée pour les applaudir. Bresson, le ramoneur, ferme la marche, son melon bien en arrière du crâne, hilare et pétulant. Imitant la trompette avec sa bouche, il bat la mesure en brandissant dangereusement son poing, fermé sur un buisson de baguettes de tambour qui ont l'air de cure-dents, car

Bresson était l'Hercule de Belfort. Avec ça, joueur comme les cartes et laissant l'impression d'un homme ayant soif. L'opinion de tous était que s'il y avait une justice, Bresson aurait dû depuis longtemps passer à travers un toit et traverser en trombe les étages pour se retrouver sur son cul devant les bouteilles de la cave, le verre à la main.

Chacun avait sa façon d'appeler Théo. M. Clément disait Petit. Hansi disait Gamin. Mlle Lucie Schnoebelen disait Théo. Le Gitan ne disait rien. Bresson avait décrété qu'il serait tantôt le Cagoulard et tantôt Bourbaki.

L'année où il y eut les congés payés, Théo eut la permission de rester au Luxhof jusqu'à la fin, pour le bal du 15 août. Il aida Bresson à ranger ses tambours quand tout le monde fut parti. Et Bresson dit:

– Un de ces quat'matins, Cagoulard, faudra bien que ch't'apprende à taper là-d'sus. T'arriv'ras toujours à êt'aussi mauvais qu'moi!

Le rire faisait tressauter son gros ventre, sous la ceinture de flanelle.

Théo baissa le nez.

– J'veux jouer la clarinette, dit-il en rougissant beaucoup.

Le rire de l'Hercule redoubla:

– J'vois ça! ARTICHAUT, hein? ARTICHAAAA-UUUUUT!!!!!!

Il braillait à faire trembler les vitres, puis, s'essuyant les yeux et hochant la tête:

– Ah! Cagoulard... Ah là là! Il est complètement

fou, Gentil, tu sais. Verrückt! C'est dans sa tête l'artichaut, tu peux l'dire. À place de cervelle!

Théo eut brusquement envie de pleurer et, tout d'un coup, il pleurait déjà. Il continuait de fixer le plancher de l'estrade, mais il voyait tout trouble et quelque chose de froid se mettait autour de son cœur et ses boyaux lui dégoulinaient à l'intérieur des jambes. Il tremblait comme une feuille.

La main de Bresson s'appuya doucement sur son épaule:

– Viens, va, Bourbaki, viens donc... T'es moulu, c'est rien, t'en verras d'aut', allez! Komm, mon garçon, komm, faut d'aller dire bonjour à ton lit!

Dehors, on s'aperçut qu'il faisait jour. C'était le moment où le noir est parti, mais il n'y a pas encore de couleurs. Le ciel est blanc et tout ce qui n'est pas blanc, les arbres, les maisons, c'est gris. Même le rouge, on voit bien que c'est du rouge, mais ça a l'air gris. Il faisait frais, ce frais qui a un goût de mouillé parce que, cette fois encore, l'automne va être là trop tôt.

Bresson déposa son fourbi et, contemplant le ciel en clignant des yeux, releva le col de sa vieille veste trouée aux coudes. Plusieurs fois de suite il prit une profonde inspiration:

– La bonne air, dit-il, la bonne air fraîche de chez nous, qui vient droit du Ballon. Tu sens ça?

Baissant les yeux, il vit que l'enfant n'avait que sa chemisette et frissonnait. Il haussa les épaules.

– Bon. Ch'te pousse chez toi, comme j'ai dit à ton père.

Ils suivirent l'avenue Jean-Jaurès en silence. Devant la poste du marché, Bresson s'arrêta pour souffler. Brusquement, la bonne air fraîche était pleine d'oiseaux, le ciel chantait et l'on voyait tout au fond, un peu de travers, le château avec le Lion, si nets qu'ils paraissaient beaucoup plus près qu'ils n'étaient en réalité. Bresson ramassa ses affaires en soupirant. Plus loin, ils tournèrent dans la rue de Toulouse, qui naguère s'était appelée rue des Prés. Comme ils arrivaient près de la maison à Théo, Bresson dit à voix basse, regardant ailleurs :

– Tu sais, Cagoulard, j'l'aime bien, Gentil. Faut pas t'en faire pour ça, j'l'aime bien.

*
* *

Le lendemain soir, l'air sentait comme du pain chaud et Bresson entra avec sa caisse claire et deux paires de baguettes, parlant fort et trop vite. Il mit la caisse claire sur une chaise de la cuisine, fourra une paire de baguettes dans les mains de Théo, montrant comment il faut les tenir, et lui dit :

– Voilà. Avec la main droite, tu tapes deux coups. Comme ça : pa-pa. Papa ! (Du bout de sa baguette, il désigna Roméo d'une manière enthousiaste.) Compris ? Vas-y !

Théo fit pa-pa, ça n'était pas difficile. Mémère était subjuguée.

– Jetzt, dit Bresson, l'autre main ! Tu tapes aussi deux coups, c'est pareil, et tu dis ?

– Pa-pa, dit Théo, frappant sur la caisse claire.

– Gott f'tami ! dit Bresson. On a changé d'main. Pas papa, manman ! Man-man : deux coups.

Et Théo n'apprit jamais à jouer du tambour. Mais il y a d'autres jours dans la vie. La vie n'a pas que de mauvais côtés. Et ces jours-là, c'est Gentil qui venait. Gentil-N'a-Qu'un-Œil, ancien marsouin, héros du Luxhof, idole de femmes pas difficiles et clarinettiste artichaut. Il venait prendre Théo et l'on allait parfois très loin dans la ville des autres, jusqu'à la Coupole, jusqu'à la Grande Taverne ou au Café Glacier, près de la préfecture. On n'entrait pas, bien sûr, on n'avait pas autant d'argent pour un simple demi panaché, mais on regardait les autres et il n'y avait pas à dire, les autres n'étaient pas comme nous. Alors on s'en retournait. On avait ses habitudes, on ne changeait pas de trottoir, on faisait demi-tour et on repartait. Place Corbis, on s'arrêtait toujours devant les instruments de musique, et Gentil disait :

– Ils sont beaux, mon Théo, regarde ce qu'ils sont beaux ! Seulement écoute-moi bien : ce n'est pas l'instrument qui joue, c'est la personne. Ce n'est pas la dorure qui fait, c'est l'amour qu'on a dans le cœur. La musique, elle ne peut pas habiter dans un morceau de cuivre ou dans un morceau de bois, comprends-tu ? C'est en nous qu'elle habite. Ou bien elle n'est nulle part. Le vrai joueur, il n'a même pas besoin d'un instrument. Si tu le mettais tout seul tout nu dans le désert, il ferait quand même de la musique. Il jouerait dans sa tête, ça serait peut-être encore plus beau.

– On ne l'entendrait pas, dit Théo.

– On l'entendrait ! dit Gentil. Les musiciens l'entendraient à l'autre bout de la terre. Les musiciens morts l'entendraient !

– Pourtant, il faut apprendre ! dit Théo.

– Apprendre, bien sûr ! dit Gentil. Mais ce n'est pas toi qui dois apprendre, c'est l'instrument. L'instrument n'est qu'une chose, il a du mal. Il est bête, regarde-le ! Voilà ce qui explique tout.

– C'est bien vrai ? dit Théo.

– C'est vrai, mon Théo, c'est la vraie vérité ! La musique te fait bouger les doigts ; il faut seulement que l'instrument vienne en dessous.

– Dites, Gentil, mes doigts, ils bougeront, dites ?

Gentil considère un moment la teinte orange que le crépuscule met après les magasins Alkan.

– Ce sont eux qui savent, dit-il enfin. Ça n'est pas moi.

Gentil n'était pas comme d'autres. Il ne demeurait pas toute sa vie dans le faubourg, comme si le reste de la ville était un endroit interdit. C'est sans doute parce qu'il avait fait des voyages. Il jetait sa veste sur l'épaule et il partait se balader. Marchant à grandes enjambées, il atteignait facilement les limites de la ville : la rue Colbert, sur la route de Delle ; les promenades des Barres et la station électrique, dans la direction d'Essert ; Bellevue et le cimetière israélite, dans la montée vers Bavilliers ; et puis, de l'autre côté – du côté où personne de chez nous n'ose guère aller, parce que c'est de là que nos grands-parents sont venus, poussés dans le dos par les hussards noirs du Kaiser – le faubourg de Brisach, la lunette 18, les jardins de l'Espérance, la caserne Friederichs, la carrière, le cimetière des Mobiles, la caserne de Rethenans, la porte du Vallon, ou encore le parc à ballons, le parc à fourrages n° 2, la route stratégique de Denney, la Miotte. Vers le nord-ouest, direction plus familière aux nôtres, qui vont se baigner aux beaux jours dans l'étang du Malsaucy (et canoter, et rêver de faire l'amour sur l'Ile d'Amour), il dépassait le Valdoie et s'avançait jusqu'à moitié de la côte de la Beurrerie.

À force, il finissait par connaître Belfort comme sa poche. Théo ne l'accompagnait pas lorsqu'il partait si loin. Mais son ami lui disait le nom des endroits et l'enfant essayait de les retenir. Il y en avait beaucoup et certains n'étaient pas faciles à se rappeler, comme rue Christ-Schad, et d'autres faisaient rire, par exemple rue des Regrets ou rue Plumeré. Gentil-N'a-Qu'un-Œil était allé voir dans toutes, et finalement il préférait encore les rues toutes simples du faubourg, même la rue de Colmar qui longe la Brasserie Georges mais qui, malheureusement, n'a pas de bout.

– À ton avis, mon Théo, quelle est la plus belle rue de Belfort ?

Gentil posait la question un soir qu'ils étaient assis ensemble sur les marches de l'entrée, un de ces soirs de septembre.

Théo chercha dans sa tête le plus beau nom qu'il connaissait.

– Rue du Canon-d'Or, dit-il.

– Et c'est où, ça, d'après toi ?

Théo garda le silence.

– Comment peux-tu la trouver belle, si tu ne l'as jamais vue ?

– Et vous, Gentil, qu'est-ce que c'est, votre plus belle rue ?

Longtemps, Gentil suivit un oiseau du regard. Ça se passait en septembre, autrefois.

– Si la rue de l'Égalité était belle, ce serait celle-là. Mais elle est moche comme le trou du cul d'un sapeur et puis elle conduit au cimetière. Alors, mon Théo (il eut tout à coup un sourire éblouissant), alors je crois bien que c'est la rue du Canon-d'Or !

– Où c'est ? dit l'enfant.

– Où c'est ? dit Gentil qui s'était levé. C'est dans nos cœurs. Ça ne pourrait pas être mieux nulle part.

* * *

Pour apprendre à jouer de la clarinette, la meilleure place est dans le pré, sous la Miotte. On est assis sur la petite herbe, au-dessus de l'étang des Forges. La ville est dans le creux, immobile, avec une poudre d'argent entre le ciel et les toits. À droite, le clocher, c'est Offemont. Et c'est aujourd'hui que Gentil-N'a-Qu'un-Œil va vous enseigner à tenir la clarinette et à souffler dedans. Ce n'est pas un jour comme les autres. C'est un jour grave et terrible. Théo n'a même pas osé s'offrir pour porter l'étui. Même l'étui est devenu sacré. Théo a peur de lui. Il ne se sent plus le droit de l'avoir, maintenant qu'il va devenir l'enfant, non plus seulement de son père et sa mère, mais de la clarinette.

Il n'a pas eu besoin de réclamer à Gentil sa première leçon. Cela s'est fait tout seul. Après le déjeuner, il était sorti jouer avec les copains mais, comme souvent, il se retrouvait le premier dans la rue. Il y avait pourtant quelqu'un dehors, une silhouette connue. L'ancien marsouin était en train de traverser la place du marché couvert, son étui sous le bras. Il se dirigeait droit sur Théo.

Celui-ci constata avec stupeur qu'il avait un air inhabituel : un air de contrariété et de réprobation. D'ailleurs, il ne lui dit même pas bonjour, il dit, fronçant encore plus les sourcils :

– Pourquoi veux-tu jouer de la clarinette, Théo ?

Théo perdit contenance, ne sachant pas du tout quoi répondre. Peut-il y avoir une autre raison que de vouloir très fort, justement ?

Gentil-N'a-Qu'un-Œil se mordait la lèvre :

– Tu ne sais pas pourquoi ?

L'enfant avala péniblement sa salive et refoula ses larmes. Il était au désespoir.

– C'est beau, fit-il d'une voix étranglée, humble et impuissante. C'est beau, Gentil !

L'ancien marsouin paraissait stupéfait.

– C'est beau ?

– C'est beau ! dit Théo, agrippé à ces mots comme à une barre au-dessus d'un précipice.

– Pourquoi c'est beau ? demanda Gentil.

– Artichaut !!! lâcha Théo dans un sanglot.

L'homme s'accroupit près de lui et lui secoua gentiment les épaules. Son visage était complètement changé. Il avait son fameux sourire qui fait de la lumière.

– Eh ! mon Théo, soufflait-il, eh ! là, qu'est-ce qui se passe ? Ça n'est pas le moment d'arroser la terre. Je voulais savoir, voilà tout. Il fallait bien que je sache, pas vrai ? Tu comprends ?

Théo fit oui de la tête. Il ne comprenait rien du tout.

– C'est que je ne vais pas livrer mes secrets comme ça ! reprenait son ami. Il faut que je sois sûr ! Ce n'est pas parce qu'on se connaît bien. La musique, c'est sérieux, comprends-tu ? Serais-tu prêt à donner ton bras droit pour jouer de la clarinette ?

L'enfant leva sur lui un visage hébété. Gentil éclatait de rire.

– Et si tu le donnais, mon Théo, comment ferais-tu après, pour jouer ?!

Théo s'efforça de rire aussi.

– Bon ! dit l'ancien marsouin en se relevant. Bon, bon, bon, bon ! Je vois que tu n'as pas perdu ta bonne humeur. Eh bien, le sort en est jeté. À partir de maintenant, te voilà clarinettiste. Mais ne crois pas que tu vas t'amuser, par exemple ! Tu as vu comment je peux être méchant ? Eh bien, je serai encore beaucoup plus méchant quand on aura commencé !

L'enfant se mit à pleurer et à rire en même temps.

– En route ! cria Gentil. Je t'ai prévenu. Maintenant, ne viens pas te plaindre, si tu veux qu'on reste amis.

Ils sont allés, empruntant tour à tour la rue de l'Est, un sentier du Champ-de-Mars qui serpente entre les jardins potagers que les nôtres louent à l'année pour pas cher, puis la rue Charles-Steiner, le chemin devant la teinturerie Steiner, si drôle à voir, à cause de la teinture qui a coulé, et enfin l'herbe, la grande puis la petite.

Gentil emboîte les morceaux de la clarinette et dit :

– Joue.

– Où je mets les doigts ? demande timidement Théo.

– Joue, dit Gentil.

Théo souffle un coup, rien, regarde Gentil du coin de l'œil.

– Joue, dit Gentil.

Théo souffle de toutes ses forces et remue très vite les doigts. À un moment donné, ça fait comme un raclement. Il s'arrête, épuisé.

– Tu en as déjà assez ? dit Gentil.

Théo se dépêche de remettre la clarinette dans sa bouche et de souffler. Des fois, on entend quelque chose d'affreux ; des fois, rien du tout.

Gentil secoue la tête et soupire.

– Arrête de bouger les doigts. Laisse-les quelque part et souffle.

Théo souffle. La clarinette jette un vilain petit cri comme si on l'avait pincée.

Le mois d'après, ils sont au même endroit. Théo

joue les quatre premières notes d'*Au clair de la lune;* la cinquième, il n'y arrive pas. Il recommence et recommence. Il fait bien attention de ne pas regarder du côté de Gentil. Il a déjà essayé d'attraper cette note de beaucoup de façons, mais ça ne marche pas et Gentil ne dit rien. Théo ne peut même pas savoir si Gentil le regarde. Le soir, il a trouvé la note tout seul. Le lendemain, il peut jouer toute la première partie de la chanson. Dès qu'ils sont installés, il la joue sans faute plusieurs fois de suite et se tourne vers Gentil, radieux.

– Rentrons, dit Gentil. Tu crois que tu joues quelque chose, mais ça n'a rien à voir avec de la musique. Tu aimes tellement *Au clair de la lune?*

– Non, marmonne Théo, tout déconcerté.

– Alors, pourquoi essaies-tu de le jouer?

L'hiver on ne va pas à la Miotte. Ça se passe dans la cuisine, pendant que Mémère et Maman préparent la soupe.

Théo joue le morceau qu'il aime le plus (en dehors de la musique d'Artichaut), mais il n'arrive pas à le jouer comme il l'entend dans sa tête.

Mémère est aux anges. Maman a l'air intrigué. Gentil-N'a-Qu'un-Œil écoute très attentivement, penché en avant sur sa chaise, le bout des doigts appuyé contre les tempes.

– Ça ne va pas, dit Théo sans lever les yeux.

– C'est très bien! proteste Mémère. On reconnaît l'air tout à fait!

– Tu sais pourquoi ça ne va pas? dit Gentil. Je vais te le dire: c'est l'instrument qui souffle, ça n'est pas toi. Qui est le maître, à ton avis, c'est lui ou bien c'est toi ?

Il se lève et va regarder la pluie par la fenêtre.

– L'instrument est bête et tu le laisses commander. C'est donc que tu es encore plus bête que lui !

Mémère est indignée :

– Oh ! ce n'était pas mal du tout ! Pourquoi dites-vous des choses pareilles à ce petit ? J'aurais voulu vous y voir, à son âge !

Gentil demeure tourné vers la fenêtre, et c'est un homme qui pourrait être encore jeune, d'une certaine façon.

– À son âge, dit-il enfin, je n'avais pas la tête à faire de la musique. Je ne suis pas un modèle, je n'ai pas dit ça. Le modèle à Théo, c'est Théo. C'est pour ça qu'il est malheureux. C'est lui qui est malheureux, ça n'est pas moi.

– Si ça doit le rendre malheureux, alors, ça n'est pas la peine qu'il joue de la clarinette ! réplique vivement Mémère.

– Un joueur de musique a le droit de s'amuser comme tout le monde, dit Gentil, planté devant la pluie qui tombe. Mais s'il croit que la musique va le rendre heureux, c'est un bel imbécile !

Maman pose brutalement une casserole sur le fourneau :

– Taisez-vous donc ! Vous ne savez même pas ce que vous dites. Vous allez finir par lui tourner la tête avec vos idées.

– Ne vous en faites pas, dit Gentil. Théo ne sera ni

le premier ni le dernier. Les hommes de notre condition sont tous des imbéciles. Je me comprends. Allez, joue, mon Théo, joue. Mais cette fois, je veux t'entendre, toi : je ne veux pas entendre cette clarinette. D'accord ?

*
* *

Dans la maison, un peu plus loin, ils ont des poules. Deux, trois belles poules, des leghorns. Ça pond, ça pond, c'est toujours ça. Pour les monter, la dame avait acheté un petit coq italien, une bête agacée, toute en muscle et en humeur. « Bon sang de bonsoir, c'est pas croyable ! disait Papy. On dirait un sacré moineau qui se promène sur le dos des poules ! Est-ce que t'as vu ça, Agathe, au moins ? » Agathe devenait toute rouge et Théo riait aux éclats. Il riait beaucoup quand Papy s'adressait à Agathe. Papy et lui riaient beaucoup dans ces circonstances. Pourtant ils aimaient bien Agathe. Théo la plaignait. Tout le monde n'est pas pareil dans la vie et, malheureusement, il y a les filles, ce n'est pas leur faute. Ça sert à se marier avec. L'idée de Théo était qu'il aurait mieux valu se marier tout seul, pour être tranquille.

Gentil ne s'était pas marié. Théo entendait dire que toutes les femmes étaient folles de lui. Il voyait au Luxhof comment les femmes étaient avides de toucher son ami, lorsqu'il se présentait sur le pas de la porte. Elles glissaient la main dans l'échancrure de sa chemise, elles caressaient le revers de sa veste, elles empoignaient sa cravate. S'il ôtait son gilet, l'une d'elles le pliait avec soin et le gardait sur ses genoux jusqu'à la fin du bal, assise toute droite sur la banquette et ne quittant pas Gentil des yeux. Lui ne la regardait pas. Du reste, il fermait souvent les yeux en jouant, ou bien il observait le plafond. Et les garçons se gardaient bien d'inviter la femme qui portait les affaires de Gentil. Ils se battaient pour d'autres femmes qui n'en valaient pas la peine, selon Théo. Mais celle-là, ils s'écartaient d'elle. Ils allaient chercher fortune ailleurs. Ils faisaient comme s'ils ne l'avaient pas vue et pouvaient avoir autant de femmes qu'ils voulaient.

Théo remarqua que les hommes n'écoutent pas la musique, ils courent après des femmes qui ont de vilaines dents. Cela lui fit de la peine. Il arrivait même que Bresson parle de femmes en tapant sur sa batterie, et les yeux du Gitan luisaient comme des couteaux. Alors M. Clément disait de sa voix de crécelle :

– On est ici pour la musique ou pour la gaudriole ? Il y a une dame avec nous, je vous le rappelle !

Un soir qu'il rouspétait ainsi, Gentil s'arrêta en plein au milieu d'un air et lui lança par-dessus son épaule :

– Et la musique, alors, qu'est-ce que c'est d'après toi, eh ! cataplasme ?

Le violoniste se recroquevilla sur lui-même, le souffle coupé. Théo n'en revenait pas, lui non plus. Jusque-là, il avait toujours cru que Gentil pensait la même chose que M. Clément, puisqu'il trouvait que la musique était une chose si sérieuse. Qu'est-ce qu'il avait voulu dire ? Gentil reprit l'air où il l'avait laissé et Théo n'eut jamais le courage de lui demander des explications. Quant au cataplasme, il commença par remettre son violon dans la boîte d'un air digne, puis il rouvrit la boîte et joua le morceau suivant avec les autres, aussi mal qu'à son habitude.

Ce n'est pas simple, ces histoires de femmes. Théo pouvait comprendre cela. Il aurait mieux aimé qu'on ne perde pas son temps avec ça, mais il voyait bien que ce n'était pas possible. Et puis il était l'heure de rentrer.

Son père l'attendait dans la boutique. Le samedi soir, il faisait ses comptes et remettait les outils à neuf, afin qu'ils soient prêts à servir le lundi matin. Théo poussait la porte et voyait son père devant son établi, qui regardait le mur. On aurait dit qu'il ne faisait rien d'autre depuis un million d'années.

– Il a bien joué, Gentil ? demandait le vieux.

Théo baissait la tête. Quand son père le ramenait lui-même à la maison, ça n'avait pas encore été le moment où Gentil faisait Artichaut, et Théo était triste. Pour lui, il n'y avait qu'Artichaut. Le vieux se retournait, il était encore plus vieux.

– Tu aurais voulu rester, hein ?

Théo ne disait rien.

– Tu crois que c'est bien pour un petit garçon de passer la nuit au Luxhof au lieu d'aller dormir ?

Théo ne disait rien.

Le vieux quittait son siège, secouant pensivement la tête, et faisait le tour de son échoppe à pas lents avant de s'arrêter devant Théo.

– Et si je disais à quelqu'un de te raccompagner ?

Le visage de Théo s'illuminait.

– Tu peux être sûr que ta mère va être contente, tiens !

Son père souriait. Il soupirait. Il secouait la tête. Et Théo bégayait :

– Je reviendrai tout de suite après l'Artichaut, tout de suite, Papa, je te promets !

Alors le vieux lui clignait de l'œil d'une façon malhabile et fermait la boutique. Devant le Luxhof, on trouvait vite un voisin qui se chargerait de ramener Théo en temps voulu et le garerait des coups de trique.

On s'embrassait. Le père à Théo s'éloignait tout seul, s'appuyant parfois au mur si personne ne regardait. Ses lèvres étaient silencieuses, mais au fond de son cœur dévasté une voix murmurait :

– Si je pouvais faire l'artichaut, mon garçon, je resterais debout toutes les nuits pour te le faire. Je te ferais l'artichaut toute la vie, mon pauvre enfant !

*
* *

Les gens du faubourg n'étaient pas des gens qui comptent. Mais ce c'était pas n'importe qui : c'était nous. On avait notre façon d'être et de considérer les choses. On parlait à notre manière. On avait nos idées. Ce qui n'allait pas, c'est qu'on avait honte de nous-mêmes. On ne pouvait pas s'en empêcher. Entre nous, bien sûr, on faisait les fiers ; il ne fallait pas trop nous chercher. Mais dans son for intérieur, chacun savait ce qu'il en était. Les enfants entendaient la sirène de l'usine pour leurs pères; ils savaient qu'un jour, elle sifflerait pour eux. Gentil nous le répétait assez: «Un homme qui obéit à une sirène, qui se met en marche d'un certain côté quand il entend une sirène, est-ce que c'est un homme?» On savait cela. On savait que lorsque le travail d'un homme n'est pas à lui, cet homme n'est pas chez soi dans ce monde. Nulle part, il n'est chez soi; il a honte. Il regrette de n'être pas simplement quelqu'un qui gratte la terre et court les bois pour sa nourriture. Seulement, les légumes ne poussent pas entre les rails du tram, ni dans le mâchefer au fond de la rue fermée par un mur. Nous étions ici, nous n'étions pas ailleurs. Tout ce qui nous restait, c'était de louer des jardins.

Notre histoire, elle n'est pas bien compliquée. On est venus dans les villes. Nos parents sont venus. Ou leurs parents. Ils n'auraient pas dû, mais ils l'ont fait. Ils ont quitté la terre quand elle s'est mise à sécher. Ils n'avaient plus rien à vendre, alors ils se sont vendus. Mais ils n'ont pas fait une bonne affaire. Sans qu'ils s'en aperçoivent, ils nous ont vendus avec, et nos enfants, et ainsi de suite jusqu'à ce que les nôtres se rachètent. Je ne sais pas comment ils feront. Ils diront qu'ils en ont assez et ils iront détraquer la sirène.

Ils iront ou ils n'iront pas, c'est selon. Tout dépend de ce qu'il leur restera de colère. Nous sommes si fatigués, parfois. Nos goûts sont simples. Nous ne demandons pas la lune. Mais ceux qui possèdent les maisons, les usines, les jardins, les autos, le nom des rues, le Luxhof, ceux-là affirment que nous ne sommes pas raisonnables. Ils disent que se tourner les pouces n'est quand même pas un idéal ; que tout le monde ne peut pas songer à avoir la belle vie, autrement ce sera la pagaille et le marasme. C'est qu'ils voient loin ! Nous, on est comme des gosses qui ont envie de tout ce qui brille, de tout ce qu'ils aperçoivent dans les vitrines. Nous ne savons pas faire la part des choses. Eux, ce n'est pas pareil. Ils ont examiné la situation, ils ont fait leurs calculs : l'heure n'est pas aux récriminations, c'est le moment de se serrer les coudes. Plus tard, on verra.

Ils ont les pieds sur terre, eux. Ils regardent plus loin que le bout de leur nez. Ils savent ce qui est le mieux pour nous – ce qui n'est pas toujours notre propre cas, nous devons bien en convenir. Cela dit, ils ont confiance en nous. Le Français a toujours été un peu frondeur, n'est-ce pas ? Mais on peut compter sur lui quand l'heure est grave. Ah ! nous sommes bien sympathiques, au fond. Primesautiers. Rêveurs. Généreux, bien sûr, c'est la plus belle des qualités – mais si peu réalistes !

Nous croyons que les problèmes se règlent comme ça, en claquant des doigts ! Nous croyons qu'une société moderne, attachée à la justice et au progrès, se construit en allant discutailler chez le Chpaniaque ! Ah, si seulement ! Si seulement c'était aussi facile que cela, mes bons amis !

Ils s'apitoient sur nous. Ils trouvent que nous sommes touchants avec nos conceptions naïves, nos châteaux en Espagne. Ils décident de tout nous expliquer une bonne fois, comme à des personnes sensées, de nous livrer le fond de leur cœur, de mettre cartes sur table. Un soir, ils nous réunissent dans la cour. Ils ouvrent grande la fenêtre de leur bureau et voici ce qu'ils nous disent, les pouces passés dans leur gilet, avec un état-major d'ingénieurs aligné derrière eux, qui se racle la gorge sans nécessité: «Si je partageais mes bénéfices personnels entre vous tous, savez-vous ce que chacun recevrait? (Long silence.) De quoi acheter un paquet de tabac chaque mois! Un paquet! (Ils agitent une liasse de papiers au-dessus de leur tête.) Nous avons fait les comptes, vous pouvez vérifier! (Ils deviennent graves; ils nous regardent l'un après l'autre, du moins les cinq ou six premiers.) Et qui pourrait dire, mes amis, qui pourrait dire si l'usine, la "boîte" comme vous dites (bref sourire vite effacé), si la "boîte" privée de son..., comment dire? de celui..., enfin, s'il n'y avait pas quelqu'un qui se décarcasse pour elle à l'extérieur, afin d'obtenir des commandes et ainsi de suite – ce n'est pas si facile, allez! – qui pourrait dire si elle ne serait pas obligée de mettre la clé sous la porte, la "boîte"?»

Ils attendent. Et comme personne ne souffle mot, ils se mettent à sourire, de plus en plus largement. Ils se tournent vers les ingénieurs, qui répondent aussitôt à ce sourire, commencent à se tortiller et même à rigoler de bon cœur, parce que ce que le vieux singe a dit c'est tout de même la vérité, que voulez-vous! Puis ils nous regardent à nouveau, lèvent les bras, font des gestes de chef d'orchestre et lancent d'une voix paternelle :

– Allez, mes amis ! Il n'est pas tout à fait six heures, mais ce soir vous pouvez partir. Allez réfléchir tranquillement à ce dont nous venons de discuter. Vous rattraperez les dix minutes demain matin.

Il y avait pourtant quelqu'un dans cette ville qui ne regrettait pas d'être né dans les villes et d'y gagner la vie de ses patrons. Quelqu'un qui faisait comme si le berceau de sa race avait été une maison à étages dans une rue qui s'ouvre au milieu d'une rue et débouche sur une rue. Quelqu'un qui n'aurait pas voulu toucher la terre nue de ses mains et craignait beaucoup qu'elle n'abîme ses souliers. Il s'appelait Maximilien Schultz ; c'était l'oncle de Théo, le grand frère de sa mère.

Maximilien Schultz aimait tellement les villes qu'il allait sans cesse de l'une à l'autre dans sa vieille Citroën jaune à deux places. Il était l'homme riche de la famille. Représentant en vins, liqueurs et spiritueux, il avait une mallette où il rangeait une armée de petites bouteilles bariolées, portant des étiquettes couvertes de signatures tarabiscotées. Les liquides étaient blonds, blancs, bruns, verts, noirs, acajou. Ils avaient un air lourd et précieux. Théo était très amoureux de cette mallette. L'oncle ne l'ouvrait pas souvent. Il la posait près de la porte. Théo était capable de la surveiller du coin de l'œil pendant tout le repas, savourant en secret, rien que de la voir, des émotions rares. Cela lui donnait à croire qu'il adorait son oncle.

Maximilien Schultz s'intéressait à la politique. À

nous, il ne nous en disait pas grand-chose, parce que nous ne nous tenions pas assez au courant des événements et des débats à la Chambre. Du reste, il comprenait très bien que nous nous sentions un peu dépassés par tout cela. La politique n'était pas tellement notre affaire, après tout. Mais il laissait entendre qu'un grand changement allait bientôt se produire et qu'on allait voir si les voleurs et les suppôts de l'Étranger feraient encore longtemps la loi en France. Il détestait un homme appelé Stavisky et un autre appelé Daladier.

Il avait un solide appétit et Maman prévoyait toujours deux parts pour lui, quand il venait manger à la maison. Il aimait rire et riait sans retenue de tout ce qu'il racontait, qui d'ailleurs était des fois drôle. Il disait qu'on ne connaît pas la vie, tant qu'on n'a pas bu du champagne. On le croyait sur parole. Lui-même avait l'air d'un homme qui boirait tout le champagne de la terre s'il ne fallait pas en laisser un peu pour les clients. Il n'habitait pas le faubourg mais très loin, rue Stractman, vers la gare. On ne comprenait pas pourquoi il était si haut et si fort, car ni Mémère ni Papy n'étaient des personnes bien épaisses. D'une façon générale, ses allures n'étaient pas les nôtres.

À une époque, il avait habité Paris, et il nous expliquait que Paris est l'endroit qu'il faut habiter. On n'a pas vécu, si on ne connaît pas Paris. À Paris, on s'amuse, au moins ! Ici on est des bonnets de nuit. On ne songe qu'à tirer les volets et à ronfler en cadence. Là-bas, on se couche quand on a le temps. Pensez ! tous ces théâtres, ces cabarets, ces caf'conc', ces attractions à chaque coin de rue, sans parler du musée Grévin! Nous autres, le Luxhof nous paraît le fin du fin, quand ce n'est pas le Bristol ou le repaire de la mère Casse-Bite – mais à Paris, il y a des endroits, sur les boulevards, où l'on danse tous les jours que Dieu fait, et soyez sûrs que les gens ne s'en privent pas! Paris, c'est sans arrêt des choses nouvelles. À peine est-on descendu de la tour Eiffel qu'on peut grimper sur Notre-Dame ou au Sacré-Cœur. À Belfort, vous allez au Lion et quand c'est fini, il ne vous reste plus qu'à recommencer. Il n'y a pas à dire, ça n'a rien de comparable! Quelqu'un qui vous demande l'heure, par exemple: cinq minutes plus tard, vous voilà attablés tous les deux devant un bock, et allez donc! Par contre, si vous avez une chaussette blanche et une chaussette noire, personne n'ira vous regarder. Les gens savent vivre. Ils ne sont pas à se creuser la cervelle dès le dimanche soir pour savoir comment ils pourront s'emmernuyer davantage le dimanche d'après! Et puis, là-bas, chacun a sa personnalité. Les poulbots, tiens, voilà des sujets! Et qui la connaissent dans les coins, je vous fiche mon billet!

– Et les femmes de Paris, alors? interrogeait Papy, les yeux hors la tête.

– Les femmes? faisait Maximilien. Les femmes! Qu'est-ce que vous voulez que je vous dise? En tout cas, je n'en ai jamais vu deux qui avaient le même chapeau. Et ça fume dans la rue, s'il vous plaît!

– Jésus! soufflait Papy, interloqué.

– C'est bien simple, disait l'oncle, il ne faut pas leur

en promettre ! Les petites dactylos, les midinettes, comme nous disons là-bas, elles savent ce qu'elles veulent, elles n'ont pas froid aux yeux, vous pouvez me croire ! Mais attention, elles savent encore reconnaître la vraie galanterie.

– Et comment qu'elles sont habillées ? demandait Papy. C'est vrai, les machins, les jupes ? (Il faisait un geste vague autour de sa taille.)

Maximilien levait le doigt en l'air :

– C'est la Parisienne qui fait la mode, disait-il doctement. N'oubliez pas ça.

– Eh ! bien, marmonnait Papy.

L'oncle avait beaucoup failli se marier, à Paris, car les femmes de là-bas apprécient les hommes nature mais corrects. Il avait eu des propositions étonnantes. Notamment la belle-sœur d'un artiste, un vrai rapin de Montparnasse qui portait les cheveux aux épaules et coinçait ses cigares dans une petite pipe pour les fumer. D'autres femmes avaient envisagé un certain temps de mourir pour Maximilien Schultz. Mais à Paris, on n'en fait pas de cas, vous pensez bien ! Finalement, il avait épousé une veuve, une dame Py, originaire de Besson-court, qui était plus vieille que lui et de santé fragile.

Maximilien Schultz était toujours sur les routes. Tante Mathilde était toujours dans son lit. Elle s'y trouvait quand Théo l'aperçut pour la première fois, et de même toutes les fois suivantes. Elle avait une longue tête de cheval, fort grise, avec des cheveux, des yeux gris, des lèvres grises, de grandes dents de cheval grises qu'elle montrait tout le temps, même en dormant. Son lit se trouvait au fond d'une chambre dont les volets étaient toujours fermés. Elle se tenait là, sans rien faire sinon prendre des sucres et verser le fond d'une petite bouteille dans le fond d'un verre, toujours le même verre, un verre du dimanche parce qu'elle était malade. Maximilien lui donnait presque tous ses échantillons de champagne. Elle était forcée de boire du champagne pour se requinquer, le docteur l'avait dit. Encore une veine que l'oncle ait eu tout ce champagne gratis.

Théo n'avait rien contre tante Mathilde. Ce qui lui déplaisait, c'était l'odeur. À tout bout de champ, il fallait qu'elle ouvre son sacré flacon et laisse tomber trois gouttes d'éther sur un sucre. « Ça me soulage », disait-elle. Mais la chambre empestait. Quand Théo devait rester dans l'appartement, Mémère et Maman étant à faire des courses chez Bumsel, il se mettait dans un coin de la salle à manger (les volets de la salle à manger étaient ouverts mais il faisait presque aussi sombre que dans la chambre) et il ne bougeait plus. Malgré tout, tante Mathilde finissait toujours par se rappeler qu'il était là.

– Thééééééoooooo ! Chééééériiiiii ! appelait-elle doucement.

Elle recommençait autant de fois qu'il fallait, toujours sur le même ton, sans s'énerver. On aurait dit qu'elle n'aurait pas pu s'énerver, même si elle avait voulu. Alors Théo entrait dans la chambre en traînant les pieds.

Tante Mathilde se soulevait un peu de ses oreillers

pour le regarder venir. Ses mouvements étaient beaucoup plus lents que ceux d'une autre personne. Elle semblait bouger dans une ouate invisible ou dans de la glycérine.

– On va trinquer? disait-elle d'un air complice. On va sabler le champagne, rien que nous deux, pendant que ces dames ne sont pas là ?

Elle vidait la bouteille dans le verre. Ça faisait un tout petit peu. Elle en buvait une gorgée, puis elle tendait le verre à Théo. L'odeur était si forte, autour du lit, que Théo avait l'impression de boire non pas le champagne, mais l'éther. Entre nous, il ne fut pas fâché lorsque tante Mathilde nous quitta.

Elle lui tenait de lents, longs et doux discours sur elle-même, discours qu'il était incapable de suivre à cause de toute cette infection. Elle racontait sa vie depuis le commencement jusqu'à maintenant. C'était une vie très bizarre parce que la tante avait commencé à être malade le jour de ses noces avec un sergent-major et qu'elle n'avait pas arrêté depuis, sauf peut-être les années entre ses deux mariages. Il y avait eu un moment impayable dans cette vie quand, jeune fille, elle avait accompagné son père au bal de la Croix-Rouge, sa mère étant souffrante comme à son habitude, et que Baudel, l'adjoint au maire, avait dit à Papa: «Mais je ne savais pas que vous aviez une aussi jeune et charmante femme, mon cher Trouchard! Compliments.» Non! Il fallait voir la tête de papa!

Les autres moments principaux de cette vie étaient un second prix d'honneur en composition française, le chien basset du docteur Bloch, car il avait la même tête que son maître, et le mariage de la fille Savignac un 18 avril. Apparemment, le sergent-major n'avait jamais fait partie de l'existence de tante Mathilde, et Maximilien Schultz pas davantage. Par contre, elle se souvenait assez bien d'un petit abbé qui vous faisait tousser, parce qu'il mettait les hosties trop loin sur la langue.

Théo faisait semblant d'écouter tante Mathilde. En réalité, il s'efforçait de respirer le moins possible et il attendait avec angoisse le retour de ces dames. Pris au piège, il ne pouvait plus retourner dans la salle à manger. Tante Mathilde avait Théo en haute estime, disant qu'il était le plus intelligent de la famille.

La vie de tante Mathilde était toujours pareille d'une fois sur l'autre et, même sans l'écouter, Théo finissait par la connaître. Les mêmes mots revenaient aux mêmes endroits, les mêmes petits rires de fillette, les mêmes silences. Un beau jour, Théo s'aperçut qu'il pouvait la réciter par cœur et, voyez comme c'est bête, c'est justement vers cette époque que sa tante mourut. Il faut dire qu'elle avait été bien malade.

Tante Mathilde était le deuxième mort que Théo voyait. Ce qui l'étonnait, c'était que les morts étaient tous les mêmes. Tante Mathilde ressemblait tout à fait au vieux Joseph, à ceci près qu'elle n'avait pas la marque d'un chapeau creusée en travers du front et qu'elle, elle ne faisait pas du tout peur à Théo. Oui, les morts sont là, ils ferment les yeux. On se demande pourquoi ils ont été vivants un jour.

À présent, c'était Maximilien qui était veuf. Il parlait de changer de voiture et de retourner vivre à Paris.

– Peut-être que tu retrouveras une femme là-bas ? disait Papy, les yeux pleins de convoitise. Une de ces Parisiennes, non, qu'en penses-tu ?

– Ma foi ! faisait l'oncle, penchant la tête. Ma foi !

Il ne parla plus jamais de tante Mathilde. Mais, en réfléchissant, on s'aperçut qu'il n'en avait jamais parlé avant, sauf par hasard, sans y penser, simplement comme on donne au passage le nom d'une rue où l'on est allé. Et Dieu sait que l'oncle était allé et continuait d'aller dans beaucoup de rues ! Pourvu qu'il y ait des maisons de tous les côtés et qu'on ne voie ni la mer, ni la montagne, ni la campagne avec les vaches, il était content. Sa marotte du moment était qu'un certain Chiappe devait être rappelé pour nous débarrasser de la racaille. Il flétrissait d'une voix sonore l'incompétence d'un nommé Flandin, qu'il appelait Flandrin pour montrer son mépris. Maintenant, c'était rue des Prés qu'il apportait les échantillons de champagne et l'on vit qu'en effet, mon Dieu, ça se laisse boire.

Gentil-N'a-Qu'un-Œil ne le montrait guère mais il détestait cet oncle.

– Je ne respecte pas un marchand qui court après ses clients comme une fille ! lâcha-t-il un soir, ayant l'air de n'incriminer personne en particulier. À moins qu'il faille appeler ça, non pas un marchand, mais un *camelot*... ?

Et une autre fois :

– Ceux qui gagnent leur vie en vendant des choses qu'on n'a pas vraiment besoin, je ne peux pas approuver ces hommes-là !

– Ça m'aurait beaucoup étonnée, aussi, que quelqu'un trouve grâce à vos yeux ! s'insurgea Maman.

– Chacun n'est pas une sainte comme vous, Marthe ! En tout cas, on ne m'empêchera pas de penser qu'il faut être une curieuse sorte d'homme pour tirer son bénéfice de la faiblesse d'autrui.

Revenant des cabinets, le père de Théo entra dans la cuisine, ne regarda personne et dit :

– Les forts qui ont besoin des faibles pour vivre sont les plus faibles de tout le monde. Ici-bas, on ne sait jamais trop qui est le plus à plaindre.

Mais il fait si beau dans le faubourg, ce soir, il fait si beau... L'été est enfin revenu. Il n'y a pas trop d'étés dans une existence, il ne s'agit pas de les louper. La nuit recule dans le fin fond de la journée. Le parfum d'arbres se répand sur nous, le parfum de trottoir, de mur et de soleil qui refroidit. Toute la rue est aux fenêtres, excepté ceux qui sont dehors, assis sur des chaises qu'ils ont sorties. On se parle. Les martinets, les entendez-vous, s'ils sont heureux ? Et nous, est-ce qu'on n'est pas heureux ? Est-ce qu'on n'est pas chez nous, entre nous ? Est-ce qu'on n'a pas cette paix dans le cœur ? Peut-être que la nuit ne va pas venir, ce soir ? Peut-être que le monde a décidé de s'arrêter, qu'il n'y aura plus de lendemain matin, plus de sirène, et qu'on restera là en paix, sans jamais voir le bonheur repartir ? On est bien tous ensemble, laissez-nous. Notre faubourg des Coups-de-Trique ne vaut pas Paris, c'est un fait, mais c'est le nôtre, on s'en contente. On n'a besoin de rien d'autre, pourvu qu'on puisse rester là, gentiment. C'est tout ce qu'on demande. La vie va trop vite, on ne peut pas courir toujours. Il faut s'arrêter pour écouter la musique, respirer les odeurs, attendre le vent. Tout ça est à nous, laissez-nous l'aimer un peu. Laissez-nous au moins entendre, voir et sentir, puisqu'un homme est fait pour ça. On ne demande pas l'impossible ; simplement de prendre ce que la vie nous donne, ça ne coûte rien à personne, c'est le monde où on est né, il est à tout le monde, pourquoi on n'en profiterait pas ? Si on ne profite pas de l'été, il s'en va quand même et après, on s'en va aussi ; alors ?

Bon. Le monde ne dure pas. Que voulez-vous que j'y fasse ? Il ne s'est passé qu'une année depuis que Mathilde est partie, mais Agathe est presque une femme maintenant. On le dit. On dit que c'est une demoiselle. Encore un peu et elle pourra aller au D.M.C.

Agathe a toujours le nez plongé dans un livre, quand elle n'aide pas Mémère et Maman. C'est son institutrice, Mlle Loncle, qui lui prête les livres. Agathe les couvre soigneusement avec un papier d'emballage avant de les lire ; elle ne les apporte jamais à la cuisine. Il y a *La Châtelaine du Liban, La Révolte des anges, Michel Strogoff, Pêcheur d'Islande.* Agathe pleure souvent quand elle lit. Des fois, elle pleure aussi quand elle ne lit pas et se croit seule dans la pièce. C'est la faute à ses idées d'être institutrice ; ça lui tourne la tête. Elle sait pourtant bien qu'on ne va pas se saigner aux quatre veines pour des fantaisies pareilles. On n'est pas des millionnaires : Maman le lui a dit plusieurs fois.

Théo n'a pas essayé d'ouvrir un des livres. Pourquoi se donner cette peine ? Ce qui est écrit dedans n'a même pas existé en vrai. Et Papa dit à Agathe :

– Ne te fatigue pas trop les yeux, ma fille. On n'en a pas de rechange, tu sais !

Un dimanche, alors qu'on s'apprêtait à manger une bonne tarte aux quetsches de Mémère, Agathe, qui avait bu une goutte de mascara dans le verre de Maman, s'est mise à raconter qui était Jean Jaurès et ce qu'il avait fait.

Théo était suffoqué. Jusque-là, il n'avait pas idée que Jean Jaurès pouvait être autre chose qu'un nom de rue. Et pourtant, Papa hochait la tête en signe d'approbation : c'était donc qu'Agathe devait dire des choses justes. La mâchoire de Théo pendait encore plus que celle de Mémère. Il en avait oublié le morceau de tarte sur son assiette. Ce prodige semait dans son esprit un trouble extraordinaire.

– Alors, articula-t-il enfin, avec l'air du plus profond ahurissement, c'est vrai qu'Agathe elle peut être institutrice !

Il n'arrivait pas à y croire. Il avait toujours été persuadé que c'était de la vantardise et des histoires de fille. Et voilà qu'Agathe était une savante et qu'elle allait probablement se mettre à écrire des livres à son tour !

Après que Théo eut dit cela, Agathe passa tout le

reste du dimanche à pleurer. Même Papy n'arrivait pas à la consoler et, à la fin, c'est tout juste s'il ne pleurait pas avec elle. Le lendemain soir, Mlle Loncle vint à la maison, avec son béret enfoncé sur les oreilles, ses lunettes rondes et sa grande pèlerine. Toute la famille était dans la cuisine. Elle demanda à parler à Papa. Malheureusement, ils allèrent s'enfermer dans la salle à manger, laissant les autres plantés là, et l'on ne pouvait pas entendre ce qu'ils disaient. Mais chacun savait bien qu'il s'agissait d'Agathe et de ses idées.

Maman, Mémère et Papy se regardaient. Chacun regardait les deux autres à tour de rôle. Ils ne prononçaient pas un mot. Ils ne bougeaient plus. Agathe était devant l'évier, la figure comme une tomate : elle essuyait un couteau sec. Théo ne savait pas du tout quoi faire. Il aurait bien voulu qu'on dise quelque chose, ou que Gentil sonne à la porte, ou que son ami le coupeur de bois se mette à siffler dans la rue, ce qu'il ne manquait jamais de faire en passant sous les fenêtres de la maison. Mais rien de tout cela n'arrivait.

Longtemps après (il leur avait semblé, du moins, qu'un bon bout de temps s'était écoulé), le père de Théo ouvrit la porte de la cuisine. Il restait sur le seuil, examinant un endroit du buffet. Tout le monde retenait son souffle et avait les yeux fixés sur lui, sauf Agathe qui était en train de passer sous l'eau le couteau qu'elle venait d'essuyer si consciencieusement.

– Alors, finit par dire Maman d'une voix méfiante, elle est partie ? Elle a essayé de t'embobiner, naturellement ?

– Oui, dit Papa, elle est partie.

Il jeta aux épaules crispées de sa fille un long regard de détresse, d'impuissance et de honte.

– Je n'ai pas su quoi lui dire, gémit-il. Je n'ai vraiment pas su.

* * *

C'est curieux comme le temps passe: il passe en avant et en arrière, il s'arrête, il revient. Quand on est petit, le temps ne va pas toujours dans le même sens. Il s'attarde ici ou là. Il prend son temps. C'est pour cela que les années durent, qu'il y en a beaucoup beaucoup et que pourtant ça n'avance pas. Et le faubourg ne change pas. Il a sa même figure de tout le temps, avec d'un côté le bazar Cherpitel, la rue du Tramway, la rue de Colmar, le Chpaniaque (juste en face de l'École pratique), la Roseraie («les plus belles variétés de roses ornent ce jardin situé en plein centre ouvrier de la ville»), la rue du Berger, et de l'autre côté le marché, la police et la poste, l'Eldorado, le Luxhof, la rue Quand-Même, le square Engel. (Plus loin, en traversant la rue, vous avez le Bristol.) La grande rue bordée d'arbres qui mène aux usines, c'est l'avenue d'Alsace; une bonne rue pour les hannetons, en tout cas.

Kramsky, le coupeur de bois, prétendait qu'il savait parler aux hannetons (il disait «les zannetons», mais beaucoup de gens du faubourg trouvaient que «les nannetons» était meilleur). Kramsky avait un autre métier dans le sud de la ville. Mais chez nous, le soir, il était coupeur de bois. Sa peau était mauve et il n'avait pas un poil sur le caillou. Il n'avait jamais froid. L'hiver, il portait une grosse chemise à rayures et un gilet de cuir rapiécé avec du drap noir. L'été, il n'avait que son maillot de corps bleu marine. Il ne venait pas au Luxhof, n'aimant pas les femmes peinturlurées et le genre de la musique (ce qu'il lui fallait, à lui, c'était plusieurs violons jouant ensemble comme des fous et nous n'avions pas ça chez nous). Mais il allait presque tous les soirs à l'Eldorado. Ça ne lui faisait rien de revoir le même film. D'ailleurs, il oubliait d'une fois sur l'autre. Des gens l'appelaient Kram. D'autres Bourreau, en raison de la hache et du billot. Il promenait son propre billot avec lui. Il n'aimait pas utiliser le billot des autres, qui est trop ceci ou pas assez cela. Son langage de hannetons était quelque chose de tout à fait comique.

Maximilien Schultz tordait la bouche et disait: «Méfiez-vous, on ne sait jamais. Kramsky, ça n'est guère français, comme nom.»

– On ne fait pas meilleur que Kram, assurait Gentil de son côté.

Kramsky était l'ami de Théo, et Théo était son ami. Agathe avait elle aussi les faveurs de Kramsky. Les autres filles, il les nommait Léa, Céline, Marcelle, Josette, Rosie, suivant le cas. À elle, il causait d'une façon à part.

– Alors, petite demoiselle, disait-il par exemple, quand c'est qu'on se marie tous les deux?

Ou encore:

– Comment nous portons-nous ce soir, petite mademoiselle ?

Il lui faisait des révérences, il disait :

– C'est qu'on est de plus en plus jolie, à ce qu'il paraît ?

Il disait tout haut à Théo, tandis qu'Agathe passait derrière lui, revenant des courses :

– On m'a dit qu'il y avait dans cette maison-ci la plus jolie petite demoiselle du faubourg. Tu ne vois pas qui je veux dire, Mistigri ? Je cherche justement quelqu'un à me marier.

Théo aimait l'odeur du bois coupé un soir d'été, disons à la fin du mois de juin, quand les jours sont les plus longs et que les murs sont dorés. Il aimait l'odeur des bras de Kramsky, avec la bonne sciure fraîche qui vole autour et vient se coller sur la transpiration. Et même autrement, Kramsky avait une odeur de cuir qui sentait bon.

Avec lui, ça n'était pas comme avec Gentil : Théo ne demandait rien, ne posait pas de questions, ne racontait pas les choses qui lui étaient arrivées. Il attendait. Il écoutait. Kramsky avait inventé des phrases et de temps en temps, sans arrêter pour autant de scier ou de fendre, il prononçait l'une d'elles. C'est ce qui faisait plaisir à Théo. Une fois que Kramsky avait dit toutes ses phrases, Théo était vraiment heureux. Au lieu de tourner autour de son ami et de faire des raies dans la sciure avec le bout de son soulier, il allait se mettre contre le mur et le regardait travailler avec amour, et l'écoutait siffler avec amour. Une des phrases était: «Eurêka!!! disait la mouche, suspendue au plafond par une patte. Prête-moi ton mouchoir que je me mouche!» Une autre: «Mistigrigri, Mistigragra, Mistigrogro.»

Théo se rappelait fort bien le jour où toute la famille se rendit à l'Eldorado un dimanche après-midi, pour voir le Justicier masqué ou je ne sais qui. Théo devait avoir dans les six-sept ans. Il n'était jamais allé au cinéma auparavant; il avait seulement entendu parler d'un film qu'Agathe avait vu avec Mémère, Papy et Maman, et qui s'intitulait: *Le Roi des resquilleurs* (vous riiez de si bon cœur que les larmes vous coulaient!). Mais cette fois-là, c'était une histoire de covboïlles avec des sabres.

On arriva bien en avance. La bise pinçait sur le faubourg, mais dans le hall de l'Eldorado il faisait presque trop chaud. Le hall sentait quelque chose que Théo ne connaissait pas et qui est l'odeur qu'avaient les eldorados d'autrefois, avant qu'on ne les remplace par des marchands de lino. On prenait les billets à la mère Gras, toujours aimable comme une porte de prison, celle-là, et ensuite, on pouvait traverser le hall et s'installer au bar pour attendre. D'ailleurs, il y avait déjà des personnes devant le comptoir, des hommes discutant d'un match de foot, et puis tout seul à un bout, plus verdâtre que jamais, le Gitan, qui regardait fixement au fond d'un tout petit verre.

On venait de boire à la maison, on n'allait pas recommencer. Par conséquent, après avoir jeté un coup d'œil aux affiches punaisées sur les murs et aux photos d'artistes, on alla directement s'asseoir dans la salle. Il est bon d'être en avance au cinéma, parce qu'on peut choisir les places qui sont tout au fond et qui ne font pas mal aux yeux. Il suffit de dire à la mère Gras qu'on veut le dernier rang et même si ça la défrise, cette peau-là, elle est bien forcée de s'exécuter, étant donné que vous pouvez voir aussi bien qu'elle sur son plan les places qui sont libres.

Une salle de cinéma vide, c'est une église : on n'ose pas parler tout haut. D'abord, on se dispute en silence au bout du rang, pour savoir qui va passer le premier. Ensuite, on s'assied à moitié, on compte les sièges pour être sûr d'être bien au milieu et on change de place. On dépose ses affaires sur le dossier de devant, en attendant d'être obligé de les prendre sur ses genoux parce que les gens arrivent, et l'on n'a plus qu'à espérer que ce n'est pas devant vous que la grande perche va se mettre. Lorsqu'on est assis, on peut croiser les bras comme Papa, ou tenir son mouchoir comme Agathe, ou faire déplacer tout le monde pour aller aux cabinets.

Ce dimanche-là, cependant, la salle de l'Eldorado n'était pas tout à fait vide. Quand la famille se fut installée, on s'aperçut qu'il y avait déjà un bonhomme au premier rang. C'était le coupeur de bois : avec son crâne, ça n'était pas difficile de le reconnaître…

Kramsky ne tournait la tête ni à droite ni à gauche. Il regardait le rideau comme si le film allait jouer d'une seconde à l'autre.

Papa, qui s'était placé le dernier, mit sa main devant sa bouche et glissa à Théo :

– Tu as vu ? C'est ton grand ami Kramsky.

Papy, assis à l'opposé de papa, chuchota d'une voix tonnante :

– Vous avez vu ? C'est le Bourreau !

– Chhhhhht ! souffla Maman. Il va nous entendre !

– Et alors ! s'écria Papy si fort qu'il y eut une espèce d'écho sous le plafond. C'est peut-être pas vrai ?

Agathe et Mémère eurent un fou rire, mais pas Théo, qui était très ému de se trouver au cinéma pour le première fois.

Peu à peu, les gens sont venus, se saluant par des mouvements du menton. Ils ont rempli la salle et Kramsky n'avait toujours pas cessé de fixer le rideau droit devant lui. Il ne broncha même pas lorsqu'une Romanichelle vint s'asseoir à côté de lui, puis un voyou de l'Arsot.

La salle s'éteignit. Le cinéma sembla quelque chose d'épatant à Théo, bien qu'on n'ait pas vu encore le Justicier, mais seulement des barbichus et ce Flandin-Flandrin dont l'oncle pensait pis que pendre. À l'entracte, tous ceux des premiers rangs se levèrent, excepté le coupeur de bois qui continua de rester immobile le nez en l'air.

– Sans doute qu'il s'est endormi, dit Maman. Il paraît qu'il y en a qui viennent exprès à l'Eldo pour dormir !

Certains achetaient des bonbons de menthe. Chez Théo, on avait suffisamment mangé comme ça à midi.

Le justicier masqué, ou n'importe quel héros que vous voudrez, apparut enfin sur son cheval, faisant des moulinets et sauvant la duchesse d'une embuscade. Bon sang ! il perçait deux ennemis à la fois !

– Bien fait ! hurla une voix frénétique sous l'écran – et il n'y avait pas de doute : c'était celle du Bourreau !

Après ça, Kramsky n'arrêta pas une minute de donner son opinion sur ce qui se passait dans le film.

Le colonel des lanciers disait qu'il finirait bien par l'arrêter un jour, ce Justicier maudit : « On verra ça ! » ricanait Kramsky. Le traître débinait traîtreusement le héros par-derrière : « Oooh ! » s'indignait Kramsky. Abusé, le souverain faisait jeter le héros dans un cachot : « Vieux schnock ! » gémissait Kramsky, au bord des larmes. Mais, dans une autre partie du château, la complice du traître contemplait son beau visage dans une glace : « Cache-toi ! » lançait Kramsky.

Le héros ouvrait-il une porte ? « Attention ! » braillait Kramsky. Et si par hasard il n'y avait pas de bandits derrière : « Bon, disait Kramsky. Ça va ! »

Pour le coupeur de bois, le film était une source d'émotions inépuisables. Un laquais annonçait que la nuit allait tomber ou le jour venir : « Non ?! » faisait Kramsky, stupéfait. Et même lorsqu'il ne se passait rien, qu'on montrait une montagne ou des danses, par exemple, il avait son mot à dire. « Ça traîne ! l'entendait-on grogner du fond de son siège. Feignants ! »

On se demandait pourquoi les méchants prenaient la peine de se dissimuler, étant donné qu'immanquablement, Kramsky les dénonçait. On se demandait pourquoi ils espéraient encore voir triompher leurs noirs desseins, puisque Kramsky les détrompait là-dessus dès le début du film. Kramsky était la plaie des méchants et des traîtres. Il leur portait la poisse, cet animal-là ! Les héros, s'ils avaient eu la moindre reconnaissance, auraient dû lui glisser la pièce à la fin. Mais Kramsky n'en demandait pas tant. Tout ce qu'il voulait, c'était que le mauvais tombe du haut des remparts en faisant « Rhaaaaaaaa ! » et que sa complice boive par mégarde le vin empoisonné qu'il avait préparé à l'intention de l'héroïne, une demoiselle très comme il faut passant la moitié de son temps à être ligotée au fond d'un carrosse.

On se leva sans précipitation, on s'adressa des sourires entendus, on remit les manteaux, on corrigea l'inclinaison des casquettes, on sortit la blague à tabac, ou bien on alluma une toute cousue sans même attendre d'être dehors.

On dit, en imitant l'espèce de tourniquet que le Justicier fait avec son bras pour porter sa botte secrète : « Alors, Momo, c'est comme ça qu'on y fait d'main au Cugnet, s'i nous cherche ? » On pouvait parler fort : ni le Cugnet ni aucun des autres surveillants ne se risquaient à l'Eldo, des fois qu'on leur demande des comptes...

Dans le hall, la famille se retrouva à côté de Kramsky. On aurait dit qu'il venait d'être réveillé en pleine nuit. À moitié hagard, à moitié abruti. Ses traits étaient tirés. Son visage reflétait encore un peu tous les sentiments contradictoires par lesquels il était passé durant le film. On ne savait pas s'il vous reconnaissait : ses yeux regardaient à travers vous.

Papy, qui était d'excellente humeur, lui tapa dans le dos :

– Eh bien ! par exemple, Bourreau, avec toi c'était pas la peine qu'ils inventent le parlant ; ils se sont donné bien du mal pour rien !

Et Kramsky, hébété :

– Ah ! bonsoir, monsieur Schultz. Faites excuse, je vous avais même pas vu. Ça va ?

Sacré Kramsky !

En attendant, sortir de l'Eldo ne fut pas une petite affaire. La première neige de l'année avait commencé à tomber pendant qu'on était à l'intérieur. Aussi, tous ceux qui posaient le pied sur le trottoir, au lieu de rentrer chez eux, ou d'aller voir au Luxhof, ou de courir au Chpaniaque pour être à une table, tous ces gens se figeaient sur le seuil du cinéma et faisaient des oh et des ah, de telle sorte qu'on était coincé entre eux et ceux qui venaient par-derrière, quittant la salle en dernier.

Théo était obligé de tourner la tête pour que son nez ne soit pas écrasé contre la canadienne puante d'un bonhomme. Puis il y eut un mouvement dans la foule et soudain, il aperçut par-dessus les casquettes un morceau de couleur bleu lessive. C'était le ciel qui se découpait dans l'encadrement de la porte, la porte de l'Eldo avec ses deux battants à hublot. En s'approchant, on pouvait voir que cette couleur bougeait. Elle était faite d'un tournoiement de flocons contre la nuit précoce des dimanches. La nuit d'hiver s'allongeait sur Belfort, sournoise, n'étant encore qu'une sorte de pâleur transparente, un filtre laiteux derrière quoi le noir se massait en douce et faisait des traces sales.

Si vous voulez avoir le cœur gros jusqu'au moment de vous endormir, il n'y a rien de tel que d'entrer à l'Eldo en plein jour et d'en ressortir quand s'installe la vilaine nuit de novembre, décembre, janvier, février, ayant vu entre-temps des pays exotiques où c'est toujours l'été. Et ce n'est rien s'il neige – mais s'il pleut, s'il pleut comme à Belfort pour des heures et des jours, alors vous pouvez avoir l'impression d'être de trop sur la terre.

Ils rentrèrent, longeant les murs à la queue leu leu, et coupèrent par la place du marché. Papa respirait fort. Il y avait bien trois centimètres de neige par terre et ça continuait à tomber. On pourrait peut-être aller faire de la luge jeudi, mais ça ne consolait pas Théo de cette nostalgie qui s'était mise dans son cœur, uniquement parce que la nuit profitait de ce vous étiez à l'Eldo pour étouffer le jour. Après le cinéma, c'était justement là qu'il aurait fallu que la journée commence : eh bien, non, elle était déjà finie. Théo avait le sentiment d'avoir été dépouillé de quelque chose pendant qu'il regardait ailleurs, trop confiant dans l'honnêteté du monde.

L'appartement était glacé. On n'aurait pas aimé toucher le mur de la cuisine, parce qu'il avait l'air d'être humide. Il fallut que le père à Théo prenne les seaux et aille chercher du charbon à la cave.

La famille habite au premier étage, la cave n'est donc pas très loin. Et de toute façon, il faut bien mettre le charbon quelque part. Pourtant, le vieux ne revenait pas. D'abord on n'y fit même pas attention. Théo s'était mis devant une fenêtre. Agathe était à lire dans la chambre qu'elle partageait avec les grands-parents. Papy bougeait sa main qui ouvrait un peu moins bien qu'avant. Maman et Mémère attendaient le moment de préparer la soupe, tournicotant entre l'évier, la cuisinière émaillée aux portes décorées de fringants coquelicots et de vertes fougères, la table et le garde-manger. Ce n'est qu'au bout d'une demi-heure que Papy releva le nez et dit :

– Mais qu'est-ce qu'il fabrique donc, Roméo ?

Il ne parla pas bien fort, mais cela fit sursauter tout le monde. Tout le monde en même temps regarda la pendule. Agathe se montra avec son livre à la main et demanda :

– Papa n'est pas revenu ?

Et c'est à ce moment-là qu'il reparut devant nous. Il était livide. La jambe gauche de son pantalon, la manche gauche de sa chemise, et même le côté gauche de sa figure étaient maculés de charbon. Il frissonnait de la tête aux pieds. Ses lèvres étaient blanches. Il avait même dégrafé le bouton de son col.

Mémère se précipita vers lui :

– Mon pauvre Roméo ! Mais qu'est-ce qui vous arrive ?

Agathe poussa un cri aigu et posa ses doigts sur sa bouche. Maman devint toute pâle et frotta nerveusement ses mains après son tablier. Théo était cloué sur place.

– Eh bien, murmura Papa, je crois...

On lui avança une chaise. Il se laissa tomber dessus.

– Qu'est-ce qui s'est passé? demandait Mémère. Qu'est-ce qui s'est passé? On vous a attaqué?

Roméo secouait la tête, il reprenait son souffle.

– Dites-nous quelque chose! disait Mémère d'une voix implorante.

– Oui, renchérit Maman. Parle-nous, Papa!

Il faisait signe avec la main qu'il fallait prendre patience. Théo n'avait pas bougé. Il avait l'impression que son corps était une pierre, que son cœur était sorti par sa bouche et était allé se cacher au fond du couloir.

Papy mit un bras autour des épaules du vieux:

– Ça ne va pas? dit-il. Qu'est-ce qui ne va pas?

Roméo regarda le carrelage, puis le plafond, puis de nouveau le carrelage, puis il ferma les yeux, puis il les ouvrit et considéra l'un après l'autre tous ceux qui étaient là.

– Ce n'est rien, dit-il d'une voix exténuée. Ce n'est rien.

Il porta machinalement la main à son cou et essaya sans y parvenir de refermer son col.

– Vous êtes tombé... dit Mémère.

Le ton de sa voix reflétait en même temps l'inquiétude et la réprobation.

– Non-non, dit Papa. Non-non.

– Ne faites donc pas le fier, gronda Mémère. Où est-ce que vous avez mal?

– Ça va très bien, dit Roméo. Mon Dieu! J'ai laissé les seaux en bas. Voilà que je ne sais plus ce que je fais, à présent ! J'oublie le charbon et je vous laisse dans cette glacière...

Son corps fut parcouru d'un long frisson. Il se leva.

– Je vais les chercher, dit-il. Je reviens tout de suite.

– Teu-teu-teu ! fit Mémère. Vous allez rester ici et je vais vous faire une bonne tisane. Agathe a encore des jambes, que je sache !

Le père jeta un coup d'œil à sa fille, esquissa un sourire.

– J'y vais, dit Agathe.

– Agathe ! dit Roméo d'une voix lasse, mais calme et ferme. Agathe, reste ici !

– Théo m'aidera ! plaida Agathe.

Théo agita furieusement la tête en signe d'acquiescement, car sa langue était soudée à son palais.

– Rien du tout ! dit Papa. C'est encore moi qui commande.

– Ne va pas faire l'imbécile ! implora Maman. Tu ne tiens plus debout ! Roméo !

Il fit celui qui n'a pas entendu et se dirigea vers la porte.

– Théo, accompagne ton père ! cria Maman avec colère, comme si Théo avait l'intention de désobéir.

Cela rompit le charme. Théo sursauta. Il fut délivré de sa paralysie tandis que son cœur réintégrait le dedans de sa poitrine. La seconde d'après, il était avec son père dans le vestibule.

– Ces femmes sont folles, chuchota Roméo. Elles font des histoires avec rien.

Cette fois encore, son clin d'œil n'était pas très

réussi. Sur le palier, il boutonna sa chemise. Théo était à côté de lui et n'osait pas le regarder. Ils ne se dirent plus un mot jusqu'en bas. À la cave, l'un des seaux de charbon était renversé contre le tas; l'autre seau était posé debout sur la terre battue. Ils mirent un certain temps à retouver la pelle. Elle était allée se nicher entre le mur et la caisse à patates, je vous demande un peu!

Théo aurait aimé que son père Roméo lui confie la pelle, mais le vieux n'y songea même pas. Il commença à remplir le seau qui était sur le tas et dans lequel il y avait encore quelques boulets.

Théo se tenait sur le côté, se demandant ce qu'il pourrait dire à son père pour que celui-ci sache que lui, Théo, l'aimait bien. C'est que ce ne sont pas des choses faciles à dire. Il suffit qu'on les dise pour qu'elles n'aient plus l'air vrai! Et d'un autre côté, si on ne les dit pas, si on ne trouve pas la force de les dire, est-ce que ça n'est pas parce qu'elles ne sont pas assez vraies?

Lorsque les seaux furent pleins, Théo n'avait encore rien dit. Le vieux planta la pelle dans le tas et frotta ses paumes l'une contre l'autre. Il se tourna vers le soupirail où l'on peut voir les pieds, quand les gens marchent sur le trottoir. Théo regarda aussi de ce côté mais il n'y avait rien à voir, sinon le reflet de l'ampoule de la cave sur la vitre constellée de chiures de mouches. Et son père parla:

– Vois-tu, mon garçon, il y a une chose que je ne regrette pas.

Théo retenait son souffle et son père hochait lentement la tête, fixant le soupirail.

– Je ne regrette pas d'avoir un fils comme toi, dit l'homme. Ça, je ne le regrette pas.

Dans l'escalier, Théo tremblait autant que le vieux. C'est ce jour-là qu'il décida que si quelqu'un avait fait du mal à son père, il le vengerait.

Et les jours s'en vont. Et le trottoir redevient sec et poussiéreux, sur le faubourg des Coups-de-Trique. Bresson a crevé la peau de son tambour et Gentil a fait la quête parmi les clients du Luxhof. Puis Théo a joué tout seul *Le Temps des cerises* et ne s'en est pas trop mal tiré. Gentil lui a dit que s'il ne faisait pas un bon musicien un jour, peut-être que son fils en serait un, ou son petit-fils. On s'est promené en bras de chemise au mois de mars. Agathe a été reçue troisième du département au certificat d'études. Le Gitan s'est pendu derrière le chemin de fer. Ils ont donné *Les Trois Lanciers du Bengale* à l'Eldorado. Kramsky était là et quand il s'est agi de supplicier Gary Cooper, il a crié, plein de dépit, pour décourager les tortionnaires: «Pfou! ça lui fera même pas mal!» En définitive, Maximilien Schultz n'est pas retourné à Paris. Il avait pris en grippe un certain Blum. Il a eu l'air surpris quand on lui a dit que la tombe de tante Mathilde ressemblait à un tas d'ordures. Il n'a pas offert de clarinette à Théo, qui d'ailleurs n'avait jamais pensé qu'il lui en offrirait une. Il dit que tout va mal mais il n'a pas perdu l'appétit. L'étang des Forges est à la même place. Par contre, on a jeté un pavé dans la vitrine du cordonnier

Goldenberg qui a ramassé lui-même tous les bouts de verre un par un devant un attroupement. La police l'a soumis à un interrogatoire serré et lui a déconseillé de porter plainte. Le vieil accordéoniste du Bristol a été remplacé par un jeune qui est encore plus mauvais, et qui lâche son instrument pour aller se battre dans la salle avec les autres. M. Clément raconte à qui veut l'entendre qu'Artichaut est un Nègre, ni plus ni moins que Joséphine Baker, et il tressaille lorsqu'il se rend compte que Gentil se trouve à portée de voix. Le mari de la mère Gras a été pris la main dans le sac, chez Bumsel où il est gardien de nuit. Et voilà qu'après ça, la fille de la mère Gras tombe enceinte ! Et puis on emmène la mère Gras elle-même à l'hôpital, soi-disant pour une tumeur. Un soir, le ciel est violet ; le lendemain, il est comme d'habitude. Hansi dit à Gentil, parlant d'une fille de la rue du Lavoir : « Tout l'monde y est passé d'sus, sauf le tramway ! » Mais Gentil réplique sèchement : « Le tramway n'a pas de cœur, voilà tout ! » Et Hansi est obligé de détourner les yeux. D'autres que le tramway n'ont pas de cœur. Ce sont le maître (pour avoir mis au piquet Edgard Bienaimé, qui est pauvre, parce qu'il avait un tablier déchiré), la fille Korn, de l'épicerie Korn (pour avoir dénoncé la Nadette Fulgraff, qui avait essayé de chiper un réglisse, à son père connu comme la plus belle brute du quartier), le surveillant Cugnet (pour exiger plus des hommes que les patrons eux-mêmes n'en demandent), le conscrit Zarifian (pour avoir raconté qu'il couchait avec Mme Blaise, dont le mari est au sana, si bien que beaucoup ne saluent plus cette femme, même après que la fausseté de l'histoire a été démontrée), le grand Léon Jeandheur (pour avoir obligé Riri Goldenberg à montrer sa quéquette sous la menace de son chien-loup), Bastien Nussbaum, Guido Franceschini, Nono Noguez, les jumeaux Joël et Noël Binda (pour avoir renoncé, le lendemain de cette affaire, à casser la gueule au grand Léon comme prévu), le propriétaire Deslauriers-Vacheron (pour avoir cédé le vieil immeuble de la rue du Barcot à encore plus sans cœur que lui), « Cochise » Zehnacker (pour différentes raisons). Mais ceux-là ne détourneraient les yeux pour rien au monde – excepté peut-être la bande des Nussbaum, Nono Noguez et compagnie, qui sont lâches et frivoles, mais pas vraiment méchants.

– On fait tous le mal, disait Gentil, on est tous plus mauvais que des gales. La différence, c'est qu'il y en a qui regrettent et d'autres qui en sont fiers. Il y en a, mon Théo, qui demanderaient presque d'être décorés pour ça, mille caissons !

Ils allaient à nouveau par les rues, les chemins écartés qui mènent aux pentes, de l'autre côté de la Savoureuse.

– Un jour, on s'en ira plus loin, mon Théo, on s'en ira. Il y a là-bas des pays, mon Théo, tu n'en as pas idée. De ces pays où le soleil est levé avant toi, même en hiver, des pays où l'on n'a pas besoin d'aller quelque part, parce qu'on est autre part partout. Ah ! tu verrais… Le Fleuve rouge, qui n'est pas plus rouge que toi et moi, entre nous soit dit… l'île Sainte-Marie et la baie d'Antongil... Bizerte... Djibouti... figure-toi un peu une place qui se nomme Djibouti! Et Chicoutimi, donc! Un jour...

C'est un jour qu'on doit s'en aller. Mais maintenant on reste, c'est plus sûr. Un jour de clarinette et de beau temps, on partira, on ira voir comment c'est. Notre chez-soi vaut bien celui des autres. Cependant, il n'est pas mauvais de faire des voyages. Quand on revient, on est plus confiant dans les choses qui sont ici. Tous les endroits se valent. Ils se valent parce qu'ils sont tous différents. C'est pour cela qu'il faut les voir. Même la rue de l'Égalité, dans un sens, il faut l'avoir vue. Un Chinois devrait l'avoir vue car il n'y en a pas d'autre au monde. Avant de mourir, on devrait pouvoir marcher dans toutes les rues de la terre au moins une fois. Ceux qui déblatèrent contre leur ville sont des ingrats. Ceux qui ne veulent pas aller voir ailleurs, faisant leur tête de cochon et grognant que c'est partout pareil, ceux-là sont comme des personnes qui possèdent la vue et se feraient aveugles exprès. Le vaste monde est semblable à la musique: les notes sont les mêmes et les mélodies changent tout le temps. Dans le monde, il n'y a que de vrais paysages et dans la musique, il ne peut pas y avoir de fausse note, si c'est réellement de la musique et non pas quelqu'un qui demande à un instrument de lui chanter la chanson d'un autre. L'instrument c'est le train, le bateau. Ce n'est pas là qu'on va, c'est dans des pays. La musique est un pays, elle est des tas de pays, et ce sont des pays qu'on façonne en jouant, et après ils existent pour toujours.

Qu'est-ce que je veux? Moi, je ne veux rien. On m'a mis là: je donne mon sentiment. Gentil-N'a-Qu'un-Œil donnait son sentiment et expliquait les choses. C'est à quoi il servait. Et Théo servait à l'écouter, pour que Gentil puisse dire cela. La vie n'est pas si mal faite, en définitive. Si vous êtes Théo, elle vous fait cadeau de Gentil; si vous êtes Gentil, elle a prévu Théo. Personne n'est là pour rien. Il n'y a que des rois sur la terre.

– Kramsky est un roi, disait l'ancien marsouin. Bresson est un roi, le père Schultz, le Chpaniaque, l'homme qui vend les instruments tout neufs, place Corbis... Le Gitan était un roi.

– Et l'oncle Maximilien?

– C'est un roi, disait Gentil, c'est un roi pour quelqu'un. Et M. Clément, et Cugnet – Cugnet, mon Théo, parfaitement! – et le grand Léon Jeandheur, et la mère Gras, et la boiteuse du bazar Cherpitel, et la Romanichelle qui vend de l'élastique tout gris parce qu'elle le tient dans ses mains depuis Mathusalem!

Théo garda un instant le silence.

– Et papa?

– Alors lui, dit Gentil, c'est un roi! C'est le roi des rois! C'est peut-être un dieu!

– Un dieu?

– C'est le roi des dieux! Comparés à lui, les autres dieux sont une bande de chiffonniers!

Théo méditait cette réponse. Ce jour-là, ils étaient allés dans un endroit différent. Ça s'appelle la Justice. Autrefois, on venait y pendre les gens. Maintenant, il y a un fort. Il y a un sentier et l'on se trouve en haut d'un rempart. Belfort est en bas et on le voit d'une façon différente que depuis le pré sous la Miotte. D'ailleurs, quand on est sur le sentier de la Justice, on voit aussi la Miotte.

Théo remarque qu'avec Gentil, on va ici ou là, mais on est toujours en haut de quelque chose. Il veut savoir pourquoi et demande à Gentil.

Gentil ouvre la boîte, assemble la clarinette et joue là-haut, au bord de ce rempart, une musique artichaut qui est la plus douloureuse et la plus tendre des musiques.

Voilà pourquoi.

Élysée Schultz
Histoire des cheveux défaits

Aussi incroyable que ça puisse paraître, Maman n'avait pas toujours été Maman. Papy et Mémère racontèrent à Théo qu'une fois, elle avait même été petite fille, ce qui était probablement très exagéré. À l'époque, ils n'habitaient pas Belfort, mais dans la campagne, à Gi. On disait Gi, mais le véritable nom est Giromagny. Ça se trouve à l'endroit où commence vraiment la montagne. Vous savez, quand le pays se soulève, prenant l'odeur et la teinte des sapins... À droite, il y a le Rosemont. On grimpe entre les troncs et, tout au-dessus, on tombe sur un morceau de château fort qui, entre nous, n'est plus qu'un vieux tas de pierres. À Gi, Papy travaillait aux pompes funèbres. C'est lui qui conduisait le corbillard et qui s'occupait des chevaux. Avant, il avait été charron près de Thann (charron, c'est l'homme qui fait les roues des carrioles).

Au temps où Papy et Mémère étaient eux-mêmes des enfants, il y avait eu la guerre – et ce ne fut pas une bonne guerre du tout. Vous me croirez si vous voulez, mais c'est les Boches qui avaient gagné. Résultat : ils étaient chez eux à Thann et dans toute l'Alsace, mettant à la place de nos sous-préfets des Kreisdirektoren qui n'étaient jamais que de gros porcs costumés. Pendant leur jeunesse, Mémère et Papy voyaient les Boches défiler au pas de l'oie derrière leurs sacrés tambours. Que pouvait-il sortir de bon d'un carnaval pareil ?

Après leur mariage, ils allèrent habiter une maison le long de la rivière, qu'on appelle là-bas la Thur. Ils avaient soigneusement choisi l'endroit : un peu en dehors de la ville, pour que Papy ait la clientèle des fermiers de la montagne, mais pas trop loin non plus, à cause du travail de Mémère.

Mémère taillait des habits de dame à domicile. Elle brodait le linge fin pour les trousseaux. Jusqu'à des dix heures du soir, elle restait sous la lampe, à ourler, ajourer et marquer des draps dans lesquels, encore maintenant, il se pouvait que personne n'ait jamais dormi, vu que ceux qui lui avaient confié cet ouvrage en possédaient plus de cent paires. La dame de Maître Künstler, qui était une personne tout ce qu'il y a de plus difficile qu'on voyait au bal à Cernay, et parfois même à Mulhouse, comptait parmi ses meilleures clientes. Par contre, sa fille était une garce. La Schwindenhammer renouvelait entièrement sa garde-robe tous les deux ans – et elle en avait, vous pouvez me croire !

Honnêtes et travailleurs, les jeunes mariés étaient

bien considérés dans le pays. Ils auraient pu vivre cent ans près de la Thur, personne n'y aurait rien trouvé à redire. Les roues de Papy tournaient tout ce qu'il y a de plus rond. La couture de Mémère se comparait avantageusement avec le tout-fait qu'on voyait exposé dans les vitrines (surtout quant au prix). Seulement, Papy avait le sang chaud. Il détestait les Boches et, à chaque réunion de famille, reprochait à ses parents et beaux-parents de ne pas avoir opté pour la France. Il ne criait pas. Il parlait d'une voix douce et implorante, en fixant le tapis comme si c'était après lui-même qu'il en avait. Il parlait aux vieux avec un respect, une tendresse, une timidité et une amertume extrêmes. Finalement, c'est lui qui décida de s'en aller. Il y avait une chose qu'il ne pouvait pas tolérer, c'était d'avoir à porter le casque à pointe. Il choisit l'exil, au risque de se briser le cœur. Mémère le suivit, une noire nuit de septembre, au milieu des bois, puis à travers la montagne.

Ce qui s'était passé alors, on n'arrivait pas à s'en faire une idée très précise. Chaque fois qu'ils racontaient cette histoire, c'était par bribes, par lambeaux. On ne savait pas ce qui venait avant et ce qui venait après. On ne distinguait que rarement la cause de la conséquence. Chacun des deux héros avait sa version des différents épisodes de l'affaire, et de la façon dont ils s'enchaînaient. « Attends ! attends ! » disait-il à l'autre qui n'en tenait aucun compte et poursuivait son récit, tandis que lui-même exposait en détail sa conception comme s'il avait été seul à parler. Encore ces discours simultanés et inconciliables n'étaient-ils l'un comme l'autre qu'une longue succession de commentaires, de considérations annexes, de comparaisons oiseuses, de dictons et de proverbes lancés à plus ou moins bon escient. Des heures durant, hurlant à s'en rompre la voix pour s'imposer mutuellement silence, évitant de reprendre haleine de peur que l'adversaire n'en tire avantage, Mémère et Papy ne faisaient qu'ouvrir des parenthèses, et des parenthèses dans ces parenthèses, sans le moindre souci d'en refermer aucune, de sorte que, parti de Thann pour arriver à Gi, on se retrouvait aussi bien au Cap Horn ou chez le Chpaniaque, dans les siècles futurs ou aux premiers jours de la Création.

Quoi qu'il en soit, on pouvait être sûr d'une chose : ils avaient vécu ce jour-là une aventure bougrement palpitante. À un moment donné, on leur avait même tiré dessus. Une veine, encore, qu'on les ait ratés. Car ils ne pouvaient pas se sauver bien vite, les pauvres ! étant chargés pire que des baudets et ayant pris soin d'enfiler les uns par-dessus les autres la plus grande quantité possible de vêtements, non pour se garantir du froid, mais parce qu'ils ne voulaient pas les laisser derrière eux.

En fait, ils n'étaient pas partis de Thann le jour même. Comme si de rien n'était, ils s'étaient rendus la veille chez une lointaine cousine à Papy, leurs affaires camouflées sous une grande bâche. Depuis la fin de la guerre, la frontière passait par la route qui va de Gi au Ballon. La cousine habitait Sewen, le dernier village avant d'arriver à cette route.

Ils avaient dormi là et, pendant la journée du lendemain, enfermés dans la maison pour se faire oublier des autres habitants, ils avaient continué à se reposer en prévision de ce qu'ils auraient à accomplir durant la nuit. Cette attente avait été un véritable calvaire, bien que le mari de la cousine se soit montré aux petits soins pour eux.

À sept heures, il n'y avait plus un chat dehors. Ils attendirent quand même que la dernière chandelle soit mouchée. Il était alors un peu plus de neuf heures. Ils sortirent par-derrière.

La nuit était tellement sombre que Mémère eut un mouvement de recul :

– On ne s'y reconnaîtra jamais !

Mais Papy avait son plan. Il était né dans ce village, y avait passé toute une partie de son enfance et connaissait les environs comme sa poche.

– Ne t'en fais pas pour ça ! dit-il. Je m'y retrouverais les yeux fermés !

Ils embrassèrent la cousine, le mari, espérant au fond d'eux-mêmes qu'ils les supplieraient de rester, mais ce ne fut pas le cas. Alors ils traversèrent le verger avec tout leur fourbi, trottinant en direction d'une masse encore plus noire que le reste et qui, selon Papy, était le petit bois de sapins où Gugusse Trimbach avait été abordé par deux loups, pendant l'hiver 1867. Ils chaloupaient sous le poids de leurs baluchons. À peine étaient-ils sortis du verger que Mémère laissait échapper le paquet où étaient les cadres : le père de Papy en uniforme de dragon, la remise des aigles aux armées par l'Empereur, la veillée paysanne, le port du Havre, le Sacré-Cœur de Jésus. On entendit le bruit du verre brisé et Mémère se mit à pleurer.

– Tu vois! gémit Papy, le souffle court. Je t'avais bien dit que ça n'était pas un déménagement!

Ils abandonnèrent le paquet dans les fougères. Ils repartirent en titubant. Plus loin, la forêt faisait des bruits de pas autour d'eux. Ils se perdirent presque tout de suite. Papy connaissait le coin comme sa poche, mais il ne pouvait pas prévoir que, cette nuit-là, les choses ne seraient pas à leur place habituelle. Du coup, ils marchèrent au hasard et ne surent pas à quel endroit ils posèrent le pied en terre française. Ils étaient justement en train de dire qu'ils étaient sauvés quand on leur tira dessus. Peut-être qu'un des nôtres les avait pris pour des espions boches: ç'aurait été le comble, avouez!

Il leur fallut toute la nuit pour franchir la douzaine de kilomètres qui, par les sentiers de montagne, sépare Sewen de Gi. Quand ils arrivèrent, c'était l'aube. Ils débouchèrent d'une nappe de brouillard et furent sans doute les premiers surpris de constater qu'ils avaient atteint leur but. Il n'y avait pourtant pas à s'y tromper: tous deux avaient déjà eu l'occasion de venir à Gi avant guerre pour une raison ou pour une autre, et ils reconnaissaient les lieux.

Le bourg était figé dans un silence compact – un de ces silences qu'on entend. Tout était lourd, pâle, mat, rêche et glacé. Même les écharpes de brouillard suspendues autour des murs semblaient immobiles.

Mémère et Papy se mirent à avoir peur, un autre genre de peur que dans la montagne, mais qui n'était pas moins atroce, au contraire. Leurs pas sonnaient étrangement sur la route. Ils étaient à bout de forces; en nage et pourtant frigorifiés. Sur la Grande Place, ils allèrent se mettre près de la fontaine. Ils posèrent leur barda. Ils s'assirent sur la bordure de pierre. L'eau coulait derrière eux, un filet mince et obstiné.

Ils n'avaient pas l'impression d'avoir remporté une victoire. À demi assommés, ils regardaient autour d'eux les murs blêmes, les volets clos, les portes fermées à double tour, le terne feuillage des arbres endormis. Rien qui leur souhaitât la bienvenue. C'était donc là qu'ils allaient vivre, désormais ? C'était pour vivre là qu'ils avaient affronté l'obscurité, les maléfices de la montagne, les coups de fusil, l'incertitude du lendemain ? C'était pour cela qu'ils s'étaient sauvés de leur propre maison comme des voleurs, avaient abandonné leur famille, leurs amis, leurs clients fidèles, l'irremplaçable décor de leur enfance et la plupart des choses patiemment acquises avec le fruit de leur labeur ?

Leur nouvelle patrie se tenait autour d'eux. Froide. Muette. Inhospitalière. Ils avaient l'impression que Giromagny était rentré dans sa coquille en les voyant s'approcher. On ne voulait pas d'eux. On faisait le mort, on se calfeutrait dans les maisons en attendant qu'ils repartent. – Et c'était là qu'ils allaient rester.

Bien sûr, il n'y avait pas de Boches. Mais il n'y avait rien non plus de tout ce qui fait qu'on se sent chez soi quelque part. Ils auraient pu débarquer sur la lune, ç'aurait été exactement la même chose. Il n'y avait plus cette odeur familière, cette onctuosité de l'air. Il n'y avait plus cette paix qu'on a dans le cœur. Mémère et Papy n'osaient pas se regarder. Dire quelque chose, ils n'auraient pas pu. Leurs gorges étaient nouées. Si quelqu'un s'était alors avancé pour les faire mourir, ils n'auraient pas bougé le petit doigt. Pétrifiés parmi les dépouilles de leur ancienne vie, ils attendaient qu'une fenêtre s'ouvre, qu'un homme passe – ou un chien, à défaut.

Allant à la pêche (car on était dimanche), ce fut Jean Demeusy qui les trouva. Ils étaient assis sur le bord de la fontaine, appuyés épaule contre épaule. On aurait dit deux bouddhas, à cause de ces épaisseurs d'habits qu'ils avaient sur le dos. Les oiseaux chantaient, un soleil glorieux avait dévoré le brouillard, jouait avec l'eau et faisait étinceler les cheveux blonds de Mémère, au-dessus de sa nuque. Ils se tenaient la main. Ils s'étaient endormis.

*
* *

Giromagny, en fait, ce n'était pas pire qu'ailleurs. La poisse est la même partout. Et quand il s'agit de rire, pour peu qu'on sache s'amuser, on s'amuse autant là qu'autre part. L'ennui, pour les nouveaux arrivants, c'était que les gens n'étaient pas assez riches, alors les femmes faisaient elles-mêmes leurs habits et ceux des enfants. Ça ne ressemblait pas à grand-chose, ces vêtements-là, mais on ne pouvait pas leur en vouloir. Du reste, il y avait déjà une couturière avant que Mémère ne soit là, et elle suffisait amplement aux besoins du pays. Les Boisjoli allaient chez elle : autant dire qu'elle avait accaparé les quatre-vingt-dix-neuf pour cent de la clientèle possible, ce qui ne l'empêchait pas d'avoir du mal à joindre les deux bouts.

Mémère comprit tout de suite qu'elle était de trop avec son fil et ses aiguilles. Heureusement, on demandait du monde pour le coton. Il y avait des centaines de femmes qui travaillaient aux tissages, aux filatures, aux retorderies, et il en fallait encore d'autres. On embauchait à tour de bras. Le maire Boisjoli voulait que Gi soit un avant-poste de la lutte pour le Progrès. Mémère avait obtenu sans trop de mal une place dans son usine ; comme ça, elle ne s'était pas retrouvée sans rien. On gagnait très peu. Si vous ne vouliez pas du travail, personne ne vous forçait, une autre le prenait à votre place, trop heureuse ! et c'était tant pis pour vous – mais au moins, cet argent-là ne devait rien à personne et, tout ouvrier qu'on était, on pouvait encore marcher la tête haute.

Quant à Papy, en admettant que les Boches l'aient laissé faire, il n'aurait tout de même pas pu prendre sa forge et son enclume sur son dos. Il avait emporté son coffre à outils. Il l'avait encore dans la cave, rue de Toulouse. Il allait regarder dedans quelquefois. De moins en moins souvent. À Gi, les premiers temps, le coffre était sous le lit. Papy avait entièrement sculpté le couvercle. C'était quand il était jeune marié. Pendant que Mémère cousait, Papy sculptait son coffre.

Le charron de Gi lui dit qu'il n'avait pas besoin d'un compagnon. Pourtant, il en prit un le mois suivant qui ne savait rien faire d'autre que se flanquer le bec-d'âne sur les doigts, mais c'était un neveu aux Boisjoli. Alors Papy fut cantonnier quelque temps, pour remplacer un homme qui était malade. Pendant l'hiver, il fit le bûcheron dans le Mont-Jean, mais il n'était pas assez endurci pour ce métier-là, où il faut sans cesse montrer aux autres qu'on est le plus costaud. Il se présenta dans une carrière au printemps : on lui donna une brouette à pousser du matin au soir. Enfin, il trouva cet emploi de conducteur des morts, avec un habit noir et un bicorne galonnés d'argent. Depuis toujours, il s'était bien entendu avec les chevaux. Les familles lui donnaient un trinkgeld à la sortie du cimetière et, bien sûr, c'étaient toujours les plus pauvres qui se montraient les plus généreux. Papy se gardait bien de courir au café avec son argent. Il le ramenait le soir à la maison et Mémère le rangeait dans une boîte en fer cachée au fond de l'armoire.

Ils habitaient à l'étage d'une minuscule bicoque rose, rue du Four-à-Chaux. Un escalier extérieur permettait d'accéder directement chez eux. En dessous, c'était le logement de leur propriétaire, la veuve Simonet, une dame âgée qui ne faisait pas plus de bruit qu'une petite souris.

Papy avait obtenu le droit de s'occuper du jardin. Avant leur arrivée, ce n'était qu'un désert. La veuve

Simonet n'allait même pas cueillir les cerises. Mais Papy s'était décarcassé. Il avait ôté les ronces et les mauvaises herbes. Il en avait fait de grands tas et il les avait brûlées. Il avait dégagé les allées et les avait bordées au moyen de vieilles briques grisâtres enfoncées verticalement dans la terre. Puis il s'était occupé de faire pousser des choses. « Ça me délasse », disait-il. Quand la veuve Simonet avait vu les salades, les patates, les petits radis sortir du sol, elle avait porté ses deux mains à son visage et s'était écriée : « Mon Dieu ! Mon Dieu ! Si mon pauvre Hugène voyait ça ! » Elle paraissait terrorisée. En attendant, Mémère et Papy achetèrent, sans même avoir besoin de toucher à la boîte en fer, deux beaux lapins.

Alors l'été venait, un été comme dans le temps. La montagne se mettait à sentir fort la résine. Les soirs étaient dorés et cette dorure allait bien avec les verts du feuillage, tous si différents les uns des autres ; elle allait bien avec le chignon de Mémère. Papy disait qu'il songeait à se remarier avec elle. Il l'appelait mon petit. Les dimanches d'été, on emballait des victuailles dans une grande serviette à carreaux, on mettait la serviette dans un panier, avec une bouteille (une fois, ce fut du vin bouché, car c'était l'anniversaire de Mémère) et l'on partait manger sur l'herbe, au bord de la Rosemontoise. Et s'il faisait vraiment très beau, on quittait Giromagny à l'aube et on montait jusqu'à l'étang des Belles-Filles en profitant de la fraîcheur matinale. L'étang se trouve au-dessus de Lepuix-Gy. Il n'existe pas d'endroit plus paisible au monde. C'est comme un œil qui contemple le ciel au milieu des sapins. La montagne se voit dedans et se trouve belle. On marche sur les aiguilles sèches. Le soleil émiette une poussière blonde entre par terre et le haut des arbres. Il y a des rayons de lumière qui descendent de travers parmi les troncs, comme sur les images du catéchisme.

L'année des congés payés, toute la famille est montée là-haut pour voir comment c'était maintenant. Ça n'avait pas changé.

– Ça n'a pas changé, dit Papy. C'est toujours notre étang des Belles-Filles.

Il faisait bon frais. L'eau était noire, bleue, verte, blanche et brune. La montagne était remplie d'oiseaux qui chantaient de façon plus douce autour de l'étang. La terre du sentier s'enfonçait puis remontait sous les semelles. Théo jetait autour de lui des regards circonspects.

– Où qu'y sont, les belles filles ?

Mémère lui prit la main :

– Y sont dedans, pardi ! Y sont au fond. C'est leur beauté qui les a tirées.

Elle eut à cet instant un sourire plus jeune que son visage. Elle dit encore :

– On n'est jamais tranquille, quand on a quelque chose en plus que les autres.

Théo voulait voir les belles filles au fond de l'étang. Il s'approcha du bord et son pied glissa sur la mousse. Agathe poussa un cri perçant. Théo faillit tomber, mais se rattrapa à une branche.

– Il y a des gens qui venaient se baigner, dit Papy

avec à-propos. Les fils Demeusy venaient qu'il y avait encore de la neige autour. Ça n'est pas profond. On croit que c'est profond parce que l'eau est noire.

– Alors, ronchonna Théo, pourquoi qu'y se sont noyées ?

– Parce qu'elles étaient trop curieuses ! répondit Agathe d'une voix impatientée.

Mais Papa regardait Théo et il lui fit une de ses espèces de clins d'œil par-dessus l'épaule à Maman. Ils déballèrent le saucisson et le pain.

À cette même place, il y avait bien longtemps, Mémère avait dénoué les coins de la serviette à carreaux – et rien n'avait changé. Ou si peu de chose. Le soleil n'avait pas changé. Les couleurs de l'eau n'avaient pas changé. Le balancement imperceptible des branches et des cimes, le parfum de l'air, la douceur de la mousse n'avaient pas changé. Le ciel étincelant n'avait pas changé. Les aiguilles de pin n'avaient pas changé. La fraîcheur et le calme n'avaient pas changé. Autrefois, Mémère approchait ses lèvres de l'oreille de Papy et murmurait en alsacien : « Je crois bien que je vais vous accorder ma main encore cette fois, Élysée Schultz... »

*
* *

Le lundi matin, on était au travail. La vie ne peut pas être que de la fête tout le temps. Même s'ils avaient été mourants, Mémère et Papy se seraient présentés au travail le lundi matin. C'était une question de dignité. Mémère ne serait pas arrivée la dernière à l'usine. Et Papy voulait être là pour quand le pompe funèbre descendrait de l'appartement et ouvrirait le portail. Lorsqu'il était vraiment très en avance, Papy s'asseyait sur une de bornes qui se trouvent de chaque côté du portail. Il regardait comment le ciel bouge au début de la journée. Des fois il se lave, des fois il se salit. Des fois il passe à toute vitesse comme s'il était poursuivi. D'autres fois, il ne bouge plus : on dirait une pierre grande et lourde installée au-dessus des toits. En hiver le ciel est noir, ou bien bleu. Il y a des jours où il bourdonne, des jours où il fait une sorte de musique, des jours où il n'a rien à dire, et l'on est désemparé. Au bout de la rue, Papy voyait passer ceux qui vont aux ateliers. Ils viennent de partout et se rencontrent devant la mairie. Ils se saluent et marchent ensemble. Puis on ne voit plus personne car ce n'est pas encore l'heure de l'école. S'il ne pleut pas, Papy relève la tête pour observer le ciel. À certaines époques, les brouillards descendent la rue, entourent Papy et continuent leur chemin : il ne voit même plus les maisons d'en face. Papy a connu des matins où, au contraire, on distinguait nettement le plus petit détail du mur le plus éloigné : l'air était aussi pur et limpide que l'eau claire des sources. Et la neige, à d'autres moments ? C'est toujours passionnant de regarder tomber la neige. Elle peut tourbillonner ; elle peut descendre tout droit, lentement, lentement, et mourir à l'instant où elle se pose ; elle peut venir en biais, les flocons formant des lignes ininterrompues et s'accumulant par terre de sorte que ça fait tout de suite une épaisseur; elle peut être si fine qu'on ne la voit pas dans le ciel, mais seulement quand elle paraît devant les murs. Le bruit qu'on entend par-derrière, c'est le pompe funèbre qui ouvre la porte de l'appartement, s'apprêtant à grommeler: «Mais qu'est-ce que vous me foutez déjà là à c't'heure-ci, Schultz? Vot'femme vous a flanqué en bas du lit, ma parole!» Il déteste qu'on ne soit pas en faute.

Ce pompe funèbre était un petit bonhomme tout à fait mauvais. Grossier avec les humbles; servile avec ceux qui le traitaient plus bas que terre. Il n'aimait pas sa femme, il n'aimait pas ses filles, il n'aimait pas ses employés, ni d'une façon générale les gens de Gi, qui n'étaient selon lui qu'une bande de pouilleux incapables de faire seulement des morts convenables. Il disait que les hommes étaient tous des pochards, les femmes des galvaudeuses, et il maudissait le gouvernement de souffrir qu'une engeance pareille pût prospérer sur le dos des honnêtes gens. Après avoir lu le journal et l'avoir lancé à travers le bureau, il décrochait son fusil et l'astiquait rageusement, affirmant que si les agitateurs cherchaient la bagarre, ils trouveraient à qui parler. À l'entendre, l'humanité entière, à l'exception de lui-même et de deux ou trois autres, était formée d'agitateurs. Pour une raison mystérieuse, il avait une peur bleue du docteur Hamel, un géant bourru vêtu de velours à côtes, qui était le principal soutien du maire Boisjoli pour les élections et que tout le monde adorait. Le pompe funèbre, lui, le haïssait de toute son âme, mais il aurait été capable d'essuyer avec sa langue la crotte de ses semelles. Si le docteur Hamel avait su que, dans son dos, ce méchant homme le traitait de socialiste, il l'aurait fait rentrer sous terre à coups de poing sur le crâne, comme on enfonce un piquet. Le docteur Hamel pensait que les socialistes étaient les ennemis de Rome et des traîtres soudoyés par les Boches pour diviser et ruiner le pays. Quand il était appelé dans les logements, il en profitait pour faire la leçon aux hommes et leur expliquer qu'ils ne devaient pas se laisser abuser par les promesses de ces politicards pourris dont la plupart – il n'y avait qu'à voir leur nom ! – n'étaient même pas de vrais Français. Le Progrès, disait-il, n'adviendrait pas grâce à eux, mais contre eux. Personne ne le contredisait, même pas les Heurtaut, Jeanblanc et compagnie, qui cachaient des drapeaux rouges dans leur plancher. C'était un excellent docteur. Le lendemain de sa visite, on se sentait déjà mieux ; le surlendemain, on pouvait reprendre le chemin de l'usine. Et si l'on mourait, ma foi, il avait fait tout ce qu'il avait pu, personne n'aurait pu faire davantage.

Il y avait des semaines où le docteur Hamel restait trois jours de suite sans voir son lit. Il ne faisait pas payer les pauvres. Ceux qui étaient un peu moins pauvres, il leur demandait simplement de lui servir une bonne soupe. Quelquefois, c'était lui qui prêtait l'argent pour les médicaments. Si on ne le lui rendait pas, il n'en parlait jamais plus. Si on honorait sa dette, on était sûr qu'il vous laissait quelque chose pour acheter des oranges aux gosses. Et il n'était pas question de refuser ! Il nous traitait en amis ; il tutoyait tout le monde, même les femmes. Il ne refusait jamais un verre. Bien que n'étant pas marié, il voulait que les gens fassent le plus d'enfants possible. À la messe, il se plaçait devant et chantait plus fort que tout le monde. Il offrait le pain bénit une fois chaque trimestre. On disait : « Le docteur Hamel est un saint ! »

Les années de Gi étaient encore de vraies années qui duraient longtemps. Mémère et Papy avaient le coffre sous leur lit. Pour l'instant, ils mangeaient leur pain noir, mais ils n'avaient pas dit leur dernier mot. Papy était un trop bon charron pour jamais perdre la main. Tandis que Mémère, elle, entretenait ses talents de couturière en faisant les habits pour le ménage, ce qui permettait de mettre un peu plus de sous dans la boîte en fer. La veuve Simonet se plaignait d'avoir froid : Mémère lui fabriqua un tricot de flanelle, mais bien sûr, il n'était pas question de lui demander quoi que ce soit, puisqu'on mangeait déjà tous les produits du jardin. Mémère et Papy n'aimaient pas être redevables. S'ils avaient eu besoin du docteur Hamel, ils l'auraient payé jusqu'au dernier centime, même s'il avait fallu se battre avec lui pour qu'il prenne l'argent.

Certains soir, Mémère ne cousait pas ; Élysée Schultz, son époux, ne regardait pas dans sa boîte. C'étaient les soirs où les cheveux de Mémère se défaisaient et roulaient sur ses épaules, où l'on murmurait dans la chambre. Des soirs si vieux, à présent, qu'ils ne sont plus qu'une ombre dans le crépuscule des souvenirs : on a de plus en plus de mal à croire qu'ils ont réellement existé. Cependant les cheveux de Mémère étaient une vague d'or pur roulant sur une plage de sable blanc et l'on murmurait des noms qu'il n'y a même pas besoin d'inventer, car c'est le cœur qui les dit. On devrait garder ces noms ; mais ils s'en vont avec tout le reste, et l'on s'en va de son côté, comme si l'on avait quelque chose de mieux à faire. Et de même on soufflait la bougie, alors qu'il aurait fallu mettre des lanternes plein la pièce parce que le bonheur de la femme, et de l'homme qui vient dessus, est si joli à voir. On n'a qu'une vie et on n'ose même pas la vivre tout entière ; on en prend un tout petit peu et on dit que ça suffit, qu'on nous gâte, qu'il n'y a pas de raison. On est des imbéciles, ça n'est pas notre faute. On ne nous dit pas ce qu'il faut faire. On nous apprend les intervalles et la vitesse des locomotives, mais pas à vivre à moitié aussi bien que des bêtes.

Au-dessus de la terre d'exil, de la frileuse et déconcertante veuve Simonet, du cercueil magnifiquement sculpté où reposent les illusions de la jeunesse, du lit de cuivre venu tout droit de la salle des ventes et des draps qui feront toute une vie, il y a un peu de place pour l'amour. À condition qu'il se recroqueville et se tienne bien tranquille, l'amour peut rester là un moment. Et qu'il ne fasse pas de bruit ! Et qu'il éteigne la lumière ! Et qu'il ait honte surtout ! Qu'il se sauve sans demander son reste, dès qu'il aura fini sa petite affaire. Il faut se respecter. On n'est pas des chiens qui se flairent le trou de balle. On est des personnes à qui le grand honneur a été accordé de se lever en même temps que les poules, de s'échiner sans répit jusqu'au soir et d'être traités comme des criminels par tous ceux qui n'ont rien d'autre à faire que se mettre les pieds sous la table et compter l'argent qu'on a gagné pour eux.

L'or des cheveux coulait dans le noir et les noms, les petits mots ne faisaient qu'effleurer le bas du silence. L'amour était bref, pour qu'on puisse retourner bien frais au travail le lendemain. On perdait connaissance aussitôt. On rêvait quelquefois que l'amour recommençait et qu'il n'aurait plus de fin, cette fois, que l'amour serait toute la vie. La nuit, l'esprit bat la campagne.

Voici le jour, il est encore tout noir, ça ne fait rien, on se lève, on s'en va. On fiche le camp, Mémère par là, Papy de ce côté. On s'embrasse sans se regarder. On n'est pas fier. Pourtant on devrait, mais on nous a appris le contraire.

La borne est glacée ce matin. Il y a des jours comme ça: on ne se fait pas aux petites misères de l'existence. Papy se relève en soupirant. Il a vingt-huit ans. C'est un homme dans la force de l'âge. Cependant, sa force ne lui sert à rien, pour ainsi dire. De l'autre côté de la montagne, il en avait besoin chaque jour. Ici, un enfant pourrait le remplacer dans son ouvrage. À l'usine, Ida travaille plus dur que lui. Ida, sa femme, son petit. Elle ne se plaint jamais. Il l'a menée ici, et maintenant que vont-ils devenir? Voilà le pompe funèbre qui descend de l'appartement. Papy fait semblant de n'avoir pas entendu. Tout à l'heure, il se retournera et ôtera sa casquette. Tout à l'heure. Pour l'instant il regarde les nuages qui filent vers Plancher-les-Mines, après avoir survolé un pays qui s'appelle Thann, où Papy avait été amoureux pour la première fois, dans une autre vie.

*
* *

On baptisa le bébé Maximilien. Maximilien Jules : c'étaient les noms de ses grands-pères. Sa naissance ne fut pas une petite affaire. Il fallut faire venir le docteur Hamel. Papy chauffait l'eau et tremblait de tout son corps. La veuve Simonet piaillait, levait les bras au-dessus de la tête et ne faisait rien que d'encombrer. Le docteur sortit en trombe de la chambre, la prit par la peau du cou et la jeta dehors.

– Schultz ! dit-il à Papy. Qu'est-ce que tu as à rester planté là ? Remue-toi, mon garçon ! Tu as su faire le reste, après tout ! Un homme doit achever le travail qu'il a commencé. Si je n'étais pas là, alors, tu laisserais cette pauvre femme se débrouiller toute seule ?

Il lui agrippa le bras et le propulsa dans la chambre. Papy aurait préféré ne rien voir. Son souper lui remontait dans la gorge et il avait terriblement honte d'être devant sa femme qui criait.

– Ida, disait le docteur Hamel, tu es faite pour chanter la romance comme moi pour jouer à la marelle ! Toi et le Schultz êtes deux fameux nigauds, tiens !

L'enfant avait une vilaine couleur. Le docteur frappa le plancher de sa botte et hurla pour que la veuve Simonet vienne à la rescousse. Elle parut immédiatement car elle était restée derrière la porte. Pendant que Mémère haletait sur le lit, la figure cireuse et rejetée en arrière sur l'oreiller, ils firent tant et si bien que le bébé survécut. Le docteur Hamel vint tous les jours jusqu'à ce qu'il soit complètement tiré d'affaire. S'il trouvait la veuve Simonet dans le logement, il l'incendiait: «Qu'est-ce que vous traînez encore par ici, vieille pie?» Et si elle n'y était pas, il défonçait presque le plancher à coups de botte, criant à tue-tête: «La fichue cancouaille ne peut donc pas rendre un peu service, au lieu de se dorloter toute seule dans ses appartements!» Il apporta un bouquet de fleurs des champs et demanda quel nom aurait l'enfant. Il fit un boucan de tous les diables quand on parla de ses honoraires, faillit démolir la boîte en fer et traita Mémère, Papy, la veuve Simonet ainsi que son défunt mari de maquignons sans scrupules. Après quoi, il se resservit une tasse de vin chaud et éclata de rire, les larmes aux yeux.

Le petit Maximilien fut encore malade une ou deux fois mais ce n'était rien de grave. Il grandit comme n'importe quel enfant. Il avait à peu près dix-huit mois quand la photo fut prise. L'homme revenait d'une noce au Thillot avec son appareil. Il s'arrêta à Gi pour avaler un morceau. La nouvelle se répandit qu'un photographe était dans le pays. L'homme devait retourner au Thillot le mois d'après pour un autre mariage: il avait beaucoup de famille là-bas. On voyait bien que c'était un brave homme qui n'allait pas vous faire une entourloupette. On lui proposa un marché. Il prenait les photos ; on lui donnait d'avance la moitié du prix ; et quand il repasserait, il apporterait son travail et on lui paierait le reste. Il accepta. Tous ceux qui étaient intéressés coururent chez eux revêtir leurs habits des dimanches. On se transporta sur l'arrière du café. L'homme planta son appareil dans l'herbe et fit ranger ses premiers clients. Les autres, très émus, attendaient leur tour et rectifiaient leur toilette. Le soleil filtrait à travers un ciel blanc. On était au mois de mai, l'hiver et le printemps n'arrêtaient pas de jouer à cache-cache depuis mars. La plupart de ceux qui étaient là n'avaient jamais été photographiés et ils se demandaient avec angoisse s'ils sauraient être à la hauteur de la situation.

L'homme revint le jour dit. Cette fois, il pleuvait et l'on avait dû ressortir les manteaux, le bourg étant plongé depuis une semaine dans un brouillard glacé. Il immobilisa son cabriolet devant la porte du café. Malgré la capote de toile cirée, il était trempé comme une soupe. Il but un rhum au comptoir avant d'aller s'installer à une table du fond, sous le grand miroir, et d'ouvrir sa mallette.

Les photos étaient dedans. C'était du travail soigné. Chaque image avait été collée sur un rectangle de carton blanc, séparée du bord par un filet rouge arrondi aux angles. De l'autre côté du carton, le photographe avait fait imprimer sa réclame :

Sur la photo, vous auriez presque pu compter les feuilles et les brins d'herbe. En tout cas, on pouvait compter sans peine les boutons du gilet de Papy (sept) et de sa redingote (deux).

Mémère et Papy gardaient la photo dans un gros livre couvert de velours bleu, avec un fermoir en cuivre. Chaque page du livre était un morceau de carton presque aussi épais que le doigt de Théo. On croyait qu'il y avait beaucoup de choses dans ce livre, mais en fait, on n'y trouvait pas plus d'une trentaine de photos, surtout que les deux pages du fond étaient vides. D'autres photos, comme celle de Vençon Frères prise derrière le café de Gi, étaient simplement glissées entre les pages: on n'avait pas pensé à les coller quand on avait commencé l'album ou bien, pour celles qui étaient plus récentes, on n'avait pas encore eu le temps de le faire. Elles avaient souvent plus de vingt ans, mais l'occasion ne s'était pas présentée, que voulez-vous ! Il y en avait aussi qui ne méritaient pas d'être placées avec les autres, parce que ce n'étaient pas des gens de la famille, mais seulement des amis et connaissances. D'une enveloppe glissée entre la dernière page et la couverture, Théo en sortit deux qui représentaient une jeune femme appuyée à une de ces chaises d'église dont le siège touche presque par terre. D'un côté de sa tête, les cheveux de la jeune femme étaient plats. De l'autre côté de la raie, ils faisaient un renflement comme si on avait caché quelque chose à l'intérieur. Derrière elle, il y avait des boiseries qui étaient tout ondulées, du fait qu'on les avait peintes sur un morceau de toile.

Théo s'aperçut que ces photos n'étaient pas comme les autres. Elles faisaient aussi office de cartes postales avec, au dos, une partie « adresse » et une partie « correspondance ». Sur la première, Théo put lire, rédigé à l'encre violette :

Paris 3 novembre 1906

Mme M^{ieur}
Je vous envoie ma tête sans
savoire si sa vous fera plaisir.
recevez Mme M^{ieur} mes
sinçères salutation

Bouquant Alphonsine

Mme et M^{ieur} E. Schults
travailleur au Corbillare
rue four à Chaud
Giromagny
(Téritoire de Bélfort)

La seconde était datée du 28 mai 1907 et disait simplement :

Chers messieur-dame,
Encore 34 jours pour être la bas.
J'espère que sa vas peut être me
faire du bien bon baiser à tous

B. Alphonsine

Théo demanda qui était Alphonsine.

– Qui ça ? dit Papy.

– Bouquant Alphonsine, dit Théo.

– Alphonsine ! Alphonsine ! fit Mémère. Mon Dieu Seigneur ! Il y a bien trente ans ! Mais où as-tu trouvé ça, mon petit, hein ?

Théo montra les deux photos.

– Doux Jésus ! s'écria Mémère. Je ne savais même pas qu'on les avait encore ! Papy, tu te souviens d'Alphonsine ?

– Moi, dit Maman, je m'en souviens très bien !

– Mais c'est vrai ! dit Mémère. Marthe était née. (Elle retourna les cartes.) Je pense bien : mai 1907 ! Et là, novembre 1906 !!!

– Je la connais, moi ? demanda Théo.

Mémère leva les bras au ciel.

– Mon Dieu, Mutele, pauvre ! Comment ferais-tu ?

Car Alphonsine n'était plus. Alphonsine Bouquant avait quitté ce monde. Pourquoi y était-elle venue ? Seul, peut-être, le docteur Hamel aurait pu éclaircir ce mystère. La vie ne lui avait servi à rien, si l'on peut appeler ça une vie !

Alphonsine Bouquant était née d'Alphonse Germain Bouquant, fumiste, domicilié 47, rue des Maraîchers à Paris (20e arrondissement), et de Nelly Zimmermann, sans profession, son épouse. À l'école, la blonde Ida Brunhammer et la brune Nelly Zimmermann étaient toujours placées l'une à côté de l'autre et la maîtresse devait les punir parce qu'elles n'arrêtaient pas de pouffer. Après la classe, elles allaient ensemble chercher le lait à la ferme Schrameck, puis elles jouaient dans la cour jusqu'à ce qu'on les appelle pour mettre la table.

Ce fut la guerre qui les sépara. Les parents de Nelly optèrent tout de suite pour la France et partirent de Thann le 22 octobre 1871. Ils allèrent s'installer dans un pays du nom de Bagnolet, près de Paris. Ida et Nelly étaient inconsolables. Elles s'écrivaient le plus souvent possible, car elles avaient toujours été comme deux sœurs.

Un jour apparut dans les lettres de Nelly le nom d'Alphonse Bouquant, qui fit rire Ida Brunhammer comme à l'époque où elle se dissimulait avec Nelly derrière leurs livres de calcul pour échapper au regard d'aigle de Mme Schwindt. Nelly expliquait qu'Alphonse était très grand et qu'il venait souvent à la maison parce que le père Zimmermann et lui étaient collègues. Ida continua de relire cette lettre, même après qu'elle la sut par cœur. Au moment de se coucher, elle se plaisait à imaginer les rencontres de Nelly et de son bon ami Alphonse dans toute sorte d'endroits merveilleux comme il n'en existe qu'à Paris. Ils devaient se dire des gentillesses. Peut-être qu'Alphonse

Bouquant s'enhardissait jusqu'à tenir la main de Nelly, qui devait être encore plus mignonne à présent que naguère. À cette évocation téméraire, le cœur d'Ida cognait très fort dans sa poitrine et elle se pelotonnait dans le lit, ramenant les draps sur sa figure. Puis son cœur cogna d'une autre manière, car elle avait elle-même rencontré Élysée Schultz. Rencontré n'est pas le mot : il habitait juste en face depuis plusieurs années – mais elle n'avait seulement pas fait attention à lui.

Nelly Zimmermann n'avait pas dix-huit ans quand elle épousa Alphonse. Mémère reçut un faire-part et une lettre signée Mme Bouquant Nelly en très grandes lettres. Elle alla aussitôt prendre un bout de papier et marqua dessus Mme Schultz Ida, mais sa figure devint si rouge et brûlante qu'elle courut jeter le papier dans le fourneau. Le lendemain, elle trouva un prétexte pour ne pas se rendre au rendez-vous qu'Élysée lui avait donné près de la scierie. Ça ne les empêcha pas de se marier à leur tour l'année suivante.

Nelly et Alphonse vécurent trois ans chez les parents de celui-ci. Mais la jeune femme ne s'entendait pas avec sa belle-mère. Le couple finit par trouver un logement à Paris même, pas très loin de Bagnolet où Alphonse avait son travail, n'étant pas encore en mesure de se mettre à son compte. Ça aurait mieux été, certainement, si Nelly avait pu ramener un peu d'argent à la maison. Mais il ne fallait pas y songer : sa santé n'avait jamais été brillante et maintenant, elle avait une mauvaise toux qui la tenait toute la journée et, souvent, la réveillait même au milieu de la nuit.

La petite Alphonsine naquit en 85, c'est-à-dire quatre ans avant Maximilien. Peu après, Mémère reçut de son amie une curieuse lettre qui ne voulait rien dire. Puis Nelly cessa complètement d'écrire pendant plusieurs mois. Les lettres angoissées d'Ida Schultz demeuraient sans réponse. Jusqu'au jour où elle eut l'idée d'en envoyer une à l'ancienne adresse de Nelly, c'est-à-dire chez ses parents, à Bagnolet.

D'une écriture tremblotante, Mme Zimmermann répondit que sa pauvre Nelly était morte à l'hôpital trois mois plus tôt, après avoir beaucoup souffert. Il était déjà trop tard quand les docteurs l'avaient vue, il n'y avait plus rien à faire. Hélas, ça n'était pas tout, il y avait encore d'autres malheurs à raconter... Fou de douleur, Alphonse avait frappé un médecin-chef à coups de poing et, les juges ayant appris par la police qu'il avait été vu à une réunion d'«anarchistes», il était en prison pour un an. Mais aussi qu'avait-il besoin d'aller traîner avec ces gens-là, quand on a femme et enfant! À la suite de ça, les parents Bouquant avaient absolument voulu prendre la petite, comme si eux, les Zimmermann, n'auraient pas su s'en occuper tout aussi bien! Le résultat ne s'était pas fait attendre. La petite Alphonsine était couverte des pieds à la tête de vilains boutons et, du coup, les Bouquant essayaient à toute force de la refiler aux Zimmermann. Et pour couronner le tout, M. Zimmermann n'allait pas fort ces temps-ci. Lui, c'était la tête, il avait mal supporté le choc. On ne pouvait pas dire qu'il divaguait, non, mais il y avait des moments où on se demandait s'il était encore avec nous. Il avait le regard fixe et ne répondait pas quand on s'adressait à lui. Bref, avec tous ces ennuis qui tombaient de tous les côtés, on ne savait plus où donner de la tête, on n'était plus soi-même et on avait oublié de prévenir notre petite Ida du voyage accompli par sa chère Nelly pour rejoindre Notre Seigneur. Mais notre petite Ida comprendrait et saurait nous pardonner, n'est-ce pas, est-ce que tout allait bien chez elle, au moins?

Mémère faillit s'évanouir quand elle lut cette lettre. Elle ne s'était jamais doutée qu'une Nelly Zimmermann pût mourir un jour, même sous le nom curieux de Bouquant. Ce fut la fin d'une époque. La jeune fille nommée Ida Brunhammer fut enterrée à son tour, dans le grand cimetière des naïvetés perdues, et Mémère, qui restait, sentit que son cœur avait durci.

Chaque nouvel an, elle envoyait ses vœux et ceux de Papy aux Zimmermann. La mère de Nelly répondait en exposant longuement tous les drames qui l'avaient frappée pendant l'année. Alphonse s'était fait chasser de sa place. Il s'était mis à boire en sortant de prison. Les Bouquant avaient obligé les Zimmermann à prendre Alphonsine, qui était tout le temps malade. M. Zimmermann ne disait plus un mot à sa femme ni à personne. Il passait des heures à regarder la petite Alphonsine, bouche bée, en laissant s'éteindre sa pipe. Alphonse avait disparu. Alphonse s'était remarié. Les Bouquant étaient venus réclamer Alphonsine, disant qu'on ne laissait pas une fillette entre les mains d'un toqué. Alphonse avait frappé chez les Zimmermann un soir et, en le voyant, sa propre fille avait hurlé et trépigné comme si c'était le diable. Elle avait eu une nouvelle crise, il avait fallu faire chercher un docteur d'urgence. M. Zimmermann s'était levé de son fauteuil, tout raide et tout blanc qu'on aurait dit un fantôme et il avait déclaré d'une voix méconnaissable parce qu'elle n'avait plus servi depuis si longtemps: «Alphonse, tu as tué ma petite. Il va falloir payer à présent!» Alphonse s'était sauvé, mais son père avait été se plaindre à la police. Les agents étaient venus chercher Alphonsine. M. Zimmermann s'était frappé la poitrine de ses deux poings, criant dans toute la maison: «Je suis français! Je suis plus français que vous!» On l'avait arrêté. Il avait sauté de la voiture de police et avait été écrasé par un omnibus. Les Bouquant n'étaient même pas allés à son enterrement. Mme Zimmermann n'avait plus qu'à mourir de chagrin. L'année suivante, quand Mémère retrouva sa propre lettre de vœux au courrier, avec la mention «n'habite pas à l'adresse indiquée», elle comprit tout de suite que Mme Zimmermann ne s'était pas trompée sur ce qui l'attendait. Mémère pleura beaucoup. C'était comme si Nelly était morte une deuxième fois. Dix ans passèrent. Et voilà qu'un beau matin, une lettre de Paris:

Monsieur, madame,

Faites escuse de vous écrire, mais je ne sais plus où me tournez. On ne se connait pas, mais c'est à propos de ma fille Alphonsine qui n'ait toujours pas bien. Le docteur dit l'air pur lui ferez peut-être du bien, donc j'ai pensez à vous.

La petite (elle a vingt ans) aimerait tant vous connaître car elle a lu les lettres de madame. Elle vous écrira bientôt. Acceptez, monsieur, madame, les salutations distingué du père.

Alphonse Bouquant (l'ancien mari à Nelly)

La première carte d'Alphonsine arriva trois jours plus tard. Mémère répondit que oui, l'air pur des montagnes lui ferait certainement du bien et qu'elle pourrait venir à Gi quand elle voudrait; d'ailleurs, maintenant, le train arrivait jusque-là. Alphonsine écrivit par retour qu'elle remerciait; elle était très contente car, à Paris, ça n'était pas bon pour sa santé; elle viendrait cet été. Cette carte-là avait été perdue. puis elle avait envoyé l'autre carte. Puis Alphonse Bouquant avait écrit pour dire le jour exact où elle serait là. Puis la mère Paul avait été la chercher à la gare, Mémère et Papy travaillant tous les deux à cette heure-là, Maman étant à l'école et Maximilien à Montbéliard (Mme Paul occupait le logement du rez-de-chaussée depuis que la veuve Simonet était décédée).

Alors, un jour du temps passé, la fille de la petite Nelly Zimmermann, ayant plus de deux fois l'âge de sa mère quand la petite Ida avait vu celle-ci pour la dernière fois, un jour cette fille descend du train avec une misérable valise en carton, un grand sac en tapisserie et une boîte à chaussures entourée d'une ficelle, elle descend sur un quai inconnu, entre les montagnes immortelles, et regarde autour de soi ce pays du bout de la terre où l'air est si pur qu'il peut guérir les gens. De tous ses yeux, elle regarde cet étrange pays qui monte contre le ciel et sent comme du pain chaud. Le train est resté derrière elle parce qu'il n'y a plus de rails pour qu'il continue. Et devant, devant c'est une petite gare de rien du tout, un petit quai de rien du tout, un banc de jardin contre le mur, sous une affiche jaunie protégée par un grillage qui commence à rouiller. Voilà, petite Alphonsine, où mènent les longs voyages. Voilà pourquoi on roule pendant des heures et des heures et des heures à moitié asphyxiée par la fumée, le cœur au bord des lèvres, surveillant ses affaires dans le filet, ne répondant pas aux messieurs seuls qui vous adressent la parole en levant leur chapeau, et serrant sur son cœur le carton à chaussures où sont le pain, le fromage de tête, le chocolat, les pommes, les gaufrettes à la confiture et la petite bouteille de limonade, auxquels on ne touchera pas, en pensant tout le temps aux pièces qui sont cousues dans l'ourlet de sa robe – mais on ne peut même pas vérifier si elles sont toujours là, on essaie de se rendre compte en déplaçant discrètement le pied de gauche à droite pour que la cheville frotte contre le tissu et Seigneur ! on dirait bien qu'elles ont disparu... Et les toilettes sont si exiguës qu'on a bien du mal à poser le sac, la valise et le carton. Finalement, on garde celui-ci sur les genoux et malgré le verrou, on a toujours peur que quelqu'un ouvre la porte. Puis il faut espérer qu'un homme ne va pas se trouver là quand on sortira, on en mourrait de honte.

Et avec ça, on n'est même jamais sûre qu'un autre train ne va pas venir en sens inverse et vous rentrer dedans.

Alphonsine est toute seule sur le quai. Près du banc, il y a une femme qui l'observe, les poings sur les hanches, inclinant la tête tantôt d'un côté, tantôt de l'autre. La femme s'avance. Alphonsine a envie de lâcher ses bagages et de s'enfuir à toutes jambes. Mais la femme sourit :

– Pardon, s'il vous plaît, vous ne seriez pas des fois Alphonsine Bouquant ?

Et Alphonsine :

– C'est moi-même... Vous êtes madame Ida Schultz ?

– Je suis madame Paul, la voisine. À cette heure, madame Schultz est encore à l'usine. Mais laissez-moi donc porter ça, ma petite, vous m'avez l'air éreintée. Vous avez fait bon voyage ?

– Non, non ! dit Alphonsine, en retenant sa valise de toutes ses faibles forces. Je peux me débrouiller. Oui, oui, j'ai fait bon voyage. Toutes ces montagnes, hein, ça doit apporter bien de l'air pur ?

*
* *

L'année de la grande grève à Lepuix, celle qui avait duré deux semaines, Marthe était née. Marthe était Maman. Elle n'avait pas fait de difficultés pour venir au monde, comme son frère Maximilien. Tout s'était très bien passé et en un rien de temps. Il faut dire que le bébé n'était pas gros : c'est bien simple, il n'y en avait pour ainsi dire pas !

Marthe avait huit ans de moins que son frère. Autant celui-ci avait été un enfant difficile et turbulent, autant la petite Marthe fut douce, timide, tranquille et obéissante. Elle allait faire les courses sans qu'il y ait rien besoin de lui dire. Elle attrapait le bidon de lait et hop ! elle était partie. La ferme où on cherchait le lait, à Gi, ne s'appelait pas Schrameck, mais Tournu.

De caractère, Marthe était une enfant aimant la solitude. Par exemple, elle n'avait pas de Nelly Zimmermann avec qui on l'aurait vue toute la sainte journée. Même pendant les vacances d'été, il lui arrivait de ne pas sortir de la maison. Quand Mémère rentrait de l'usine, elle avait la surprise de voir que la soupe était prête. Un temps, Marthe alla jouer avec les petites du pompe funèbre dont la plus jeune n'était son aînée que de quelques mois. Elles s'amusaient bien, surtout à cache-cache dans les cercueils. Jusqu'au jour où la femme du pompe funèbre fit comprendre à Papy que la place de sa fille à lui n'était pas avec ses filles à elle. La petite Marthe accepta l'interdiction de ne plus aller là-bas comme elle acceptait toujours tout. Si les choses devaient être d'une façon, c'était bien. Si elles devaient être d'une autre, c'était bien également.

Pour Maximilien, au contraire, ça n'était jamais bien, du moment que ça prenait la forme d'une obligation, voire d'un simple conseil ou même d'une prière. On ne pouvait rien lui demander, il n'y avait pas plus indépendant que lui. Au nom de ce principe, bien sûr, il ne fichait rien à l'école, manquait le catéchisme et se rendait impossible à la maison. En revanche, il était toujours le premier quand il s'agissait de se bagarrer et de faire des bêtises. Le jour où une main sacrilège écrivit avec de la peinture sur le cochon au Milo Truder «Je m'apèle monsieur Zinc» (M. Zinc était l'instituteur), on le soupçonna fort d'avoir fait le coup. Et l'on est à peu près sûr que s'il a eu son certificat d'études, c'est uniquement parce que Jean-Paul Chaboudé était placé devant lui et qu'Odette Peureux lui avait soufflé à l'oral. Passons.

Maximilien voulut partir avec le Royal Circus, disant que son idée était de dompter les tigres, bien que le cirque n'eût en fait de bête féroce qu'un vieux sanglier édenté qui cassait sa corde et s'empiffrait avec les bonbons abandonnés par les spectateurs en fuite. Ce jour-là, Papy retira sa ceinture et administra à son fils une de ces schlagues qui comptent dans la vie d'un garnement. Le Royal Circus repartit sans Maximilien qui fut illico placé en apprentissage à l'épicerie Guillot, dont il fut renvoyé le soir même pour avoir dérobé une tablette de chocolat au lait que Papy dut payer, bien content encore qu'on n'ait pas été chercher les gendarmes. Et Maximilien reçut la deuxième plus belle schlague de son existence. Lorsque Alphonsine vint à Gi, il était depuis trois ans commis à l'épicerie-droguerie de l'Avenir Régional, à Montbéliard. Pas encore beaucoup payé, mais nourri, logé, blanchi. Auparavant, il n'avait jamais réussi à rester dans une place plus de quinze jours. Mais là, bizarrement, il semblait se plaire et, plus bizarrement encore, il semblait être apprécié de ses patrons, M. et Mme Petitdemange. Mémère faisait des vœux pour que ça dure. En tout cas, Maximilien n'était plus à leur charge et c'était un soulagement.

On donna son lit à Alphonsine, qui n'était pas gênante. C'est à peine si l'on se rendait compte qu'elle était là. Elle ne pouvait guère parler de sa mère à Ida Schultz, ne l'ayant en somme pas connue. Quant à son père, Ida Schultz préférait éviter le sujet. Ce n'est pas qu'elle fût particulièrement rancunière, mais quand même, il y a des limites : quand on est trop bon, on est trop bête. Avec Élysée Schultz, il n'y avait pas de conversation du tout, car il intimidait Alphonsine de telle manière qu'elle n'osait pas le regarder en face et devenait écarlate dès qu'il lui adressait la parole.

La petite Marthe observait Alphonsine qui se reposait et respirait l'air pur de la montagne, et lui demandait :

– Qu'est-ce que vous faites, dites, Alphonsine ?

Alphonsine, démontée, battait des cils, entrouvrait la bouche, disait :

– Eh bien, tu vois… je me soigne.

– Ah, faisait Marthe, mais elle gardait les yeux fixés sur le corps abandonné contre les oreillers du lit ou le dossier du fauteuil.

– Tu ne veux pas m'appeler Fonsine ? demandait Alphonsine qui commençait à s'agiter. À Paris, on me disait Fonsine.

– Fonsine, faisait Marthe, est-ce que vous allez rester tout le temps avec nous ?

Alors ce fut la fin de l'été. Alphonsine Bouquant respira l'air pur une dernière fois, embrassa furieusement tout le monde, éclata en sanglots sur le quai de la gare, mit à son corsage la fleur que la petite Marthe lui tendait sans un mot et partit mourir à Paris avant la fin de l'année. « *Ça lui aura quand même fait du bien* », écrivit son père dans sa lettre, parlant de son séjour à Gi. C'était une bien triste histoire, Bruant aurait pu en faire une chanson. Mon Dieu, comme tout cela est loin...

En octobre, on avait cru que l'été revenait. Mais novembre fut mauvais comme la peste. Et décembre était pire. La nuit de Noël, il y avait trois centimètres de verglas sur les routes. On compta des jambes cassées parmi les fidèles de la messe de minuit. Ça n'arrêtait pas de décéder dans les fermes et les pompes funèbres étaient continuellement sur la brèche. Papy, cette fois, allait sur ses quarante-huit ans, eh oui ! Marthe ne voulut pas qu'on tue le lapin Saturnin pour le repas du Nouvel An, si bien que ce jour-là, on mangea des conserves que Maximilien avait rapportées de l'Avenir Régional. Maximilien était superbe. Il avait un col de celluloïd, une cravate rayée, un melon brun et une canne torsadée avec un pommeau énorme. Il la brandissait, riait comme un bienheureux sur le pas de la porte, secouant les épaules pour faire tomber le givre, et hurlait en guise de bonjour : « Mort aux youtres !!! »

Janvier, février, mars. Elle en avait cueilli, la petite

Marthe, des perce-neige ! La terre est si jolie à voir, des fois. Elle nous fait signe. Et revoici le printemps. Il a chaque fois un an de moins, et nous chaque fois un an de plus. À l'école, M. Liénard remplace M. Zinc, nommé à Roppe comme il espérait depuis toujours, car sa famille est de là. M. Liénard est un tout jeune homme dont on craint qu'il ne possède pas encore bien son métier et que les gosses ne lui en fassent voir, car il vient de la ville et n'a pas deux sous de malice, malgré tous ses beaux diplômes. Ce matin, le pompe funèbre a donné l'ordre à Papy de balayer le bureau. Papy a refusé, car ça n'a jamais été son rôle et ce n'est pas au bout de trente ans qu'on va le faire sauter comme un domestique. Le pompe funèbre l'a traité de tête de Boche. Papy s'est immobilisé, a regardé le pompe funèbre droit dans les yeux ; il a dit :

– Cherchez quelqu'un d'autre. Moi, je ne travaille plus ici.

Il a enlevé la blouse qu'il met pour soigner les chevaux. Il est monté saluer la dame et les filles à l'appartement. Puis il est allé dire au revoir à ses chevaux. Il a fait promettre à Julien qu'il s'en occuperait de son mieux. Il a pris la courroie de cuir rouge, parce qu'elle lui appartient, et il est parti sans jeter un regard en arrière. Le pompe funèbre se faisait tout petit dans son bureau, prêt à sauter sur son fusil si jamais il prenait à cet agitateur de revenir l'assassiner.

On a dû quitter Gi, on est allés s'installer à Belfort, dans la vieille ville, rue Sur-l'Eau. On a quitté Gi, avril était un enchantement. Le bon docteur Hamel connaissait quelqu'un aux Galeries Modernes. Papy fut engagé comme cocher préposé aux livraisons. Il gagnait même un petit quelque chose en plus qu'à Gi, mais le logement était plus cher en ville, forcément, que rue du Four-à-Chaux, alors il n'y avait pas de bénéfice, au contraire. On a quitté Gi. Mémère et Maman par le train. Elles virent ainsi Lachapelle-sous-Chaux, Bas-Evette et le Malsaucy: c'était la première fois. (Quand on allait se promener, d'habitude, on se dirigeait plutôt de l'autre côté, vers le Ballon.) La lumière du ciel faisait palpiter les eaux des étangs. Les verts de la montagne avaient été repeints de frais. Avril était un enchantement.

Papy fit le voyage avec le camion des déménageurs. C'était presque un collègue, dans le fond, alors, va, ils le laissèrent monter... De toute façon, il y avait largement la place: les affaires des Schultz se résumaient à pas grand-chose. Pendant toutes ces années, ils avaient vécu dans des meubles appartenant à la veuve Simonet, sauf le lit d'enfant, qu'ils emportaient mais dont ils n'auraient plus besoin.

À Chaux, Élyzée Schultz paya un grand bock à toute la compagnie, au café qui est à côté de l'église. Il faisait aussi chaud que certains mois de juillet. Papy plaisantait avec ces messieurs, mais il avait le cœur serré. Accoudé au zinc, la moustache ourlée de mousse, il pensait à ce qu'avait été son existence. C'était curieux: il s'était toujours trouvé quelqu'un pour le chasser des endroits qu'il aimait. Au bout du compte, lui et Mémère n'avaient eu le dernier mot de rien. Les

Boches étaient encore à Thann. Et eux n'étaient même plus à Gi. Pourtant, il n'y avait pas eu beaucoup d'avrils comme celui-ci.

Mémère allait être nommée contremaîtresse à la filature. On la prit comme simple ouvrière au D.M.C. La petite Marthe acheva son école place des Bourgeois, apparemment indifférente à tous ces changements. Toujours sage, polie, et bien rendant service. Quand elle fut en âge d'aller travailler, Maximilien lui dit qu'on la prendrait volontiers à l'Avenir Régional car, de plus en plus, Mme Petitdemange répugnait à quitter son tabouret de caissière. Mais Maman ne voulait pas aller à Montbéliard, elle voulait rester ici, près de ses parents. On la mit comme aide-repasseuse chez la mère Geldreich, la blanchisseuse de la rue des Capucins, qui employait déjà cinq ouvrières. Mais tout ce qu'elle eut à faire, ce fut d'aller porter les paniers de linge repassé à l'autre bout de la ville, faisant en somme le même métier que son père, mais à pied.

Or, à cette époque, Maman n'était toujours pas bien grosse ni bien forte. Ces trottes perpétuelles, chargée de paniers trois fois trop lourds pour elle, la mettaient à plat. Elle ne se plaignait pas mais Papy, qui l'avait rencontrée deux trois fois par hasard dans la rue, obligée de poser son fardeau tous les dix pas, voyait bien que ça n'était pas un travail pour elle. Cela dura quand même un peu plus de deux ans. C'est alors que Papy, qui était très bien noté aux Galeries, parce qu'il ne cassait jamais les choses et n'avait pas d'accident avec le camion, persuada

M. Gérard, le sous-directeur, de prendre sa petite Marthe comme vendeuse à l'essai.

– Amenez-la toujours lundi matin, soupira M. Gérard. On verra ce qu'on peut en faire.

Papy exultait. Il ramena cette bonne nouvelle à la maison, à la grande joie de Mémère, et demanda à Marthe si elle était contente d'avoir fini de s'user les semelles et de se briser les reins pour les beaux yeux de cette vieille rapiate de Geldreich.

– Oui, dit seulement Maman en continuant de tourner la sauce qui devait aller sur les nouilles.

Le lundi matin, Papy présenta lui-même sa fille à M. Gérard, lequel l'effleura à peine du regard, ayant d'autres chats à fouetter, et la remit entre les mains d'une vendeuse chevronnée. Cette femme se montra très gentille avec Marthe. Elle lui fit revêtir le grand tablier qui était l'uniforme du magasin, puis lui indiqua une place, derrière un comptoir, pour attendre sa première cliente.

En fait, ce fut un client qui se présenta. Un gommeux à gants jaunes, visiblement enchanté de sa personne. Tout à coup, il surgit devant le comptoir, soulevant galamment sa coiffure, comme s'il avait été directement transporté là depuis le trottoir par l'intervention du Saint-Esprit.

– Je voudrais M. Pierre, mademoiselle, s'il vous plaît, marmonna-t-il entre ses dents serrées sur un éblouissant sourire.

Marthe inclina la tête et s'éloigna. Hélas ! la gentille collègue n'était pas en vue. Elle s'adressa donc à une vendeuse qu'elle ne connaissait pas, qui l'envoya au premier étage.

Le gommeux commençait à s'impatienter et tapotait le comptoir du bout de ses gants jaunes, quand la petite Marthe réapparut.

– Voilà votre soupière, monsieur ! dit-elle en déposant l'objet avec mille précautions.

Maman était assez fière d'elle. Pour une novice qui ne savait pas du tout où se trouvaient les choses, elle ne s'était pas mal débrouillée.

La soupière était en faïence beige, sobrement décorée d'un mince filet doré. Le gommeux la contemplait avec un ébahissement mêlé d'incrédulité.

Alors s'approcha un long et blafard personnage, qui avait dû avaler son parapluie au petit déjeuner. C'était le chef de rayon, un certain M. Pierre qui n'aimait pas du tout, mais alors pas du tout les plaisanteries de mauvais goût, surtout venant de petites dindes effrontées qu'on n'avait pas engagées depuis une heure – et qui ne le resteraient pas une minute de plus !

Maman ne parvint pas à le convaincre de sa bonne foi. Il fallut même que Papy aille faire des excuses à M. Pierre et à M. Gérard, de crainte d'être chassé à son tour.

Ce même jour, à Montbéliard, Maximilien Schultz et son patron Léon Petitdemange, le poing droit refermé sur de lourdes cannes torsadées, défilaient côte à côte dans les rues, poussant des cris terribles et chantant *La Marseillaise* derrière des pancartes où l'on pouvait lire :

«Mort aux Juifs»
«Mort aux Traîtres»
«Vive l'Armée»
«Dreyfus était coupable»
«Bernstein à Berlin»
«Jaurès vendu»
«La France aux Français»
«Caillaux au poteau»

On mit le feu à un mannequin qui portait son nom épinglé sur la poitrine : Jean-Jacques Rousseau.

Maximilien Schultz

Histoire des espérances déçues

La lumière du jour est si pure, aujourd'hui, on dirait qu'elle a d'abord été se baigner dans l'eau froide, avant d'aller sur nous. Agathe met le linge mouillé parmi cette lumière, en bas dans la courette où Théo n'a pas le droit de jouer, car M. Blèze l'a formellement interdit. M. Blèze est chez lui, après tout, bien qu'il habite ailleurs. Nous, on vit tout le temps là, mais ça ne nous appartient pas. Dans la vie, apprenait Théo, il y a ceux qui ont les clarinettes et ceux qui jouent dedans, mais ce ne sont pas toujours les mêmes. On paie cher pour louer la clarinette, mais on peut entendre la musique pour trois fois rien. Ça prouve que la clarinette a de la valeur et que la musique, c'est du vent. De même, les outils sont sacrés, mais les hommes, c'est de la roupie de sansonnet. Si vous n'êtes pas d'accord, allez le dire aux hirondelles et racontez-moi ce qu'elles vous ont répondu.

Le dimanche matin est bien pratique pour faire sa lessive, surtout quand il fait beau comme ça. La place du marché couvert est tout encombrée de charrettes ;

les chevaux sont attachés après des barres, ou bien des anneaux scellés dans le mur, ou bien encore ils tiennent par une ficelle à des gros poids de fonte posés par terre. Il y en a qui reviennent chaque dimanche et Papy va causer avec eux. Le grand brun presque rouge, il fait des signes avec sa tête dès qu'il aperçoit Papy, il bouge ses pattes comme un cheval de cirque. Papy l'appelle le général Galipette.

Mémère a lâché sa tarte, maintenant que les morceaux de quetsches sont bien rangés sur la pâte. Elle s'approche de la fenêtre et met ses deux mains sur les épaules de Théo.

– Alors, Schenkele, qu'est-ce que tu admires comme ça ? C'est Papy qui est encore à inspecter sa cavalerie, hein ?

– Il est avec le général Galipette, dit Théo.

– Il m'en fait un fameux lui-même, de général Galipette !

– Il lui caresse le cou, dit Théo.

– Et tu ne crois pas qu'il ferait mieux de nous caresser le nôtre, de cou, par hasard ?

Théo rit aux anges et tourne la tête pour embrasser Mémère.

Là-bas, le général Galipette montre les dents et bouge les trous de nez comme s'il se mettait à rire, lui aussi. Il fait si beau. Les marchands ont étalé leurs affaires sur des tréteaux ou même par terre, contre des couvertures et du papier journal. Les vieilles femmes sont venues de la campagne avec un petit panier d'œufs frais. Elles restent debout derrière, les mains jointes sur leur tablier noir, elles attendent. D'autres marchands préfèrent interpeller le monde. Ils crient les prix et disent des blagues. Ils se penchent par-dessus les étalages pour agiter sous le nez des passants une botte de radis, un beau fromage, un fagot de bois de réglisse, un médicament pour les chauves, un corset.

Théo en a remarqué un qui va dans l'allée, attrape les gens par la manche et les tire vers la petite table où il a ses paquets. Il est haut comme trois pommes et il doit s'arc-bouter pour que la personne ne lui échappe pas. Tout le monde rit de le voir faire, même ceux qu'il a agrippés. Lui, il ne rit pas. Il serre les dents; il tire. Finalement, on se résigne à lui prendre un peu de son papier magique – d'ailleurs, qui sait? si jamais ça marchait...

Plus loin se tient l'homme des vues de Lourdes et de la promenade des Anglais, des Lions de Belfort en or de clairon, des porte-plume où il y a une image dedans quand on les met en l'air et qu'on ferme un œil. Il est assis sur un pliant et entasse les sous; c'est sa dame qui s'occupe de vendre. Le tourniquet dentelé Chatouillard est installé à côté de lui, quoiqu'ils ne se parlent pas. Pour les stylos américains qui arrêtent d'écrire avant même que la journée soit finie, adressez-vous au bonhomme à gibus planté juste à côté de la porte du marché couvert. Il a la bonne place. Un dimanche, il a tapé sur le nez d'un sidi qui s'était amené comme une fleur et avait dans l'idée de s'installer là avec ses carpettes, à faire son ramadan. Je vous demande un peu!

Les chanteurs se mettent toujours de l'autre côté du faubourg, c'est une manie qu'ils ont. Il y en a toute une ribambelle au coin de la rue du Lavoir. Le père et la mère poussent la romance; les filles et le gamin font la quête et distribuent les petits formats. Il se passe toujours des histoires épouvantables dans leurs chansons et même quand midi a sonné, les gens s'attardent pour reprendre en chœur. Gentil-N'a-Qu'un-Œil est au premier rang et c'est lui qui entraîne tous les autres car il suffit qu'il ait entendu un air une fois pour qu'il puisse le chanter d'un bout à l'autre. Il chante cet air et celui-ci paraît trois fois plus beau. Le dimanche matin, quand il ne pleut pas, on sait où trouver Gentil. Théo va le rejoindre et chante avec lui. Le poing fermé, l'ancien marsouin bat farouchement la mesure des refrains.

Ce que Théo préfère, pourtant, c'est le casseur d'assiettes. Il fait des piles formidables. Il entasse des plats, des saladiers, des bols, des soucoupes, tout le tremblement. Il dit: « Aujourd'hui, je me demande bien pourquoi j'ai pris la peine de venir: tout est donné. Sa-cri-fié! Écoutez ça: je ne vais pas vous en demander tant, ni même tant, ni même la moitié, mais seulement (il retient son souffle et tout le monde fait comme lui)... TANT! Eh oui! Eh zut! Eh parfaitement! Et pour ce prix-là, si l'on peut parler d'un prix, pour cette somme dérisoire, dérisoire et ridicule, mesdames et messieurs, je vous ajoute en suss' un-ne soupière, un comp-potier, un plat-t'à-tarte, et un, deux, trois, quatre, nous avons bien dit quatre, et cinq, et six raviers!

six raviers, six ! un beurrier, deux beurriers, le moutardier du pape et allez, tant pis ! la théière ! Et vlan ! Dépêchons-nous, pressons, c'est le moment ! Qui va profiter de cette occasion ex-cep-tion-nelle ? At-ten-tion, il s'agit d'un lot unique, je ne pourrai pas contenter tout le monde ! » Les spectateurs s'agitent, toussotent et s'observent les uns les autres par en dessous. L'homme attrape tout son bazar et le hisse au-dessus de sa tête. « La meilleure affaire de la journée ! À la une ? À la deux ? À la trois ? Trop tard ! » Quelqu'un a timidement levé le doigt, mais il a déjà tout lâché par terre, hurlant : « Patatrass, et voilà le travail ! Les morceaux n'ont pas de mal !!! » Il y a des gens qui en pleureraient. Avec un ricanement diabolique, l'homme, étendant les bras, repousse ceux qui cherchent à repérer au milieu des débris les bouts qui vont ensemble. « Ta-ta-ta-ta-ta ! Vous avez craché dessus quand c'était tout beau tout neuf, qu'est-ce que vous en feriez maintenant ? En avant la musique : mille balles de faïence à l'ours depuis ce matin ! Et ça ne fait que commencer ! C'est la ruine, c'est la faillite ! C'est la fin du monde !!! » Un rire énorme secoue ses épaules pleines de taches de rousseur. Le casseur d'assiettes est torse nu ; il porte une grosse ceinture de cuir cloutée et un poignet de force à chaque bras. Il ironise : « C'est vraiment un plaisir de faire affaire avec des connaisseurs ! » et, sans crier gare, lançant brusquement la jambe derrière lui, il dégringole une pyramide de jolies tasses bleues, tandis que la foule exhale un soupir d'horreur et de consternation.

Il se passait encore une autre chose le dimanche, quand on avait fini la tarte. On se mettait à la fenêtre et, en se penchant bien, on pouvait tout voir. Figurez-vous qu'un peu plus loin dans la rue, il y avait un riche qui habitait le quartier. Naturellement, il n'était pas dans un logement comme nous autres. Il avait une maison entière pour lui tout seul, étant resté garçon. Il faut dire qu'il n'était pas bien dégourdi. On lui avait trouvé le nom de Passe-lacet, parce qu'il était très gros et aussi parce qu'un jour, un des nôtres l'avait vu assis sur un banc dans le jardin, en train de se faire renouer son lacet par un de ses domestiques. Il lui fallait deux valets pour lui tout seul tellement il était empoté ! Voilà ce que c'est quand on n'a jamais rien fait de ses dix doigts. Un des valets était très vieux, l'autre n'avait pas beaucoup plus de quinze ans (on disait que c'était le petit-fils du premier) ; tous deux étaient aussi maigres que le Passe-lacet était gros, à croire qu'il leur bouffait leurs parts en plus de la sienne.

Les riches ont toutes sortes d'idées bizarres sur ce qu'on peut faire avec son argent. Gentil disait à ce propos que la richesse est une espèce de folie. L'argent, les uns le gardent au fond d'une cachette pour être bien sûrs que personne n'en profitera et ils vivent comme des miséreux jusqu'au moment où ils se dressent sur leur lit et roulent des yeux blancs en piaulant, mais c'est trop tard, le diable les emmène avec lui. D'autres font des placements : eux ne fichent rien, c'est l'argent qui travaille. Ils achètent tellement d'immeubles que s'ils voulaient les visiter tous, ils seraient toujours par les quatre chemins; ils deviennent patrons d'une demi-douzaine de quincailleries, bien que n'ayant jamais su par quel bout on tient un marteau et prennent possession du Luxhof alors qu'ils détestent danser. D'autres font écrire des journaux où l'on explique à longueur de pages que les riches sont des gens très intéressants, comparés aux pauvres qui n'ont pas toute l'éducation nécessaire et devraient par conséquent se laisser guider par les riches. Il y en a aussi qui distribuent des sommes à droite à gauche pour être élus maire, conseiller municipal, député, je ne sais quoi, pourvu qu'ils puissent donner leur avis sur ce qui ne les regarde pas.

Le Passe-lacet, lui, avait une autre méthode: il s'achetait des bonnes choses à manger et à boire. Toute la semaine, il faisait dîner de gala sur dîner de gala. Et le dimanche, là, c'était encore quelque chose de spécial: il s'attablait dès onze heures et torchait des petits plats jusqu'à ce qu'il ne puisse plus rien avaler et que les yeux lui sortent de la tête. C'était ça son grand plaisir. Alors, sur le coup de deux heures, on pouvait voir s'ouvrir la petite porte du jardin et ils apparaissaient tous les trois. Le Passe-lacet était au milieu, blanc comme un linge, l'œil révulsé, la cravate défaite; ses jambes s'affaissaient sous lui. De chaque côté, un des valets, le bras passé sous une aisselle de son maître, le soutenait et l'empêchait de verser par terre. Dès qu'il était au grand air, le Passe-lacet se mettait à ouvrir la bouche par à-coups, comme un poisson sur l'évier. Les valets commençaient à le trimbaler dans le jardin. Les pieds du Passe-lacet traînaient dans le gravier et laissaient de longues traces ; sa grosse tête de bébé ballottait sur sa poitrine. Ils le promenaient comme ça en le tenant par les ailerons, de la buanderie au mur mitoyen, du mur mitoyen à la grille, de la grille au cerisier dont ils faisaient le tour plusieurs fois, et ainsi de suite jusqu'à ce qu'il rende sur son plastron ou dans les bégonias. Puis ils le rentraient et le jeune revenait avec un râteau pour égaliser le gravier ; là, on se reculait de la fenêtre parce qu'il lui arrivait de jeter un coup d'œil sur les maisons voisines. Et le dimanche d'après, ça recommençait exactement la même chose.

– Avec tout son magot, concluait l'ancien marsouin, je n'envie pas le Passe-lacet. La seule joie qu'il ait sur cette terre, voilà comment ça se termine !

– Pourtant, disait Théo, il le refait tous les dimanches...

– Il est condamné à ça, disait Gentil. Il doit être bien malheureux. Un homme ne peut pas se passer de joie et lui, il essaie comme les autres – mais c'est comme s'il voulait garder de l'eau dans sa main.

Maman intervenait :

– En tout cas, on n'a pas idée de se rendre malade comme ça !

– Peut-être que s'il n'était pas malade, disait Papa, il aurait honte de soi.

– Il ne fera pas long feu à ce train-là, observait Maman, le sourcil froncé.

– Oh ! vous savez, Marthe, faisait Gentil, un peu plus tôt, un peu plus tard !

Puis il nous quittait, car le Luxhof allait bientôt ouvrir.

C'est que le temps passe, dites donc ! Avez-vous déjà mis le nez dans le linge frais qu'Agathe remonte de la cour ? Chaque fois que vous respirez cette odeur, c'est bête, mais vous avez une boule dans la gorge et votre cœur se met la pointe en l'air. Il y a eu une époque où l'étang des Forges avait un peu cette senteur de lessive, cette senteur de mouillé qui s'attarde dans la toile sèche ; maintenant c'est fini : ça pue la pisse, comme partout. Ceux qui se baignent, ils pourraient aussi bien se renverser la poubelle sur la tête. Quand elle étend le linge ou qu'elle se dresse sur la pointe des pieds pour ôter les pinces et l'enlever du fil, Agathe a une manière bien à elle de ramener la main en arrière et d'écarter une mèche qui lui vient sur l'œil. Pour Théo, ce geste et cette odeur sont deux choses qui vont ensemble : ce sont des choses qui plaisent et qui rendent triste, on ne sait pas pourquoi.

Agathe a encore grandi. Selon Kramsky, elle est devenue pour de bon une jeune fille, cette fois, et elle est encore plus jolie qu'avant. Mais à présent, Agathe rougit et se sauve lorsqu'elle entend le coupeur de bois tenir de tels propos. Plus tard, Agathe ne sera pas une de ces filles qui sentent le calendrier de coiffeur et se laissent embrasser par les conscrits devant l'École pratique. « Agathe est une petite personne très sérieuse à qui l'on peut faire entièrement confiance ! » C'est Mlle Loncle qui l'a dit à Papa et Papa s'est empressé de nous le répéter, vous pensez !

Mlle Loncle est revenue plusieurs fois à la maison. Elle a discuté à n'en plus finir avec Maman car Papa, lui, ne disait plus rien. Parfois, les discussions se passaient dans la cuisine et tout le monde pouvait entendre. Sauf Agathe, qui s'arrangeait toujours pour avoir des courses à faire.

– On n'est pas des millionnaires, mademoiselle Loncle ! disait Maman. Si vous saviez ce que mon pauvre mari nous ramène, certains samedis, vous ne voudriez par le croire. Les gens ne font plus réparer maintenant. Ils vont carrément chez Cherpitel prendre du neuf. À se demander s'ils ne font pas les sous !

– Je sais tout ça, chère madame, je sais tout ça, disait la visiteuse avec sa voix d'institutrice. Réfléchissez bien, cependant, à ce que je vous ai dit : vous pouvez demander une bourse de l'État, ainsi qu'une bourse de la municipalité. Avec les notes qu'Agathe a obtenues à son certificat, je suis sûre qu'on vous les accordera sans peine. Dans ces conditions, elle ne vous coûtera presque rien pendant ses années d'E.P.S.

– Bien sûr, bien sûr ! marmonnait Maman, très embarrassée. Seulement, il faut vous dire, mademoiselle Loncle, il faut vous dire que... enfin, son père et moi, nous comptions un peu sur elle. C'est qu'il y a encore le gamin derrière, voyez-vous. Et mes parents vivent à la maison – Dieu merci, nous les avons avec nous !

– À seize ans, reprenait l'institutrice, elle passe le concours d'entrée à l'École Normale – et elle est reçue, je vous le promets ! Or, à Vesoul, les livres, les fournitures, les frais d'internat, tout est gratuit, du moment qu'elle a signé son engagement décennal. Je vous assure qu'elle vous coûtera moins qu'à présent.

– Je comprends bien, disait Maman. L'embêtant, c'est que nous comptions sur elle, voyez-vous. Ça ne va pas fort, dans la partie de mon mari.

Théo, lui, était tout à fait d'accord pour qu'Agathe étudie afin d'être institutrice. D'ailleurs, la moitié du travail était faite : elle savait déjà tellement de choses qu'elle aurait tenu la dragée haute à bien des vieux maîtres d'école qui avaient eu le temps de tout oublier.

Un samedi soir, en sortant du Luxhof, Théo alla trouver son père et lui dit qu'il fallait qu'Agathe aille à l'E.P.S. et puis à l'École Normale de Vesoul. Elle était trop savante pour faire une ouvrière du D.M.C. Toutes les filles du faubourg pouvaient travailler au D.M.C., alors qu'Agathe était la seule capable de devenir maîtresse d'école, et même un jour directrice.

Le pauvre Roméo soupira, regarda son fils, puis son établi, puis ses mains, puis encore son fils, puis le plafond.

– Tu sais ce que ça veut dire, mon garçon, si ta sœur va là-bas ?

Théo attendait.

Son père se leva, mit ses mains dans ses poches, marcha jusqu'à la porte et resta comme ça le dos tourné, hochant la tête.

– Ça veut dire que toi, toi, petit Théo, tu vas être sacrifié. À douze ans, on t'embauchera quelque part et tu trimeras toute ta vie comme ton père.

Mais Théo n'avait jamais pensé qu'il pourrait en

être autrement. À douze ans, on passe son certificat et on va travailler. On reçoit des coups de pied au cul. On devient un homme. On fume la cigarette. C'est la même chose pour tout le monde.

Le père à Théo se retourna et regarda son garçon.

– Je fondais aussi de grands espoirs sur toi. Tu n'apprends pas à l'école comme ta sœur, c'est un fait, mais tu comprends vite et tu sens les choses. Je sais qu'il y a de la bonté en toi, mon garçon, et puis tu es courageux. À ton âge, je n'étais pas moitié aussi courageux et, même maintenant...

Il s'arrêta et poussa un grand soupir.

– Moi, je peux travailler comme toi, dit Théo. Agathe, il faut qu'elle soit institutrice.

Brusquement, son père abattit son poing sur l'étagère où on mettait les choses terminées pour les clients et où il n'y avait rien.

– Bon Dieu ! dit-il. Pourquoi est-ce que je n'ai pas su ?...

Lorsqu'il regarda de nouveau son fils, il avait encore beaucoup vieilli.

– Tu te rends compte, mon Théo : tu aurais pu naître fils de docteur, fils d'un marchand de chevaux...

Théo baissa le nez :

– Ça m'aurait pas plu ! chuchota-t-il.

Ce samedi-là, son père fit une chose qu'il n'avait jamais faite. Il se dirigea vers l'établi et, avec son bras, flanqua par terre tous les outils qui étaient dessus.

*
* *

Maman se retenait pour ne pas pleurer. Elle n'arrêtait pas de lisser son tablier avec ses mains, répétant :

– Il n'y a jamais eu d'institutrice chez nous. On sort de notre rang, ça nous retombera sur le nez !

– Si elle a la capacité... objectait timidement Papy.

– On n'a jamais eu d'histoire parce qu'on est toujours restés à notre place, continuait Maman. Pourquoi est-ce qu'on irait chercher des histoires ? Ils ne demandent qu'à la prendre, au D.M.C. J'ai encore vu le père Béguin tantôt : elle pourrait suivre les cours du soir pour s'élever, si elle veut...

– Elle sait déjà tout, dit Théo d'un air buté. C'est elle qui doit faire l'école.

Maman explosa :

– Mais qu'est-ce que vous avez tous, à la fin ? Est-ce que j'ai été à l'E.P.S., moi ? Et Mémère ? Vous ne nous trouvez peut-être pas assez bien à votre goût ? Vous voulez que toute la rue nous tourne le dos, c'est ça ?

– Allons, Maman, dit doucement Papa, qu'est-ce que tu racontes ?

– Mlle Loncle vous a mis la tête à l'envers, ma parole !

– Elle veut qu'Agathe soit heureuse, Marthe, comme nous tous.

– Elle sera heureuse quand les gens parleront dans son dos ? Et nous, on sera heureux quand elle ne nous connaîtra plus ?

– Agathe ? Mais pourquoi est-ce qu'elle ne nous connaîtrait plus ?

– Vous vous prenez pour des millionnaires, vous

vous montez le bourrichon, voilà la vérité ! s'écria Maman.

Elle éclata en sanglots.

– On était bien tranquilles, dit-elle encore à travers ses larmes. On n'avait jamais cherché d'histoires.

Le lendemain, Papa fit venir Mlle Loncle. Il lui dit que si on pouvait avoir ces bourses, c'était d'accord. Pendant les vacances, Agathe irait travailler mais, à la rentrée, on la mettrait à l'E.P.S.

L'institutrice rayonnait.

– Je vais lui trouver une place pour l'été à la Maison du peuple : ils ont justement besoin de quelqu'un.

De toute sa hauteur, Maman qui était restée debout devant la cuisinière toisa l'institutrice assise de l'autre côté de la table.

– Merci bien, mademoiselle Loncle, dit-elle sèchement. Vous en avez suffisamment fait pour elle comme ça. Agathe va venir à l'usine pendant ces deux mois.

* * *

Où le faubourg commence-t-il vraiment ? Personne n'est d'accord là-dessus. Les uns le font démarrer à la gendarmerie. Mais pour les autres, il ne débute qu'à la brasserie Georges. La plupart des gens coupent la poire en deux ; ils disent qu'il commence quelque part entre la rue de Lille (anciennement de l'Industrie) et la rue du Tramway. D'après Gentil, l'endroit exact était la grande maison, avant les cycles Alcyon, où l'on a peint sur le mur: Scierie à vapeur Jacquot Frères.

– Tu n'as qu'à voir, dit l'ancien marsouin, aussitôt que tu as passé ce coin-là, tu ne connais plus personne.

C'est vrai, Théo s'en est déjà rendu compte. Mais par-derrière, ça n'est pas la même chose: le faubourg englobe Saint-Joseph et va jusqu'à la rue de Mulhouse. Ce n'est peut-être plus exactement le faubourg mais, en tout cas, ce sont les mêmes gens qu'au faubourg qui habitent là.

– Ce qui fait un endroit, disait Gentil, c'est les gens. Le Passe-lacet a beau habiter dans la rue, dès que tu pousses la porte de sa grille, tu n'es plus dans le faubourg. Alors que si tu vas te promener du côté des cités alsaciennes, près du Champ de Foire, tu es loin d'ici mais tu es de nouveau dans le faubourg. Tout ça, c'est à cause des gens.

Ils étaient montés au Salbert en profitant des premiers beaux jours. Ils avaient traversé Cravanche sans rencontrer un chat et étaient entrés dans la forêt. En se retournant, on voyait Belfort entre les troncs, ça faisait comme un lac, le ciel étincelait mais, par terre, le tapis de feuilles pourries était encore humide. À l'époque, Théo n'avait pas encore eu sa première leçon de clarinette. Agathe était entrée à l'E.P.S. quelques mois plus tôt: elle était première ou deuxième en tout sauf en mathématiques (en mathématiques, Agathe était seulement onzième, à cause de la géométrie). Lorsqu'elle avait quitté le D.M.C. à la fin des vacances, le père Béguin avait dit à Maman que c'était dommage, qu'on aurait pu en faire quelque chose.

– Elle va étudier pour être institutrice, monsieur Béguin, avait dit Maman.

– Institutrice ? avait fait le père Béguin en relevant un sourcil. Ma foi, moi je veux bien... Je suppose que vous savez ce que vous faites ?

Le soir, il y avait encore eu une scène à la maison. Maman avait piqué une crise de nerfs, criant que tout ce qui nous intéressait, c'était de pouvoir écraser les voisins en nous vantant d'avoir une future institutrice chez nous. Tout ce que ça nous rapporterait, disait-elle, c'était que tout le monde nous tournerait le dos – à juste titre – et que, lorsque Agathe serait obligée de retourner quémander une place au D.M.C., le père Béguin lui rirait au nez. Cela se passait à table. Agathe devint si blanche que Théo crut qu'elle allait tomber morte sur le carrelage de la cuisine. Même Maman, dans sa colère, aperçut le visage d'Agathe et se tut brusquement. Il y eut un très long silence ; personne n'osait même bouger. Ensuite, Maman alla se mettre derrière la chaise d'Agathe, enlaça son enfant, l'embrassa sur les yeux en pleurant, disant d'une voix éteinte, mais farouche :

– Il faut que tu réussisses, Gatou, entends-tu ? Si tu veux être mieux que nous, c'est très bien, nous n'avons jamais rien souhaité d'autre, ton père et moi. Mais tu n'as pas le droit d'échouer, comprends-tu ? Si tu te lances, il faut que tu réussisses. Tu nous ferais mourir, autrement, ma fille, tu nous ferais mourir...

– Agathe sera institutrice, dit solennellement Théo.

Quand Agathe revint de l'E.P.S. le lendemain midi,

elle fit beaucoup rire Maman et Mémère en racontant comment une fille coiffée à la dernière mode avait été obligée par la directrice à se passer la tête sous le robinet du préau. Toute la matinée, elle était restée avec ses cheveux qui lui pendaient autour de la figure comme des queues de rats. Maman fut un peu rassurée, elle vit que l'E.P.S. était un endroit comme il faut pour des jeunes filles.

L'histoire n'amusa pas du tout Gentil, lorsque Théo la lui rapporta.

– Ah ! bien oui ! fit-il. J'imagine la satanée mégère avec ses trois bouts de paille de fer sur le crâne ! Elle a dû s'en lécher les babines, pour sûr ! Bon Dieu, qu'est-ce que je ne donnerais pas pour la passer sous la douche tout entière au milieu de la place Corbis, moi ! Mon pauvre Théo, ta sœur est allée se fourrer dans une sacrée boutique, si tu veux mon avis ! Et comment qu'elle s'appelle, cette vieille défigureuse ?

– Je ne sais pas, dit Théo, estomaqué.

– M'étonne pas ! grogna l'ancien marsouin. Les vilaines bêtes n'ont pas besoin de nom : pour les appeler, on leur envoie des coups de fusil !

À présent, on était le dimanche 1er mars et l'on s'arrêtait pour souffler un peu. Ça n'en a pas l'air, le Salbert, mais ça grimpe. Théo et Gentil-N'a-Qu'un-Œil s'assirent côte à côte sur une souche. Rien qu'à le toucher, l'enfant sentait la force étrange qui était en cet homme. On avait l'impression que Gentil était tout le temps en train de vibrer.

– Regarde ce que tu vois, mon Théo, disait-il,

regarde bien. Tu ne le reverras jamais exactement pareil. On n'a que sept noms pour les sept jours de la semaine, mais il devrait y avoir autant de noms que de jours dans la vie. C'est ce qui ne va pas, avec les usines: le matin est comme le soir, un jour est comme un autre jour. Tandis que dehors, dans la nature, chaque instant est unique. On est faits pour vivre dans la nature, mon Théo. Il n'y avait pas d'usine quand la terre a été fabriquée et quand on a mis les hommes dessus pour faire pousser les graines. Il n'y avait pas de cage non plus pour les bêtes. Les hommes ont mis les bêtes en cage, puis ils y ont mis les autres hommes. Un jour on ressortira les bêtes, mais pas les hommes. On ressortira les bêtes pour garder les hommes. Tu sais, le bon Dieu, il a raté son coup. Il ne pouvait pas penser que ça tournerait comme ça. Je suis sûr que quand il nous voit, il se cache la figure. Au départ, il n'avait pas pensé aux usines. Il croyait qu'on ferait pousser la nourriture dans la terre et que, le reste du temps, on parlerait entre nous et on ferait de la musique. Imagine qu'on veuille vivre là sur le Salbert, toi et moi. Eh bien, on ne pourrait pas! Ça paraît tout simple, mais ça n'est pas possible. On viendrait nous chercher. On dirait qu'on est des fous ou des bandits. On nous mettrait en prison. Et pourtant, si le Salbert n'a pas été fait pour qu'on puisse vivre dessus, pour quoi est-ce qu'il aurait été fait? Le bon Dieu a fabriqué le Salbert, mais on n'a pas le droit d'y vivre. Il n'a pas fabriqué les usines, mais on est obligés d'être dedans. Il y a quelque chose qui cloche.

Et là, Gentil avait fermé les yeux, Gentil-N'a-Qu'un-Œil, le meilleur des hommes de ce temps-là ; il avait renversé la tête en arrière, Gentil, celui qui aimait la vie au point d'avoir mal au cœur en voyant le soleil se coucher, et il s'était mis à fredonner, sans desserrer les lèvres, la chanson artichaut de la misère de nous. Appuyé contre Théo, l'enfant dont la naissance avait été voulue pour témoigner un jour de toute cette peine et de toute cette beauté, il inventait la musique qui disait ce qu'on ne pouvait plus dire avec les mots, parce qu'alors, on aurait été se jeter dans la Savoureuse la tête la première. Dommage qu'en enfermant les hommes dans les usines, on leur ait en même temps enfermé les oreilles, autrement ils entendraient cette musique et ils ne pourraient plus en supporter d'autre. Ils n'écouteraient plus les roucoulades à Tino, qui sont de la musique de gens qui portent à la fois une ceinture et des bretelles. Ça leur tomberait des oreilles. Ça n'arriverait pas à rester dedans. Ils ne voudraient plus entendre que la chanson sans paroles de Gentil, qui n'avait pas besoin de parler d'amour, elle, pour la bonne raison qu'elle était l'amour, elle était l'amour quand il vient vous voir et que vous êtes sorti, elle était l'amour quand il vous a assez vu et qu'il s'en va. Elle était notre misère, notre douleur interminable et notre incorrigible insouciance, elle était notre vie. Un jour viendrait, un fameux samedi soir, où tout le monde se mettrait à chanter la musique de Gentil, comprenant qu'elle était la nôtre, et non pas une musique que d'autres ont fabriquée pour nous, en pensant que ça nous assouplirait le caractère et qu'en écoutant ça, au moins, on n'irait pas faire des bêtises. Mais on n'en était pas encore là. Il faut du temps pour se débarrasser des bouchons qu'on vous met dans les oreilles, afin que vous n'entendiez pas votre propre musique...

Gentil avait une façon spéciale de chanter. Par moments, on aurait presque pu croire que c'était sa clarinette qui jouait. Et quand il jouait de la clarinette, parfois, on croyait entendre sa voix. Plus tard, sous la Miotte, il dirait à Théo :

– Tant que tu sentiras cette clarinette, tu ne seras pas un musicien. Le vrai musicien, il réussit à faire disparaître l'instrument : c'est seulement lui qui joue ; l'instrument n'y est pour rien, il est bien trop bête !

– Au Tonkin, disait Gentil, j'ai connu un homme qui pouvait jouer de la flûte même quand il avait laissé sa flûte à la maison. Il pouvait faire jouer la flûte sans souffler dedans. Il la regardait, puis il fermait les yeux et la flûte se mettait à jouer.

– C'était un magicien ? demandait Théo.

– Un magicien ? Ça n'existe pas, les magiciens, mon pauvre Théo ! C'est tout tricheurs et compagnie. Non, c'était un vrai musicien qui fait directement de la musique avec son cœur et sa tête.

– Je pourrai jamais ! dit Théo.

– Peut-être, dit Gentil, peut-être que tu ne pourras pas. Ce qu'il faudra que tu fasses, c'est de trouver la chose que tu peux faire directement avec ton cœur et ta tête. Il y en a une pour chacun de nous, il suffit de trouver laquelle c'est.

– C'est laquelle, pour moi, tu crois ?

– Il faut trouver toi-même, mon Théo. Personne ne peut t'aider. Tu as toute la vie devant toi, remarque bien. La vie sert justement à trouver cette chose. Elle ne sert qu'à ça. Le reste, on pourrait aussi bien le faire au fond d'un cercueil. Sauf d'aimer quelqu'un, mais ça, ce n'est pas à moi de t'en parler. Et puis c'est encore plus difficile que de faire jouer une flûte sans souffler : aimer quelqu'un, c'est ce qu'il y a de plus difficile.

Un rouge-gorge se mit à chanter.

– Tu vois, dit Gentil, le rouge-gorge a trouvé, lui. Il a trouvé sa chose. Dommage que les hommes ne soient pas aussi dégourdis que les oiseaux.

Là-dessus, l'ancien marsouin se leva, cria les mots qu'il avait rapportés des colonies et se mit à danser sur les pentes de la Miotte, tourbillonnant les bras écartés, le visage levé vers le ciel.

*
* *

Le 8 mars, Madeleine Girard fut élue reine de Belfort. Cela fit des discussions à n'en plus finir dans le faubourg. Quelques personnes étaient du même avis que le jury : elles pensaient qu'il n'existait pas de plus belle fille dans tout le Territoire, et par conséquent dans le monde entier. Pour d'autres, le jury en question était constitué d'une bande de pédérastes et de vendus notoires. Les troisièmes, les plus nombreux, se contentaient d'affirmer que celle qui méritait vraiment le titre était en fait une jeune fille de leur connaissance (chacun proposait un nom différent) qui n'avait même pas cru bon de se présenter à l'élection – ce qui était la sagesse même vu que, trucage ou pas trucage, quand on se respecte, on ne va pas se faire tâter les mollets par toute une porcherie de vieux cochons en ribote. Gentil, comme de bien entendu, n'était d'accord avec personne. Il prétendait que, du moment qu'on a une âme pure, on peut bien se faire tâter les mollets et plus haut par tous les noceurs de la création!

– Être reine de Belfort, disait-il encore, ça ne veut rien dire. Ce qui compte, c'est d'être reine de quelqu'un – ne serait-ce que d'un Cugnet ou d'un Cochise Zehnacker! Qu'est-ce que vous avez à vous battre pour savoir si c'est Madeleine Girard, ou sa grand-mère, ou n'importe quel jupon, qui mérite votre ineptie de titre? S'il s'agissait de dire celle qui a le plus d'amour dans le cœur, est-ce que vous vous battriez seulement la moitié autant?

– Pour une fois, dit Maman, je suis d'accord avec vous! Il n'y vraiment pas de quoi se battre pour choisir entre ces roulures qui ne valent pas mieux l'une que l'autre.

– Ce n'est pas ce que j'ai voulu dire, Marthe, fit l'ancien marsouin à mi-voix.

Le sujet continua d'alimenter les conversations. C'est alors que Bresson tomba. Il ne tomba pas d'un toit, comme on pouvait s'y attendre, mais seulement du trottoir, et n'en eut pas moins la hanche fracturée. L'os se fendit en deux. Le ramoneur était tellement saoul, cependant, qu'il ne s'en rendit pas compte tout de suite. Ça le faisait rire aux larmes de voir qu'il n'arrivait pas à se relever.

– Sûr que cette fois, disait-il, j'en tiens une vraie de vraie !

Les hirondelles arrivèrent pour l'embarquer : elles n'avaient quasiment que la rue à traverser. Aussitôt qu'elles l'empoignèrent, il se mit à pousser des cris déchirants. C'est seulement à ce moment-là qu'on s'aperçut que quelque chose n'allait pas. Les hirondelles firent venir les pompiers, qui emmenèrent Bresson à l'hôpital. Résultat : l'orchestre du Luxhof n'avait plus son batteur, lequel, après être passé sur le billard, se retrouva au cabanon, rapport au delirium qui le guettait.

Toute la semaine, Kramsky le Bourreau tanna Gentil pour prendre la place du ramoneur dans l'orchestre, requête d'autant moins compréhensible que le coupeur de bois avait toujours refusé de mettre les pieds au Luxhof, disant en outre à qui voulait l'entendre que la musique qu'on y jouait était tout juste bonne pour des vieilles femmes percluses de rhumatismes. Mais il n'en démordait pas : il voulait grimper sur l'estrade le samedi suivant.

Chaque soir, après l'usine, on les voyait sur les trottoirs du faubourg, Gentil et lui, tantôt descendant vers le bazar Cherpitel, tantôt remontant dans la direction du Bristol. L'ancien marsouin marchait au milieu du trottoir, selon son habitude, faisant comme si de rien n'était. L'autre, avec son crâne chauve et son gilet rapiécé, n'arrêtait pas de tournicoter autour de lui. C'est bien simple : il faisait cinq pas quand Gentil se contentait d'un seul. On avait rarement vu quelqu'un se démener autant pour avancer.

Pendant ce temps, il ne cessait de discourir à perdre haleine et de gesticuler avec ses mains. Le deuxième soir, pour mieux plaider sa cause, il se déplaça en crabe le long du trajet de l'ancien marsouin, toujours décidé à ne rien voir et à ne rien entendre. Du coup, Kramsky vint se planter devant lui et se mit à marcher à reculons sur toute la distance du marché couvert à la rue du 14-Juillet, pérorant sans trêve. L'ancien marsouin tint bon autant qu'il put mais, finalement, l'incroyable obstination du coupeur de bois eut raison de son propre entêtement. Il s'arrêta au coin de la rue de Madagascar, poussa un grand soupir, planta ses yeux dans ceux du Bourreau et lui dit :

– Kram, dit-il, pour autant que je sache, le moment n'est pas encore venu de fendre les tambours à Bresson, quoique ce serait certainement un soulagement pour nous tous. Ses baguettes sont un peu petites pour être débitées en rondins et si tu comptes nous scier l'estrade sous les pattes, autant te dire tout de suite qu'on n'est pas d'accord. Alors, qu'est-ce que tu pourrais bien venir foutre avec nous ? Parler hanneton, peut-être ? Tu crois vraiment que les gens vont payer pour ça ?

– Je veux jouer, Gentil ! gémissait l'autre. Je veux jouer le tambour, ra-ta-tam, ra-ta-ta-tam, tu verras !

– Je vois déjà, faisait Gentil, les yeux mi-clos. Seigneur, j'imagine tout à fait ça !

– Je peux faire plus fort que Bresson, affirmait Kramsky. J'ai vu au cinéma, j'ai bien regardé. Je peux faire comme le tonnerre !

– Il ne manquerait plus que ça ! grognait Gentil. Bresson fait déjà dix fois trop fort !

– Je peux être tout doux, chuchotait désespérément Kramsky. Je peux être doux comme du papier de soie !

Il faisait semblant de froisser du papier de soie entre ses doigts, émettant un bruit à peine audible : *tsi-tsi-tsi-tsi...*

– Tsi-tsi-tsi-tsi ? faisait Gentil. Et à quoi ça me servira, à ton avis, d'entendre tsi-tsi-tsi-tsi derrière moi ? Je finirai par croire qu'il y a un de tes sacrés hannetons qui se balade dans mon cou et je perdrai tous mes moyens !

Kramsky se mordait la lèvre et réfléchissait profondément, debout au bord du trottoir pendant que l'ancien marsouin continuait sa promenade. Mais le Bourreau courait bientôt après lui :

– Eh ! s'écriait-il. Écoute ! Voilà ce qu'on va faire : quand tu me diras d'aller fort, je ferai tout le tapage que tu veux, quand tu diras d'aller doux, je serai comme du papier de soie.

– Tsi-tsi-tsi-tsi, complétait Gentil. Et comment je te dirai tout ça, d'après toi, avec la clarinette entre les dents ?

Kramsky paraissait sur le point d'éclater en sanglots.

– Laisse-moi y aller, mon camarade ! implorait-il. Laisse-moi y aller : tu verras !

Ils étaient devant le square Engel. Gentil entra et

s'assit sur un banc. Le ciel était encore clair, mais la nuit s'était déjà allongée sur le sol. Le coupeur de bois était resté debout devant Gentil et guettait le moindre changement dans son expression. Il n'aurait pas eu l'air plus anxieux s'il avait attendu le verdict d'une cour d'assises depuis le box des accusés.

– Je t'aime bien, Kram, dit l'ancien marsouin, et il y a pas mal de choses que je ferais pour toi, que je ne ferais pour presque personne d'autre. Mais j'aimerais tout de même comprendre. Tu veux jouer de la musique avec nous ?

– Oui ! s'écria Kramsky.

– Mais tu n'es pas musicien ?

– Non !

– Tu n'as jamais joué aucune sorte de musique avec aucune espèce d'instrument ?

– Jamais !

– Et la musique que nous faisons, tu la trouves moche ?

– Oh ! oui, dit Kramsky en hochant la tête avec conviction.

Gentil referma la bouche et attendit. Il faisait noir jusqu'en haut des maisons, à présent.

Le visage du Bourreau se plissa tout à coup comme une vieille pomme. On aurait pu croire qu'une main invisible venait de le chiffonner.

– Elle sera là, Gentil, mon camarade, tu comprends ? Elle sera là, c'est sûr, on me l'a dit : elle doit venir au Luxhof samedi soir, elle doit passer !

– Qui ça ? demanda Gentil.

Le coupeur de bois avala péniblement sa salive. Il avait l'air plus désespéré que jamais.

– Tu vois bien qui je veux dire… murmura-t-il d'une voix suppliante.

– Je ne suis pas le bon Dieu, Kram ! rappela doucement Gentil.

Kramsy se tordait les mains. On avait l'impression qu'il allait se jeter aux genoux de son ami.

– Eh ! ben, elle… *Elle,* Gentil ! Madeleine Girard, quoi !

Il se mit à trembler et saisit le bras de l'ancien marsouin.

– Tu comprends, mon camarade, tu comprends : moi je serai sur l'estrade au milieu de vous tous, elle ne me remarquera même pas ; je pourrai la regarder tout le temps, *sans avoir l'air,* tu comprends ? Ça ne paraîtra pas louche, comme ça. Je la regarderai, je ne l'embêterai pas, personne ne s'en rendra compte, hein, qu'est-ce que tu en dis ? Tu comprends, peut-être qu'elle n'y reviendra jamais, au Luxhof. Alors, ce serait trop bête, du moment que je pourrais être là samedi au milieu de vous autres ! Tu ne crois pas que ça serait quand même trop bête ?

Il fixait Gentil avec une pathétique intensité. Brusquement, il lui lâcha le bras et se détourna. Il restait immobile, le dos voûté, la tête inclinée sur la poitrine. L'ancien marsouin n'avait plus devant les yeux que son gilet rapiécé, mais cela suffisait pour voir que Kramsky souffrait.

– Tu veux dire que tu viendrais avec nous jouer

d'un instrument que tu ne connais pas uniquement pour voir Madeleine Girard danser avec un autre ? demanda Gentil dans un murmure...

Le Bourreau secoua vigoureusement la tête plusieurs fois de suite : oui, c'était bien ça qu'il voulait dire.

Gentil se leva.

– Kram, dit-il solennellement, je t'engage comme joueur de batterie dans l'orchestre du Luxhof. Ce sera bien la première fois que je verrai à côté de moi un musicien qui a une vraie raison de faire de la musique, une raison digne de la musique en tout cas. Tu pourras venir chaque fois que Madeleine Girard s'annoncera, même après qu'ils auront relâché le ramoneur.

Il se mit à s'agiter, fit quelques pas puis vint poser se mains sur les épaules du coupeur de bois :

– Et dès que tu la verras passer la porte, avec un de ces gigolos gominés à son bras, tape sur les tambours, Bourreau, tape aussi fort que tu pourras ! Démolis tout, c'est moi qui te le demande. Fais-leur tomber cette saloperie de dancing sur le coin de la figure !

*
* *

Le samedi soir, Gentil emprunta une charrette à bras et s'occupa avec Théo d'aller chercher le matériel de Bresson rue de la Croix-du-Tilleul, puis de l'installer sur la petite estrade du Luxhof. Kramsky le regardait faire, de plus en plus inquiet à mesure que l'heure de l'ouverture approchait.

– Je saurai pas, mon pauvre!! gémissait-il en se tordant les mains. J'aurais jamais dû te demander ça!

Gentil, lui, gardait tout son calme.

– Ce n'est pas sorcier, disait-il. Tu écoutes bien et tu ne donnes un coup que quand tu es absolument sûr que c'est le moment. Tu n'as pas besoin d'en donner beaucoup: il faut seulement qu'ils soient bien placés.

Tous ceux qui entrèrent au Luxhof ce soir-là furent stupéfaits de voir le Bourreau parmi les musiciens – mal dissimulé derrière les cymbales de Bresson et la haute taille de Hansi – qui promenait des baguettes au-dessus de la batterie et les abattait au petit bonheur la chance, généralement quand on s'y attendait le moins, évoquant irrésistiblement un homme qui essaierait d'assommer un moustique virevoltant. Seule Madeleine Girard ne fut pas stupéfaite, pour l'excellente raison qu'elle ne vint pas plus au Luxhof ce soir-là que tous les samedis précédents (et que tous ceux qui allaient suivre). Fût-elle venue, d'ailleurs, qu'elle n'aurait sans doute rien remarqué. Le coupeur de bois aurait dû être déçu: il parut surtout soulagé.

Après la fermeture du dancing, il y eut une prise de bec entre M. Clément et Gentil, qui voulait donner sa part de pourcentage à Kramsky.

– Je vous demande bien pardon, dit le violoniste de sa voix grinçante, mais vous admettrez vous-même, monsieur Kramsky, que vous n'êtes pas musicien et que ce que vous avez fait ce soir ne peut pas s'appeler de la musique. D'autre part, je vous le dis comme je le pense, personne ne nous a demandé notre avis quant à votre présence sur l'estrade: nous aurions pourtant eu notre mot à dire, me semble-t-il!

Gentil était en train de plier le matériel de batterie. Il ne releva même pas le nez.

– Non, dit-il seulement.

M. Clément sursauta comme s'il venait de recevoir un coup de pied au derrière:

– Comment ça, non? s'écria-t-il.

– Non, répéta Gentil.

– C'est tout de même un peu fort! se mit à piailler le petit homme. Vous n'êtes même plus poli, maintenant! Respectez au moins Mlle Schnoebelen, si vous vous montrez grossier avec nous!

– C'est à vous que je m'adresse, Clément: pas aux autres.

– Ils sont concernés tout aussi bien, que je sache!

– Ils ont une langue; laissez-les donc parler!

M. Clément dévisagea les membres de l'orchestre l'un après l'autre, mais personne ne semblait disposé à se ranger dans son camp. Kramsky, lui, ne savait plus où se mettre.

– Il est tard, je vais m'en aller, dit-il. Je vous ai assez ennuyés comme ça.

– Qui as-tu ennuyé, Kram? demanda Gentil posément en continuant de ranger les affaires à Bresson. Moi, tu ne m'as pas ennuyé du tout. J'étais bien content que tu sois là: je trouve que tu es un très bon joueur de batterie.

M. Clément haussa les épaules:

– Pfui ! Vous n'êtes pas obligé de vous moquer de votre ami par-dessus le marché !

Pour la première fois, Gentil leva les yeux de ce qu'il était en train de faire et considéra le violoniste :

– Vous ne trouvez pas qu'il a bien joué ?

M. Clément haussa les épaules un peu plus haut :

– Lui-même vous le dirait ! Il n'est pas de mauvaise foi comme vous !

– Mais vous, c'est votre avis : il n'a pas bien joué ?

Cette fois, les épaules de M. Clément remontèrent jusqu'au-dessus de ses oreilles :

– Évidemment !!! s'égosilla-t-il.

– Qu'est-ce que vous en savez ? dit Gentil. Êtes-vous un si bon musicien vous-même pour pouvoir affirmer une chose pareille ? Vous ne l'avez même pas écouté ! D'ailleurs, vous n'écoutez jamais que vous – ce qui prouve bien que vous n'avez aucun sens de la musique.

L'indignation étouffait le violoniste. Il aurait voulu hurler toutes sortes de choses, mais il ne pouvait pas.

– D'après moi, continuait paisiblement l'ancien marsouin, vous devriez verser votre part à Kramsky pour qu'il vous apprenne à écouter. Il n'est jamais trop tard pour bien faire. Je suis sûr que notre Bourreau ferait un excellent professeur. (Gentil éclata de rire.) Il n'a pas tapé une seule fois au bon moment, mais il a *essayé*, comprenez-vous ! Je l'ai entendu toute la soirée qui essayait. Alors que vous, monsieur Clément, je vous écoute racler votre crin-crin depuis des années et des années et jamais, jamais au grand jamais vous n'avez fait le moindre effort pour jouer la note juste! Et pourquoi? Parce que vous *croyez* jouer juste, alors que ce vieux Kram, lui, est bien persuadé qu'il joue comme un sabot. La différence entre vous, c'est que lui le sait, et pas vous. Alors, qui est le meilleur musicien des deux, je vous le demande? Si Kramsky ne doit rien toucher, alors vous, vous devez verser quelque chose!

Gentil eut toutes les peines du monde à faire accepter les sous par le coupeur de bois. Mais, à part M. Clément qui avait déguerpi en claquant la porte sans avoir salué personne, tout l'orchestre insista pour qu'il prenne sa part. Lucie Schnoebelen lui dit que, s'il voulait, son oncle le Dédé Mougenot lui donnerait les premiers rudiments de solfège et lui apprendrait à tenir les baguettes comme il faut. Kramsky avait les larmes aux yeux.

Dehors, on pouvait sentir cette odeur spéciale qui annonce la pluie. En été, ce sont les arbres qui se mettent à frémir; vers la fin de l'hiver, c'est seulement cette odeur. Les deux amis levèrent le nez en même temps. Les autres s'étaient éclipsés chacun de son côté.

– Il ne fera pas beau demain, fit Kramsky.

– Ça se lèvera peut-être dans la journée, dit Gentil. Des fois, le temps change pendant qu'on est à table: j'ai souvent remarqué ça. Aujourd'hui, en tout cas, c'était une rudement belle journée.

– Oui, dit Kramsky.

– Tu as vu, reprit Kramsky, elle n'est pas venue.

– Kram, dit Gentil, pourquoi est-ce que tu ne veux jamais prononcer son nom?

– Je ne sais pas. Je ne sais pas. On dirait que j'ai honte. Tu me trouves bête, hein ?

– Il n'y a jamais rien de bête quand un homme ressent quelque chose.

– Je ne sais pas, dit Kramsky. On m'avait dit qu'elle viendrait, tu comprends, alors j'ai pensé que...

– Tu as bien fait, dit Gentil.

– Je ne veux pas l'embêter. Tu penses bien qu'elle ne va pas s'intéresser à un type comme moi. C'est drôle qu'elle ne soit pas venue...

– Est-ce que tu aurais vraiment osé la regarder, si elle était venue ? Est-ce que tu n'aurais pas eu encore plus honte de la regarder que de dire son nom ?

– Peut-être, dit Kramsky. Peut-être bien que oui. Mais j'aurais été là, j'aurais pu penser que je pouvais la regarder autant que je voulais rien qu'en tournant un peu la tête. Tu comprends ?

– Reviens demain, dit Gentil. N'oublie pas que tu fais partie de l'orchestre.

*
* *

L'oncle Maximilien avait fini par céder son auto à deux places pour s'acheter une traction avant toute neuve. À Belfort, il fut l'un des premiers à en avoir une. Il nous fit faire un tour dedans sur la place du marché couvert.

L'oncle l'utilisait dans son travail et aussi pour se rendre à tout un tas de réunions politiques aux quatre coins du Territoire et même parfois en Alsace, en Haute-Saône ou dans le Doubs. Il avait beaucoup d'amis qui partageaient ses opinions. Quand c'était un Rouge qui devait parler quelque part, ils s'entassaient à je ne sais combien dans plusieurs voitures et ils allaient montrer à toutes ces canailles qu'il existait encore de bons Français.

Ensuite, ils remontaient dans les autos et parcouraient lentement les rues. S'ils reconnaissaient un bolchevik rentrant chez lui après la réunion, ils le coinçaient contre un mur, l'obligeaient à chanter *l'Internationale* et lui flanquaient une fameuse ratatouille pour sa peine. Ils avaient un mot amusant pour désigner ces expéditions : ils appelaient cela « vidanger ».

Un soir, en sortant d'un café de Delle pour aller vidanger un peu, l'oncle avait retrouvé sa traction avec les quatre pneus crevés et un badigeon de goudron sur le pare-brise. Il évoquait cet épisode d'un air de dignité outragée, ponctuant ses phrases de pâles sourires amers :

– Les quatre pneus à la fois, disait-il. Au moins ceux-là savaient-ils compter jusqu'à quatre ! Et tout ça sans un bruit, dans le noir, à une heure où il ne passait plus personne dans la rue : on reste confondu par tant d'audace et de courage ! De jolis cocos, vraiment : ils sont trop veules pour s'attaquer à nous de face, alors ils s'en prennent à nos biens pendant qu'on a le dos tourné – eh ! dame, c'est plus prudent ! Notez bien qu'ils ont oublié de laisser leur carte de visite. Mais aussi, ce n'était pas absolument indispensable : l'élégance du procédé suffisait, en fait de signature.

Depuis, Maximilien Schultz portait un petit pistolet

coincé dans la ceinture, sous son gilet. Il allait beaucoup moins souvent interrompre les réunions des Rouges, mais c'était seulement parce qu'il avait du travail le soir : on ne fait pas toujours ce qu'on veut... Du reste, personne ne lui reprochait rien. Tardieu lui avait serré la main plusieurs fois. Sans appartenir à l'association, il était du dernier bien avec les chefs des Croix-de-Feu : les frères Courmont, le docteur Bourquard et Vermot, de Châtenois, un patron d'usine dont les contremaîtres savaient s'y prendre avec la racaille en casquette. Clerc, des Jeunesses Patriotes, comptait également parmi les relations de l'oncle. Une fois, ils s'étaient rendus ensemble jusqu'à Rougemont-le-Château pour assister à la messe parce que le curé de là-bas avait fait imprimer dans le bulletin paroissial : « *L'Humanité* et *Le Populaire* sont des ordures, et les socialistes des braillards. Fasciste je suis, fasciste je resterai. » Il fallait toucher la main de cet homme-là, il y en avait trop peu comme lui.

– De la vigilance, de la vigilance ! répétait l'oncle Maximilien tandis que nous le regardions manger. Ce n'est pas le moment de s'endormir !

Personne ne lui répondait jamais, alors il nous prenait un peu pour des simples d'esprit. Il avait l'impression de faire notre éducation politique et de nous révéler des turpitudes que nous ne soupçonnions pas, pauvres innocents que nous étions. Si quelqu'un lui avait dit que nous avions nos idées à nous, il n'aurait pas voulu le croire. Ses propres parents, qui étaient Papy et Mémère, il les considérait comme de tout petits enfants à peine sortis du berceau. Quant aux autres membres de la famille, c'étaient des ombres qui s'agitaient vaguement dans les bordures de son regard, privées de sentiments et de pensées, plongées à jamais dans une hébétude dont il ne leur faisait pas grief, parce qu'il avait suffisamment roulé sa bosse pour savoir que tout le monde ne peut pas faire partie de l'élite d'une nation. Nous étions des zéros – il en fallait bien ! – mais nous n'étions pas de mauvais bougres. Il lui arrivait de penser à nous avec un certain attendrissement. Une vraie famille Tuyau-de-poêle ! Sa sœur Marthe : elle n'avait jamais eu beaucoup de caractère, et encore moins d'imagination ; ceci compensait cela : elle était toujours contente de son sort. Son beau-frère Roméo : que peut-on dire d'un Roméo ? Il était venu au monde raté et ça ne s'était pas arrangé depuis ! Le pauvre diable n'avait même pas la santé. À part ça, il n'aurait pas fait de mal à une mouche. La petite Agathe, maintenant : celle-là voulait devenir institutrice – ma foi ! on peut toujours croire au Père Noël... Et puis finalement le gamin (comment, déjà ? ah ! oui, Théo) : un enfant qui ne suivait pas à l'école, comme de bien entendu, et qui ne songeait qu'à jouer de la clarinette, pensez donc ! Enfin, l'armée en ferait peut-être quelque chose...

– En somme, lui disaient ses amis en riant, vous êtes le canard boiteux, dans cette famille !

– Qu'est-ce que vous voulez, répondait l'oncle d'un air modeste, je ne vais quand même pas leur tourner le dos ! Ils sont tous si heureux quand ils me voient.

– Je comprends, disait le secrétaire des Volontaires Nationaux qui avait repris son sérieux. Ce sentiment vous honore, Schultz. Seulement, vous voyez le problème : ces gens-là ont deux enfants, tandis que vous...

L'oncle baissait le nez :

– Je sais bien ! soupirait-il. Je sais bien !

Maximilien n'avait pas eu le fils dont il rêvait. « La pauvre Mathilde ne lui en a pas donné », disait-on. Mais l'oncle doutait. Dans le secret de son cœur, il doutait. Peut-être était-ce lui, après tout, qui n'avait pas donné de fils à Mathilde, la pauvre Mathilde qui aurait aimé avoir une fille, elle, et qui s'endormait avant que l'oncle soit rentré, ne sachant pas que l'amour doit être opiniâtre, et nouveau chaque jour, pour qu'un enfant paraisse, la pauvre Mathilde qui croyait que l'amour était quelque chose qui fait du mal au ventre et qui est étouffant – et l'oncle n'osait pas la détromper, parce que ce n'était pas un sauvage et qu'il avait du respect.

Cependant, un rêve se formait dans sa tête, jour après jour, et tandis qu'il rentrait de plus en plus tard, désireux de ne point être pénible à Mathilde, son amour grandissait pour ce rêve, et l'amour qu'on fait réellement lui semblait, en comparaison, de plus en plus inhumain. L'amour du rêve n'était pas un amour qu'on doit se laver après et supporter l'odeur de bête en s'endormant. Faut-il que nous soyons comme des chiens ? Maximilien Schultz ne voulait pas l'admettre. Il croyait que la vie pouvait être belle et glorieuse, que la pureté était notre héritage, mais que des youpins et des Rouges s'acharnaient à tout salir. Et il aurait voulu savoir pourquoi, se traîner à leurs pieds et leur demander la raison d'une telle haine, car il n'arrivait pas à la comprendre.

S'il avait eu un fils, ce fils aurait été l'un des espoirs de la France. Car lui-même était né de gens modestes et peu informés, mais son fils aurait eu toutes ses chances; il l'aurait mis au courant de tout dès qu'il aurait été en âge de comprendre. Et ce fils aurait eu des fils. Et la race des Schultz, au lieu d'être promise à l'extinction, aurait représenté la puissance et l'avenir du pays.

Quant à lui, Maximilien Schultz, il n'aurait plus été seul à supporter le poids des jours. Alors, dans son rêve, il attendait ce fils qui ne pouvait pas venir et il s'en faisait une musique.

Il aimera, songeait-il, les mêmes choses que moi et nous trouverons des phrases à nous dire dans la cuisine à cinq heures du matin, après les réveillons.

Avec mon fils, songeait-il, il y aura eu des dimanches matin, étincelants et glacés, où nous serons allés ensemble dans un jardin public, près d'une pièce d'eau. Des images claires habiteront nos mémoires. Les gens sauront qu'il est mon fils.

J'apprendrai à mon fils, songeait-il, des chansons et je les entendrai dans sa bouche, quand leurs paroles ou leurs airs me fuiront. J'aimerai sentir l'impatience de mon fils quand je serai tranquille, et moi qui ai prononcé tant de mots en vain, je l'écouterai parler avec délectation.

Je sais, songeait-il, ce qui troublera mon fils, lorsqu'il

lèvera son visage vers le vieux soleil de juin, en quittant notre maison. Je sais quelles émotions l'étreindront, à l'heure où il faudra partir et devenir un homme. Je sais tout ce qu'il emportera des images de notre vie et de moi.

Il songeait à ces choses.

Mon fils, songeait-il, aura la folie que j'ai eue dans ma jeunesse, marchant parmi ses compagnons enivrés de leurs rires, marchant jusqu'à l'aube sans fatigue à travers les rues. Assis dans le salon, lorsqu'il reviendra me voir, nous resterons silencieux. Il reviendra à l'improviste, je reconnaîtrai le pas de mon fils sous la pluie.

Ceci était l'amour de Maximilien Schultz pendant que sa femme trinquait avec Théo, à la santé d'un monde meilleur où l'amour serait de la crotte de bique.

*
* *

Le père de Théo réparait les assiettes, mais on cassait les assiettes par douzaines sous les fenêtres de son logement chaque dimanche. Le père de Théo ne gagnait presque rien en réparant les assiettes, alors que l'homme qui les réduisait en miettes semblait à l'abri du besoin, même s'il n'était pas millionnaire. La vie est ainsi faite. Un réparateur de faïence dépourvu d'idéal met au monde deux enfants, probablement sans y faire attention, et un homme qui a su s'élever dans l'échelle sociale, un homme qui réfléchit quotidiennement à l'intérêt supérieur de son pays, cet homme-là reste privé de descendance. Il épouse une femme fragile, dont la vie n'est bientôt plus qu'un lent endormissement des souffrances dans les vapeurs d'éther. Il revoit le temps où il hurlait dans les rues, aux côtés d'un homme bon et malin qui lui apprenait en même temps le commerce et la fierté d'être français. Il aurait pu devenir un voyou : cet homme l'avait remis dans le droit chemin. Depuis, Maximilien Schultz avait eu à cœur de se comporter dignement et d'aider à nettoyer son pays de la pourriture. Il n'en avait pas été récompensé : est-ce donc un crime que d'aimer son pays et de vouloir le rendre propre ? La France avait nourri une vipère en son sein. Dreyfusards, pacifistes, socialistes s'étaient glissés en Elle, vague après vague, et la rongeaient comme une maladie honteuse. Maximilien aurait voulu être un des médecins de la France. Il avait fait tout ce qu'il avait pu, mais le mal progressait toujours. Il sentait venir le jour où ses forces commenceraient à décroître. Et voilà qu'il n'avait pas de fils pour prendre la relève.

Lorsqu'il défilait dans la Grand-Rue de Montbéliard, autrefois, il était en même temps son propre fils et son propre père. À présent, il était tout seul. Même la pauvre Mathilde l'avait abandonné. Ses parents allaient devenir gagas sans s'être rendu compte de tout le mal qu'il s'était donné et la populace crevait les pneus de son automobile, ce qui était quand même plus simple que de travailler dur pour s'en payer une... L'envie menait le monde. L'argent des youtres écrasait les valeurs les plus élevées. Des écrivains pédérastes se faisaient acclamer en jetant l'anathème sur la famille. Le dernier des portefaix prétendait maintenant être traité à l'égal d'un prince du sang et il se trouvait des professeurs engraissés par l'État pour lui donner raison. La fainéantise devenait un but en soi ; le dénigrement de la France : le bon moyen de faire carrière et de s'emplir les poches. Et voilà qu'il n'avait pas de fils pour répéter après lui : non, non, non, non, toujours et encore non !

Et c'était quand même une étrange malédiction qui pesait sur les justes : Léon Petitdemange lui non plus, son bienfaiteur et son maître, n'avait pas eu de fils. Alors que dans les quartiers louches, vous ne pouviez pas faire un pas sans que la marmaille vous parte dans les jambes. « C'est que leurs femmes sont plus proches de l'animalité que les nôtres, songeait-il douloureusement. Il faudrait expliquer à l'élite qu'engendrer est un devoir national. – Oui mais, si l'on ne peut pas ? » Quand il en arrivait là, il restait longtemps prostré, une main en visière sur les yeux, méditant vaguement d'aller faire un pèlerinage à Lourdes et de se remarier.

Il se rappelait les anciens jours à Paris, quand il travaillait pour Félix Potin. On allait à Meudon les beaux dimanches, déjeuner sur l'herbe. Et les guinguettes au bord de la Marne ! À cette époque de sa vie, il se disait qu'il avait encore bien le temps. On a vingt-cinq ans, on a accompli ses obligations militaires : on a tout l'avenir devant soi. Pourquoi se mettre déjà la corde au cou ? Il faut d'abord jeter sa gourme, Paris est fait pour ça. Si on ne s'amuse pas à cet âge, on ne s'amusera jamais ! Quand on en aura assez de faire la vie, il sera bien temps de devenir sérieux et de penser à fonder une famille. Joli programme – malheureusement, la guerre avait balayé tout ça. Oh ! on la sentait venir depuis pas mal de temps. Dans une certaine mesure, même, on la désirait. Mais d'un autre côté, on n'arrivait pas à croire qu'elle aurait vraiment lieu : la jeunesse est comme ça, elle se figure que puisque aujourd'hui ressemble à hier, demain ressemblera forcément à aujourd'hui. Va toujours !

Le 1er août, ce fut la mobilisation générale. Maximilien Schultz, qui avait le grade de caporal d'artillerie, fut envoyé dans le Nord huit jours plus tard. Le 22, la troisième batterie, à laquelle il avait été affecté, fut encerclée dans les Ardennes par la faute d'un capitaine complètement abruti (et franc-maçon, soit dit en passant), après avoir causé d'énormes ravages dans nos propres bataillons. Si bien que l'oncle passa toute la guerre à contempler les barbelés d'un camp de Kriegsgefangener, en Prusse-Orientale.

Son grade ne lui permit pas d'être avec des sous-officiers, si bien qu'il eut tout loisir, pendant quatre ans et trois mois, d'étudier de près la mentalité de la masse – et ce n'était pas quelque chose de bien propre, vous pouvez me croire. En plus, lui qui avait toujours été fine gueule et que M. Petitdemange avait transformé par son exemple en un véritable gastronome, il ne supportait pas le régime du camp. Les autres, qui n'avaient jamais connu mieux, se précipitaient sur les platées de bouillie à cochons que les Schleus leur servaient. Mais lui, rien à faire, la seule vue de cette ignoble ragougnasse lui soulevait le cœur, sans parler du délicat fumet de latrines qui s'en échappait ! Le plus souvent, il se contentait du morceau de pain noir. L'ennui, c'est qu'à force d'avaler du pain noir, encore du pain noir et toujours du pain noir (un de ces pains noirs comme seuls les Boches savent en faire : vous imaginez cela d'ici !), il avait fini par se détraquer l'estomac. Il maigrissait, il devenait tout jaune, avait continuellement des crampes, vomissait tripes et boyaux – et bien sûr, le major schleu le trouvait frais comme la rose ! Peut-être était-ce à cause de cela qu'il ne pouvait pas avoir d'enfants avec Mathilde. Dans les mois qui avaient suivi sa libération, en tout cas, il avait observé que son robinet fonctionnait beaucoup moins bien qu'autrefois et qu'il n'était plus tout à fait le gaillard qu'il avait été. Bref, on ne va pas entrer dans les détails, mais cette interminable captivité dans un pays impossible où il faisait toujours trop froid ou trop chaud n'avait certainement pas contribué à faire de lui un homme en parfaite santé. Le temps était loin où, revenant d'un banquet, M. Petitdemange et lui, tous deux saouls comme des bourriques, ils s'étaient arrêtés pour pisser contre le mur entourant la propriété d'un quelconque avocaillon dreyfusard – et lui, Maximilien Schultz, avait réussi à atteindre le haut du mur, et même à passer un peu de l'autre côté. Le brave père Petitdemange en était comme deux ronds de flan. Il considérait son poulain d'un air de totale incrédulité, en gobant les mouches. À ce moment-là, il leur sembla entendre un volet s'entrouvrir et ils déguerpirent comme s'ils avaient le feu aux fesses. Ce n'est qu'en arrivant, à bout de souffle, devant la porte de l'Avenir Régional qu'ils se rendirent compte que leurs braguettes étaient restées ouvertes et que leur oiseau leur pendait entre les jambes, au vu et au su de quiconque se serait trouvé sur leur chemin ! Heureusement, ils n'avaient pas rencontré un chat.

Sacré Léon Petitdemange ! Ç'avait été un bien mauvais moment lorsqu'il avait fallu les quitter pour la caserne, lui et Mme Jeanne, qu'il chérissait comme une seconde famille. Il ne les aimait pas davantage que ceux qui l'avaient mis au monde, ça non, on ne pouvait pas le dire – mais tout de même, si ses propres parents avaient pu jouer pour lui le rôle qu'avaient joué les Petitdemange, s'il avait pu naître dans une famille comme celle-là plutôt que chez des gens qui avaient la meilleure volonté du monde, bien sûr, mais possédaient une mentalité de moutons bêlants, ne s'intéressaient à rien et ne parlaient même pas le français comme des Français, ah ! si cela avait été possible, comme tout aurait été merveilleux !

Maximilien Schultz n'était ni une brute ni un ingrat. Il se reprochait amèrement d'avoir de telles pensées et, si le remords était vraiment trop fort, il sautait dans le train le dimanche suivant, quoiqu'il lui en coutât de ne pas suivre ses patrons au restaurant, et venait embrasser sa mère à Gi. Mme Jeanne, à son retour, l'assurait qu'il était un fils modèle et qu'elle aurait donné la prunelle de ses yeux pour en avoir un comme ça. Alors M. Léon se levait et venait entourer les épaules du garçon de son bras protecteur :

– Tu iras loin, Maxi, disait-il d'une voix subitement enrouée. Retiens ce que je te dis : tu iras loin !

En attendant, Maxi était allé à Chaumont. Sous les drapeaux. Bien sûr, c'étaient les Petitdemange qui lui envoyaient les plus nombreux et les plus beaux colis – il faut dire qu'ils avaient facile, avec l'épicerie. Il y avait toujours une petite enveloppe entre les tablettes de chocolat. Lorsqu'il revenait en permission, Maximilien Schultz était torturé par le désir de se rendre d'abord à l'Avenir Régional, avant d'aller poser sa valise dans le minuscule logement de la rue Sur-L'Eau, où il devait camper dans la cuisine.

À la caserne, il reçut un matin cette lettre :

Bien cher Garçon,

Tu te souviens certainement, mon cher Maxi, que notre voisin Le Bon Lait voulait vendre, rapport à l'âge qui se fait sentir. Comme Mme Petitdemange et moi-même ont pu réunir quelques économies, je pense sérieusement à racheter pour agrandir notre cher Avenir. Naturellement, il faudra tout faire refaire et creuser le mur, mais je me suis renseigné, il n'y a pas de problèmes. On pourrait ouvrir un deuxième comptoir, par exemple de vêtements de travail. Mais il y aurait beaucoup d'ouvrage, tu t'en doutes, puisque déjà comme ça, nous avons bien du mal à faire tourner la boutique depuis que tu es au service. Il nous faudrait un associé sur lequel nous puissions compter : il n'aurait pas de fonds à mettre dans l'affaire au début, pas besoin, mais il s'engagerait à nous aider pour plus tard, quand nous serions à notre tour aussi fatigués que le voisin. Nous avons pensé à quelqu'un : qui cela peut-il bien être, à ton avis ? Réponds vite, mon cher enfant, ce sera une si grande joie pour tous les deux et, j'espère, pour un troisième.

*Ici, c'est toujours ce même temps de chien depuis bientôt trois semaines. Côté politique, c'est le calme plat mais je ne m'y fie guère : quand «ils» ne font plus de bruit, c'est qu' «ils» préparent un de leurs mauvais coups. Je t'ai gardé les numéros de l'*Action*, bien entendu. Savais-tu que le frère de ton commandant De Mareuil s'était présenté à la députation sous étiquette radicale ? «Ils» sont décidément partout. Le commandant voulait le provoquer en duel devant les urnes, mais il n'a pas été élu.*

Voilà toutes les nouvelles, mon cher garçon. J'espère que la santé est toujours bonne (nous, ça va) et que tu fais honneur à l'Armée Française. Tu es un homme à présent, mais permets-nous de t'embrasser quand même comme si nous étions de ta famille.

M. et Mme Léon Petitdemange
Fait à l'Avenir Régional à Montbéliard
le 16 octobre 1909.

L'oncle répondit le soir même : «J'ai vu le type à qui vous pensiez. Il est parfaitement d'accord!» Suivaient trois pages de remerciements enthousiastes et larmoyants, de déclarations solennelles et larmoyantes et de grands serments larmoyants et emphatiques.

Après quoi l'oncle alla pleurer un bon coup et attendit la réponse.

Il aurait pu attendre longtemps. Le régiment partit pour les grandes manœuvres sans qu'il ait rien reçu. Il y avait eu une grève dans une usine qui fabriquait des boucles de ceinturon pour l'armée. Cette grève était si manifestement inspirée par des espions boches (et financée par la juiverie internationale) que Léon Petitdemange, étouffant d'indignation, décida d'aller prêter main-forte aux gardes mobiles. Les Rouges ne s'y trompèrent pas. Lorsque les gardes chargèrent sabre au clair, ce fut sur ce bourgeois qui courait à côté des chevaux, malgré les objurgations des officiers, qu'ils concentrèrent leur riposte. Un boulon brisa les dents de l'épicier. Un autre, qui devait peser plus d'une livre, lui défonça la tempe. Il mourut à l'hôpital au cours de la nuit, sans être sorti de son coma. En plus, il avait eu les côtes défoncées par les sabots d'un cheval.

La pauvre Mme Jeanne faillit en mourir de chagrin. Il fallut l'hospitaliser à son tour : elle ne se connaissait plus. Sa famille de Bapaume vint la chercher et, finalement, ce fut le Bon Lait qui racheta l'Avenir Régional et transforma le tout en entrepôt de briquettes.

Informé par ses parents de cette affreuse histoire, qui avait fait énormément de bruit dans les journaux, l'oncle se rendit à Montbéliard sur-le-champ, empruntant le vélo de sa sœur, un vieux biclou qu'elle avait trouvé dans le couloir de l'immeuble et que la police lui avait remis au bout d'un an et un jour, personne n'étant venu le réclamer. L'oncle pédala comme un dératé. Il sentait que s'il ne produisait pas cet effort, s'il ne soumettait pas ses muscles à cette épreuve, son cœur éclaterait d'épouvante et de chagrin. Là-bas, il eut du mal à obtenir des renseignements. Vingt personnes qui n'y avaient pas assisté lui racontèrent en détail le glorieux martyre de l'épicier mais, pour le reste, elles ne savaient rien et firent bientôt sentir à cet agrippant militaire qu'elles avaient d'autres chats à fouetter, étant encore, elles, bien vivantes.

Maximilien Schultz ne trouva personne pour lui donner l'adresse de son ancienne patronne dans le Pas-de-Calais. Même le Bon Lait ne la connaissait pas – soi-disant (mais l'oncle se méfiait de lui car le vieux s'était toujours montré bourru à son égard). Il remonta sur sa machine et pédala jusqu'au cimetière. Le gardien lui indiqua la tombe Petitdemange.

Devant la stèle, l'oncle fut surpris de voir qu'il ne ressentait quasiment rien. La seule impression qu'il avait, c'est que tout ça n'existait pas réellement. Il ne commença à pleurer que lorsqu'il fit le salut militaire, après s'être mis au garde-à-vous. La couronne du sous-préfet avait encore fière allure ; celles des associations patriotiques étaient d'une sobriété et d'une dignité irréprochables...

Avec Léon Petitdemange moururent les grandes espérances de son commis Maximilien Schultz : jamais il ne serait propriétaire de l'Avenir Régional. Son service terminé, il n'eut pas le cœur de retourner chercher du travail à Montbéliard. Pendant quelque temps, il occupa le poste de gérant des bains-douches municipaux et vit à cette occasion des choses qu'on ne peut même pas raconter. Il devenait mélancolique et, quoique n'habitant pas la vieille ville, il surveillait jalousement sa sœur et s'emportait violemment contre elle pour des riens. En 13 (c'était même en septembre, je crois), un camarade de régiment auquel il avait expliqué sa situation après la mort de son bienfaiteur lui écrivit de Paris pour lui parler d'une bonne place au service des achats Félix Potin. Tout était réglé : il n'avait qu'à dire oui. L'oncle n'hésita pas une seconde ; vous connaissez la suite.

Il retourna chez Potin à la fin de la guerre, mais n'y resta que trois mois. Presque tout de suite, en effet, il rencontra Roland Vuillème dans un caf'conc' des boulevards. Pourquoi engagèrent-ils la conversation ? Ni l'un ni l'autre n'en savaient fichtrement rien. Toujours est-il qu'en sortant, ils étaient devenus les meilleurs amis du monde. Roro était représentant en vins, liqueurs et spiritueux, métier qu'il exerçait avec une ardeur et un succès considérables. Lorsqu'on le lançait là-dessus, il n'y avait plus moyen de l'arrêter. À force, Maximilien en eut l'eau à la bouche et quand son camarade lui proposa de se mettre à son tour dans la partie, il fit incontinent ses adieux à la maison Félix Potin, notant avec satisfaction qu'on ne le voyait pas s'en aller sans regrets.

N'empêche qu'il avait pris la bonne décision : son nouveau métier lui allait comme un gant. Il s'y sentait peut-être encore plus à l'aise que Roro, et pour ce qui est de la réussite auprès des clients, au bout de six mois, il n'avait plus rien à lui envier.

Maximilien Schultz en était particulièrement heureux car, à présent, il détestait Vuillème plus que n'importe qui d'autre au monde. Il avait éprouvé la plus grande déception de sa vie en prenant soudain conscience, pour un mot lâché par hasard à la terrasse du café de la Paix, que celui qu'il considérait comme son meilleur ami était un sympathisant socialiste. Tout d'abord, il crut avoir mal compris. Mais en cuisinant Roro, mine de rien, il s'aperçut bien vite que ce n'était pas le cas. Il n'y avait aucun doute à avoir : il était en train de boire l'apéritif avec un Rouge. Vous me croirez si vous voulez, mais il avait été à deux doigts de tourner de l'œil ! D'un seul coup, il avait cessé d'entendre les bruits du café, de la rue ; son regard fixe était posé sur des choses qu'il ne voyait plus. Il avait oublié où il était. Il se sentait tomber tout droit dans un puits sans fond. Il ne respirait même plus. L'odieux assassinat de M. Petitdemange, les années de pain aigre partagé avec la lie de la société dans la désolation et la honte des camps prussiens, toutes ces épreuves n'avaient pas eu sur lui l'effet de ce coup de théâtre. Il avait tendu la main à un inconnu, sans aucune arrière-pensée, et sa confiance avait été trompée. On avait profité de sa crédulité pour le bafouer. « Décidément, devait-il dire par la suite, tirant la morale de cette navrante expérience, ces gens-là ne sauront jamais rien faire d'autre que de trahir. »

Il y avait une éternité qu'il n'était plus allé défendre

ses idées dans la rue, la canne à la main. Voilà ce qui l'avait ramolli et avait fait croire à l'ennemi qu'il serait une proie facile. Eh bien, il allait rattraper le temps perdu, vous pouviez compter sur lui ! On avait calmé Jaurès, on en calmerait d'autres !

L'oncle se leva, jeta un gros billet sur le guéridon :

– Adieu, *monsieur,* fit-il avec toute la froideur et tout le dédain dont il était capable.

Puis il tourna le dos et s'en fut, raide comme la justice. Il pensait que tout était dit. Roland Vuillème avait cessé d'exister en tant que personne. Ce n'était plus qu'une idée scandaleuse contre laquelle Maximilien Schultz allait à nouveau combattre de toutes ses forces. Mais le lendemain matin, on sonna à sa porte et Roland Vuillème se tenait sur le paillasson, humble, avec un sourire hésitant. Sa figure était pâle et bouffie comme s'il n'avait pas dormi de la nuit. Il ne disait rien. Il était simplement là, les épaules un peu voûtées, avec son air de chien battu. Et alors il se passa quelque chose que l'oncle n'aurait pas cru possible : à cette vue, son cœur, son cœur à lui, l'ennemi juré du mal et de la fausseté, son cœur se fendit en deux. Ce fut si violent et si douloureux qu'il y porta la main par-dessus sa chemise. Et lui aussi il restait là, incapable d'articuler un mot, tenant encore la poignée de la porte vitrée avec son autre main. Ils se regardaient dans les yeux, aussi mortellement émus l'un que l'autre, clignant désespérément des paupières pour ne pas éclater en sanglots comme de tout petits enfants. Et la bouche de Roland Vuillème est tiraillée par une sorte de tic, et le menton de l'oncle se met à trembler convulsivement. Combien de temps sont-ils restés plantés là, éloquents et muets, immobiles mais agités par le plus sauvage des cataclysmes, écoutant se briser contre leurs corps pétrifiés l'élan impétueux de leurs âmes ? Priez pour nous, pauvres pécheurs, priez pour que nos âmes ne soient pas réduites en cendres tandis que nos corps continuent de lire le journal et de défiler dans la rue...

Ainsi Roland Vuillème était revenu, un calme matin d'avril, à Paris, et souriait d'un sourire si fragile sur le paillasson d'un sombre appartement, dans une sombre maison depuis longtemps livrée à la pioche des démolisseurs. Ainsi il souriait d'un sourire si fragile. Ainsi Maximilien tenait devant lui son cœur et sa porte. Ainsi ils se regardaient et se hurlaient des choses sans mot dire et se consumaient face à face sur le seuil d'un endroit que les générations futures n'ont pas cru bon de préserver comme un lieu maudit et sacré. Voilà toute l'histoire. Voulez-vous savoir la fin ? La fin n'est pas belle, je vous préviens. La fin est celle-ci – mais il est encore temps de m'arrêter, si vous ne voulez pas la connaître. Non ? Tant pis pour vous. Eh bien, Maximilien Schultz a claqué la porte. Tout à coup il a poussé un cri terrible (il a voulu le pousser, parce qu'en fait rien n'est sorti de ses lèvres) et il a lancé le battant à toute volée. Et avant même que le battant ne vînt taper contre le chambranle dans un fracas assourdissant qui fit tressaillir le socle de Paris et résonna jusqu'en enfer, il avait compris que son cœur ne se recollerait jamais plus et qu'il fallait désormais l'oublier, comme un réveil que l'on a démonté et dont les pièces refusent catégoriquement de se remettre ensemble. Mais ses yeux emportaient l'image de Roland Vuillème misérablement posé sur le paillasson et de la misérable silhouette de Roland Vuillème se découpant sur le granité de la vitre. Tout le reste de sa vie ne lui servit qu'à se persuader que son geste était juste, mais il n'y parvint pas. Toute la haine dévorante de sa vie ne voulut jamais dévorer que la haine de ce geste, mais elle n'y parvint pas. Il avait tellement aimé Roro, sans le savoir, que son robinet devint froid comme un concombre et ne jeta plus qu'une semence brève et immobile, qu'il ne voulait pas voir. En 20, il assista sans réagir au mariage de sa sœur avec un minus ; en 26, il s'exila volontairement de Paris, où ses affaires étaient florissantes, et vint s'établir dans la région ; en 27, il épousa Mathilde à Saint-Christophe, dans la plus stricte intimité. Il avait trente-sept ans et, pour ce qu'il en savait, demain n'était pas un autre jour.

Ida Brunhammer

Histoire du retour au pays

C'était une drôle de fin de journée. Il y avait dans le ciel rose une flopée de petits nuages ronds et mauves, ou violacés.

– La Sainte Vierge fait des beignets pour le petit Jésus, déclara Gentil.

L'ancien marsouin était tout le temps en train d'apprendre de nouvelles phrases à Théo. Des phrases qui font rire. Des phrases qui font voir le monde autrement – c'est-à-dire comme il est en vrai, quand on s'est débarrassé des mots ordinaires, si usés qu'ils ne veulent plus rien dire. Le monde, lui, ne s'use jamais, il est toujours aussi neuf – telle était la conviction de Gentil. Et les gens ? Les gens s'usent, hélas ! parce qu'ils se laissent embobiner par les mots. Ils se laissent enfermer dedans à double tour comme dans des espèces de cachots. L'homme qui changerait de mots tous les jours, affirmait Gentil, cet homme-là ne pourrait pas s'user. À l'âge de Mathusalem, il serait encore un enfant. Mais à quoi sert de changer, si les autres ne changent pas avec vous ?

– Il faut croire, disait Gentil, que les hommes préfèrent devenir vieux.

Ils marchaient sur le quai militaire, le long des voies du train. C'était la première fois que Théo venait par là. On passe derrière la Maison du peuple, la route est plate un bon moment, puis elle grimpe brusquement et rejoint le pont Michelet. Après le pont viennent les choses qui sont le bout du monde : la gare, le dôme des établissements Bérolle, le lycée, Bellevue, les promenades des Barres et la station électrique. On peut avancer jusque-là et retourner chez nous par le Mont, la via des Morts et l'avenue des Trois-Chênes, bordée de marronniers, entre Alsthom et D.M.C.

Le Mont est vraiment un mont. Il est couvert de petites maisons : ce sont les Habitations à Bon Marché que la ville a fait construire un peu avant que Théo soit né. Il y en a d'autres à la Miotte, sur le versant où l'ancien marsouin n'aime pas aller, près du square Engel, et à Bellevue quand on descend vers la Pépinière Gentil trouve que c'est une mauvaise plaisanterie, cette idée de distribuer des villas aux pauvres.

– Tout ce qu'on fait pour eux, grogne-t-il, c'est de leur faire croire qu'ils sont devenus moins pauvres parce qu'il y a un grillage et trois rames de haricots entre eux et le pauvre d'à côté ! Pour faire croire aux pauvres qu'ils ne sont plus aussi pauvres, les riches sont prêts à tout, mille caissons ! Ils savent ce qu'ils font, remarque bien : ils en lâchent juste assez pour pouvoir continuer à s'en mettre plein les poches sans être dérangés. Ils font la part du feu, en somme. Autrement, les pauvres viendraient les trouver dans leurs propres maisons. Les pauvres prendraient le mur, disant: « Camarade, ce mur est à moi : il a été payé avec mon travail, je le prends ! » Ils détacheraient le toit et ils l'emporteraient sur leur dos, expliquant gentiment: « Mon ami, tu as un gros coffre-fort : pourquoi ne vas-tu pas habiter dedans ? Moi, j'emmène ce toit, parce que je n'ai rien d'autre à me mettre sur la tête. »

Théo riait aux larmes. Et N'a-Qu'un-Œil poursuivait :

– Les riches seraient bientôt tout nus au fond d'un trou, parce qu'on aurait aussi embarqué le plancher, la cave et le tas de charbon. Ils en mourraient, ces farceurs de riches, tu peux être sûr ! Ils n'auraient même pas le temps de mourir de froid, ou de faim, ou de peur. Ils seraient morts de chagrin avant. De chagrin, mon Théo ! Les riches n'arrêtent pas de nous voler et de se voler entre eux. (Ils voleraient leur ombre ! Ce sont de vrais démons.) Mais si tu leur prends ne serait-ce qu'un bouton de culotte, les voilà qui se mettent à pleurnicher. Ils tombent malades. Ils demandent aux hirondelles de courir après toi et font marquer dans le journal que c'est une honte et la fin de tout. Il n'y a pas plus délicat que ces riches sur le chapitre du vol – sauf qu'ils t'arracheraient de leurs propres mains la peau des os s'ils pouvaient en tirer quelque chose à la Bourse !

Il allait y avoir les élections à la fin du mois d'avril, c'est-à-dire dans trois semaines, et la question des riches et des pauvres était le grand dada de Gentil.

– Cette fois, rappelait-il, il ne s'agit pas seulement de sortir Lucien Carré de Méchéria: il s'agit qu'on sorte tous de ce bagne-ci.

Lucien Carré était le secrétaire des Jeunesses communistes. Il avait été condamné pour propagande antimilitariste et envoyé au bagne de Méchéria, réservé aux bandits, aux assassins et aux fabricants de fausse monnaie. Pendant toute une période, le faubourg des Coups-de-Trique avait grondé pour le faire sortir de là. Et Gentil avait grondé plus fort que tous les autres:

– Les sacrés juges ne risquent pas d'y aller, eux, à Méchéria. Il n'y a personne d'assez dépravé là-bas pour accepter de partager son cachot avec des oiseaux pareils!

D'après l'oncle Maximilien, cependant, on aurait mieux fait de coller Lucien Carré au mur et de lui envoyer douze balles dans la peau:

– Et le dos au peloton, encore! s'écriait-il. Les traîtres, on leur tourne la tête du côté de leurs amis boches. Ainsi, on peut tirer dans ce qui leur sert de figure. Feu à volonté!

Mais ce coup-ci, Papa avait repoussé son assiette et s'était levé:

– Maximilien, avait-il dit d'une voix blanche, vous êtes ici dans ma maison. Je respecte mes hôtes – mais vous, respectez-nous à votre tour. Lucien Carré a ses opinions et vous avez les vôtres. Et nous aussi, figurez-vous, nous avons les nôtres! Je dis qu'aucun tribunal ne peut bafouer la loi et passer par-dessus les droits que la loi donne à un homme. Voilà ce que je dis, et je dirais la même chose s'il s'agissait de n'importe qui.

Il s'était laissé retomber sur sa chaise, livide, tremblant, regardant fixement la poignée de la fenêtre. De sa vie, il n'avait tenu un aussi long discours à son beau-frère, et c'était la première fois en quinze ans qu'il se rebiffait contre lui. L'oncle en était tout décontenancé. L'attaque avait été si imprévue qu'il ne songeait même pas à répondre. Du reste, il n'avait rien à dire : les évidences ont-elles besoin d'être argumentées ! Il jetait des regards consternés à la ronde, comme pour prendre tout le monde à témoin que Papa était devenu fou. Ces regards avaient aussi quelque chose d'implorant, mais personne ne répondait à leur prière.

Mémère et Papy avaient plongé le nez dans leur assiette. Théo était trop fier de son père pour essayer seulement de cacher sa jubilation. Agathe considérait Maximilien Schultz avec une intensité inquiétante.

Ce fut Maman qui vint au secours de son frère, après avoir surmonté son propre affolement :

– Allons, allons ! dit-elle d'une voix rauque. Vous n'allez quand même pas vous fâcher pour un Lucien Carré !

Papa avait repris sa fourchette. Il la reposa et le petit bruit du métal contre la toile cirée fut comme un coup de canon. Théo vit distinctement la pomme d'Adam du vieux monter et descendre dans son cou.

Maman, terrorisée, se tourna vers Papa :

– Papa, qu'est-ce que tu as ?

Le vieux battit plusieurs fois des paupières: Théo vit cela également.

Maman hésita puis posa doucement sa main sur le poing fermé de Papa.

– Papa, je te parle...

Aucune réaction.

– On s'échauffe, on s'échauffe... bafouilla Maximilien Schultz.

Agathe ne l'avait pas quitté des yeux et son regard, à présent, lançait des éclairs.

– Lucien Carré n'est pas un gangster! s'écria-t-elle tout à coup.

Maman poussa un cri perçant et gifla Agathe avec sa serviette par-dessus la table. Le père se dressa de nouveau, tel un spectre vengeur, les yeux rivés sur la poignée de la fenêtre.

– Laisse-la! souffla-t-il. Nom de Dieu, laisse-la!

Il n'avait jamais juré à table. Il n'avait jamais prononcé de tels mots en s'adressant à sa femme. Maman se mit à pleurer dans sa serviette. Mémère et Papy étaient tellement ratatinés sur leurs chaises que seuls leurs crânes émergeaient au-dessus des assiettes.

Agathe se leva et quitta la cuisine.

L'oncle Maximilien ressemblait à un homme sur qui une patrouille amie venait de tirer sans sommations, alors qu'il ne faisait rien d'autre que de se promener tranquillement dans un endroit permis. Personne ne regardait personne.

– Je vais avec les copains, marmonna Théo – et il se précipita dehors.

Même à Gentil, il n'osa pas raconter ce qui s'était passé. Quand il revint, le soir, il n'y avait plus que Papy et Mémère dans la cuisine. Papy lisait *Le Messager boiteux de Strasbourg,* où est inscrit le temps qu'il doit faire chaque jour de l'année. Mémère avait haché les restes de viande de la semaine et fabriquait une pâte, ce qui voulait dire qu'on aurait des rissoles. Et les rissoles étaient un des plats que Théo aimait le mieux, avec le pâté en croûte.

Au souper (on disait dîner pour le midi, souper pour le soir), chacun essaya d'être le plus gentil possible avec les autres, surtout Papa avec Maman et Maman avec Agathe. Il ne fut question ni de l'oncle, ni du bagne, ni de rien à vrai dire, sauf du plaisir de se remplir la panse avec les rissoles de Mémère.

– Je me rappelle encore quand ma grand-mère à moi en faisait, dit celle-ci. Nous arrêtions de jouer, Nelly Zimmermann et moi, pour aller la regarder dans sa cuisine. Pauvre Nelly ! La grand-maman relevait un coin de la nappe, et sur un morceau de table pas plus grand que ça, elle vous préparait deux douzaines de rissoles en un rien de temps. Mon Dieu, quand j'y pense !

Le regard de Mémère se perdit dans le vague. Puis elle redescendit parmi nous, nous observa de ses petits yeux pleins de malice :

– Et je vous jure qu'elles étaient dix fois meilleures que celles-ci !

Tout le monde se récria.

– Oh ! mais si ! insista Mémère. Il faut dire les

choses comme elles sont. Elle avait une façon à elle; la pâte, peut-être, ou l'assaisonnement, je ne sais pas. Ah! on ne dirait guère que je l'ai vue faire si souvent! Je n'ai jamais pu en réussir de pareilles – sauf peut-être une fois à Gi, avec Papy. Ça ne date pas d'hier non plus!

– C'est vrai, dit Papy, c'est vrai.

– Tais-toi donc, bavard! répliqua Mémère. Il n'en a seulement jamais goûté, des rissoles à la pauvre grand-maman Brunhammer!

– Mais j'ai goûté celles de Gi! protesta Papy. Tu vas peut-être dire que j'ai laissé ma part?

– Certainement pas, Élysée Schultz, certainement pas, fit Mémère en nous clignant de l'œil. Vous n'avez jamais laissé votre part de rien!

– Et surtout pas votre part de misères! dit Papa.

Personne ne s'attendait à celle-là. Des années et des années plus tard, alors que tous les autres seraient depuis longtemps allongés sous la poussière, Agathe et Théo se tiendraient encore les côtes en se répétant l'un à l'autre ce que Papa leur avait sorti ce soir-là. Ailleurs que dans le faubourg, c'est une phrase qui ne ferait sans doute pas rire grand monde. Mais chez nous, on ne pouvait guère imaginer quelque chose de plus drôle, à moins de l'avoir lu avant dans l'almanach Vermot.

Du reste, pendant plus d'un quart d'heure, ils ne purent rien faire d'autre que de se tordre sur leurs chaises. Et l'auteur de ce bon mot n'était pas le dernier à se taper les cuisses. Par deux fois, ce dimanche d'avril, le pauvre Roméo était sorti de lui-même et avait accompli par la parole des choses dont nul ne l'aurait cru capable. Et lui-même en semblait si surpris, si surpris et si heureux, qu'il donnait l'impression d'un aveugle ayant retrouvé la vue. Un autre Roméo était né, qui aurait peut-être survécu s'il avait encore eu dans la soirée une occasion ou deux de se manifester. Il s'en fallut d'un cheveu, mais cela ne fut pas. À un moment, son œil s'éclaira, sa bouche s'entrouvrit et il fut sur le point de dire une phrase qui était peut-être encore plus extraordinaire. Mais il se trouva que, par hasard, tout le monde avait les yeux fixés sur lui. On le vit hésiter. Son œil brilla d'un éclat plus vif, puis s'éteignit. Ses lèvres se rejoignirent lentement. Il ne dit rien. Il ne dit plus jamais rien d'extraordinaire. Il ne devint pas un autre homme. Il ne devint pas cet homme qu'il était en vrai au fond de lui-même et que quelque chose avait enchaîné dans le silence et la nuit.

En tout cas, l'incident du midi était loin. On l'avait enterré sous le rire et l'odeur des rissoles. Mémère et Papy se mirent à raconter leur traversée du Ballon en pleine nuit, pour fuir l'impudence et les grimaces des casques à pointe. Ils ne tardèrent pas à se chamailler à propos du moment où on leur avait envoyé un coup de fusil.

– N'empêche qu'ils auraient pu nous tuer ! dit Mémère pour clore la discussion.

– Les têtes carrées ? ricana Papy. Ils n'auraient même pas pu toucher un troupeau d'éléphants avec un canon de marine ! Quand ils sont venus en Alsace, on n'a pas su y faire. Il suffisait de retourner les pancartes : ils seraient encore en train de nous chercher !

Jusqu'ici, ça va. La vie n'a pas été tendre, c'est un fait, mais elle ne nous a pas encore trop escorbanchés puisqu'on est tous là, tous ceux de la rue des Prés et Gentil-N'a-Qu'un-Œil, qui fait presque partie de la famille. On s'en est tirés. Mais demain ?

– Demain, nous dit Gentil, tout peut changer, soit en mieux, soit en pire. Ce sera l'un ou l'autre, mais souvenez-vous bien que ça ne dépend que de nous. Ne croyez pas qu'en face ils vont nous rendre ce qu'ils nous ont pris sans rechigner !

– Oh ! dites, Gentil, l'interrompt Maman, vous ne pourriez pas changer de disque, avec votre politique !

– Politique, Marthe ? Il ne s'agit pas de politique : il s'agit de notre vie de tous les jours, des ennuis qu'on a tous. Il s'agit de défendre nos intérêts, tout bonnement !

Maman hausse les épaules :

– On n'a pas d'ennuis si on n'en cherche pas. L'intérêt de l'ouvrier, c'est de faire convenablement son travail, afin de pouvoir s'élever par son mérite. Ce n'est certainement pas en allant contre la discipline qu'on se fait bien noter. De toute façon, les patrons font ce qu'ils veulent – vous êtes le premier à le dire. Alors, pourquoi les exciter contre nous ? Vous ne croyez pas qu'on a déjà assez de mal à s'en sortir sans ça ?

L'ancien marsouin voudrait montrer à Maman qu'elle se trompe, mais il y a trop à expliquer. Il ne sait par où commencer. Il voudrait posséder la science et l'habileté d'un professeur. Encore cela ne serait-il pas suffisant pour se faire écouter, puisqu'il n'en aurait pas le prestige. Gentil n'a aucune autorité sur Maman ; par conséquent, il n'est même pas en mesure de lui transmettre une connaissance qui serait tout bénéfice pour elle. Il mâche et remâche cette vérité amère : pour enseigner à un homme la manière d'être libre, on doit commencer par le dominer. Que faut-il dire à cet homme pour le convaincre ? « Apprends à être libre, autrement je te fiche en prison ! » Gentil secoue la tête avec accablement. Du coup, Maman s'imagine qu'elle lui a rivé son clou :

– Allez, va, que chacun s'occupe seulement de ses affaires ! dit-elle conciliante, le sourire aux lèvres.

*
* *

Mais il y a tous ces jours sans paroles, tous ces jours sans disputes que le printemps tire un à un du sommeil avec ses mains nacrées, et qui viennent à votre rencontre en habits frais. Rien ne saurait les obscurcir : ni les tristes exploits du surveillant Cugnet, ni l'acquisition d'un nouveau morceau de la ville par les hommes de paille de Deslauriers-Vacheron, ni la fin lamentable des gueuletons à tout casser du Passe-lacet vengeant lui-même l'iniquité et l'affront de sa propre existence. Ces jours-là, l'espoir est avec nous, nous sommes les enfants du matin.

Un soleil, un tout petit soleil au-dessus de nos têtes : il n'en faut pas plus pour nous faire oublier notre misère. C'est donc qu'elle n'est pas bien grande ou que le soleil est une fameuse magie. Artichaut le soleil, artichaut le printemps! Le soleil n'est pas comme Madeleine Girard: quand on est amoureux de lui, il finit toujours par venir et il n'y a pas besoin de se cacher derrière des tambours pour profiter du spectacle.

Et voici déjà que les jeudis se succèdent plus vite, car Théo a grandi. Plus on grandit, plus le temps rapetisse: c'est comme ça que ça se passe. Le temps est un peu fou. On ne lui demande rien, il s'emballe. Il galope, mon ami, pfooouuuh! Bon. Revenons à nos moutons. Les jeudis ont une couleur à eux, avez-vous déjà remarqué? C'est-à-dire que les choses n'ont pas l'air disposées pareil: il y a plus d'air entre, alors ça ressort davantage, un peu comme si on avait tracé un trait noir autour. Les maisons du jeudi, par exemple, ne sont pas toutes collées ensemble comme des caramels dans un cornet qu'on a oublié au fond de sa poche: chaque fois que vous en regardez une, elle vient en devant des autres et celles qui sont à côté s'écartent pour que vous puissiez mieux la voir. Tandis que les matins d'école, c'est comme si la ville n'était qu'une seule longue maison couleur de pluie. Théo ne pensait pas que l'école était une mauvaise chose – preuve en était qu'il avait la plus grande admiration pour le savoir de sa sœur. Il estimait seulement que ce n'était pas une chose pour lui. Lui ne serait jamais instituteur et ne compterait jamais les intervalles de quoi que ce soit, car on n'était pas plus avancé après. Et quand Théo serait grand, si un type venait lui dire: «Combien d'intervalles entre les piquets de cette barrière?», Théo lui répondrait: «Comptez vous-même, puisque ça vous intéresse tellement!» Et si le type recommençait à l'embêter, il lui flanquerait un bon coup de poing. Pour ce qui était des locomotives, il avait entendu dire que ce n'est pas la peine de calculer l'heure à laquelle elles arrivent, étant donné qu'il y a une affiche à la gare où c'est déjà écrit. Apparemment, le maître et le premier de la classe étaient parmi les rares personnes à ne pas être au courant – comme quoi on ne peut pas tout savoir.

Maintenant, Théo n'était pas non plus ce qu'on appelle un cancre. Il ne faisait pas exprès d'avoir faux aux problèmes et ne laissait pas tous les *s* de la dictée dans l'encrier uniquement pour voir s'allonger le nez du père Mouret. Mais si trois maçons A, B, C mettaient cent sept ans à construire un petit mur de rien du tout, si les brouettes allaient plus vite que les autos de course et si le trou au fond de la baignoire permettait à celle-ci de se remplir en un clin d'œil, il ne se rendait pas malade pour si peu. Il exposait stoïquement le bout de ses ongles aux coups de règle que le père Mouret y assénait avec un entrain qui faisait plaisir à voir. Et lorsque l'instituteur, occupé à corriger les cahiers pendant l'étude, le faisait venir à sa droite et lui demandait: «Voici le printemps: qui est-ce qui revient au printemps?», il répondait bien docilement: «Les pinsons, m'sieur!», décollant le bras du corps pour que le brave homme puisse enfouir les doigts dans son biceps et exercer de cruelles torsions jusqu'à ce que les larmes jaillissent des yeux du garçon.

– Les pinsons, oui monsieur ! Cui-cui-cui, les petits pinsons ! jubilait le père Mouret, postillonnant et faisant s'envoler de sa grosse moustache un nuage de craie. Tu vas apprendre à les fermer, tes *o*, hein, bachibouzouk !

Théo ne lui en avait jamais voulu : à chacun sa façon d'être heureux. Il y avait une loi à l'école et Théo la respectait, du moment qu'elle était appliquée avec justice. Un pâté valait un pinson ; une faute : un coup de règle ; deux fautes : trois coups de règle ; trois fautes : six coups ; quatre fautes : dix coups ; cinq fautes : cent lignes. Il y avait aussi toute une litanie de châtiments et de devoirs supplémentaires pour les récitations non sues, les lectures mal faites, le calcul raté, l'écriture de traviole, les dessins carrés-bossus, le bavardage, le copiage, le soufflage, le tabassage des lèche-culs, le lançage des marrons dans les vitres, le scribouillage des murs avec des craies volées, les mains de bougnat, les cris sous la fenêtre du directeur. Cela convenait à Théo. Tant que l'on ne ramassait pas dix coups pour une seule petite faute et l'autre une simple calotte pour une locomotive touchant au but avant d'être partie, Théo était content. On sortait de l'école les bras pleins de bleus, les doigts emboutis, les oreilles à moitié décollées de la tête et le crâne pelé par les calottes, mais ces épreuves étaient dans l'ordre des choses et, deux minutes après, en lançant le cartable à Sparapan par-dessus la grille où il y a le gros chien, on avait tout oublié.

Par contre, Théo ne pouvait supporter quand le père Mouret punissait Edgard Bienaimé parce qu'il était gaupé, ce qui revenait à le punir parce qu'il était le plus pauvre de la classe. Il ne pouvait supporter quand Albert Trimaille, le chouchou, s'étant par miracle trompé dans la récitation, avait le droit de recommencer; quand c'était Nono Noguez qui, trois fois de suite, devait dire où on en était dans la lecture, alors qu'il y en avait des tas d'autres, dont Théo, qui ne suivaient pas non plus; quand le père Mouret restait tout le temps de la dictée penché sur l'épaule de Théo, à lui faire faire des tas de fautes qu'il n'aurait jamais faites autrement et en disant tout haut ce qu'il avait écrit pour faire glousser les lèche-culs; quand les gars se mettaient à cinq pour chiper le chocolat à Riri Goldenberg puis qu'ils refusaient de se dénoncer en faisant punir toute la classe, sauf Albert Trimaille qui avait passé la récréation sur les talons du père Mouret et ne pouvait être soupçonné de rien. Dans ces cas-là, Théo avait l'impression que sa langue lui tombait au fond de l'estomac et l'envie lui prenait de hurler comme les loups, de donner des coups de pied dans son banc et d'aller verser toute la bouteille d'encre sur le bureau du père Mouret, même si ce dernier devait lui casser la tête pour cela. Heureusement qu'à l'école, il n'arrête pas de se passer des choses nouvelles qui accaparent votre attention et vous empêchent de ruminer; autrement, Théo aurait peut-être accompli ces actions irréparables, tellement cela le démangeait. En tout cas, à la sortie, il ne ratait pas ceux qui avaient commis des injustices ou poussé le maître à en commettre pour se protéger eux-mêmes des coups de règle. Théo était quelqu'un dans le genre du Justicier masqué : il ne craignait pas de s'attaquer à plusieurs à la fois. Et même s'il était battu, roulé par terre et criblé de coups de galoche, il en avait toujours distribué quelques bonnes.

Il n'y a qu'à cet Albert Trimaille qu'on ne touchait pas. Ni Théo ni personne. On voyait bien qu'il ne cherchait pas vraiment à nous causer du tort. Il n'était pas fait pareil que tout le monde : il pensait comme un père Mouret alors que nous, nous pensions comme nous. De ce fait, on ne pouvait même pas dire que c'était un lèche-cul. Albert Trimaille était à part, et voilà tout. Il ne faisait pas plus exprès de trouver les problèmes en cinq minutes, que Théo de sécher dessus jusqu'à ce que le père Mouret bondisse sur lui depuis l'autre bout de la classe. Il était né avec les bonnes solutions dans la tête. La meilleure preuve est qu'à sept ans, il avait juste aux problèmes du certificat d'études pendant que tous les autres lisaient et relisaient l'énoncé, constatant que ça ne tenait seulement pas debout ! Le père Mouret était si ému de cette performance qu'il en oubliait de nous retourner des calottes. Aussi, personne n'aurait eu l'idée d'en vouloir à Albert Trimaille, pas plus qu'il ne serait venu à l'esprit de quiconque d'être jaloux de ses résultats ou d'envier son intelligence. On le plaignait plutôt. On pensait que c'était une espèce de fille, ou d'infirme, ou de dérangé. On n'osait pas trop s'approcher de lui. On se disait qu'il devait être tout mou, sans os à l'intérieur de la viande, comme un gros tas de tête de veau bouillie. Personne n'aurait voulu taper là-dedans.

Une chose mettait Théo en colère. Ce n'étaient pas les coups de galoche, car on pouvait les rendre. C'était l'injustice. L'injustice est une vilaine chose qui vous fait saigner le cœur. Théo ne comprenait pas comment on pouvait trouver le courage de commettre l'injustice. Et si on l'avait commise malgré tout, il ne comprenait pas qu'on puisse encore oser paraître devant les autres. L'injustice est pire que de voler, car la chose volée, on peut toujours la rendre. Pourtant, tous les gars de la classe n'étaient pas aussi en colère que Théo quand l'injustice était commise – et cela, Théo ne pouvait pas du tout le comprendre. Il s'en plaignait à Gentil qui secouait lentement la tête :

– Et quand ils grandiront, disait l'ancien marsouin, ce sera encore bien pire. L'injustice est la reine de ce monde-ci. On a même inventé une justice pour la faire respecter !

Théo avait très peur, tout à coup. C'était comme si on venait de lui apprendre qu'il était entouré d'ennemis féroces décidés à le faire mourir.

– Pourquoi ? demanda-t-il à son ami.

– Pourquoi ? répéta Gentil.

Il hésitait. Le ciel était blanc, brillant, lisse et nu comme un os sur l'étal du boucher et Gentil semblait chercher la réponse dans le ciel. Théo retenait son souffle.

– Je préfère ne pas te le dire, mon Théo. Tu le

découvriras tout seul et il vaut mieux que ce soit le plus tard possible. Car l'homme qui a découvert cela, vois-tu, n'est jamais plus tranquille sur cette terre. Il peut en perdre le sommeil. Il peut avoir envie d'acheter un fusil et de tuer des tas de gens, ou de se supprimer lui-même. Les justes sont maudits. Les autres hommes les traitent comme des fous. Tu comprendras cela plus tard. Tu le comprendras car tu es fait ainsi, mon pauvre enfant. Ton père t'a donné sa maladie. Ah ! que je suis fier de toi, mon Théo ! Mais je te plains, sachant ce qui t'attend.

Il tendit le bras et Théo vint se blottir contre lui. La veste de Gentil sentait le fer et le tabac. L'ancien marsouin avait posé sa main sur la nuque de l'enfant.

– Tu es un homme, murmurait-il. Rappelle-toi bien ça, mon Théo. Tu es un homme.

Et il disait encore :

– C'est que ça ne se trouve pas sous le pas d'un cheval, un homme, de ce temps-ci.

*
* *

Théo n'apprenait pas à l'école. Il n'apprenait pas l'heure d'arrivée des locomotives, le secret merveilleux des baignoires trouées, et se montrait d'une ignorance crasse lorsqu'il fallait faire des pronostics sur les concours opposant cinq paisibles creuseurs de trous à trois scélérats bien décidés à reboucher ces mêmes trous et capables pour cela de travailler seize heures de rang à une cadence infernale. Il n'apprenait pas à fermer ses *o*, et pas davantage à fermer sa bouche, ce qui détermina le père Mouret à fabriquer une grande langue rouge que Théo dut porter pendant toute la récréation. Il mélangeait Charlemagne et Philippe Auguste et ne faisait pas de différence marquante entre l'Auvergne et le pôle Nord, du moment que c'était loin. La façon dont il écrivait «effluves embaumés» était un vrai poème. Quant à la définition qu'il proposait de «réticule» et de «concupiscence», mieux valait n'y pas penser. Pourtant, il ne se passait pas un jour sans que Théo devienne plus savant. Mais tout le meilleur de sa science était un savoir du jeudi, du dimanche, des mois de vacances et de l'heure des repas. Théo apprenait alors un très grand nombre de choses se rapportant à la justice et à l'injustice, à l'abondance ou à l'absence de sous, à ce qu'est être un homme et à ce qu'est être un loup à deux pattes. Dans cette science spéciale, Théo était très en avance sur la plupart des garçons de son âge, mais vous l'auriez bien étonné en le lui faisant savoir. Car cette science a ceci de particulier qu'elle ne met pas d'orgueil dans la tête, l'orgueil étant le poison qui la fait s'en aller.

Dans la cour de l'école, dans les rues de Belfort et sur les pentes de la Miotte, au Luxhof et dans le salon de tante Mathilde, en passant devant le Chpaniaque et en prenant place au dernier rang de l'Eldorado, en parlant avec Gentil ou en restant silencieux près de son père au fond de l'échoppe de la rue Quand-Même, Théo avait appris cette science par cœur. Ou plutôt, c'était son cœur qui avait appris tout seul : lui-même n'avait pas fait le moindre effort.

Il avait appris que le travail, qui est beau, n'est pas fait pour gagner des sous, qui sont une chose mauvaise, et que si un homme est obligé de faire un travail uniquement pour gagner des sous et ne pas crever de faim, c'est comme si on lui avait ôté le cœur et posé un caillou à la place, et que si un homme a des sous à la place du cœur, il est plus dur et plus triste et plus méchant et plus bête qu'un caillou, et que si l'on jette ses sous par terre, ce ne sont plus que des cailloux et l'on se sent léger.

Il avait appris qu'il y a plusieurs façons d'être un homme, qu'une seule est la bonne et que la plupart des gens ne veulent même pas en entendre parler, ayant jeté leur cœur par terre pour courir après les sous (mais on se sent très lourd, quand on n'a plus de cœur pour vous tenir en l'air accroché au bleu du ciel, si lourd, ô tellement lourd, Seigneur Jésus !).

Puis il avait appris que boire les jours de paye est un besoin qu'ont beaucoup d'ouvriers, qui ne seraient sans doute pas assez malheureux sans ça. Boire est une façon de s'arracher le cœur quand il vous fait trop mal. On pose son vélo devant chez le Chpaniaque et il vous vend la médecine qui ôte le cœur, vide la tête et met dedans un tas de cailloux, si bien que le lendemain dimanche, on se réveille à midi la langue pleine de sable et l'intérieur du crâne tout cabossé.

Il avait appris que les histoires de femmes ne sont pas que des bêtises, malgré les apparences, et que la moindre femme vaut mieux que tous les sous du monde, étant capable de vous remettre un cœur là où un vilain caillou noir a poussé.

Il avait appris que les riches ont le droit de voler le cœur des pauvres mais que si un pauvre vole un caillou à un riche, on l'emmène au bagne sur l'île du Diable.

Il avait appris qu'on veut aller quelque part et qu'on se retrouve ailleurs : c'est la vie. On désire une chose, et autre chose arrive. On croit une chose, et autre chose existe. On aime une chose : autre chose accapare notre amour.

Il avait appris que la neige, l'aube et le crépuscule sont des choses à regarder.

Il avait appris que le monde est beau les soirs d'été, dans le faubourg des Coups-de-Trique, et que même un Cochise Zehnacker peut sentir cela.

Il avait appris que chacun est un roi, que chacune est la reine de Belfort, et qu'on ne sait pourtant jamais qui est le plus à plaindre.

Et encore :

Il avait appris le toucher des différentes matières, la joie, le nom des rues, le sentir du linge dépendu, les phrases bêtes à Kramsky, les rissoles, la tendresse. Il avait appris la bagarre, le vent de la pluie, la grandeur immense d'un petit bonhomme appelé son père, les sortes de bleu, le sourire du général Galipette. Il avait appris le chaud et le froid, le jour et la nuit, l'avenir et le passé, les songes et le vrai, le silence qui parle et les discours qui ne veulent rien dire. Il avait appris A l'amour, B la beauté, C la colère, D la débine, E l'espérance, F la ferveur – et ainsi de suite jusquà Z les z'hannetons.

Alors il avait appris la musique. Il avait appris comment la musique vient, non pas du souffle, mais de la pensée de l'homme – de la vraie pensée qui n'est pas pour faire arriver les locomotives à temps, mais pour être triste et heureux et causer avec les gens. Dépensez tous les sous que vous voudrez, vous ne changerez pas le cœur de la musique en pierre car elle se moque des sous comme un poisson d'une pomme. Il y en a qui disent que la musique n'a pas de cœur du tout, que c'est seulement une jolie chose qui murmure à chacun ce qu'il a envie d'entendre. Mais ce n'est pas vrai : la musique tient son discours à elle et c'est justement pour ça que beaucoup ne peuvent pas l'écouter et réclament plutôt les chansons à Tino, qui ne risquent pas de leur crier des vérités désagréables à l'oreille. Ils ne veulent pas l'Artichaut, parce que l'Artichaut leur dit qu'ils ont du progrès à faire pour devenir tout à fait des hommes L'Artichaut leur fait peur, parce qu'ils voient que ce qu'ils sont n'est pas suffisant.

Théo avait appris le langage sévère et miséricordieux de la musique. Il avait appris à questionner la musique sur toute sorte de sujets et à méditer sa réponse. Il avait appris que si le cœur d'un homme vient à lui manquer, la musique lui prête le sien en attendant. La musique dit les couleurs des choses à ceux qui ne peuvent pas les voir, étant privés de leurs yeux d'une façon ou d'une autre. Elle met une ombre noire sur la personne mauvaise et étend la lumière sur le juste. La musique ne se trompe jamais, et c'est ainsi que les mesquins la craignent.

Il avait appris que la musique dit toutes les choses dont on ne peut pas parler, qu'elle dit pourquoi on doit partir un jour et pourquoi on ne veut pas et aussi pourquoi, ce faisant, nous avons à la fois tort et raison.

La musique dit que mourir est une erreur, mais on ne peut pas la corriger. Elle dit que mourir est comme finir à regret un beau morceau, qui pourtant doit bien finir un jour, sinon: où serait la beauté? Elle dit que mourir est inutile mais obligatoire, et Théo avait appris ce grand secret.

À présent, écoutez-moi bien. Avril est encore là. Voici qu'un jeudi d'avril, de bon matin, une vieille bonne femme encore alerte – appelons-la Mémère – saute dans le car avec un garnement d'une huitaine d'années, plus fort pour ramasser les marrons avenue des Trois-Chênes que pour résoudre les divisions à trois chiffres – ce serait Théo. Ce car, qui n'est pas autre chose qu'un sacré tas de ferraille ambulant, dégageant aussi bien au-dedans qu'au-dehors une odeur qui est une véritable infection, dépasse les fortifications et roule dans la campagne. Il fait ma foi très très beau, et c'est encore une chance: quitte à partir en voyage, autant ne pas se faire saucer; ce satané car est dans un tel état que la pluie serait bien capable de passer à travers le plafond! La vieille Mémère montre un tas de choses au jeune Théo à travers la vitre: un chien qui court derrière un vélo, une vache qui danse, une fumée dans la montagne, un nuage ressemblant à des hommes en train de jouer aux cartes, un étang. Mais le gamin ne réagit guère. Il est encore à moitié endormi. Il a déjà oublié où on va.

– Où qu'on va ? demande-t-il.

– Chez le pape ! dit-elle. Il s'est mis sur son trente et un pour nous recevoir.

– C'est où ça ? demande-t-il.

– C'est à Rome, dit-elle.

– À Rome ? dit-il.

– Tous les chemins mènent à Rome, dit-elle.

– Alors, dit-il, pourquoi qu'on n'en a pas pris un autre ?

– Je vois que tu as retrouvé ta langue, dit-elle.

– C'est où, qu'on va, dis ? dit-il.

– À Thann, dit-elle.

– À Thann ? dit-il.

– À Thann, dit-elle. À moins bien entendu que tu veuilles t'arrêter là et que je te reprenne ce soir ?

– Qu'est-ce qu'y vont dire, les Boches ?

– Les Boches ! Il n'y a pas de Boches à Thann ! dit-elle. Il y a longtemps qu'ils sont partis.

Le gamin la regarde de travers.

– Y sont partis ? dit-il.

– On ne leur a pas demandé leur avis ! dit-elle.

– Y reviendront ? dit-il.

– S'ils savent que t'es là, ça m'étonnerait qu'ils s'y frottent ! dit-elle.

– Qu'est-ce qu'on va faire ? dit-il.

– On va sur les tombes de nos morts, dit-elle. On

va voir les parents de ta grand-mère et aussi ceux de Papy.

– Pourquoi il est pas venu, Papy ? dit-il.

– Il n'aime pas beaucoup ça, dit-elle. Ça le retourne tout par en dedans. Après, il n'arrête plus de se ronger les sangs de toute la semaine.

– Et toi ? dit-il.

– Personne n'aime beaucoup ça ! Il faut bien visiter ses morts et leur dire un petit bonjour de temps en temps. Ça se fait. Ce sont tous ceux qu'on aime. Je leur apporte aussi le bonjour de Papy. (Elle sort de son sac un billet plié en quatre.) Voilà ses sous pour acheter les fleurs.

– J'aime pas les fleurs, dit-il.

– Tu n'aimes donc rien ! dit-elle avec bonne humeur.

– Je vais pas m'embêter ? dit-il.

– Et ceux qui sont dans les tombes, alors, tu crois peut-être qu'ils s'amusent ! dit-elle.

Quand le car s'arrête, ils descendent.

Thann.

Il y a une couche de frais dans l'air, qui vient sur leurs figures, mais juste derrière, on sent le chaud, qui rousille le frais petit à petit, si bien que vers midi le frais ne sera plus qu'une pellicule à peine aussi grosse que le papier transparent qu'on met sur les confitures.

Ils avancent dans les rues de Thann.

– Mon Dieu ! Mon Dieu ! gémit Mémère d'une voix à peine audible. Ce que ça a pu changer tout de même !

Et elle répète encore plus bas :

– Tout de même... tout de même !

Elle ajoute quelque chose dans la vieille langue que Théo ne comprend pas.

– On est à Thann, là ? dit l'enfant.

– Eh bien, figure-toi que je me le demande ! souffle Mémère. Mon Dieu, est-ce possible ?

– C'est pas là ? dit l'enfant. On s'est trompés ?

– C'était là, mon petit, c'était là, dit Mémère, les yeux fixés sur des tas de maisons qu'elle n'a jamais vues de sa vie. Voici le clocher de Saint-Thiébaut.

Elle prend la main de l'enfant.

– On va aller juste devant l'église : ce sera plus facile pour s'y reconnaître.

Mais, une fois devant l'église, pour plus de sûreté, Mémère demande à un passant, dans la vieille langue, le chemin du cimetière. Le bonhomme la regarde avec les yeux ronds, et Mémère s'aperçoit que c'est un passant de Thann qui ne comprend pas la vieille langue.

– Christ ! souffle-t-elle, avant de reposer la question dans la langue de tout le monde.

Mais le bonhomme ne sait pas. Il n'est pas d'ici.

– Adressez-vous dans un café, dit-il avant de soulever son chapeau et de reprendre la route.

Pour le cimetière, c'était par là, puis à gauche, puis à droite, puis vous verrez bien.

Le cimetière avait terriblement changé. Ce fut toute une affaire pour retrouver les tombes, d'autant qu'il y avait trente-six familles Schultz. Il avait fallu aller se renseigner près du gardien.

– Il aurait vingt ans de plus, marmonna Mémère après avoir obtenu les renseignements, je dirais que c'est le Seppi Schwob... À moins que ça soit son fils? Ma foi...

Elle se mordillait l'intérieur des joues en réfléchissant.

La tombe Schultz et la tombe Brunhammer n'étaient pas tellement écartées l'une de l'autre, du fait qu'à l'époque, le cimetière n'était pas du tout aussi grand.

Mémère alla d'abord voir les Schultz, qui étaient sa famille par alliance et méritaient cette politesse. Les noms sur la pierre indiquaient qu'il y en avait tout un tas empilés dans le même trou. Mémère désigna un médaillon qui représentait une grosse femme à l'air endormi avec trois chignons alignés au sommet du crâne.

– Voici ton arrière-grand-mère paternelle, dit-elle à Théo. Je suppose que c'est le père à Papy qui a fait poser ça quand elle est morte. 1896, eh oui! Le pauvre monsieur Schultz est mort l'année suivante: il n'aura pas fait long feu. C'est mes parents qui l'ont enterré. Dans quel état est cette tombe! Mon Dieu, mais dans quel état est cette tombe! Et puis, tiens! voilà qu'on a oublié d'acheter les fleurs!

Théo se mit à rire.

– Tsss tsss! fit Mémère sévèrement tout en arrachant quelques poignées de mauvaises herbes. On ne rigole pas dans les cimetières. En attendant, reprit-elle, on n'a pas les fleurs!

Elle regarda longuement autour d'elle, vérifia dans son sac que le billet s'y trouvait encore.

– Allons toujours sur les Brunhammer, dit-elle.

La tombe des Brunhammer était plus neuve et beaucoup mieux entretenue que celle des Schultz. Il y avait une bordure en marbre et, à l'intérieur, des petits graviers gris. Deux noms seulement étaient inscrits sur une espèce de livre en pierre.

– Papa et Maman n'étaient d'ici ni l'un ni l'autre, expliqua Mémère. Ils ont acheté cette concession pour eux-mêmes. Et pour ceux qui viendraient après eux...

L'enfant sentit la vieille femme se raidir.

– Va jouer, dit-elle d'une voix toute changée, sans quitter des yeux le livre en pierre. Va un peu jouer, mon petit.

Théo s'éloigna sur la pointe des pieds. Il ne savait même pas pourquoi il prenait de telles précautions, mais quelque chose l'obligeait à se conduire ainsi. Il avait tourné le dos à Mémère et regardait dans le soleil toutes les autres tombes qui allaient depuis là où il se tenait jusqu'au mur d'enceinte. Il n'y en avait pour ainsi dire pas deux pareilles. Et lui, Théo, laquelle aurait-il et qui viendrait le voir? Est-ce important d'être dans un cimetière donné, plutôt que dans un autre? Il l'avait entendu dire. «Je n'aimerais pas être à Bellevue, bien que ce soit plus net», avait déclaré Maman. Il existait aussi, à la campagne, des petits cimetières en pente, avec toute la place qu'on veut par-derrière pour ceux qui ne sont pas encore morts; la grille est rouillée. En tout cas, Théo n'aimerait pas tellement qu'on le mette ici à Thann. Les morts semblaient bien seuls et bien las, malgré le soleil. L'air bancal et la saleté de la tombe Schultz avaient laissé à l'enfant l'impression que les parents de Papy regrettaient terriblement d'être là, plutôt qu'à Belfort ou à Paris. Il se demandait avec angoisse si Mémère viendrait le voir, une fois qu'il serait mort. Puis il se dit que Mémère mourrait avant, et comme il ne voulait pas du tout qu'elle meure, il se mit en colère contre tous ces gens, là autour, qui s'étaient laissés mourir et étaient venus s'allonger dans un endroit si vilain, sans songer que Théo aurait peut-être bien aimé les connaître. Puis il les plaignit, puis il eut envie d'être mort à son tour pour ne plus avoir à ruminer tout ça. Car le mieux aurait été que les cimetières n'existent pas du tout et que les morts se prélassent parmi nous dans de beaux fauteuils, à raconter les histoires de dans le temps et préparer des rissoles avec les restes : à qui est-ce que ça pouvait faire du mal, qui est-ce que ça pouvait gêner ?

À cet instant, Théo sentit comme une feuille qui se posait sur son épaule, et c'était la main de Mémère. La figure de Mémère était plus rose que d'habitude. Mémère tout entière semblait à la fois plus jeune et plus fragile qu'avant. Ils se regardèrent un bon bout de temps sans rien dire. Ils surent qu'ils se comprenaient. Ils ne savaient pas ce qu'ils comprenaient, car c'étaient les cœurs qui se comprenaient et par-delà leurs cœurs, c'était ce qui vient se retrancher dans les cœurs pour faire peur à la mort et cela, personne ne sait bien ce que c'est. Mais ils se comprenaient mieux qu'ils ne s'étaient jamais compris.

– C'est drôle, quand même, dit Mémère, que Papy et moi soyons deux enfants uniques. Peut-être que toi, Théo, tu nous fonderas une famille nombreuse ?

Théo ne disait ni oui ni non. Il n'avait jamais songé à ces choses.

– Eh bien, tu vois, dit Mèmère, j'ai eu beau voir cette tombe sur les photos qu'a envoyées Germaine Mistler, je ne l'imaginais pas comme ça. C'est bizarre, hein ? Je m'en étais fait une autre idée dans ma tête, ça m'a porté un coup de la voir comme ça. Va-t'en chercher pourquoi !

Elle se mit à raconter une longue histoire sur Germaine Mistler et sur le dévouement dont celle-ci faisait preuve depuis des années, nettoyant et fleurissant la tombe des Brunhammer, comme si ceux-ci étaient ses propres parents. Les parents de Germaine Mistler, en fait, avaient été les voisins des Brunhammer jusqu'à la mort de ces derniers. Leurs voisins et leurs seuls amis, bien qu'ils fussent de dix ans plus jeunes. Mémère ne les avait pas connus car, lorsqu'elle avait quitté Thann, ses parents habitaient un autre endroit. Elle avait encore moins connu leur fille Germaine, née seulement un an avant l'oncle Maximilien. Mais depuis que les parents Mistler étaient morts tous les deux sous les bombardements de la guerre, Germaine écrivait de temps en temps à Mémère pour lui parler de la tombe, joignant parfois une photo d'elle ou de la tombe en question. Une brave fille, assurément, à qui l'on irait rendre visite avant de remonter dans le car. Mais pas maintenant, car midi allait sonner et l'on ne se présente pas chez les gens à l'heure du repas, avec l'air de vouloir se faire inviter à toute force.

Mémère remit le billet au gardien pour qu'il enlève les mauvaises herbes sur la tombe Schultz et lui rende une apparence décente, elle-même n'étant guère habillée aujourd'hui pour ce genre de travail. Le gardien dit que oui, qu'il s'en occuperait, ne vous en faites pas.

Ils sortirent du cimetière au moment précis où le clocher de Saint-Thiébaut égrenait les douze coups.

Pour un mois d'avril, ça cognait, nom de nom! Mémère avait emporté un paquet de petits-beurre, à manger bien tranquilles quelque part. Mais, sans boire, ça vous fichait un sacré rauquant, par un soleil pareil. Heureusement, ils tombèrent un peu plus loin sur une de ces grosses fontaines avec une roue en fonte pardessus, qu'il faut tourner de plus en plus vite pour que l'eau se mette à couler. On se penche et on approche la bouche du robinet, qui est gros et qui a toujours la même odeur, à Thann ou n'importe où, et tout autour de la fontaine, ça sent le cheval.

Ils rigolaient ensemble, Mémère et Théo, puisqu'on n'était plus dans un cimetière, à présent.

– Écoute, dit Mémère, tu voudrais pas des fois qu'on aille voir où je suis née, hein, qu'est-ce que tu en dis ?

On aurait pu croire que c'était Mémère l'enfant et que Théo était celui qui décidait de ce qu'on devait faire.

– C'est loin ? dit-il. (Il n'osait pas dire oui ou non,

car il ne voulait pas avoir l'air de commander Mémère.)

– C'est tout à côté, dit-elle.

Mais c'était plus loin, parce qu'elle s'était un peu trompée. C'était là. C'était la petite maison toute seule en retrait de la rue avec les vergers autour – sauf que maintenant, elle était contre le trottoir et de chaque côté, il y avait deux grands immeubles, un de cinq étages, l'autre de quatre avec un poste à essence sur le bas. La maison de Mémère était l'endroit où le garagiste rangeait les pneus, les bidons et les bouts d'autos cassées. Il avait bouché les deux fenêtres qui ne servaient à rien qu'à attirer les maraudeurs.

Mémère ne dit rien. Elle préféra ne rien dire et Théo respecta son silence. D'ailleurs c'était un endroit où l'on n'avait pas particulièrement envie de dire quelque chose.

La femme et l'enfant se tenaient sur le trottoir d'en face, immobiles. Ils se sentaient bêtes. Il n'y avait pas un brin d'ombre dans cette rue, et l'on n'entendait pas un bruit, car tous les gens étaient chez eux.

Théo prit la main de Mémère, machinalement, et il sentit que cette main avait des secousses. Il fit comme s'il ne se rendait compte de rien. Il évitait de tourner la tête à gauche ou à droite. Il regardait la maison où Mémère était née, qui était le morceau d'un garage, avec une porte qu'on avait laissée pour que le mécano puisse aller boire un coup, quand il en avait assez de lécher le cambouis. Mais ils avaient ôté les fenêtres.

Pendant très longtemps, l'enfant et la femme

continuèrent à ne pas faire un geste. Ce furent leurs pieds qui décidèrent tout seuls de s'en aller : eux-mêmes n'en auraient pas été capables.

Ils partirent sans ajouter un mot. Quand la maison fut hors de vue, Mémère dit en souriant :

– Que veux-tu !

Théo ne voulait rien. Il voulait seulement que Mémère ne meure jamais. Il voulait qu'on soit ailleurs et qu'on n'en parle plus.

– Papy et ta grand-mère habitaient au bord de la Thur, dit-elle, comme si Théo ne le savait pas.

Elle s'arrêta pour fouiller dans son sac et se rappela juste à temps qu'elle avait donné le billet au gardien du cimetière.

– On pourrait aller jusque-là, murmura-t-elle.

Théo était troublé.

– Jusqu'où ? demanda-t-il.

Mémère regarda de l'autre côté. Une rue plus loin, elle dit :

– On pourrait aller voir la maison de Papy et moi au bord de la Thur. Qu'en penses-tu ?... Tu n'es pas trop fatigué ?

Théo fit non de la tête.

– Si tu es fatigué, on s'assiéra quelque part...

Théo fit non de la tête.

– Dis-le-moi, hein, mon petit ?

Théo fit non de la tête. Il n'était pas fatigué. Ce qu'il était ne s'appelait pas comme ça.

– Il n'y en a pas pour longtemps, dit encore Mémère. C'est juste pour voir.

Elle répéta, mais il fallait deviner ce qu'elle disait:

– ... pour voir... comme ça...

Il y avait une grande différence entre la maison où Mémère était née et celle où elle avait vécu avec Papy les plus belles années de leur vie (parce que les plus belles, ce sont toujours celles-là, ce sont les autres, celles qu'on n'a même pas vues passer, persuadé qu'à côté de ce qu'on allait connaître ensuite, c'était de la bouillie pour les chats). La grande différence était que la maison près de la Thur n'existait plus du tout. Ni là où elle devait être, ni avant ni plus loin, ni même où il était sûr qu'elle n'avait jamais été. Elle s'était envolée, pfuuuuit! Mémère et Papy auraient bien pu passer ailleurs les plus belles années de leur vie parce que, pour ce qu'il en restait ici, ce n'était pas la peine d'en parler.

Et voici l'équipage dont il a déjà été question: la vieille dame, le gamin. Il n'est pas encore deux heures. Le car repart à cinq. Ils sont assis à l'ombre, sur un banc, contre le mur de l'endroit d'où partent les cars. Ils disent rien, ils parlent pas, ils sont seulement assis. Le car s'en va à cinq heures, ils ont tout le temps. Ils sont appuyés le dos contre le mur, étant quelque chose qui ne s'appelle pas exactement fatigués. Ils regardent devant eux, voyant qu'il n'y a rien à voir, et regardant quand même.

Trente-six mille ans plus tard, deux heures sonnent, dong dong.

– On va voir Germaine Mistler? dit-elle.

– Hein? dit-il.

Ils regardent tellement toujours la même chose que ça s'incruste dans leur crâne et qu'ils continueraient à voir cela même si ça les prenait de regarder ailleurs.

Des siècles passent. Des minutes, en fait, mais moi, j'appelle ça des siècles.

Trois heures sonnent. Glammm... glammm... glammm...

– Tu sais, dit-elle, on devrait quand même aller voir Germaine Mistler.

Les siècles s'allongent, et chacun d'eux est aussi long que des siècles.

Blahannn... blahannn... blahannn... blahannn...

– Qu'est-ce qu'elle va penser, Germaine Mistler? dit-elle. Si jamais le gardien lui dit qu'on est venus? On va y aller, hein? Allons-y, mon petit Théo, on lui dit juste bonjour et on s'en va. C'est pour être polis. Allez, va, on a encore le temps, il vaut mieux y aller.

Ils restent là.

Ils monteront les premiers dans le car. Les premiers et les derniers, quasiment, parce qu'il n'y a qu'un homme avec eux, un homme avec une oie.

– Ma pauvre Germaine Mistler!

Ils seront juste derrière le chauffeur, pour une fois. L'homme tout au fond, avec son oie. Ils porteront leurs habits de voyage. Ils se seront levés tôt. Ils auront amené un paquet de petits-beurre et ne l'auront même pas tout fini.

Ils arriveront à Belfort par la porte du Vallon.

Ils prendront le tram pour rentrer rue de Toulouse.

Dans le tram, elle ouvrira son sac et le refermera,

parce que, le billet, elle l'a donné au gardien pour l'entretien de la tombe, c'est ce qu'il y avait de mieux à faire.

Le gamin poussera la porte du logement et verra paraître au fond du couloir un troisième larron, le dénommé Papy, tout timide, la tête penchée sur le côté, essuyant la paume de ses mains après son pantalon et donnant l'impression que quelqu'un d'invisible le retient sur le seuil de la cuisine par le fond de culotte.

Mémère ôtera l'épingle, la mettra dans sa bouche et accrochera le chapeau au portemanteau. Elle enlèvera l'épingle de sa bouche et dira :

– Tu avais raison, c'était pas la peine que tu viennes.

Jean-Marie Désormais

Histoire de la grève sur le tas

Quand Théo était très petit, il y avait une ville qui s'appelait Belfort, et Théo vivait dedans. Si les vies avaient un nom, celui de cette ville aurait pu convenir aussi pour la vie de Théo. Parfois, les beaux parleurs de la radio croyaient plus fin de dire «Beffort», comme si le *l* avait été fait pour les chiens: je vous le demande un peu, était-ce à ces gens-là de nous apprendre nos noms?

Autrefois, les hommes construisaient des villes. Maintenant, tout ce qu'il leur reste à faire est d'abîmer ce qui existe déjà. Ils cassent tout et ils disent: «Regardez ce que nous avons fait: est-ce que ça n'est pas plus propre comme ça?» Ce qu'ils appellent propre, c'est de flanquer nos maisons par terre et de bâtir à la place de ces cages à lapins qui sont les mêmes partout, aussi bien aux Amériques et chez les Zoulous, et qu'on peut poser indifféremment sur le toit, sur le côté ou même dans le bon sens, ça n'est ni mieux ni plus mal.

Le vieux Deslauriers-Vacheron, qui n'y habiterait

pas pour tout l'or du monde (précisément parce que son or lui vient de ce qu'il y fait vivre les autres), proclame que nous sommes beaucoup mieux là-dedans que dans nos anciennes maisons. Cet homme-là est un vrai suppôt de Satan. De jour et de nuit, il complote avec une armée d'architectes pour trouver le moyen de scier les feuilles de papier à cigarette en deux dans le sens de l'épaisseur, afin d'en faire des murs qui lui reviennent un peu moins cher. Car il y a un détail qui l'embête, voyez-vous, c'est qu'il soit obligé de nous fournir un petit quelque chose en échange des loyers exorbitants qu'il nous réclame!

Il y avait naguère des villes, c'étaient de vraies villes. Un troupeau d'Ostrogoths, passant par là un beau matin, avait vu la Savoureuse, la Miotte, le Salbert et s'était dit: «Vingt bois! voilà juste l'endroit qu'il nous faut pour mettre la place Corbis, la Roseraie, Bumsel, le Luxhof et toute la sacrée boutique. Amène le chameau, Justine, que je sorte le fil à plomb.»

Ils avaient tout bâti comme il fallait que ça soit, de sorte qu'en entrant à la banque, vous étiez sûr de ne pas tomber chez le pâtissier. Le pont était bien droit dans le prolongement du faubourg; le toit du marché couvert se trouvait juste au-dessus de la tête des marchands; on avait posé les rails sous les roues du tramway, comme par un fait exprès, et, sauf la rue de Colmar et deux ou trois autres, toutes les rues qui avaient un bout pour entrer avaient aussi un bout pour sortir.

De la belle ouvrage, vraiment, et c'était pour cela

qu'on avait pu donner à la ville ce nom magnifique de Belfort, qui veut dire que les hommes l'aimaient bien. Ayant placé la dernière tuile au-dessus du dernier toit, ils s'étaient reculés et avaient vu que c'était tout à fait très beau, en particulier le coin qui va de la scierie à vapeur Jacquot Frères au square Engel.

Belfort s'appelle encore Belfort, mais il n'y a plus de raison. Belfort n'aura bientôt plus ni queue ni tête, si ça continue comme ça. La vieille ville est le plus neuf de tous les quartiers. Les grands prés qui bordaient l'avenue Renaud-de-Bourgogne ont servi à entasser tant et tant de cages à lapins que c'est maintenant un coin où habitent plus de gens que dans le faubourg des Coups-de-Trique. Les cités ? Aux trois quarts démolies. Le Luxhof ? Transformé en logements. Le Bristol ? Un magasin « Le Rabot » a pris place. La gendarmerie ? Envolée. L'hôpital militaire ? Patatras ! Les étables de la rue Châteaudun ? Badaboum ! La ferme du lycée ? Adios amigos ! Et fertig l'Eldorado, kaput le bar de l'Américain, mortibus la Coupole – le reste à l'avenant.

On nous dit que tout ça gênait, était vieux, ne tenait plus debout, avait fait son temps, n'était plus adapté et je ne sais quoi. Peut-être – mais c'était à nous ! On avait vécu là au milieu, notre mémoire avait enregistré comment c'était et ça nous rassurait de savoir en nous endormant qu'au réveil, on retrouverait tout bien pareil et que, lorsqu'il nous faudrait plier bagage, il y aurait au moins ça de nous qui resterait.

Il faut croire que c'était trop demander. Les trottoirs qui gardaient l'empreinte de nos pas ont été cassés en tout petits morceaux, les murs où nos pauvres ombres ont laissé des traces, à force de se frotter contre eux les soirs de juin, on les a dégommés hardi donc. Nos mémoires, à présent, elles ont bonne mine ! On n'est plus sûrs que d'une chose, c'est qu'en se réveillant après-demain, on ne retrouvera quasiment plus rien de ce qui était là à notre naissance. Est-ce qu'on se retrouvera nous-mêmes ? Je pose la question. Peut-être que c'est nous qui gênons, qui sommes vieux ? Nous qu'on ne tient plus debout, qu'on a fait son temps, qu'on n'est plus adaptés ? Peut-être qu'en me réveillant demain, je ne serai plus moi, mais un banquier, un constructeur d'autoroute, un habitant de cage à lapins ? Mais alors, à quoi j'aurai servi ? On est venus dans le monde, il était d'une façon et il nous a plu tel qu'il était. On n'avait pas le droit de nous le changer.

Ne perdez pas votre temps à nous expliquer qu'il n'était vraiment pas possible de faire autrement. Nous le savons bien. La vérité, c'est qu'on ne veut pas comprendre. On n'est pas si bêtes, mais on est bornés. On se bouche les oreilles. On est comme ces hommes qui continuent imperturbablement à réclamer la liberté, l'égalité, la justice, le bonheur et la paix, sachant bien que ces noms ronflants ne recouvrent guère plus que des fariboles et des contes à dormir debout. Mais ils réclament quand même, et toujours plus farouchement. Ils se feront battre comme plâtre, jeter en prison, scier entre deux planches au besoin, mais ils s'obstinent. Et pourquoi cela, s'il vous plaît ? Tout simplement pour l'excellente raison que la liberté, l'égalité, la justice, le bonheur et la paix, qui n'existent pas, n'ont jamais existé et ne sauraient accéder à l'existence même si cent mille milliards de siècles nous séparaient du Jugement dernier, valent quand même mieux que l'oppression, l'étalage des privilèges, l'iniquité, le malheur et la guerre qui sont la réalité triomphante d'hier, d'aujourd'hui et de demain.

Ce qu'on veut vraiment, il est très rare qu'on l'obtienne. «Mais, répétait souvent Gentil, ce n'est pas une raison pour baisser les bras; au contraire!» Car en s'accrochant, en se bagarrant, du moins l'on arrache, petit à petit, à toute la clique des Deslauriers-Vacheron et consorts, une portion de ce qui nous revient de droit. La lutte est inégale. Nous ne sommes jamais complètement vainqueurs. Mais à chaque empoignade, si l'on cogne assez dur, ils lâchent un peu de lest, ce qui leur permet de clamer partout qu'ils sont les champions du progrès social et que, sans eux (qui pourtant ont inventé tout cela), on en serait encore à la journée de seize heures, avec des gamins de cinq ans poussant les wagonnets au fond de la mine.

C'est qu'ils se prennent volontiers pour nos anges gardiens! Leur tendresse à notre égard est si dévorante que, lorsqu'ils ne peuvent pas nous caresser eux-mêmes, ils envoient leurs gardes mobiles faire la chose à leur place. *La République de l'Est* est leur journal. Ils passent leur temps à s'y adresser de copieux compliments: «Les fascistes ne sont pas à droite, ils sont à gauche.» Ou bien: «Les socialistes ont tous les défauts des bourgeois, ils n'en ont jamais les qualités.»

– On se demande bien où ils sont allés chercher ça ! bougonne Gentil.

L'ancien marsouin ne manque jamais de se faire prêter *La République* et de lire ce qu'ils ont mis dedans. Il secoue la tête avec accablement :

– Bon sang ! dit-il. Ils ne manquent pas d'imagination.

Ou bien :

– Sapristi ! Ils ne manquent pas d'un certain toupet !

Il replie lentement les feuilles et regarde un moment dans le vide, les yeux mi-clos.

Alors Kramsky est arrivé hors d'haleine, la hache sur l'épaule et le billot à la main.

Il pouvait être sept heures du soir. Théo était assis avec Gentil sur le perron et l'ancien marsouin apprenait à son protégé une chanson idiote que celui-ci n'arrivait pas à répéter, s'étranglant de rire dès les premiers mots.

Ça faisait comme ça :

La dame au-d'sus d'chez nous
Du poil de son cochon
S'est fait faire des mitai-nes
Et moi par jalousie
Du poil de mon gouri
J'm'en suis fait fair'au-ssi
Rendez-moi mon cochon s'il vous plaît
Vou-lez-vous me le ren-dre
Il faisait ma féli-cité
Par son naturel doux z'et ten-dre

Le Bourreau avait quelque chose d'époustouflant à nous raconter, comme en témoignaient ses yeux exorbités et sa mâchoire agitée de tremblements.

Il ne dit ni bonjour, ni crotte, ni zut.

– Figurez-vous que j'étais à couper le bois devant chez Jean Vurpillot... commença-t-il d'une voix entrecoupée.

Jean Vurpillot est un socialiste à tout crin. Le dimanche, il se tient au coin de la rue, avec sa pile de *Germinal* sous le bras, et il fourre le numéro quasiment de force dans la main de tous ceux qui passent, leur faisant clairement comprendre que s'ils ne lâchent pas leurs 25 centimes et ne dévorent pas *Germinal* séance tenante, le monde court à la catastrophe. Trois rues plus loin, vous tombez sur René Vurpillot. René est le frère cadet de Jean et il serre contre son cœur un gros paquet d'*Humanité*. Dans l'esprit de René, quiconque se déclare incapable de traverser les quatre océans à la nage pour se repaître de *L'Humanité* avec délectation est un chien couchant à la solde des deux cents familles, partisan forcené de la guerre, ennemi juré du genre humain. Jean et René travaillent à l'Alsthom dans le même atelier de tôlerie mais ils ne se parlent jamais, se contentant de se jeter mutuellement un regard noir par-dessus les machines. Ils ont épousé les deux sœurs mais ne passeraient pas Noël ensemble, à moins qu'en personne, Staline et Blum ne les contraignent à ce terrible sacrifice. Ils ont interdit à leurs femmes de s'adresser la parole, fût-ce par gestes. À la boulangerie Schrutt, Mauricette Vurpillot, née Münch, faisait semblant de ne pas connaître Babette Münch, épouse Vurpillot, laquelle passait fière comme un petit banc à côté de la première, comédie d'autant plus divertissante que, sans être jumelles, les deux femmes se ressemblaient comme cent sous et cinq francs, avaient la même voix, utilisaient la même phrase pour demander la même quantité de pain et s'habillaient à peu de chose près de la même manière. Il fallait un œil aussi exercé que celui de Mme Schrutt pour distinguer à coup sûr Mauricette de Babette, que la boulangère, du reste, appelait toutes deux «Mahame V'rpi'ot».

– Ces social-traîtres, comme le Vurpillot de la rue du Berger, s'écriait René, ils sont pires que la camelote royale et la bande à Tardieu!

– Regardez le Vurpillot des cités, ricanait Jean, vous aurez tout de suite compris ce qu'on peut attendre des cocos!

– Je les connais par cœur, disait René. Mon frère en est!

– Ils ont racolé mon frère, faisait Jean. C'est vous dire le niveau!

Le faubourg les a surnommés Caïn et Abel.

Et voilà que ce jour-là, élevant au-dessus de sa boule de billard la hache déjà plantée dans une bûche de belle taille, Kramsky aperçoit du coin de l'œil Jean Vurpillot sortant de sa maison le nez au vent. Et que ne remarque-t-il pas en même temps, du coin de l'autre œil? René Vurpillot soi-même tournant le coin de la rue et s'amenant par ici comme une fleur!

– Sacré nom de nom! se dit le coupeur de bois. Si

le diable voit ça, il doit se tenir les côtes. Jusqu'ici, ils ont toujours réussi à s'éviter, même dans l'atelier de tôlerie, mais c'te fois-ci, ça y est! Ils vont se trouver nez à nez et n'auront rien d'autre à faire qu'à se démolir le portrait, jusqu'à ce que l'un ou l'autre, ou plus sûrement les deux, reste sur le carreau.

Du coup, Kramsky demeure avec sa bûche en l'air, au bout de la hache brandie. C'est un moment affreux. Là-bas, le René a l'air perdu dans ses pensées. Il ne s'est encore rendu compte de rien. Sans doute qu'il s'est trompé de rue: ça arrive quand on pense à autre chose. Quant au Jean, il est à deux pas de Kramsky, les mains dans les poches, innocent comme l'enfant qui vient de naître, à bayer aux corneilles.

Le Bourreau songe à le mettre en garde, mais sa langue et son corps tout entier sont comme paralysés. L'imminence du drame a transformé Kramsky en sa propre statue de pierre – à ceci près qu'il sue à grosses gouttes, lui qui n'a jamais ni trop froid ni trop chaud. Les débris d'une vieille prière de son enfance s'entre-choquent dans sa cervelle sans pouvoir s'ajuster.

René Vurpillot n'est plus qu'à cinq-six mètres. Il sifflote avec insouciance *La Paloma,* au grand désespoir du Bourreau. Jusqu'au dernier moment, celui-ci espérait que les frères ennemis se verraient et s'arrangeraient une fois de plus pour ne pas se trouver face à face. Comment est-il possible que leur instinct ne les prévienne pas, à défaut de leurs sens? Mais non, rien! La surprise n'en sera que plus forte. Le choc n'en sera que plus violent. Ils vont se voler dans les plumes, s'arracher la peau du dos, se fendre le crâne à coups de bûche ! Au moins ils ne pourront utiliser la hache : Kram est bien décidé à la tenir hors de leur portée, même si les deux forcenés se jettent ensemble sur lui pour s'en emparer.

Plus que trois mètres.

Plus que deux.

René est passé derrière Kramsky, toujours immobile, et qui ne peut s'empêcher maintenant de fermer les yeux et de rentrer la tête dans les épaules.

Il entend d'abord le pas de René qui s'arrête. Le Vurpillot des cités doit être arrivé à trente centimètres de son frère. C'est maintenant qu'ils vont s'empoigner en hurlant et se déchirer comme deux bêtes féroces. Impuissant à enrayer cette lutte fratricide, le coupeur de bois est sur le point d'éclater en sanglots. Et voici qu'il entend une voix tout ce qu'il y a de plus calme prononcer aimablement ces mots :

– Salut, Jean. Comment ça va-t-y ?

– Comment va, René ? répond l'autre voix sur le même ton.

– Ma foi ! reprend la première voix. On fait aller.

– Et madame ?

– Oh ! ça va bien. On fait aller. Et chez toi ?

– Bien bien, oui oui.

– Alors c'est le principal, hein ?

– Ma foi !

– Babette arrive. Elle avait encore à faire. Je suis venu en éclaireur, en somme.

– Tu as bien fait. Mauricette aussi, elle est devant

la glace, tu sais ce que c'est ! De toute façon, on ne va pas souper avant les sept heures, sept heures et demie : on a tout le temps de s'en jeter un petit. Qu'est-ce que tu en penses ?

– Ma foi ! Si tu me prends par les sentiments...

Ils sont entrés ensemble dans la maison. Jean avait la main appuyée sur le dos de René. Alors Kramsky a lâché son tas de bois et il a couru jusqu'ici.

À la fin de son histoire, Gentil a fermé le poing et s'est tapé sur le genou :

– Mille caissons ! Mille milliards de caissons ! Ça faisait longtemps que j'attendais quelque chose comme ça !

Il exultait. Une flamme vive et joyeuse dansait dans ses yeux. Puis il se leva et c'est lui qui se mit à danser la gigue sur le trottoir.

– Caissons ! jubilait-il. Caissons de caissons et recaissons de caissons !

Théo entra dans la danse de Gentil en battant des mains.

Puis l'ancien marsouin se mit au milieu de la route, les mains en porte-voix et appela :

– Roméo ! Eh ! Roméo, camarade !

Le père à Théo finit par montrer sa figure à la fenêtre. Gentil lui expliqua ce qui s'était passé entre Caïn et Abel, et dit :

– Descends, mon ami. Descends. Ce soir, je paie un verre. C'est une sacrée bon sang de bonsoir de bonne journée, mille caissons ! Je vous invite tous les trois à prendre un bock chez le Chpaniaque ! Allez, Roméo –

et amène donc le Papy Schultz, il a bien un moment! Si on ne fête pas ça, bonsoir, qu'est-ce qu'on fêtera donc dans le faubourg des Coups-de-Trique?!

Papa vint nous rejoindre avec le grand-père de Théo. L'ancien marsouin fit répéter à Kramsky l'histoire de Caïn et Abel pour le bénéfice de Papy. Il se frottait les mains en marchant et poussait Théo du coude:

– Quand on va leur annoncer ça, aux poivrots du Chpaniaque!

Mais apparemment, Kramsky n'avait pas été le seul témoin de cette réconciliation prodigieuse car, lorsque nous entrâmes, tout le Chpaniaque ne parlait déjà que de ça. C'est tout juste s'il ne fallut pas qu'on se batte pour empêcher les autres de nous raconter l'événement en long, large et travers, comme si on n'avait pas été au courant de tout ça avant eux! Le Chpaniaque lui-même qui, de mémoire d'homme, n'avait pas démarré une seconde de son zinc depuis l'époque lointaine où il s'était faufilé derrière, le Chpaniaque avait saisi le Bourreau par le devant de sa chemise et tenait absolument à lui expliquer comment Jean Vurpillot avait sorti la main de sa poche et, au lieu d'enfoncer un châtrebique de vingt centimètres dans le ventre de son frère, lui avait tout bonnement serré la pince en souriant comme un imbécile.

Et là-dessus, qui pousse la porte et s'avance, la gueule enfarinée?

Abel et Caïn, sacré nom!

Et les voilà qui commandent une tournée générale,

ce qui a le don de faire bondir sur leurs pieds ceux qui ont roulé sous la table une heure plus tôt. Eux-mêmes, les Vurpillot, n'étaient déjà plus très frais. On voyait qu'ils avaient arrosé ça dignement, avec toute la ferveur et tout l'empressement que justifiaient d'aussi solennelles circonstances. En une petite demi-heure, ils avaient dû rattraper une bonne partie des occasions de trinquer ensemble qu'ils avaient perdues depuis tellement d'années.

Tout le monde s'était mis debout, son bock à la main.

– Levons nos verres ! s'écria René Vurpillot.

Sa voix faisait de curieuses embardées dans le grave et dans l'aigu.

– Santé ! brailla un ivrogne avant de plonger son grand nez violet dans la mousse.

– Non ! Non ! protesta Jean. Pas comme ça ! (Il faisait une moue d'enfant boudeur et semblait sur le point de pleurer.) C'est pas la foire, quand même !

Il vacilla sur ses bases et ne reprit son équilibre qu'en effectuant un petit saut à cloche-pied.

– On va trinquer comme il faut, dit-il, autrement c'est pas la peine.

– Santé ! s'égosilla l'ivrogne.

Les deux frères lui lancèrent un regard meurtrier et, de saisissement, l'autre se laissa tomber sur sa chaise.

– Les Vurpillot ont raison, dit Gentil. Il faut faire ça dans les formes.

Un murmure d'approbation accueillit cette remarque.

– Je bois, dit Gentil, au rabibochage du René et du Jean et au rabibochage de tous les frères, qu'ils soient frères par le sang ou frères par la condition, ou les deux à la fois comme dans le cas présent.

Le Chpaniaque retentit d'acclamations tumultueuses. Solennellement, Gentil baissa le bras, mit son verre contre sa bouche et, jetant la tête en arrière, le vida d'un seul trait.

Personne ne voulut être en reste. Seul Théo dut s'y reprendre à deux fois pour sécher son bock. Après avoir bu, l'assistance se remit à pousser des hourras. On posa les verres pour applaudir à tout rompre. Les Vurpillot avaient la larme à l'œil. Gentil rayonnait.

– Si tu me fais crédit jusqu'à demain, lança-t-il au Chpaniaque, c'est ma tournée !

Le Chpaniaque cligna de l'œil derrière son comptoir pour montrer que c'était entendu. Le Décolleur d'affiches (qui tenait son nom de ce qu'il aurait pu détacher une affiche du mur en passant entre les deux, tellement il était maigre) remplaça en un tournemain tous les bocks vides par des bocks couronnés d'une mousse onctueuse : c'était le garçon de café le plus leste de tout Belfort, malgré sa tête d'enterrement.

Papa brandit son verre au-dessus de sa tête. Lui aussi avait les yeux humides :

– Je bois à la fraternité, dit-il d'une voix qui n'était guère plus forte qu'un murmure.

– Quoi ? lança un ouvrier du gaz appuyé contre le mur du fond.

– Il boit à la fraternité, traduisit Gentil.

– À la fraternité !

Ils avaient crié comme un seul homme. Cette fois, il y eut un long silence après que les bocks eurent été liquidés. Tout le monde songeait à la fraternité, qui était une chose noble et capable de soulever des montagnes. Même les poivrots connaissaient la valeur de la fraternité. Même le Passe-lacet, s'il s'était posé la question, serait arrivé à la conclusion que ce qui lui manquait pour mettre un terme à ses lugubres bombances et trouver enfin le repos, c'était un peu de fraternité. Mais cette chose-là est plus difficile à obtenir par les riches que par nous, n'étant pas à vendre.

L'ombre d'un sourire tremblait sur les lèvres du Décolleur d'affiches : c'était aussi l'idée de la fraternité qui avait réalisé ce miracle. Et c'est elle qui inspirait le Chpaniaque lorsqu'il s'écria :

– La tournée du patron !

Ce fut une ruée en direction du zinc, car la tournée du patron ne se buvait pas autre part. Quand un homme vous invite, vous ne restez pas à trois kilomètres, attendant qu'il envoie le Décolleur d'affiches vous régaler sur place.

À chaque tournée, Théo eut un vrai bock comme les hommes. Heureusement : il détestait les panachés. Il avait toujours entendu dire que la bière était trop bonne pour mettre quoi que ce soit dedans. C'était en tout cas l'opinion de Papy, qui s'y connaissait en matière de bières, ayant goûté à toutes celles qu'on servait dans le faubourg : la bière de Sochaux, la bière de Lachapelle, celle de Xertigny, celle de Colmar, celle de Lutterbach et la Wagner, qui était fabriquée à Belfort même, rue des Capucins.

Cependant, Théo se sentait un peu bizarre. Il avait la sensation que l'intérieur de son crâne était tapissé avec du coton, ce qui était délicieux et troublant.

Après avoir sifflé son troisième bock sur le zinc (le verre se trouvait juste à la hauteur de ses yeux), il alla s'asseoir dans un coin pour déguster tranquillement toutes ces impressions nouvelles, tandis que les grandes personnes entretenaient un chaleureux brouhaha devant le comptoir.

Il faisait noir dehors. Bien bien noir.

Il faisait la couleur qu'il doit faire quand les hommes sont à l'intérieur, épaule contre épaule, se tenant mutuellement chaud au cœur par les paroles qu'ils se disent et par les paroles encore plus essentielles qu'ils ne se disent pas, trop timides pour cela – mais chacun les entend néanmoins, aussi éclatantes que si elles passaient à travers les haut-parleurs de la fête. L'amour du monde, l'amour des hommes campaient chez le Chpaniaque, ce soir. La ville était éteinte, toute la lumière s'était rassemblée autour des lampes du Chpaniaque et entourait les hommes. Tous se mélangeaient dans un halo orangé, un nuage poudreux de lumière tamisée où flottaient avec lenteur des têtes et des autres morceaux de corps. Et un second nuage s'élevait par-dessus, fait de rumeurs et de fumées, qui formaient une nappe ondulante contre le plafond. Telle était la vision de Théo, l'image de la fraternité qui était en train de se graver dans sa tête. Et la fraternité avait aussi une saveur, qui était celle de la bière; et un parfum, qui était celui du Chpaniaque: à moitié bistrot, à moitié épicerie, mélange entêtant et subtil de malaga, de salami, de poivron, de cacahuète, de café en grains, d'huile d'olive, de rollmops, de chocolat noir, d'oignon, de gros rouge qu'on vient chercher en apportant son litre vide, de figue sèche, de chiffon à essuyer les tables, de sueur, de poussière, de tabac refroidi et de sciure de bois. La fraternité avait encore une propriété fort étrange: elle faisait monter et descendre, tanguer à droite et à gauche la banquette sur laquelle Théo s'était installé. Il s'abandonnait à ce roulis sans aucune résistance. Là-bas, le nuage orange à l'intérieur duquel flottaient les têtes de son père, de Gentil-N'a-Qu'un-Œil, de Papy, des Vurpillot, la grande tête de mort du Décolleur d'affiches et toutes les autres têtes des poivrots et de ceux qui venaient seulement au Chpaniaque pour boire un coup avec les copains, ce nuage reculait, poussant devant lui le mur où étaient le grand miroir et les étagères à bouteilles. Il s'éloignait de Théo à toute vitesse, et cependant il se tenait toujours à la même distance. À force de fixer pour essayer de comprendre le phénomène, Théo eut les yeux chauds. Alors, il les ferma pour les reposer un peu.

Lorsqu'il les rouvrit, il avait la tête appuyée contre l'épaule de Papy. De l'autre côté, son bras touchait celui de l'ancien marsouin. Papa était assis en face de lui et l'observait en souriant. Kramsky avait disparu. Par contre, il y avait une femme à côté de Papa, et une deuxième à côté de Gentil. Tout d'abord abasourdi,

Théo finit par reconnaître Mauricette et Babette Vurpillot.

Puis ils étaient tous dans la rue. Ils n'avaient pas fait le moindre mouvement, mais ils étaient debout sur le trottoir, au coin de l'avenue d'Alsace. Les deux sœurs se tenaient le bras comme des jeunes filles qui vont au bal. René Vurpillot ronflait, le nez dans la veste à Gentil. Papa avait l'air d'avoir froid et se frottait les bras. Élysée Schultz était secoué d'un tel rire qu'il avait été obligé de s'agripper à un arbre, tandis que Jean Vurpillot, la tête renversée en arrière, tournait sur lui-même les bras ouverts, faisant comme s'il contemplait les étoiles, mais on voyait bien que ses paupières étaient closes. Un neuvième larron, que Théo ne connaissait ni d'Ève ni d'Adam, un grand dépendeur d'andouilles dont le col de chemise était trois fois trop gros pour son cou de poulet, répétait mécaniquement :

– Où qu'on va, maintenant ? Où c'est qu'on va, dites ? Où qu'on va, hein ?

L'instant d'après, ils étaient attablés dans un endroit qui rappelait vaguement quelque chose à Théo et regardaient placidement Gentil, occupé à écraser un tabouret sur le crâne de quelqu'un. Élysée Schultz, le visage inondé de grosses larmes, suppliait qu'on arrête de le faire rire, ou alors qu'on l'achève.

Babette Vurpillot avait mis son bras autour des épaules de Théo :

– Dis-moi, Tintin, lui soufflait-elle dans l'oreille, tu ne voudrais pas te marier avec moi ?

Le vent qui sortait de sa bouche sentait les cabinets.

– Si on allait chez le Chpaniaque ? disait le grand sécot que Théo n'avait jamais tant vu. Le Bristol, ç'a jamais été qu'un endroit pour les peaux-grasses !

Entendant cela, Papy poussa un véritable cri de douleur et s'empoigna le ventre à deux mains, frappant le plancher du talon et faisant avec son buste de grands mouvements d'avant en arrière. Mauricette le désigna à sa sœur du menton :

– Voilà le père Schultz qui fait sa prière. (Elle se mit à psalmodier.) *Roualla roualla bouilarabouilla abdoula sidi mohammed !*

Pour le coup, Papy commença à trépigner, pendant que Jean glissait très lentement de sa chaise et se retrouvait assis par terre. Et alors, ils étaient tout à fait ailleurs, près de la voie de chemin de fer, reprenant leur souffle, étendus sur le remblai du ballast :

– C'est qu'il avait une barre de fer, ce salaud-là ! disait Papa, indigné.

– Et l'autre, ce qu'il cachait dans sa main, c'était peut-être pas un rasoir ? demandait Papy sur le même ton.

– Ça, disait Gentil, ça ne risquait pas grand-chose ! Le Cochise Zehnacker, il suffit de le regarder dans les yeux : il est tout de suite calmé. Maintenant, je ne vous conseille pas de lui tourner le dos !

À présent, c'était Mauricette qui couvait Théo, ce qui était bien préférable car elle ne sentait pas mauvais du dedans comme sa sœur :

– Si on se mariait tous les deux, hein, tu crois pas ? murmura-t-elle à Théo.

– Vous êtes déjà mariée, fit dédaigneusement celui-ci qui se sentait gagné par l'envie de dormir sur les cailloux rouillés du ballast.

– Tiens, déclara tranquillement le grand sécot, je vais me foutre sous le train.

Il alla s'allonger sur les rails mais, comme personne ne riait, il se leva en soupirant, haussa les épaules et vint reprendre sa place au milieu des autres.

Et voici que Théo n'avait plus du tout sommeil. Tout à l'heure, au Chpaniaque, il avait cru que la nuit était noire – mais la nuit était bleue. Et ce bleu de la nuit était un bleu tout à fait spécial, qui vous faisait venir un élan dans le cœur. Ce bleu était encore une autre couleur de la fraternité. En regardant autour de lui, Théo vit que Gentil avait deux rigoles de sang sur le côté de la figure. Mais Gentil n'avait pas l'air d'avoir mal. Il souriait. Papy avait cessé de rire comme un fou. Il souriait. Et le père de Théo, le fameux Roméo, ne ressemblait plus à quelqu'un qui a froid. Par contre, il était le seul de la bande à ne pas avoir retrouvé son souffle. L'enfant voyait sa poitrine qui se soulevait et s'abaissait à toute vitesse, sous le gilet noir lustré.

– On est rudement bien ici, annonçait Mauricette Vurpillot. Dire que c'est un coin que je n'aurais jamais pensé à venir...

– C'est pour ça qu'il est si bien, dit Gentil. C'est parce qu'on n'y pense pas.

– J'ai un bas qui... commença Babette Vurpillot.

Elle se leva, se détourna, retroussa sa jupe d'un côté et s'affaira par en dessous. Théo n'en perdait pas une miette. Il trouvait que le geste avait quelque chose de joli et d'intrigant.

– Dites donc, fit Mauricette, désignant Théo, il est précoce, le gamin. Il faudra bientôt le marier s'il zieute comme ça sous les jupes des dames !

– Ne vous en faites pas, dit Gentil, il zieute ce qu'on lui donne à zieuter : ce n'est pas un hypocrite, mon Théo !

Babette se mit à rire et rabattit sa jupe d'une tape.

– Si vous écoutez ce que dit Gentil ! fit le grand sécot. Avec lui, c'est le monde renversé !

– Il a bien besoin de ça pour retomber sur ses pattes ! dit Papa d'une voix altérée. (Le rythme de sa respiration s'était un peu ralenti, mais il était encore loin d'être redevenu normal.)

– Ce soir, dit Gentil, vous avez vu le monde bouger. Oh ! on ne peut pas dire que ç'ait été un véritable tremblement de terre – mais enfin, tout le monde a bien vu qu'il bougeait. Demandez voir aux Vurpillot s'il n'a pas bougé ! Et s'il a bougé, ne serait-ce que d'un millimètre, d'un millième de millimètre, c'est la preuve qu'en s'y prenant de la bonne façon et en s'y mettant tous à la fois, on peut le faire danser à notre guise, lui faire faire toutes les cabrioles qui nous passent par la tête. Remarquez qu'on n'en demande pas tant. Tout ce qu'on veut, comme dit si bien Roméo, c'est de le remettre d'aplomb sur ses pieds, au lieu qu'il est en train de marcher sur la tête.

Les deux frères marquèrent leur adhésion en poussant un grognement farouche, n'étant plus guère en état de faire des phrases. Papa et Papy hochaient la tête. Le grand sécot boudait : ce n'était pas le genre d'homme à entendre des sermons sur un remblai, à minuit passé. Il semblait tellement dépité que Théo éclata de rire. Et curieusement, tout le monde fit comme lui, y compris le grand sécot lui-même. Comme s'ils n'avaient tous attendu que ce signal pour jeter leur gravité et leurs problèmes de grandes personnes par-dessus les moulins et pour redevenir, sous les froides étoiles, des enfants pleins d'insouciance.

*
* *

Ils rentrèrent par des rues tristes que Théo avait l'impression de voir pour la première fois, jusqu'au moment où ils furent devant l'entrée de son école, rue de Cravanche.

Babette Vurpillot et Mauricette Vurpillot le tenaient chacune par une main. Ni l'une ni l'autre n'étaient bien belles, mais elles étaient capables d'avoir un joli geste pour farfouiller après leurs bas et cela suffisait pour que Théo soit content d'être avec elles. De toute façon, il recommençait à avoir très sommeil et il ne sentait pas ses pieds quand il les posait sur la route pour avancer. (Comme on était nombreux, on ne marchait pas sur le trottoir, mais au milieu de la chaussée.) Ils tournèrent dans le faubourg, sauf le grand sécot qui se trouvait habiter juste de l'autre côté, rue Alfred-Engel.

À l'Eldo, il n'y avait pas de photos du film dans les

vitrines, parce que c'était relâche le lendemain. On se tut et on pressa un peu le pas pour défiler devant le poste de police. Au coin de la rue de Toulouse, les Vurpillot et leurs dames nous dirent bonsoir. On s'embrassa comme du bon pain.

– J'espère que Marthe n'est pas trop inquiète, dit Papa d'une voix lasse.

– Elles savent que je suis là! fit Élysée Schultz avec un enjouement factice.

Nous retombâmes dans le silence. Gentil nous quitta sur le pas de la porte. Il ébouriffa les cheveux de Théo puis s'éloigna.

Papa s'arrêta au bas de l'escalier et poussa un profond soupir avant d'entamer la montée. Il ne grimpait pas comme d'habitude, mais seulement une marche après l'autre, en se tenant en même temps à la rampe et au mur. Nous étions derrière, faisant comme si nous ne nous étions aperçus de rien.

– Je pense qu'elles ont dû aller se coucher! chuchota Papy, alors que nous atteignions le palier.

Mais elles n'étaient pas allées se coucher. Pas Maman en tout cas. Elle se tenait au milieu du couloir, dans la grosse robe de chambre beige fermée par un cordon qui servait à elle et à Papa. Ses traits étaient tirés; elle paraissait plus vieille de dix ans. Elle laissa le fameux Roméo s'approcher d'elle:

– Alors? dit-elle d'une voix plaintive, où résonnaient aussi la colère, la désolation, le soulagement, le dédain et la rancune. Qu'est-ce que vous avez fabriqué, encore?

Papa ouvrit la bouche. Mais pas un son n'en sortit.

Il fit les yeux blancs et tomba tout d'un bloc sur le lino.

*
* *

Papa fut long à se remettre. Il avait fallu faire venir le docteur Corbon en pleine nuit et, tandis que le reste de la famille courait en tous sens à travers l'appartement, les bras au ciel, Théo, debout derrière l'homme agenouillé près de son père, l'avait entendu soupirer: «Ma foi, c'est pas trop beau!» Puis le docteur avait aperçu le gamin et s'était écrié d'un ton féroce: «Veux-tu bien me fiche le camp dans ton lit, toi. Allez ouste, sautez!» Le docteur Corbon, qui était du bois dont on fait les flûtes, adorait prendre des airs terribles.

Théo s'était éloigné en traînant les pieds et en jetant des coups d'œil furtifs derrière lui: il aurait aimé en savoir davantage. Une fois dans son lit, il avait gardé les yeux ouverts et tâché de suivre les événements d'après les bruits et les bouts de phrases qui lui parvenaient. Mais il devait être trop fatigué par la veille, la marche et la boisson: il croyait être encore aux aguets dans sa chambre, qu'il avait rejoint depuis longtemps le royaume des songes, où Papa, un sourire de bonté fleurissant sur ses lèvres, s'avançait à pas de loup, l'éveillait en appelant doucement son nom, posait son visage, tout près sur l'oreiller, clignait maladroitement de l'œil et l'emmenait faire les cons tous les deux sur le chemin des trains lancés à travers la nuit vers d'improbables bouts du monde...

Puis la chambre était là avec tous ses détails, dans une lumière du jour malade. Ce qui faisait bouger Théo n'était pas un express mugissant, qui ébranle le sol sous vos pieds: c'était Agathe secouant son frère afin qu'il ne manque pas l'école:

– Réveille-toi, mon vieux. Il est l'heure. Réveille-toi...

Elle récitait ça, on aurait dit une mécanique. Une mèche de cheveux lui pendait sur le nez. Si Théo n'avait pas ouvert les yeux, elle aurait continué à le secouer, moulinant son refrain sans même élever la voix. Agathe était beaucoup trop éreintée pour réagir. Elle avait passé de l'autre côté de la patience et de l'impatience. Sa bouche et sa main accomplissaient en automates la tâche de réveiller Théo, tandis que son esprit se laissait couler à pic dans un tiède et brumeux abîme d'insensibilité. Aucune expression ne passa sur son visage quand son frère se dressa sur son séant. Elle arrêta seulement de le secouer et marmonna encore, sans avoir l'air de comprendre elle-même ce qu'elle disait: «Il est l'heure; dépêche-toi.» La seconde d'après, elle s'était évanouie de la chambre.

Théo se sentait beaucoup plus fatigué qu'au moment où il était venu s'allonger sur son lit, exilé par le docteur Corbon. Dans la cuisine, les autres femmes de la maison arboraient, en vaquant aux menus travaux du matin, la même expression absente que sa sœur. Papy tournait les pages de son *Messager boiteux,* mais on voyait bien que lettres et images glissaient sous son regard fixe.

Théo dit rapidement bonjour à chacun. On lui répondit distraitement. Durant tout le temps qu'il se frotta le cou et les oreilles devant l'évier, Maman et Mémère, face à face de part et d'autre de la table, ne firent que de regarder chacune au travers des yeux de l'autre.

Théo n'osa pas demander ce que le docteur avait dit, ni même comment était son père ce matin. Il sentait que ce qu'il avait de mieux à faire était de garder le silence comme les autres. Il n'était d'ailleurs pas sûr qu'ils lui auraient répondu s'il les avait interrogés. Assommés comme ils l'étaient par la fatigue et le malheur, leurs oreilles n'entendaient pas davantage que leurs yeux ne voyaient.

Il disparut de la cuisine aussi magiquement que sa sœur avait disparu de la chambre un peu plus tôt.

Le couloir avait l'air plus long que d'habitude. Il sembla au gamin qu'il mettait un temps infini pour atteindre sur la pointe des pieds la chambre où était le lit de ses parents.

La porte était fermée. Il tourna la poignée de faïence avec mille précautions.

Tout d'abord il crut que Papa était mort et cela ne lui fit rien, car il s'en était douté dès l'instant où ses yeux s'étaient posés sur le visage fantomatique d'Agathe. C'était seulement ce qu'il avait pensé qui se trouvait être vrai.

La tête du pauvre Roméo était une petite boule grise, une petite chose ratatinée voguant sur une immensité de blanc. Les lèvres grises et immobiles laissaient voir les dents du haut. Les narines étaient deux trous, les joues étaient deux trous. Deux trous avaient été creusés sous le front et les yeux clos étaient tombés dedans. On avait l'impression que cette tête ne pesait plus rien du tout. C'est à peine si elle avait déformé l'oreiller. De même, le reste du corps parvenait tout juste à soulever les couvertures. Ça ne faisait pas une bosse, seulement une légère ondulation.

L'idée vint à Théo que peut-être, quand les gens meurent, l'âme monte au ciel et il ne reste plus sur terre que leur peau, comme un sac qui aurait contenu cette âme du temps qu'ils étaient avec nous et qui serait vide à présent. Mais non ! Il avait déjà vu deux morts et ils avaient à peu près leur taille et leur épaisseur normales. C'est alors qu'il entendit le bruit.

On aurait dit un raclement, suivi d'un petit sifflotot enrhumé. Mais on lui aurait sonné de la trompette dans l'oreille sans crier gare que cela n'aurait pas eu un tel effet sur lui. Tout ce qui, jusque-là, avait protégé le cœur de Théo de l'épouvantable vérité que son esprit connaissait, tout cet étrange et précieux bouclier d'inconscience vola en éclats. L'immense désespoir de la mort de Papa dégringola sur Théo du haut du ciel et s'apprêtait à le ratatiner quand l'enfant s'aperçut que le bruit montait de la tête de Papa et que les morts ne font pas de bruit. Le tout n'avait pas duré une seconde mais, dans ce laps de temps, Théo avait parcouru tout l'éventail des émotions humaines, de la mortelle douleur à la mortelle félicité en passant par la gamme complète des sentiments intermédiaires. Maintenant, il peut se reculer et partir pour l'école. Et là-bas, le père Mouret pourra bien punir de cinq cent mille lignes chaque trou dans les semelles d'Edgard Bienaimé, il pourra bien arracher la tête des innocents et commettre à tire-larigot les pires injustices, Théo ne dira rien, car la plus pire injustice, la plus terrible de toutes, vient d'être épargnée à la race des hommes. Le pauvre Roméo n'est pas mort. Il a raccourci, il est devenu en une nuit dix fois plus maigre que le Décolleur d'affiches – mais il n'est pas mort, il fait son bruit sur l'oreiller. Cela qui aurait fait tomber la nuit sur nous en plein jour, cela qui aurait arrêté le tournis de la terre, noyé les poissons dans les eaux, décroché les volatiles du firmament, cela qui nous aurait mis le plancher sur la tête et collé le ciel sous nos talons, cela n'avait pas eu lieu. Finalement, le Bien l'emportait sur le Mal, la suprême injustice n'était pas consommée et le nez du vieux raclait et sifflotait que c'en était une vraie bénédiction !

Théo jubilait. Telle une toupie, son cœur tourbillonnait dans sa poitrine – et il avait envie de pousser des cris d'allégresse. Il referma la porte avec soin, ivre de bonheur, et courut d'un trait jusqu'à l'école. Étant arrivé au moment où le père Mouret tirait la porte de la classe sur les deux derniers de la file, sans mot d'excuse à présenter, il fut relégué au piquet jusqu'à la récréation, qu'il passa à faire la pelote avec Nono Noguez. Mais il s'en fichait pas mal. Il bénissait le piquet, la pelote, le père Mouret, sa grosse règle d'ébène et les pinsons qui, en rangs serrés, reviennent au printemps. Il bénissait la terreur que le directeur répandait autour de lui sans avoir autre chose à faire qu'à rouler des yeux furibonds lorsqu'il se promenait dans les couloirs, son vieux galurin vissé sur le caberlot. Il bénissait l'horaire fantasque des locomotives et l'opiniâtreté de ces braves citoyens s'échinant à remplir des récipients percés. Il bénissait la science mystérieuse et infuse d'Albert Trimaille et l'insondable bêtise du grand Léon Jeandheur. Il bénissait tout ce qui existait car l'existence était assurément ce qu'il y avait de plus beau. L'existence lui donnait envie de rire et de partager sa joie avec tout ce qui existait. Pour saluer la beauté de l'existence, il aurait compté des intervalles jusqu'à ce que les yeux lui sortent de la tête et que sa cervelle devienne comme un paquet de fromage mou. L'existence était la meilleure chose de la vie et Théo était reconnaissant à toute la création de l'existence à nez racleur de son vieux père Roméo, réparateur d'assiettes et plus grand personnage de l'univers en chemise sans col. L'intérieur de sa tête était une bousculade de soleils dans un ciel du commencement des choses. Il s'appelait Théo, le monde était le monde, et c'était bien ainsi.

*
* *

Cependant, nous étions en train de nous bagarrer pour les élections et quelque chose qui était dans l'air nous soufflait que, ce coup-ci, nous, les abonnés aux causes perdues, nous allions l'emporter. Tout avait commencé avec la réconciliation des Vurpillot. Mais depuis, d'autres présages avaient été observés, qui convergeaient avec celui-ci.

Gentil ne s'affectait même pas en lisant dans *La République de l'Est* qu'à la brasserie Georges, «s'imposant à l'auditoire, Raymond Courtot a brillamment exécuté le candidat honteux du Front populaire». Ce n'était pas du tout l'impression qu'il avait lui-même retirée de la réunion, mais cette façon de présenter les choses ne lui faisait ni chaud ni froid. Et Gentil avait raison. Le «sympathique candidat des Nationaux de Belfort» eut beau courir tous les bistrots de la ville pour mener «sa brillante campagne» et démontrer «tous les dangers que nous fait courir la politique insensée des gauches», il n'en fut pas moins blackboulé et le 3 mai, Edmond Miellet (dont Tardieu n'avait finalement pas scié la jambe de bois, en dépit des bruits qui avaient couru) fut élu au deuxième tour. En tant que rad-soc, Miellet n'était sans doute pas ce qui pouvait se rêver de mieux comme défenseur de nos intérêts, mais enfin, rad-soc ou pas, il avait été le candidat du Front populaire et il faudrait bien qu'il nous rende des comptes.

Dans presque toute la France, les faubourgs des Coups-de-Trique l'emportèrent sur les faubourgs de Montbéliard. On n'avait jamais vu ça. Le petit pète-sec qui dirigeait le Monoprix en aurait mordu ses vendeuses, s'il n'avait eu peur d'aller en prison parmi tous les voleurs de rien du tout qu'il y avait fait fourrer *manu militari!* De tous les patrons, seul Paul Bernheim, de Bumsel, éprouvait de la sympathie pour le gouvernement Blum. Il n'avait pas attendu le Front populaire, du reste, pour payer ses employés la moitié plus cher que n'importe où ailleurs. Maximilien Schultz, le regard embrumé, disait que la peste rouge s'était abattue sur la France et il n'osait plus porter son petit pistolet puisque la police, désormais, venait chercher ses ordres auprès des barons de la cour des Miracles. Dans le faubourg, par contre, les gens se sentaient – disons – plus légers. Ils s'interpellaient d'un trottoir à l'autre pour se lancer des bêtises. Les Vurpillot n'arrêtaient plus de dîner les uns chez les autres. Le Chpaniaque ne désemplissait pas, mais les hommes y restaient moins longtemps qu'avant. Chacun était tout le temps à inviter celui-ci ou à être invité par celui-là; même les poivrots perdaient l'habitude de boire seul, ce qui est bien le miracle des miracles. Gentil n'éprouvait plus le besoin de canuler Maman avec sa politique, cependant que celle-ci découvrait tout à coup que la politique n'était peut-être pas une si mauvaise chose que ça.

Sans discussion possible, ce fut le résultat des élections qui remit Papa sur pied. Auparavant, son état ne s'améliorait guère et tout ce que le docteur Corbon trouvait à dire après l'avoir examiné, c'était de pincer les lèvres, de hocher la tête et de se gratter la nuque. Aux deux tours, pour qu'il aille mettre son bulletin dans l'urne, N'a-Qu'un-Œil et Papy le chargèrent sur la voiture à bras que l'ancien marsouin avait déjà empruntée quand il avait fallu transbahuter le matériel à Bresson de la rue de la Croix-du-Tilleul au Luxhof. Jamais il n'aurait pu se déplacer sur ses jambes, même soutenu de chaque côté par quelqu'un.

Mais une fois que Miellet fut élu, il reprit des couleurs et se mit bientôt à trottiner du lit à la fenêtre, puis d'une pièce à l'autre, jusqu'à être plus souvent hors des draps que dessous. Gentil venait le voir dès qu'il avait une minute et Théo demeurait avec eux plutôt que d'aller jouer dehors, bien que la saison soit venue de rester tard le soir dans la rue avant d'entendre votre mère vous appeler par la fenêtre de la cuisine.

– On ne le dirait pas, à le voir, ton père, mais c'est une santé ! répétait admirativement Kramsky, le coupeur de bois.

Kramsky n'osait pas trop monter car, s'il était l'ami de Théo, ce n'était pas comme Gentil un familier de la maison. Mais il ne manquait pas de passer chaque soir prendre des nouvelles. Il sifflait son espèce de mazurka et Théo descendait l'escalier quatre à quatre.

– Aujourd'hui, il a mangé avec nous ! annonçait triomphalement Théo.

– Sainte Vierge ! faisait le coupeur de bois. C'est un fameux dur à cuire que c't'homme-là !

Un jeudi, sortant de chez Schrutt sa miche sous le bras, Kramsky avait failli se flanquer en plein dans Madeleine Girard qui entrait ! Blanc comme un linge, il s'était sauvé à toutes jambes, laissant échapper sa miche qui courait derrière lui et manquant de se faire écraser par le tram au moment où il traversait le faubourg sans regarder. Il n'aurait pas galopé plus vite s'il avait eu toute une armada de démons à ses trousses !

Par méchanceté pure, Cochise Zehnacker lança un coup de pied dans le pain. Malheureusement pour lui, Gentil le vit faire, l'empoigna par le colback, l'obligea à ramasser la miche dans le caniveau et à la bouffer à genoux par terre, jusqu'à ce qu'il n'en reste plus une miette.

– Et n'oublie pas de rembourser au Bourreau le prix de sa miche, disait Gentil d'une voix mielleuse. N'oublie surtout pas, Cochise, mon ami, sinon il te faudrait prendre garde à tes plumes !

– Je vous ai rien fait ! larmoyait le vaurien.

– Qui souille le pain, souille sa main ! disait Gentil. Cochise, tu es un goret de la pire espèce et cela offense mes yeux. Voilà ton crime, mon garçon : c'est que tu marches sur deux pattes mais te conduis tel un bestiau. N'empêche que je vais te payer un bock, pour faire passer tout ce pain que tu as avalé avec une voracité digne d'un entier troupeau de cochons. Amène-toi chez le Chpaniaque !

L'ancien marsouin avait sa propre idée de la justice, et chacun le respectait pour cela, y compris les Cochise Zehnacker. Évoquant cette affaire, tout le monde conclut que le vieux roi Salomon, le sacré débiteur de marmots en rondelles, n'aurait pu faire preuve d'une plus grande sagesse que Gentil. On espérait seulement que la miche avait un peu roulé dans le crottin avant d'être avalée par ce mauvais drôle de Cochise.

– Vous avez rudement bien fait! dit Maman à Gentil.

Jamais elle ne lui avait adressé un tel compliment.

– C'est le bock qui me plaît, moi! ajouta Mémère. Il fallait que ça soye Gentil, pour avoir cette idée-là!

– Moi, dit Théo en faisant la moue, je crois pas que je lui aurais payé un bock…

– Parce que tu es encore un enfant, Théo, dit son père. Mais quand tu seras plus grand, je suis bien sûr que tu te comporteras exactement comme Gentil. Toi, tu ne le sais pas encore, mais moi, il y a longtemps que j'ai compris cela. L'idée te viendra qu'on ne doit pas punir quelqu'un sans donner un petit quelque chose en compensation. Sinon, on n'est que des sauvages.

Théo aimait quand son père lui expliquait les choses, même si, comme présentement, il ne voyait pas trop ce que cela voulait dire. Il gardait les explications dans sa tête, à côté du nom des outils de son père, des paroles de son père sur le travail et des paroles de Gentil sur la musique. Un jour, il posséderait la clé de tout cela.

Puis Belfort a fait la grève: si l'on avait gagné les élections, ça n'était pas pour que tout reste comme avant. Il fallait que Blum, tout Blum qu'il était, s'enfonce bien ça dans le crâne. Si on l'avait mis là où il était aujourd'hui, ça n'était pas pour le plaisir de le voir poser devant les photographes avec son cabinet. C'était parce qu'on voulait que ça change. Et comme ça ne changeait pas assez vite à notre gré, on a décidé de se mettre en grève, pour rappeler au gouvernement qu'on était toujours là et qu'il était en dette avec nous autres.

Ça a débuté le 11 juin, un jeudi. Chez Peugeot, à Sochaux, ils avaient débrayé à dix heures le matin. L'Alsthom a attendu treize heures trente. Puis il y a eu les cent trente ouvriers du tissage Wilhelm, rue de la Croix-du-Tilleul ; vers sept heures du soir, ceux du Gaz et de l'Électricité s'y sont mis à leur tour. En fait, ça grévouillait un peu partout. Même Vermot, à Châtenois, se vit proprement lâché par son personnel trié sur le volet. Ils avaient bonne mine, tiens ! lui et son état-major de Croix-de-Feu et de Volontaires Nationaux… Ceux de *La République de l'Est* serraient tellement les fesses qu'ils osaient à peine parler des grèves. Tout ce qu'ils trouvaient à dire, en trois lignes dans un petit coin, c'est que ça n'était pas grave et que tout allait s'arranger. « Rien de tragique, écrivaient-ils. L'entente reste facile. »

Je te crois ! À l'Alsthom, comme dans beaucoup d'autres endroits, on ne s'était pas contenté de se croiser les bras. On occupait l'usine, les patrons claquemurés dans leurs bureaux. Ce qu'on faisait là s'appelle la grève sur le tas, qui n'est pas une grève d'enfants de chœur. On avait renvoyé les femmes, les enfants et les vieux. C'étaient seulement les hommes qui occupaient. Les bonnes femmes et les gosses apportaient les gamelles, les litres, les cartes et les accordéons. On n'avait pas mis longtemps pour s'organiser. On prenait ses aises, prévoyant qu'il y en aurait pour un petit bout de temps.

Le premier soir, dans l'usine occupée, beaucoup d'entre nous se tenaient prêts à entreprendre une grève de cent ans et ne doutaient pas de l'issue finale. On taperait le carton et on jouerait du piano à bretelles jusque-là, voilà tout.

Nous n'avions pas le moins du monde l'intention de caler. Et si Hochtetter, notre directeur, était un tant soit peu finaud, il pouvait s'en rendre compte rien qu'à nous zieuter à la traître derrière son carreau. Nous lui avions fait connaître nos conditions, qui étaient en gros les mêmes qu'un peu partout ailleurs, sauf qu'en plus, on voulait qu'il renvoie celui que *Germinal* appelait, non sans raison, le «véritable chien de garde de l'usine». Ce client-là vous aurait tiré les os du corps pour en faire des castagnettes, s'il avait pu penser que la direction y trouverait son compte! Toujours à vous harceler, à fouiner, à entreprendre les gars pour qu'ils se nomment les uns les autres. Le Cugnet, à côté de lui, faisait figure de bon samaritain! Il y a des copains qui se foutaient de tout, mais ils faisaient la grève avec nous uniquement dans l'espoir de le voir faire son paquet et s'envoler d'ici. Dans certains ateliers, on avait composé de petites chansons pour célébrer ses mérites. Mais bien entendu, c'étaient de ces amabilités qu'on se glisse dans le tuyau de l'oreille ou qu'on garde précieusement pour le Chpaniaque quand on est entre nous. Tandis qu'à présent, on les braillait à travers toute l'usine, et vous pouvez être sûr que l'autre mal blanc n'en perdait par une miette et faisait dans sa culotte au fond d'un placard.

On ne lui aurait pas fait de mal, remarquez bien. On ne lui en voulait plus, maintenant qu'on pouvait lui sortir ses quatre vérités. On désirait seulement qu'il prenne ses cliques et ses claques et qu'il aille se faire pendre ailleurs.

Le vendredi, pour nous, ce fut le grand jour. La cour de l'usine avait des allures de kermesse. On n'aurait jamais imaginé que tellement de gens savaient jouer de l'accordéon. Et croyez-moi si vous voulez mais, ce jour-là, Gentil fit l'Artichaut sur sa clarinette (que Théo était allé chercher la veille au soir rue de Wesserling, chez la sœur de son ami) et il reçut une ovation comme jamais. On aurait dit que, tout d'un coup, l'Artichaut touchait le cœur des gens. Chacun le comprenait et l'aimait comme s'il n'avait entendu que cela de toute son existence.

Théo s'était mis d'accord avec la sœur de Gentil pour que ce soit Agathe et lui qui, à midi, portent la gamelle à l'ancien marsouin. Mémère avait préparé de la salade de pommes de terre avec un jésus coupé en morceaux, une boîte de sardines, des œufs durs, un camembert et le bon tiers d'un grand roncin* aux cerises noires d'Alsace, qui était encore un peu chaud. Papa était allé acheter lui-même une demi-bouteille de vin bouché : c'était la première fois qu'il mettait le nez dehors depuis sa maladie. Du coup, Agathe et Théo n'avaient plus assez de mains ! Ils auraient bien pu s'amener les bras ballants, cependant, que leur ami n'aurait manqué de rien.

* Sorte de clafoutis (N.D.E.).

Lorsqu'ils arrivèrent à l'usine, on était en train de préparer d'immenses pot-au-feu avec tout ce que les grévistes, leurs amis et leurs familles avaient récolté à droite et à gauche. Nous avions la ville pour nous. Jusqu'aux commerçants qui nous tendaient la main – pensez ! Certains avaient lâché leur boutique et étaient venus déposer des cageots de fruits dans la cour sous les acclamations de la foule. Des douceurs, il y en avait de quoi soutenir un siège !

Là-dessus, voici que s'avance devinez qui ? Le Passe-lacet !

Ce qui s'était passé dans sa tête, allez savoir ! Peut-être qu'il ne supportait plus de manger tout seul, de manger comme boivent les pires ivrognes ? Peut-être qu'à force de vivre dans le quartier, il s'était mis à nous aimer ? Peut-être aussi que les autres riches lui tapaient sur le système depuis longtemps et qu'il avait enfin trouvé l'occasion de leur faire la barbichette ? On ne sait pas. Il ne nous l'a pas dit. Toujours est-il qu'il avait vu la grève arriver et qu'au lieu de se terrer dans sa maison, de claquer des dents et d'astiquer son fusil comme font les riches, il avait commandé à ses valets d'aller vider les étagères des épiceries du coin, de tout empiler sur les coussins de cuir blanc de l'étincelante torpédo qu'il n'avait jamais pris la peine d'apprendre à conduire lui-même, puis de la mener à l'Alsthom avec toute cette cargaison de victuailles.

C'était quelque chose, croyez-moi, que de voir cette torpédo, marron et crème, hérissée de chromes éblouissants, glisser lentement le long de la côte du pont de Roubaix et franchir la grille de l'usine, avec ce vieux cadavre au volant qui tremblait comme une feuille parce qu'il devait avoir l'impression d'entrer dans un repaire de brigands ! Tout le faubourg s'en souvient : vous pouvez demander à n'importe qui !

Ce fut plus fort que nous : lorsque le chauffeur descendit, tout flagada, qu'il contourna la voiture et vint ouvrir la porte pour que son maître puisse descendre (les riches sont trop feignants, ou trop bêtes, pour ouvrir leurs portes eux-mêmes), ceux qui se trouvaient là ne purent s'empêcher de porter la main à leur casquette. Ils l'auraient ôtée s'ils ne s'étaient souvenus à temps de ce qu'ils étaient en train de faire dans cette cour, c'est-à-dire la grève pour obliger les riches à partager un peu leur richesse.

Le Passe-lacet s'extirpa de sa torpédo en clignant des yeux comme s'il avait dormi pendant le voyage. Il était vraiment énorme. Tout son corps ballottait dans ses vêtements de riche, qui lui allaient comme un tablier à une chèvre. Et puis, pardonnez-moi l'expression, il avait une vraie tête de cul, ses joues étant aussi grosses et aussi rondes que les fesses de Madeleine Girard. En plus de ça, on n'avait pas besoin de le regarder deux fois pour comprendre qu'il n'avait pas inventé l'eau chaude.

N'allez pas croire, ceci dit, qu'il était gêné au milieu de nous, qu'il se sentait morveux ou je ne sais quoi. Pas du tout ! Il était ravi. Heureux comme un gosse. Béat.

– J'ai apporté des en-cas, dit-il. S'il en faut davantage, dites-le-moi, n'hésitez pas !

Sa face de pleine lune resplendissait. Son ventre tressautait sous son gilet exactement de la même façon que celui de Bresson. On fut un peu étonnés en l'écoutant parler. Du fait qu'aucun de nous n'avait encore eu l'avantage de tailler une bavette avec lui, nous ne savions pas qu'il poussait de la langue et avait une voix de petite gamine. Mais on s'y faisait vite. Chez l'un des nôtres, un truc pareil aurait paru choquant et le pauvre type en aurait entendu parler jusqu'au restant de ses jours. Mais de la part d'un riche, rien ne pouvait vraiment nous épater – sauf qu'il soit comme tout le monde. Avec son fausset, le Passe-lacet nous rassurait plutôt. S'il avait été parfaitement normal, là nous aurions commencé à nous poser des questions...

Les copains tournaient autour de la torpédo. Ils n'avaient pas l'occasion d'en voir de pareille tous les jours, d'autant que le Passe-lacet ne sortait la sienne qu'une fois l'an, au grand maximum. Courir les routes n'était pas son genre. Il pouvait rester des mois sans passer le seuil de sa villa, excepté le dimanche, le temps d'aller vomir tripes et boyaux dans le jardin.

C'était quand même un sacré numéro! À présent, il houspillait la valetaille pour que les paquets et les sacs soient déchargés au plus vite. Eux, par contre, les deux loustics, ils n'osaient pas nous regarder en face. On n'arrivait pas à dire s'ils avaient honte de nous, de leur patron ou d'eux-mêmes. En tout cas, on s'amusait bien à les voir faire. Personne n'a eu seulement l'idée de leur donner un coup de main.

Le Passe-lacet ne tenait plus en place. À chaque

ballot qui sortait de sa voiture, il poussait de petits cris et se frottait les mains. Ma parole, on aurait pu croire que c'était nous qui lui en faisions cadeau, au lieu que ce soit l'inverse ! Il se jetait sur les cartons pour voir ce qu'il y avait dedans. Quand ça lui plaisait, il manifestait son enthousiasme par des éclats de rire et de vigoureux hochements de tête. Mais quand c'était seulement des légumes, des boîtes de maquereaux, des choses comme ça, ses lèvres se gonflaient, son regard s'éteignait et il marmonnait mélancoliquement :

– Oh ben non ! C'est pas bon, ça !

Il nous regardait d'un air de chien battu.

– Faut pas manger ça... On le donnera à l'hôpital.

Je crois que si quelqu'un avait annoncé qu'il faisait ses grands dimanches du corned-beef et des pâtes aux œufs, le Passe-lacet se serait mis à pleurer toutes les larmes de son corps.

– Rembarquez ! Rembarquez ! faisait-il en agitant ses petites mains potelées chaque fois qu'il jugeait que les provisions n'étaient pas dignes de nos palais délicats.

Les larbins rembarquaient. On se tordait à voir la façon dont ils s'emmêlaient les crayons, ne sachant plus quels étaient les paquets qui n'avaient pas encore été sortis et ceux qui étaient déjà rentrés. Et Boule de suif, derrière, qui n'arrêtait pas de les faire tourner en bourriques ! Il ne s'interrompait que pour nous crier de sa voix de châtré :

– Il y en a encore ! Il y en a encore !

La nouvelle avait vite fait le tour des ateliers. La

moitié des grévistes s'étaient attroupés en cercle autour de la torpédo, écoutant piailler le Passe-lacet et regardant ses deux esclaves se cogner l'un dans l'autre, le vieux sortant ce que le jeune venait de rentrer et celui-ci reportant ce que celui-là avait déchargé la minute d'avant.

– Non ! Non ! Non ! s'égosillait le Passe-lacet. Pas celui-là ! Pas celui-là ! Pour l'hôpital, j'ai dit, pour l'hôpital !!! Ah ! les maladroits !

Aucun des deux valets, désormais, ne pouvait plus toucher le moindre cornet sans que la foule s'écrie en chœur :

– Pas celui-là ! Pour l'hôpital !

De sorte que les malheureux, semblables à des bêtes aux abois, se précipitaient en tous sens, ne sachant plus à quel saint se vouer. Car si nous hurlions toujours le même ordre, leur maître, lui, s'obstinait à distinguer entre les marchandises.

– Mais si ! Mais si ! protestait-il lorsque nous envoyions à l'hôpital des pêches au sirop ou du chocolat au lait.

– C'est bon, ça ! nous expliquait-il, avec le plus grand sérieux, comme s'il avait affaire à une bande de négros affublés d'un os en travers du nez. Si, si, si, ça se mange ! Miam-Miam !

Le déballage des victuailles n'en finissait plus. Chaque colis avait été déchargé et rechargé une bonne douzaine de fois et ça aurait pu continuer ainsi jusqu'au soir si quelqu'un, en arrière du cercle, n'avait pas hurlé que les pot-au-feu étaient prêts.

– Pour l'hôpital, les pot-au-feu ! fit aussitôt une voix gouailleuse.

Il y eut un éclat de rire général, puis l'assistance tourna froidement le dos au Passe-lacet, à ses valets harassés, à ses offrandes mirifiques, et s'en fut du côté des marmites fumantes.

Immobilisés de chaque côté d'un grand carton que l'un voulait rentrer dans la voiture et l'autre ramener dans la cour, le jeune et le vieux serviteur, chancelants, à bout de souffle, se considéraient mutuellement avec un ahurissement sans bornes. Un peu plus loin, leur patron, planté sur le pavé, encore plus hébété qu'eux, regardait s'éloigner les seules personnes dont il avait cru pouvoir se faire des amis depuis qu'il était au monde. Il ne savait pas pourquoi elles s'en allaient ; il ne savait pas ce qu'il aurait dû faire pour qu'elles restent.

– Oh ben non ! murmurait-il plaintivement, au bord des larmes. Oh ben non !

Il baissa les yeux sur les ballots, écarta les bras dans un geste d'impuissance et de douloureuse incompréhension. Mais personne ne faisait plus attention à lui. Même la torpédo avait cessé d'attirer les regards. Nous nous en allions de lui, ayant trouvé, sans qu'il le sût, un nouveau surnom pour le désigner ; c'était : l'Eunuque. Le nom, nous l'avions gravé dans nos mémoires pour toujours, mais le bonhomme, lui, nous l'avions déjà oublié. Il nous avait amusés cinq minutes, avec ses esclaves, ses couinements, ses rutabagas pour l'hôpital et ses manières de singe gaulant des noix, mais nous en avions assez vu comme ça, le spectacle était terminé. On passait maintenant aux choses sérieuses. On allait se caler les gencives avec une bonne assiettée de bœuf bouilli et de légumes succulents. Ce serait le meilleur pot-au-feu de notre existence et même ceux qui n'aimaient pas ça d'habitude trouveraient que c'était franchement fameux. Car ce pot-au-feu aurait le goût sublime de la fraternité, qu'on allait célébrer, grâce à lui, avec un faste incaccoutumé. Eunuque ou Passe-lacet, comment aurait-il pu comprendre cela, le camarade ? Ça n'était pas ses oignons. Ses oignons, c'était la solitude et les sous. Et les ripailles à crever, tristes, tristes, tristes, sous le regard absent des deux porte-coton.

On le laissait en plan, malgré tout ce qu'il nous avait apporté. Ce n'était pas de la méchanceté. C'était seulement qu'on avait autre chose à faire, de bigrement plus important ; on n'avait plus le temps de jouer avec lui.

– Oh ben non ! gémissait-il encore.

Mais la foule s'éloignait inexorablement, tel un océan qui se retire à marée basse. Pas un gréviste ne prenait même la peine de se retourner. – Si, là, pourtant, à mi-chemin de la torpédo et de la masse de ses camarades, il y en avait un qui s'était arrêté et regardait le Passe-lacet par-dessus son épaule. Un tout petit. Un enfant.

Le gréviste plissait les paupières à cause des chromes de la voiture qui lançaient de grandes langues de lumière acérées comme des flèches. Et le Passe-lacet le contemplait bouche bée. Une quinzaine de mètres les séparait et ni l'un ni l'autre ne bougeaient plus. À l'instant même où leurs regards s'étaient croisés, le monde s'était figé autour d'eux. Les chants et les rires, la musique des accordéons avaient été brusquement tirés en arrière, si bien que leurs oreilles ne les percevaient presque plus.

Quelque chose ronronnait vaguement dans une région lointaine : c'était tout ce qu'ils entendaient. Un soleil vertical pesait sur leurs épaules pour les faire entrer dans la terre. La torpédo flamboyait au sein d'un brasier d'argent. Pétrifiés eux aussi, les serviteurs s'agrippaient au carton aussi désespérément qu'à une bouée de sauvetage.

– Bonjour, dit le gréviste.

Le bord de sa casquette coïncidait avec la ligne de ses sourcils.

– Bonjour, répondit le Passe-lacet de sa voix d'eunuque.

Le gréviste fit trois pas en avant.

– On habite dans la même rue, dit le gréviste.

– Ah bon ? dit le Passe-lacet.

Lui aussi fit trois pas en avant.

– J'm'appelle Théo, dit Théo. Mon père, il répare les assiettes.

– Aha… fit le Passe-lacet.

– J'vous connais, dit Théo. J'vous vois, des fois…

Il avançait en prononçant ces mots.

– Alors tu sais mon nom ? demanda le Passe-lacet.

Théo s'arrêta et ne dit rien.

– Jean-Marie Désormais, dit le Passe-lacet, posant la main sur son cœur.

– C'est vrai ? demanda Théo avec méfiance. (C'était bien la première fois qu'il entendait ce nom-là.)

– Oui, dit le Passe-lacet. Jean-Marie Désormais. Alors, comme ça, tu fais la grève ?

– Non, dit Théo, c'est Gentil.

– Oui, fit le Passe-lacet qui voulait lui être agréable, oui, en effet, c'est gentil... En somme, on a plutôt beau temps pour la saison...

– Non, dit Théo. C'est Gentil qui fait la grève. Moi, j'y porte la soupe avec ma sœur Agathe.

– Agathe ? dit le Passe-lacet. Tiens, tiens...

– Vous la connaissez ?

– Non-non.

– Elle va devenir institutrice.

– Aha ?... C'est bien, ça. Et toi ?

– Non-non, dit Théo.

Ils étaient l'un devant l'autre.

– Tu travailles bien à l'école ?

– Pôh !

– Moi, pouffa le Passe-lacet en faisant sauter son gros ventre, j'étais toujours le premier. Et aussi toujours le dernier, pour la bonne raison que j'étais la classe entière à moi tout seul !

– Vous aviez le père Mouret, comme maître ? demanda Théo.

– Hein ?

– C'était M. Mouret qui vous faisait la classe ?

Le Passe-lacet était aux anges.

– Oh ! non, non, ma foi non ! C'était ma maman qui me faisait la classe, figure-toi !

– C'est pour ça que vous étiez toujours premier ? fit Théo d'un ton accusateur.

L'hilarité du Passe-lacet redoubla.

– Oui ! Et toujours dernier !

Tous deux avaient un peu marché et ils étaient à présent arrivés l'un près de l'autre. Le Passe-lacet s'empara de la main de Théo et se mit à la secouer avec effusion.

– Bonjour, mon ami, bonjour !

– Bonjour, monsieur Désormais, répond Théo, très à l'aise.

Ils se regardent encore et ils éclatent de rire.

– Rue de Toulouse, hein ? s'écrie le Passe-lacet. Ça par exemple !

– Avant, c'était la rue des Prés, dit Théo.

– Il faut dire qu'il n'y en a plus tellement, des prés ! En fait, si je ne me trompe, il n'y en a plus un seul !

– Mais on n'est pas non plus à Toulouse ! dit Théo.

Le Passe-lacet écarquille d'abord les yeux, puis il repart d'un grand rire bête qui ravit l'enfant.

– Ah ! là, tu m'as bien eu. Tu m'as bien eu, tiens ! « On n'est pas non plus à Toulouse » : eh ! non, pardi ! sûrement non, qu'on n'y est pas !

Il reprend subitement son sérieux, met la main sur l'épaule de Théo et se penche vers lui, l'air très inquiet :

– Dis-moi, mon ami, tu sais l'heure qu'il est ? Est-ce que tu as déjeuné, au moins ?

– Mémère m'a fait des tartines ce matin, avant d'aller à l'école.

– Non, non. Je veux dire là, tout de suite, à midi : est-ce que tu as mangé ?

D'un mouvement de la tête en arrière, Théo désigne sans le regarder l'endroit où tous les autres se sont massés :

– Il y a du pot-au-feu, et Gentil va me donner une part de son roncin. Il n'arriverait pas à le manger tout seul. Il me l'a dit. Il est avec Agathe. Vous v'nez ? J'vous aurai une grosse part de pot-au-feu. J'dirai à Gentil qu'y vous en cherche.

Le Passe-lacet devint tout morose :

– Hum ! bougonne-t-il. Pot-au-feu, dis-tu ? Je voudrais bien savoir quel genre de pot-au-feu, encore... Nos amis grévistes ne savent pas ce qui est bon, si tu veux m'en croire.

Il passe sa langue sur ses lèvres. Sa bouche est toute petite, mais ses lèvres sont très épaisses. Mémère dirait qu'il a des lèvres en rebord de pot de chambre.

– Écoute, dit-il. Tu ne vas pas me faire croire que tu aimes tant que ça le pot-au-feu ? (Théo fait la grimace. Il déteste le pot-au-feu ; il a horreur de tout ce qui n'est pas grillé, rôti ou passé dans la friture.) Tu vois bien ! Qu'est-ce que je te disais ? Alors, tu ne sais pas, voici ce qu'on va faire... Il y a deux-trois bonnes choses que j'ai apportées : on va se les manger tout seuls les deux !

– Mais Gentil ? dit Théo. Et Agathe ?

– Va les chercher !

Théo réfléchit.

– Je sais plus où qu'y sont. J'ai couru par ici quand la voiture est arrivée. C'est à vous, hein, la voiture ?

– C'est une Hispano-Suiza. Elle te plaît ?

Théo fait oui de la tête.

– Ça fait longtemps que je l'ai. C'était à mon papa. Je ne m'en sers pour ainsi dire jamais : où est-ce que j'irais ?

– En promenade.

– En promenade ? Mon papa voulait toujours aller en promenade, figure-toi, mais moi, j'étais malade. Heureusement, ma maman me privait de promenade quand j'avais mal travaillé.

Théo détourne la tête :

– Y vont s'demander qu'est-ce que je fais... (Il écoute le joyeux tintamarre qui règne autour des pot-au-feu.) Y s'amusent, là-bas...

Le Passe-lacet pousse un soupir :

– Oh ! dit-il tout bas, ils sont beaucoup, c'est pour ça...

Il soupire encore. Il tourne le dos à la fête et contemple les marchandises étalées à ses pieds. La valetaille est vautrée sur le marchepied de la voiture, en train de s'éponger le front.

Théo n'arrive pas à se décider. Il voudrait aller retrouver Agathe, Gentil, le roncin et les autres, presser l'un après l'autre tous les boutons des pianos à bretelles que leurs propriétaires ont dû poser dans un coin pour se taper la cloche. Mais il désire tout autant rester avec le Passe-lacet. Il n'a pas du tout envie de l'abandonner. Il paraît bien malheureux, le Passe-lacet, et il doit y avoir des rudement bonnes choses dans tous ces cornets... S'il s'en va, Théo a peur que le Passe-lacet ne se mette à pleurer. Mais s'il reste, est-ce que ce n'est pas comme s'il reniait les autres, ceux qui ont mis la fraternité à mijoter dans une gamelle, avec le bœuf, les carottes et les navets, pour s'en faire un festin qu'aucun roi ne peut avoir (car un roi ne fraternise qu'avec les rois, c'est-à-dire avec tous des encore plus pires que lui) ? En ne rejoignant pas les grévistes, est-ce qu'il ne va pas s'exclure lui-même de la fraternité, comme quelqu'un qui n'irait pas se mettre avec les assiégés d'une ville et se retrouverait enfermé dehors, de la même façon qu'eux sont enfermés dedans ? Cependant, laisser tomber le Passe-lacet qui a tant de chagrin, est-ce que ce n'est pas s'exclure de la fraternité tout pareil ?

Plus Théo réfléchit, plus ses idées s'embrouillent et moins il sait de quel côté le bien se trouve. Le bien, il devrait y avoir un signe pour le reconnaître, quelque chose. Mais non.

Théo se sent devenir aussi triste que le Passe-lacet. Il frotte par terre avec son pied, mais ce n'est pas ça qui lui dit ce qu'il faut faire.

– Tu sais, murmure le Passe-lacet sans le regarder, tu ferais bien d'y aller, si tu veux qu'ils t'en laissent un petit morceau...

Et voilà que le cœur de Théo se met à enfler. Il devient si gros que Théo a du mal à respirer. Alors sa vue se brouille, ses yeux le piquent. C'est à cause de la voix du Passe-lacet: il a la voix de quelqu'un à qui on a fait du mal, et Théo se dit que le responsable de cette souffrance, c'est lui. Le Passe-lacet l'invite et lui, au lieu de dire merci, essaie de se défiler.

Le remords et la honte s'emparent de Théo. Il n'ose plus relever la tête.

– J'ai pas faim, articule-t-il péniblement, le menton dans le cou.

C'est ce qu'il racontera aussi à Gentil et Agathe. Comme ça, il aura une bonne excuse: pourquoi serait-il retourné auprès d'eux, s'il n'avait pas faim? D'ailleurs, ce n'est même pas un mensonge, il n'a vraiment plus du tout faim.

Il jette un coup d'œil par en dessous. Le Passe-lacet lui sourit:

– Eh bien, moi non plus, je n'ai pas faim, figure-toi! Ça ne pouvait pas mieux tomber. Tiens, on va s'asseoir dans la voiture et discuter un peu. Tu veux bien?

– J'peux me mettre au volant? Mon oncle, il a une traction. Il nous emmène faire des tours.

Les valets se précipitent pour ouvrir les portières. Théo s'installe sur le siège du chauffeur, brûlant à cause du soleil, et il bouge le volant. Il fait le bruit du moteur avec sa bouche: «Bvvvrrreummm... Bvvvvvvvvvvvv!»

– Eh là! s'écrie le Passe-lacet qui est encore sur le marchepied. Ne partez pas sans moi, commandant!

– En voiture s'il vous plaît! hurle Théo. Bvvvrrreummm bvvvrrreummm bvvvrrreummm!

Ils jouent comme ça à l'auto pendant un petit bout de temps. Puis ils s'arrêtent parce que c'est toujours pareil. Avec les copains, Théo trouverait des trucs pour se marrer. On dirait que ce serait un char, ou un sous-marin. Mais là, avec le Passe-lacet, qu'est-ce que vous voulez faire ?

Théo regarde son compagnon du coin de l'œil et s'aperçoit que celui-ci, le nez en l'air, les yeux dans le vague, est en train de rêvasser.

– Dis-moi, demande-t-il à Théo, tu vas jouer dans la rue, quelquefois ?

– Tous les jours ! répond fièrement Théo.

– Et tu as des petits camarades ?

– Plein ! dit Théo.

– Vous jouez à quoi ?

– Aux Indiens, aux covboïlles, ça dépend...

– Aux mousquetaires ?

– À Zorro.

– Et aux mousquetaires ?

– Ouais, on y a joué, répond Théo de mauvaise grâce. Deux fois. On aime mieux Zorro.

– Moi, dit le Passe-lacet, moi j'aurais toujours voulu jouer aux mousquetaires. « En garde !... Ahaha, traître, ta dernière heure a sonné ! Chlic, chlac, bzouim, la botte de Nevers ! » Les gamins de la rue jouaient aux mousquetaires sous nos fenêtres, le jeudi. Même qu'un jour, il y en a un qui a bien failli être éborgné. Comme épées, ils avaient des bouts de tringles à rideaux, figure-toi !

– Et vous alors ?

Le Passe-lacet soupire :

– Moi... ?

– Vous alliez pas jouer ?

– Ma maman ne voulait pas. Elle ne voulait pas que j'aille jouer avec les gamins de la rue. Elle disait que c'étaient de sales petits voyous.

– C'était vrai ?

– Je ne sais pas. Elle le disait. Moi, je les regardais à travers les carreaux. Jusqu'à ce qu'elle m'appelle pour lui faire la lecture. Mais, même en lisant, je les entendais encore. « En garde ! » Ça me faisait lire de travers : elle n'était pas contente !

Son visage s'illumine à cette évocation. Il secoue la main et pouffe en serrant les lèvres. On fait tout le temps ça quand on est petit. L'an passé, Théo n'arrêtait pas de le faire, mais maintenant qu'il n'est plus un poupon, c'est fini. Ça lui fait drôle de voir le Passe-lacet faire ça. Il a cessé depuis longtemps d'être petit, le Passe-lacet. C'est un grand gros bonhomme, avec une voiture qui va à cent à l'heure dans les tournants et deux domestiques pour lui ouvrir les portes et ratisser son gravier. Et pourtant, d'une certaine façon, il n'est même pas aussi grand que Théo. S'il s'écoutait, il ferait entrer les gamins de la rue dans sa cour pour jouer aux mousquetaires avec lui. Il a des yeux bleus tout pâles et de la rosée sur la lèvre du haut, à la place de moustaches. Il dit :

– Quand elle sortait, j'allais chercher une canne à mon papa dans le porte-parapluies et je me battais en duel devant l'armoire à glace...

Il baisse le nez piteusement :

– La glace a cassé.

– Ouh là là ! fait Théo.

– J'ai dit que c'étaient les gamins de la rue qui avaient lancé un caillou.

Théo se met à rigoler.

– Seulement... continue le Passe-lacet, c'était un jour de semaine à l'heure de l'école. Ils ont quand même cherché un moment le caillou sous le lit et partout – avant de se rendre compte que la fenêtre était restée fermée.

– Et alors ?

– Alors ? dit le Passe-lacet. Ils ont renvoyé le domestique qui était chargé de me surveiller.

– Et vous ?

– Moi ? dit le Passe-lacet. J'ai eu une mauvaise note de conduite à l'encre rouge, mais j'ai déchiré le cahier et je l'ai jeté au feu. Mais il n'a pas voulu brûler.

– Alors ?

– Je l'ai retiré. J'ai rayé toutes les notes et j'ai mis des dix à la place.

– Alors ?

– Ma maman a pleuré.

– Et pis ?

– Elle a racheté un autre cahier et elle a recopié tout comme avant.

– Et pis ?

– Rien, dit le Passe-lacet. Rien.

*
* *

Le Passe-lacet a raconté comment son père était mort et il n'avait pas pleuré. Puis sa mère était morte et il n'avait pas pleuré. Il avait fait un tas de toutes les affaires de cette femme, avec les livres de classe et le carnet, et il avait demandé aux chiffonniers de venir, mais les robes, les jupes et tout le saint-frusquin ne valaient plus rien parce qu'il avait fait un gros trou aux ciseaux à la place du derrière.

– Je ne veux pas d'argent, avait-il dit aux chiffonniers, mais embarquez-moi tout ça. Prenez les cadres, la pendule, prenez tout ce qu'il vous plaira.

Les chiffonniers s'étaient élancés à travers la maison, mais finalement, ils n'avaient emporté qu'une ou deux babioles, de peur que le Passe-lacet ne se ravise et n'aille se plaindre à la police. Ils étaient sortis à reculons, les bras chargés de magnifiques vêtements et de divines fanfreluches saccagés qu'ils devraient vendre au poids des vieux bouts de torchon. Ils ne quittaient pas le Passe-lacet des yeux, s'attendant à tout moment à ce qu'il bondisse de son fauteuil et se jette sur eux dans l'intention de se tailler un biftèque dans leur postérieur. Dès qu'ils furent sur le perron, ils bondirent dans leur carriole et disparurent à tout jamais. Ce soir-là, le Passe-lacet se paya le premier de tous ses gueuletons et passa la nuit à se tortiller comme un ver sur le carrelage des cabinets, dans sa chemise de nuit souillée.

– Ils ne voulaient jamais que je reprenne deux fois des plats, expliqua-t-il à Théo. Ils disaient que ça me rendrait malade. Surtout elle. Elle enlevait encore quelque chose au passage sur les rations que lui me donnait. « Fais quand même attention à sa croissance, Marcelline ! » lui disait-il pendant qu'elle vidait dans son assiette la moitié de ce qui m'était destiné, les bouts que j'aimais le mieux. « Sa croissance ! criait-elle. Vous n'y pensez pas, mon ami ! Regardez votre fils : on dirait un petit porc à l'engrais. Il en a du reste tout le savoir et l'esprit ! » Et bloum ! Le dernier bout de la souris du gigot, elle le donnait à son chien ! Quand elle est morte, le chien suivait l'enterrement, figure-toi. À part ceux qui faisaient semblant, il était le seul à pleurer : je ne l'ai plus jamais revu. Papa lui flanquait des coups de pied en douce mais moi, je n'arrivais pas à l'approcher : on aurait dit qu'il se méfiait...

– Pourquoi vous lui en vouliez ? C'était pas de sa faute si on lui donnait votre bout de souris.

Le Passe-lacet haussa les épaules :

– Tu sais, dit-il avec tristesse, on n'a pas toujours le choix.

*
* *

Jean-Marie Désormais parla de beaucoup d'autres choses qui lui étaient arrivées. Ou bien qui ne lui étaient pas arrivées, à cause de sa mère qui avait dit non. « Non, non, non, Cochonnet, j'ai dit non ! » Il raconta la fois où il était entré dans la bibliothèque à l'improviste et avait trouvé son père juché sur un escabeau, en train de se verser de la liqueur de moines à ras bord dans un grand verre. Il avait enlevé trois gros livres sur un des rayons du dessus et, au fond du trou que ça faisait, on voyait luire discrètement tout le régiment de bouteilles qu'il avait planqué là derrière. Et le vieux avait été si surpris de voir s'amener le Passe-lacet, qui pouvait avoir onze ou douze ans, à l'époque, qu'il n'avait absolument rien dit. Le Passe-lacet se souvenait encore de la détresse qui se lisait dans le regard de son père. Tout ce que celui-ci avait trouvé à faire, ç'avait été de tendre son verre au Passe-lacet d'un air implorant. En équilibre précaire sur son escabeau, fou d'angoisse, il présentait le grand verre ballon plein d'alcool à son fils, dans l'espoir de lui faire partager son crime et d'acheter ainsi son silence. « Et sa main tremblait, disait le Passe-lacet. Sa main tremblait, mais pas une seule goutte de liqueur n'a été renversée, figure-toi ! »

– Vous en avez bu ? demanda Théo.

– Non, avoua le Passe-lacet, la tête basse. Il ne m'avait jamais défendu contre elle, tu comprends, alors je l'ai laissé là. Je suis parti comme si je n'avais rien vu.

– Mais vous ne l'avez pas dénoncé ?

– Non, non ! se hâta de dire le Passe-lacet. Non, non, c'est pas moi : c'est un des domestiques. Mon papa l'a renvoyé parce qu'il lui chipait des cigares, Adrien qu'il s'appelait. Il est descendu avec ses valises et son chapeau melon sur la tête et il a tout déballé à ma maman. Il a tout dit, absolument tout. Il n'a même pas ôté son chapeau. Puis il est parti en claquant la porte.

Théo aurait bien voulu savoir ce qui s'était passé ensuite mais, avant qu'il n'ait pu poser la question, le Passe-lacet déclarait :

– Tout bien réfléchi, je mangerais bien quelque chose, figure-toi.

Il roula sur lui-même, escalada son siège pour se retrouver à genoux et commença de fouiller dans les paquets amoncelés sur la banquette arrière.

– Voyons voir, voyons voir, disait-il dans sa barbe. Ah ! ces deux imbéciles m'ont fait un sacré capharnaüm ! Qu'est-ce que c'est que ça ? Bouillon Kub. Quels crétins ! Et ça ? Tss ! gobe-mouches, va ! Aha, tiens-tiens... Huhum, voilà qui est déjà mieux, déjà mieux...

Là, dans l'Hispano-Suiza, regardant le ciel violent fondre par-dessus les toits de l'Alsthom, ils ont dévoré comme des ogres. Théo n'avait jamais ressenti une telle fringale. Ils ont mangé de tout pêle-mêle, de tout ce qui était bon : les fraises et la réglisse, le gruyère et le chocolat, les petits-beurre et le jambon de Parme. Alors il était l'heure d'aller à l'école et le Passe-lacet dit :

– Elle est où, ton école ? Je vais t'y conduire avec l'auto.

– Rue de Cravanche, répondit Théo car, en ce temps-là, on n'avait pas encore changé ce nom pour celui de Première-Armée-Française.

Le Passe-lacet prit Théo sur ses genoux, afin que le vieux serviteur puisse s'asseoir sur le siège du chauffeur.

On aurait dit qu'une bande de pirates avaient mis l'arrière de la voiture à sac : c'était le résultat des recherches frénétiques effectuées par Théo et le Passe-lacet parmi les provisions. Certains paquets avaient été éventrés et leurs contenus se mélangeaient, pénétraient dans les autres cornets ou souillaient les papiers froissés. Tant qu'il avait plongé là-dedans à pleins bras pour en tirer de nouvelles délices, Théo ne s'était rendu compte de rien. Mais à présent, la vue de ce gâchis le pétrifiait et lui serrait le cœur. Il sentait confusément que, même s'ils s'étaient bien amusés, ce qu'ils avaient fait là était mal. Jamais Gentil n'aurait fait une chose pareille, et pas davantage le père de Théo.

L'enfant détourna la tête, accablé par le remords.

– Ça ne va pas? s'inquiéta le Passe-lacet. Tu n'es pas malade, au moins?

Théo fit signe que non en secouant la tête.

La voiture fit un demi-tour, passa la grille et fut bientôt sur le pont de Roubaix. Ils tournèrent dans la rue Voltaire, qui était vide, continuèrent par les rues de Ribeauvillé, d'Hanoï et de Madagascar jusqu'à la rue Paul-Bert, qui donne dans la rue de Cravanche, tout près de l'école.

Théo avait beau connaître ce chemin par cœur, surtout à partir de la rue d'Hanoï: en auto, ça n'était pas du tout la même chose. Les maisons que vous connaissiez depuis toujours, elles se mettaient brusquement à avoir un air différent. Elles étaient à la fois pareilles et pas pareilles, sans doute parce qu'elles se déplaçaient autrement que d'habitude autour de vous. Ce phénomène intrigua Théo et le remplit d'une douce mélancolie qui dissipa son remords. Il comprenait qu'une rue n'est pas quelque chose qui existe d'une seule façon et que la vie sert à apprendre toutes les façons possibles, car les rues existent pour que nous les connaissions.

L'Hispano-Suiza s'arrêta devant la porte de l'école et le vieux loufiat se dépêcha pour venir ouvrir la portière à Théo.

– Eh bien, voilà… soupira le Passe-lacet.

– Merci, dit Théo, j'avais jamais fait un si grand tour en auto.

L'œil du Passe-lacet s'alluma :

– Tu aimerais faire une vraie promenade, un jour ?

– Avec l'auto ?

Le Passe-lacet fit oui de la tête.

Alors Théo sourit et, lui aussi, il fit oui de la tête.

Il serra brièvement la main du Passe-lacet et courut en direction du porche de l'école.

En haut du perron, il s'arrêta pour agiter le bras et crier :

– À bientôt !

Il pénétra dans la cour au moment où la cloche sonnait et n'eut que le temps de se mettre en rang. Il entendit distinctement redémarrer l'auto pendant que le père Mouret vérifiait l'alignement. Sa tête suivit toute seule le bruit de la voiture qui s'éloignait et il se fit vertement rappeler à l'ordre. Pour la peine, il fut invité à réciter la poésie du loup et de l'agneau, celle que Gentil sait d'une autre manière où on dit à la fin : « Le loup l'emporte et puis le range dans le haut-de-forme du préfet. » Il ne fit pas une seule faute et en fut lui-même ébaubi. Radieux, le père Mouret sortit deux bons points de son tiroir, un rose et un vert. C'étaient les premiers que Théo recevait depuis le début de l'année et l'on n'était plus qu'à six semaines des vacances ! Revenu à sa place, il les examina sur toutes les coutures, telle une autruche un réveil, et faillit se les faire retirer incontinent parce qu'il ne suivait pas.

À la récréation, il dut casser la figure à Bastien Nussbaum qui avait dit que le Passe-lacet était un gros plein de soupe. La moitié de la classe avait fait cercle autour d'eux, criant des encouragements à l'un comme à l'autre. Mais Bastien Nussbaum tomba le nez dans la poussière et tout le monde prit aussitôt le parti de Théo, même ceux qui ne savaient pas qui était le Passe-lacet. Théo s'éloigna au milieu d'une troupe qui dansait joyeusement autour de lui et chantait ses louanges. Puis il se souvint de la justice de Gentil. Il revint sur ses pas, fouilla dans sa poche et tendit à Bastien Nussbaum un de ses bons points.

* * *

Le soir, il raconta à Papa tout ce qu'il avait fait dans la journée. Il décrivit longuement la voiture du Passe-lacet, dont il n'arrivait plus à se rappeler le nom, et l'effet que ça faisait de se trouver dedans et de voir les maisons du faubourg. Il parla du bon point en dernier, parce que c'était ce dont il était le plus fier.

Le vieux se montra très satisfait.

– Tu vois bien ! s'exclama-t-il. Tu vois bien que tu comprendrais pourquoi Gentil a payé un bock au Cochise Zehnacker. Qu'est-ce que je t'avais dit ?

Agathe rentra de l'école à son tour et elle apportait aussi de bonnes nouvelles: elle avait été troisième à la composition de mathématiques. La fois d'avant, elle n'était que onzième.

– Décidément, dit le pauvre Roméo, j'ai de gentils enfants. Vous devriez aller voir Mémère, si elle n'aurait pas de quoi nous faire une bonne tarte pour ce soir...

– Où étais-tu donc passé, ce midi? demanda Agathe en se tournant vers son frère.

Papa sourit d'un air entendu:

– Il s'est fait un nouvel ami, dit-il.

Et il ajoura:

– Je ne connais pas de plus saine occupation pour un homme.

*
* *

Le 13 juin, qui était donc un samedi, la grève sur le tas prit fin à l'Alsthom, bien qu'on n'ait pas pu obtenir d'Hochtetter qu'il renvoie son chien de garde. Ça continuait chez Schwob, au Valdoie, et dans le bâtiment; à la teinturerie Steiner, ça ne faisait que commencer. Mais pour nous, la grève était terminée et ça tombait bien, parce qu'on avait fait tellement de points d'affilée à la belote qu'on ne pouvait plus voir les cartes en peinture. Et puis, c'était demain dimanche. Un dimanche où l'on allait pouvoir fêter une victoire qui était vraiment la nôtre.

L'année d'avant, déjà, il y avait eu un défilé pour le 14 Juillet. Le grand Léon Jeandheur, Nono Noguez, les jumeaux Binda et beaucoup de gosses du faubourg précédaient le cortège, coiffés de bonnets phrygiens. Le grand Léon brandissait une pancarte sur laquelle on pouvait lire : « Du pain pour nos enfants. » Au Champ-de-Mars, il y avait eu des discours à n'en plus finir. Tour à tour, Gehant, Cunin, Querry, Carré, Naegelen, Miellet et Dreyfus-Schmidt, le nouveau maire, avaient pris la parole et prévenu solennellement les fascistes qu'il faudrait voir désormais à ne pas trop nous chauffer les oreilles. Mais à côté de la manifestation du 14 juin 36, ça n'était encore que de la petite bière. Car cette fois, vraiment, nous croyions tenir le bon bout. Dans *La Frontière,* le journal à Miellet, Roger Laburthe écrivit : « C'est la fin des égoïsmes tout-puissants et des rapacités impunies. » On y croyait, que voulez-vous !

Tout le monde ne peut pas être des Albert Trimaille, à avoir une mécanique dans la tête. Nous, un rayon de soleil et hop ! nous voilà partis, on pense déjà que tout va mieux. On est comme ça. Il ne faut pas nous demander la lune, non plus !

Le rendez-vous était au square Engel. De là, on devait aller jusqu'à la place de la République, ce qui fait tout de même une trotte, mais s'ils ont mis la préfecture à l'autre bout de la ville, est-ce que c'est notre faute, à nous ? Miellet parlerait une fois qu'on serait arrivés là-bas. Il nous dirait que les temps nouveaux étaient venus et nous l'applaudirions à tout rompre, pensant entendre la vérité toute pure.

Papa regrettait beaucoup de ne pouvoir y aller, le docteur Corbon le lui ayant strictement interdit.

Maman préférait demeurer avec lui, car il y aurait trop de monde pour son goût. Papy et Mémère se contenteraient d'aller voir passer le défilé au bout de la rue quand ils entendraient les tambours. Mais pour ce qui était d'Agathe et de Théo, ils n'allaient certainement pas rater ça ! Il était entendu que Gentil passerait les prendre.

L'ancien marsouin avait mis sa chemise blanche. Ses cheveux tenaient à plat contre son crâne grâce à une épaisse couche de gomina.

– Ma parole ! dit Mémère en lui ouvrant la porte, vous êtes tombé la tête la première dans un baquet de saindoux !

– C'est pas du saindoux, madame Schultz, répliqua-t-il avec bonne humeur, c'est seulement de la graisse de chevaux de bois !

À ce moment, Papy sortit de la cuisine, écarquilla les yeux et s'écria :

– Qu'est-ce qui t'arrive, Gentil ? T'es tombé la tête la première dans un baquet de saindoux ?

Gentil éclata d'un rire sonore et demanda si Papa allait bien.

La voix de Papa retentit dans la cuisine :

– On ne peut mieux, mon ami, on ne peut mieux. Mais entre donc !

Gentil mangea sans se faire prier la part de gougloufe* qu'on lui avait gardée.

Dehors, il marchait au milieu, Agathe à sa droite du côté de la rue, Théo à sa gauche le long du mur.

* Kugelhof : pâtisserie alsacienne traditionnelle (N.D.E.).

Agathe portait la nouvelle robe blanche que Mémère lui avait fabriquée avec une vieille à Maman. Elle avait aussi une ceinture grenat qui faisait tout à fait chic.

– Si ton amoureux te voit, dit Gentil, il va tomber dans les pommes!

Ce monde qu'il y avait, vous ne pouvez pas vous imaginer! Il en sortait de tous les coins et chacun s'était mis sur son trente et un. Certains s'étaient même habillés comme s'ils allaient à la noce. Pour un peu, ils auraient sorti le polkafrac*!

– On va peut-être voir M. Désormais, suggéra Théo.

– Qui ça? fit Gentil.

– Le Passe-lacet, M. Désormais, dit Théo.

Gentil fit une grimace, comme s'il était un idiot qui ne comprenait rien.

Rire était bon. En ce beau dimanche, rire était plus facile et meilleur qu'un autre jour. Autour d'eux, beaucoup de gens riaient pour rien, simplement parce qu'ils se sentaient bien.

Plus on approchait du square Engel, plus c'était la cohue. Sans parler de tous ceux qui étaient accoudés aux fenêtres mais qui étaient avec nous par le cœur. Nous faisions la foule en long et en large; eux, ils faisaient la foule en hauteur. Ainsi, la foule avait vraiment la dimension du faubourg. À partir de l'Eldo, les trottoirs n'étaient plus assez larges pour nous. Les jeunes marchaient sur la route, rejetant le front en arrière et fumant leur cigarette du coin de la bouche. Au passage,

* Polkafrac: habit à queue-de-pie (N.D.E.).

ils observaient Agathe de l'air que ça ne les intéressait pas beaucoup, cette gamine, et qu'ils avaient mieux à faire plus loin. Si bien que ma pauvre Agathe, rouge comme une écrevisse, aurait bien voulu changer de place avec Théo, mais celui-ci disait qu'il se trouvait bien là où il était. (Il le faisait exprès car il en voulait vaguement à sa sœur d'être la cible de tous ces regards en coulisse.)

– Ne t'occupe pas d'eux ! dit Gentil à Agathe. Ce sont des cornichons : ils ont bien plus peur que toi ! Ou alors, regarde-les bien dans les yeux. Tu vas voir comme ils vont détaler !

Cette évocation mit en joie Théo, qui cessa aussitôt d'être fâché contre sa sœur. D'ailleurs, ce n'était plus le moment de penser à ces petits problèmes : ils venaient de passer dans la rue Quand-Même et le square Engel n'était plus qu'à quelques pas, de l'autre côté de la rue de Cravanche.

On commençait à former le cortège. Ça n'était guère facile, à cause de tous ces gens qui étaient venus là pour marcher ensemble derrière la musique, même ceux qui avaient leur vélo et qui le tiendraient à la main jusqu'à la place de la République. Le soleil faisait briller les instruments, surtout l'hélicon, et aussi les casques des pompiers. Je ne sais pas combien on était. Les journaux ont dit cinq mille. On ne s'occupait pas de ça. On savait qu'on était tous là, y compris ceux qui, comme Papa, étaient malades et n'avaient pas pu venir, y compris ceux qui nous encourageaient ou nous disaient des craques depuis les fenêtres et les balcons.

Il y avait tellement de monde que les petits comme Théo, pour savoir où ils étaient, ils devaient lever le nez et regarder les maisons au-dessus des casquettes. Alors ils se rendaient compte s'ils étaient tournés vers le Salbert ou vers le Lion, du côté de Cravanche ou quelque part.

On ne pouvait quand même pas tout le temps rester là tous à se marcher sur les pieds. Mais s'organiser, c'était une autre paire de manches. La bonne humeur et la discipline, que voulez-vous, ça ne va pas très bien ensemble. On y est quand même arrivés. Une fois que les personnalités ont été là, le défilé s'est en quelque sorte mis en place de lui-même.

Tout devant étaient les hirondelles et les chefs de la police. Puis venait la Lyre Belfortaine, suivie par les mutilés de guerre et les mutilés du travail. Une mer de drapeaux ondulait au-dessus de leurs têtes, drapeaux tricolores et drapeaux rouges. Ils précédaient les officiels: le maire, les adjoints, les conseillers municipaux et les conseillers généraux – du moins ceux qui étaient de notre côté car, de l'avis des autres, il n'y avait rien à fêter ce jour-là (au contraire, selon eux, il eût été plus avisé de porter le deuil et de se verser des cendres sur la tête).

Derrière la municipalité marchaient les grévistes de l'usine Schwob et du bâtiment, hommes et femmes, puis les militants des trois formations de gauche. La tête du cortège était déjà suffisamment éloignée pour qu'on puisse placer ensuite une autre musique: c'était la clique des sapeurs-pompiers, auxquels avaient emboîté le pas les délégués de la C.G.T. et ceux des Jeunesses communistes et socialistes (ces derniers étaient reconnaissables à leurs chemises bleues et à leurs cravates rouges). Et nous, les simples gens, nous venions en dernier, pas moins heureux ni moins fiers pour cela, et nous bombions le torse, conscients que tout Belfort nous regardait.

Ainsi, ce jour-là, sous le ciel magnifique, tout le faubourg descendit en ville, avec ses tambours et ses bannières, et l'on vit parader au milieu de la place Corbis, sous leur plus belle gâpette, des personnages qui rarement avaient poussé plus loin que le Kursaal, l'hôpital et la Maison du peuple. Ils écoutèrent *La Marseillaise, L'Internationale* et Miellet, s'aimèrent les uns les autres et rentrèrent à la maison. Et Théo avait vu cela, avait été une partie de cela. Il avait marché entre les rails du tramway, il avait tenu le haut du pavé avec des milliers d'autres, simplement pour montrer que la ville est à tout le monde et que si l'on décide d'aller et venir à notre guise dans la ville, les hirondelles n'ont plus qu'à s'incliner et à nous ouvrir la route comme à des ministres.

Théo était sorti de la maison, de sa rue, de son quartier, et il était allé montrer en ville qu'il existait vraiment, ce que les riches ont parfois tendance à oublier. Ils oublient que nous sommes des gens; ils croient que nous servons seulement à faire tourner les usines de l'autre côté de la voie de chemin de fer, tout là-bas, à des milliards de kilomètres du faubourg de Montbéliard, nous livrant à des tâches que nous refuserions d'exécuter si nous n'étions pas des brutes obtuses. Les demoiselles des riches sont si pures et si innocentes qu'elles n'imaginent même pas en quoi ces tâches dégradantes peuvent bien consister. Lorsqu'elles nous entendent hurler comme des loups aux abords de leur faubourg à elles, elles frissonnent et doivent s'éventer avec leurs petits mouchoirs en dentelle. Il faut comprendre leur émoi : tant que nous restons cachés derrière les sombres murs des sombres usines, il est facile de croire que nous ne sommes qu'un mauvais rêve ; mais une fois que nous avons envahi la place Corbis avec nos orphéons, on doit bien admettre que nous existons vraiment. Nous avons des grosses voix mal polies, sortant d'espèces de figures assurément sinistres et effrayantes. Ces figures sont montées sur des corps, avec des jambes et des bras et, au bout de ces bras, des poings énormes et velus, qui transforment la dentelle en charpie rien qu'à la frôler. Une telle révélation désole affreusement les demoiselles des riches et leurs chères mamans. Elles préféreraient de beaucoup que le travail soit accompli par des bêtes, afin de ne rien avoir à faire avec les grossiers individus que nous sommes, même pas assez éduqués pour comprendre que tout le monde ne peut pas faire partie du dessus du panier. Le mieux, pensent-elles, ce serait encore que les machines se chargent du travail toutes seules et que nous, nous n'existions pas puisque alors nous ne servirions plus à rien.

Et leurs chers papas, tout compte fait, n'étaient pas loin de partager ce point de vue. Gentil connaissait ce rêve des riches et il avait compris qu'en lui résidait une de leurs plus grandes faiblesses :

– Nous devrions défiler comme ça tous les dimanches, dit-il sur le chemin du retour. Simplement défiler, rien de plus. Mais il faudrait passer aussi quai Vauban, faubourg de Montbéliard et faubourg de France, qu'ils puissent bien nous regarder. Je suis persuadé que ça nous épargnerait pas mal de grèves.

Il faisait de plus en plus beau. Parfois, le soleil enfonce les maisons dans la terre. D'autres fois, sa lumière est différente et l'on a au contraire l'impression qu'elle aspire les maisons vers le haut. Ce jour-là, nous étions nous-mêmes aspirés et nous levions le menton sans même nous en rendre compte, et nous marchions comme on danse, en flottant dans l'air et en rebondissant légèrement sur le trottoir.

Ils n'avaient pas rencontré le Passe-lacet ni l'oncle Maximilien, bien entendu. Mais ils avaient aperçu, place de la République, les Vurpillot, Kramsky, Jeannot Hoffstetter, dit Hansi, Buisson avec sa canne, des tas de gens du quartier dont ils ne savaient pas le nom et même M. Clément, lequel arborait un canotier flambant neuf. Par contre, Cochise Zehnacker et sa bande de galvaudeux n'avaient pas osé sortir de leur trou, ou bien alors ils étaient allés faire leurs frasques loin d'ici : cela aussi montrait bien que ce jour ferait date dans l'histoire du faubourg.

On était arrivé à la hauteur des cycles Alcyon. L'ancien marsouin ôta sa veste et la plia sur son bras.

– Non mais regardez-moi ce soleil, mes enfants ! Il

n'y a qu'à Belfort que vous trouverez un soleil comme ça !

Et Maman chantait dans la cuisine, lorsqu'ils poussèrent la porte de l'appartement.

– Ah ! dit Papa, voici nos défileurs ! Alors, comment ça s'est passé ?

Gentil ouvrit la bouche, mais Agathe et Théo le devancèrent. Chacun se mit à faire son propre compte rendu, sans s'occuper de l'autre le moins du monde. On aurait tout à fait cru Mémère et Papy racontant leur escapade à travers la montagne sous le nez des Boches. Ils avaient remarqué des choses si différentes qu'apparemment, ils n'avaient pas dû faire partie du même cortège ! Les regards de la compagnie allaient de l'un à l'autre avec un ahurissement croissant et Gentil n'était pas le moins épaté par ce qu'il entendait.

– Ma parole ! répétait Papy à mi-voix. Ma parole !

Roméo interrompit ce déluge de mots :

– Il paraît que Jaminet vous a fait le salut fasciste ?

Les enfants et l'ancien marsouin se consultèrent du regard.

– Ah bon ? dit Gentil. On n'a rien vu.

– Il n'aurait pas manqué de toupet ! dit Agathe.

– Pas de toupet, ma petite Agathe, corrigea Gentil. De courage. Il ne faut pas dire courage quand c'est les nôtres et toupet quand c'est ceux d'en face – ou alors rien n'a plus de sens.

– Alors, Agathe, fit Papy, est-ce que les jeunes gens ont aimé ta robe ?

D'ordinaire, Agathe aurait rougi. Elle aurait fait

semblant de ne pas avoir entendu et se serait occupée à quelque chose pour ne pas avoir à lever le nez. Mais cette fois-ci, elle regarda le grand-père Schultz droit dans les yeux et répliqua :

– Je n'ai pas pu voir : dès qu'ils m'avaient jeté un petit coup d'œil, ils se sauvaient !

– Ils détalaient comme des lièvres ! renchérit Gentil.

– De vrais cornichons ! ajouta Théo.

– Eh bien, fit Papy en hochant la tête, voilà qu'Agathe fait sauver les garçons et répond aux taquineries de son Papy ! Ce n'est décidément pas un jour comme les autres !

Il ne se trompait pas. Et l'on n'avait pas encore tout vu !

D'abord, il y eut Papa qui déclara tout à trac :

– Je crois que je vais aller faire un petit tour à la boutique, demain. Simplement pour voir où ça en est. S'il avait fallu n'écouter que Corbon, je serais encore au fond de mon lit, persuadé que je n'ai pas la force de mettre le bout du pied par terre ! Je vais aller là-bas demain, juste jeter un coup d'œil et mettre un peu d'ordre.

– Eh bien, j'irai avec toi, dit Papy, si tu n'y vois pas d'inconvénients. Il y a bien longtemps que je n'ai pas vu un établi : ça me manque.

Un peu plus tard dans la journée, on l'entendit qui fourrageait dans sa boîte à outils, qu'il avait dû remonter de la cave.

Et puis, le soir, alors qu'on mangeait les rissoles avec Gentil, piquant tout le temps des fous rires parce que chacun n'en finissait pas d'avoir des blagues à raconter, voici que Maman pose brutalement ses couverts sur son assiette et nous fait les yeux ronds :

– Dites donc, on est bien dimanche ?

Nous arrêtons aussitôt de rire et nous nous regardons les uns les autres, craignant qu'elle ne soit subitement devenue folle.

– Eh ! bien sûr, qu'on est dimanche ! s'écrie Mémère avec indignation.

– C'est bien ce que je pensais, dit Maman en reprenant ses couverts. On est dimanche et le Passe-lacet n'est pas allé vomir dans sa cour après dîner.

Roméo

Histoire des jeanbonhommes

Lorsque ce monde sera fini, est-ce qu'on reviendra voir tous les endroits : l'Eldo, le Luxhof, l'avenue d'Alsace, les rails du train au fond de la rue de Bussang ? Est-ce qu'on aura la permission ? Ne nous dites pas qu'on devra rester là-haut jusqu'à la fin des temps, à se regarder dans le blanc des yeux avec ces cons de séraphins ? Non, hein, pas de blague ? Le paradis, c'est bien beau. Mais c'est ici qu'on a nos souvenirs ! Qu'est-ce qu'on irait fiche à glander comme ça dans les nuages, vous n'êtes pas de mon avis ?

On serait des âmes, il paraît. Ça nous ferait une belle jambe ! Est-ce qu'on était des âmes quand on se disait bonjour à coups de tabouret sur la piste du Bristol ? Est-ce qu'on était des âmes quand on apprenait la musique sous la Miotte ? Est-ce qu'on était des âmes quand on laissait la paye de la semaine sur le comptoir du Chpaniaque, quand on voyait Madeleine Girard passer, ou Monique, ou Suzanne, quand on dégonflait le pneu aux hirondelles, quand on se levait, que c'était dimanche et qu'il n'avait jamais fait si beau ? Est-ce qu'on était des âmes quand Mémère préparait des croquettes avec les restes de purée de midi ? Et quand on traversait le Salbert pour se baigner dans le Malsaucy, et quand les murs se mettaient à dorer vers huit heures du soir, au mois de juin, et quand Kramsky parlait hanneton, et quand Buisson brisait sa canne pour montrer qu'il était complètement rétabli – et se cassait le genou par la même occasion – et quand le Vurpillot des cités partait faire la guerre en Espagne et ne revenait plus jamais, et quand le Passe-lacet emmenait Théo jusqu'à Lure avec l'Hispano-Suiza, est-ce qu'on était des âmes ? Est-ce qu'on était des âmes, franchement, quand on revenait du bazar Cherpitel sans se presser et qu'au passage, on jetait un coup d'œil vers le fond de la rue de Colmar, parce qu'il y a un mur en travers et que ça fait toujours drôle ?

On l'aura aimé, ce faubourg. Il nous en aura fait voir, mais on l'aura aimé. 36 est venu, c'était la fête, on défilait sous les fenêtres des riches. Massées en queue du cortège, les années noires attendaient. On n'a plus vu qu'elles pendant je ne sais combien de temps. Vous n'avez pas connu les années noires ? Eh bien, croyez-moi, vous n'avez rien perdu !

D'abord, ce fut Papa. On avait trop tôt chanté victoire. Il se remettait sans se remettre. Jamais vraiment sur le flanc, mais jamais bien solide non plus. Jamais dans son assiette, c'était bien le cas de le dire car, pour comble de malheur, les occasions de ravauder la faïence se faisaient de plus en plus rares. En ce temps-là, est-ce que le vieux gagnait seulement de quoi payer le loyer de la boutique et l'entretien des outils ? Je n'en mettrais pas ma main au feu. Ce qu'il y a de sûr, c'est qu'il tremblait plus que jamais et passait des heures entières enfermé dans les cabinets à double tour, au point qu'il fallait envoyer Agathe toquer à la porte, pour si des fois il avait eu un malaise ou quelque chose. Même Gentil n'arrivait plus à lui arracher un vrai sourire. Il regardait ses mains, il regardait le mur de la cuisine, il regardait le carreau de la fenêtre, le bout de fil de fer avec lequel on ouvre le guichet, quand l'huile fait de la fumée. Il regardait ses mains.

– Dis-nous quand même un mot, gémissait Maman. Tu ne nous dis rien !

Il baissait le nez. Il montrait son impuissance par un haussement d'épaules emprunté. Puis il sortait dans le couloir et se dirigeait vers l'entrée. On l'entendait se refermer la porte de l'appartement, puis celle des cabinets.

– Le pauvre vieux ! soupirait Papy. Je le comprends...

Il le comprenait, bien sûr, mais il ne pouvait pas grand-chose pour lui – et nous rien de plus. On était tous à le regarder se ronger les sangs, ça nous brisait le cœur.

Je vous parle d'une époque, Théo avait neuf ans. Il pouvait jouer plusieurs chansons sur la clarinette à Gentil. Enfin, jouer... – disons qu'on reconnaissait l'air. Il grandissait. Il aimait quand on va manger chez les gens, un midi en janvier, et qu'on dépose ses habits sur le lit d'une chambre aux volets tirés. On revient dans le vestibule et c'est comme si l'on avait appris un secret. Les lointains radieux de l'univers exerçaient moins de fascination sur son âme que la pénombre d'une pièce où le biscuit du dessert est à refroidir dans une assiette bleue, sur le marbre de la commode. Ça sent le malade et les vieux habits. Il y a des cadres sur les murs qui représentent des pays. On n'a pas le droit de rester.

L'avant-dernière semaine de juin 37, Chautemps forma son ministère. On donnait à l'Eldo *Le Gangster de l'Océan,* «drame d'aventures sous-marines». Après ça, nous n'avons plus arrêté de dégringoler la pente. Adolf nous faisait ses grimaces de timbré par-dessus la frontière. On faisait semblant qu'on ne voyait rien.

L'été nous a coulé des doigts. On n'a pas eu le temps de l'empoigner, pour ainsi dire: il était là – il était parti. Il fallait ressortir les chnobottes* du placard. Agathe s'en allait à Vesoul, ses affaires tassées dans une grande valise en carton bouilli. Le train n'était pas à une heure commode pour Maman ni pour Gentil. Le vieux était patraque. C'est donc Papy, Mémère et Théo qui ont accompagné Agathe. Papy avait tous ses vieux stylos agrafés à la poche de sa veste. Ils ont décidé d'y aller à pied. Par-derrière, en empruntant le quai militaire, ça n'est pas si loin.

Le ciel était comme du lait. Théo a porté la valise. Papy a porté la valise. Agathe a repris la valise quand on a descendu la rue du Pont-Neuf, parce qu'à partir

* Snow-boots (N.D.E.).

de là, c'était son départ à elle, et nous, nous n'allions pas à Vesoul. En passant devant Saint-Joseph, on avait dit des blagues. Sur le quai militaire, on était déjà moins farauds : on épiloguait vaguement sur le fait étrange de se trouver tout seuls sur cette route qui, à un certain endroit, sous la passerelle menant aux casernes, est justement la plus large de tout Belfort. Et maintenant on avait beau se creuser la cervelle, on ne trouvait rien à dire. Agathe allait devant, la valise à la main. Théo promenait son doigt contre le mur de l'Américain. Mémère et Papy fermaient la marche, se donnant le bras. On a changé de trottoir devant le souterrain du lycée. Il n'y avait pas un chat dans la salle du buffet. L'avenue Wilson, elle aussi, était vide.

On avait plus de cinquante minutes d'avance.

C'était la première fois que Théo et sa sœur allaient à l'intérieur de la gare. Leurs grands-parents n'étaient guère plus expérimentés qu'eux. Aussi tous quatre parlaient-ils à voix basse. Agathe regardait craintivement autour d'elle.

– Tu veux que j'aille te prendre ton billet ? a proposé Papy.

Agathe a fait non de la tête. Elle a posé la valise par terre et s'est rendue au guichet où un soldat était en train de ramasser sa monnaie.

Elle a dû palabrer longuement avec l'employé. Pendant ce temps, Mémère et Papy toussotaient et se lançaient des regards inquiets.

– Quand je vous disais qu'il aurait fallu retenir ! chuchota Mémère d'un ton plaintif.

Enfin, Agathe reçut son billet, qu'elle rangea aussitôt dans la petite bourse dont Mlle Loncle lui avait fait cadeau le matin.

Elle examina le panneau des départs.

– Voie quatre, dit-elle.

Elle fit mine de se diriger vers la porte qui donne sur les quais.

– On a tout notre temps, dit Papy. Si on allait prendre un bock ?

Agathe jeta un coup d'œil à la pendule :

– Non merci, dit-elle. Je n'ai pas soif.

Elle reposa la valise.

– Mais vous pouvez y aller, vous, reprit-elle.

– Tu penses qu'on va t'abandonner là ! fit Papy.

– Je resterai avec elle, dit Mémère. Je n'ai pas soif non plus.

Papy se pencha pour regarder la pendule à son tour.

– Vous croyez ? demanda-t-il timidement.

– Mais oui ! s'exclamèrent ensemble Agathe et Mémère. Allez-y donc !

Agathe reprit sa valise. Papy regarda Théo :

– On y va ?

– Vous ne venez pas ? dit Théo à Mémère et Agathe.

– On vous attend, dit Mémère. On ne va pas s'envoler, n'ayez crainte !

– On revient tout de suite, dit Papy. Il y en a pour deux minutes. Allez, Théo, en route mauvaise troupe !

En se retournant, Théo vit qu'Agathe reposait sa valise, mais devant elle, cette fois, et non plus à côté.

Papy et lui traversèrent l'avenue et s'arrêtèrent près des guéridons du Terminus.

Théo ne savait pas quoi dire. C'était bête, mais il éprouvait une espèce de remords d'avoir laissé Mémère et Agathe toutes seules dans la gare. Et en plus, il n'avait pas soif du tout.

Papy leva le nez et inspecta le ciel: il s'était formé de gros nuages couleur d'ardoise.

– On risque bien de prendre la douche, dit-il.

– Vaut mieux retourner, dit Théo.

Ils firent demi-tour aussitôt.

Dans le hall, Mémère et Agathe, la valise entre elles deux, consultaient les fameuses affiches où il y a marqué toutes les heures des trains. Théo fut tenté de les recopier, pour en boucher un coin au père Mouret, mais il y en avait vraiment trop.

Personne ne parla du bock. Papy alla chercher des billets de quai, s'assurant auprès de l'employé que pour Vesoul, c'était bien voie quatre. Mémère se fit encore confirmer la chose par le poinçonneur. Sur le quai désert, ils trouvèrent un banc pour s'asseoir. Finalement, les vilains nuages avaient filé sur Montbéliard, mais on n'était pas tiré d'affaire pour autant: le ciel était gris souris, gris sournois. De l'autre côté des rails, en face d'eux, il y avait aussi un banc et le soldat était assis dessus, observant la poussière du quai entre ses pieds. On voyait qu'une de ses bandes molletières n'était pas bien mise. Son train arriva cinq minutes après.

– Un soldat qui rentre de permission, ça! dit Papy le fourgon de queue eut disparu à l'horizon.

Agathe s'agitait nerveusement, grattant quelque chose à travers sa robe, entre ses omoplates. Elle s'était mise au bout du banc et avait posé la valise tout contre sa jambe.

– Ils auraient quand même bien pu la faire à Belfort, leur École Normale ! dit Mémère au bout d'un moment.

– Ça me fera voir du pays, comme ça ! dit Agathe d'un ton peu convaincu.

– C'est loin, Vesoul ? demanda Théo.

– On ne peut pas dire que ce soit la porte à côté, dit Mémère.

– Une soixantaine de kilomètres par la route, dit Agathe.

– Plus loin que Lure ? demanda Théo, pour qui Lure, où il avait été dans l'auto du Passe-lacet, marquait les confins du monde civilisé.

– Exactement deux fois plus loin, répondit Papy. Tu prends Belfort et Vesoul, Lure est juste entre les deux.

– C'est plus loin que Thann et plus loin que chez ton pauvre pépère Joseph, précisa Mémère en soupirant.

Théo comprit que Vesoul, où partait sa sœur, était situé dans une contrée terriblement éloignée du reste de la terre. Agathe, cependant, ne semblait pas trop effrayée.

– Avec le train, dit-elle, plus rien n'est vraiment loin, à notre époque. Les moyens de communication modernes abolissent les distances.

Théo admira la façon dont elle avait débité ça, d'une voix ferme et légèrement chantonnante, absolument comme une véritable institutrice.

– Peut-être, ronchonna Papy. Seulement, tu ne vas pas prendre le train tous les jours, hélas !

Agathe fit de son mieux pour détendre l'atmosphère :

– À ce moment-là, s'exclama-t-elle, j'aurais meilleur temps de me faire mécanicienne de locomotives, plutôt que maîtresse d'école !

– Ma foi ! fit Papy d'un air malicieux. Tu serais assez jolie avec le museau tout barbouillé de suie. Les garçons viendraient jusque de Perouse pour te courir après !

Tout le monde rit de bon cœur. Puis on ne sut de nouveau plus quoi dire.

Papy tira son oignon de son gousset :

– Encore trente-six minutes, annonça-t-il. Il valait mieux ça que d'être en retard, hein ?

Ainsi partit de la maison notre petite Agathe, sous un ciel menaçant qui attendit l'heure précise de la sortie des usines pour crever et déverser sur Belfort des torrents d'eau. À cette heure-là, Agathe était déjà arrivée là-bas. Elle se plaisait bien chez nous, vous savez, mais il avait fallu qu'elle s'en aille. Pleuvait-il lorsqu'elle mit le pied sur cette terre étrangère ? Nous n'osions pas l'imaginer, harassée par le voyage et traînant sa valise dans des rues inconnues, sous des trombes d'eau qui allaient gâter le carton. Nous n'osions pas non plus nous regarder entre nous. Louchant sur sa place vide, nous nous sentions coupables de quelque chose et nous baissions le nez.

Comme pour nous accabler davantage, Maman dit :

– Vous vous rendez compte que c'est la première fois qu'elle ne mange pas avec nous ?

Sa voix tremblait.

– Non, dit Théo, une fois elle a mangé chez Mlle Loncle et une autre fois...

– Vous savez bien ce que je veux dire ! coupa Maman. Je souhaite seulement qu'avec vos idées de fous... (Elle s'interrompit et nous fusilla du regard tous l'un après l'autre.) Elle n'était pas bien ici, Agathe ?

Théo vit distinctement Mémère et Papy se ratatiner. Lui-même enfonça la tête dans les épaules, espérant que Papa allait dire à Maman de se taire. Mais le vieux ne semblait même pas avoir entendu. Tout le monde avait fini sa soupe : lui, il continuait de la remuer avec sa cuiller, contemplant le fond de l'assiette à travers le bouillon et les petits coudes qui nageaient dedans.

– Roméo ! pleurnicha Maman. Ça va être froid !

Le vieux sursauta et jeta sur elle un regard effaré :

– Oui-oui, bégaya-t-il, oui-oui...

On se coucha tout de suite après souper. On n'avait pas le goût d'entendre la radio. Il plut à verse toute la nuit et jusqu'au lendemain soir.

*
* *

On a enlevé la chaise d'Agathe. On l'a mise contre le mur. Il ne peut pas non plus y avoir que des bons moments dans la vie. Gentil l'avait expliqué à Théo, sur les marches du perron. Agathe était partie. Et lui, Théo, il partirait. Un de ces jours, il aurait son propre logement. Il viendrait en visite chez son père et sa mère. Il poserait son chapeau et le reprendrait en partant. On est ensemble, ça ne dure pas. C'est l'amour qui dure, mais l'amour n'empêche pas qu'on se quitte.

De temps en temps, Agathe revenait. Elle ne voulait pas qu'on aille la chercher. Elle prenait le tramway devant la gare et tout à coup, elle poussait la porte, elle entrait dans la cuisine avec sa valise à la main. Elle avait maigri, sa voix n'était plus comme avant. Elle voulait savoir tout ce qu'on avait fait depuis l'autre fois mais elle n'écoutait presque pas ce qu'on répondait. Elle ne disait presque rien de l'École Normale et de Vesoul. Parfois, nous aurions bien aimé qu'elle en cause avec nous. Mais ces choses-là, elle allait les raconter à Mlle Loncle, qui n'arrêtait pas de parler d'elle en classe et de la citer en exemple aux filles. Et c'était toujours notre petite Agathe, et ce n'était plus elle, c'était une inconnue, et nous l'aimions comme autrefois, mais ce n'était plus pareil. Car, avant, nous l'aimions tout simplement, tandis qu'à présent, c'était devenu compliqué. Et comme nous étions intimidés – non parce qu'elle allait devenir institutrice (quoique cela comptât aussi un peu), mais parce que nous avions peur de ne pas lui montrer comme il faut notre amour – nous devions avoir l'air de l'aimer moins. Le pire, c'est qu'elle ne semblait pas s'en rendre compte.

Agathe revient pour les vacances de Noël. Il n'est pas cinq heures du soir mais il fait nuit. Il y a de la buée sur les vitres. La suspension de la cuisine est allumée. Papy retourne son *Messager boiteux* contre la table et se lève pour ouvrir les bras à sa petite-fille en appelant: «Mémère! Mémère! La voici!» Et c'est elle, en effet, oui elle a fait bon voyage, non elle n'est pas trop fatiguée, elle avait une place assise, comme elle est contente de se retrouver ici, si vous saviez! elle va défaire la valise et elle revient.

– Et Papa, comment va-t-il?

Il va. On fait aller.

Bon.

On se regarde tous en souriant jusqu'au moment où il faut absolument que quelqu'un dise de nouveau quelque chose.

Les yeux d'Agathe se mettent à pétiller:

– Dis donc, cher petit Papy, je ne savais pas que tu étais un géographe distingué?

Papy hésite. Il ne sait pas comment il faut prendre ça. À tout hasard, il sort son mouchoir de sa poche.

– Hein? fait-il en battant des paupières, jetant de petits coups d'œil apeurés autour de lui.

Agathe quitte la pièce en coup de vent, réapparaît avec un livre de géographie. On peut voir que l'un des trois auteurs est E. Schultz, inspecteur honoraire de l'Enseignement public.

Papy voudrait sauter en l'air, tomber à la renverse,

béer d'émerveillement pour faire plaisir à sa petite-fille. Mais il n'y arrive pas. Il ne trouve pas en lui l'énergie nécessaire. C'est quand même trop bête, il ne va pas rester planté là comme un imbécile ! Allons ! – mais rien à faire, ça ne vient pas.

– Eh bien, articule-t-il pâteusement.

Il se mouche.

Voilà. Agathe est revenue.

*
* *

Une fois, pendant les trois années qu'elle a passées là-bas, on est allés la voir à Vesoul. C'était un dimanche de novembre. On n'avait pas choisi cette période-là exprès, vous pensez bien ! Ça s'était trouvé comme ça. Novembre 38, le dernier dimanche du mois. L'oncle Maximilien débarque rue de Toulouse : on ne l'avait pas vu depuis une éternité. La traction était garée devant le perron.

Il frappe dans ses mains.

– Allez ! dit-il, je vous conduis tous à Vesoul voir Agathe. On se serrera.

Il n'a pas eu besoin d'en dire davantage. Un quart d'heure après, on descendait tous l'escalier quatre à quatre.

L'oncle a démarré sur les chapeaux de roues. Il y avait longtemps qu'on ne l'avait pas vu d'aussi bonne humeur. Malheureusement, ça n'allait pas durer. On n'était pas sortis de Belfort qu'il commençait à pester contre les autres automobilistes.

Théo était au fond, entre Mémère et Maman. Il n'a

pas du tout reconnu la route de Lure. Il faut dire que la première fois, avec le Passe-lacet, c'était en plein mois d'août. Et puis, il y avait déjà longtemps de cela: plus de deux ans.

Les prés étaient gorgés d'eau. À un endroit, on voyait un arbre qui avait l'air d'avoir été planté au milieu d'un étang.

– Regardez-moi ça, répétait Maman. Regardez-moi ça!

Alors la pluie se mit à tomber.

– Merde, tiens! gronda l'oncle Maximilien. Il ne manquait plus que ça! Riche idée que j'ai eue!

Personne n'ouvrit plus la bouche jusqu'à Vesoul. La route était luisante. Couvertes de gouttes d'eau, les vitres des portières ne permettaient pas de bien voir le paysage. On traversait des villages qui avaient l'air d'être abandonnés. Les kilomètres n'en finissaient pas. Comme par un fait exprès, le passage à niveau de Lure s'abaissa juste devant leur nez.

À Vesoul, ce fut la croix et la bannière pour trouver l'École Normale. Il pleuvait tellement que les rares personnes qui étaient dans la rue ne tournaient même pas la tête lorsqu'ils s'arrêtaient à leur hauteur et baissaient la glace pour demander leur chemin.

Quand ils arrivèrent enfin, il était tout près de midi et il fallut parlementer pour qu'Agathe ait la permission de sortir avec eux, alors qu'ils n'avaient pas prévenu de leur visite. La personne qui les reçut scrutait leurs visages de ses yeux myopes et les considérait avec suspicion. Comme Papa n'arrivait à rien avec ses explications laborieuses, l'oncle Maximilien se plaça devant lui et se lança dans un grand discours ampoulé qui dut faire son effet, puisqu'on alla chercher Agathe dès qu'il eut terminé.

Agathe salua la famille avec entrain. Elle paraissait plutôt amusée que surprise, très à l'aise alors que les autres, sauf l'oncle, bafouillaient et avaient du mal à la regarder en face. Entre deux phrases, elle déclara sans avoir l'air d'y attacher autrement d'importance qu'elle devrait être de retour à l'école assez tôt, ayant une composition à réviser pour le lendemain.

Maman se hérissa :

– Tu vas quand même prendre le temps de manger avec nous, non ?

Agathe ne s'est pas démontée pour si peu.

– Mais oui, ma petite Maman ! a-t-elle répondu sur un ton protecteur, sans même regarder sa mère. Mais bien sûr ! Je ne suis pas une ascète, tu sais !

On n'osa pas lui demander ce qu'était au juste une ascète.

Ils recommencèrent à tourner dans Vesoul. Ils cherchaient un restaurant qui ne soit pas une gargote, mais où on n'en profiterait pas non plus pour les estamper. Le problème c'est que ces choses-là ne sont pas inscrites sur la vitrine ! L'oncle se gardait bien d'intervenir, persuadé que les restaurants convenables qu'il connaissait dans la région n'étaient pas faits pour ce genre de clientèle. D'avance, il faisait le sacrifice de son déjeuner. Pour compenser, il se paierait le soir un petit extra au Tonneau d'Or.

Les restaurants de Vesoul, dans l'ensemble, ne disaient rien à la famille. Il y en a un qui leur aurait assez plu, mais il était fermé le dimanche. Si bien qu'ils se retrouvèrent rapidement à leur point de départ, et Maman dit :

– Continuez comme ça et on ne voudra plus de nous nulle part parce que l'heure sera passée !

Alors ils s'arrêtèrent dans le premier venu, qui n'était pas forcément pire qu'un autre. Ils avaient de la chance : il restait justement une table de huit dans la petite salle. Tandis que l'oncle Maximilien se dirigeait vers les toilettes, ils se faufilèrent entre les tables de la grande salle, passant devant les dîneurs goguenards, les oreilles cramoisies et les yeux rivés au parquet. Les nappes étaient blanches dans la grande salle, à carreaux dans la petite. Ils prirent les hors-d'œuvre variés, le coquelet aux petits pois et le savarin – sauf Papy, qui préférait naturellement son fromage.

Agathe commença à raconter une histoire de l'École Normale, qui avait eu lieu en plein dortoir, mais ils apportèrent les hors-d'œuvre à ce moment-là et elle se tut. Quand les hors-d'œuvre furent avalés – ils n'étaient ni bons ni mauvais – Agathe avait apparemment oublié qu'elle avait une histoire à finir. Les yeux perdus dans le vague, un sourire distrait au coin des lèvres, elle n'était même plus avec nous.

On attendit, puis on cessa d'attendre. Maman commençait à beaucoup s'agiter sur sa chaise.

– Il se laisse boire, le petit vin du patron. Qu'est-ce que vous en pensez, Maximilien ? dit Papa.

– Mmm, grommela l'oncle, qui trouvait le vin exécrable.

– Alors, s'écria brusquement Agathe en se tournant vers Théo, comment va monsieur mon frère ?

– Agathe, pas si fort ! souffla Maman. Tu n'es pas toute seule !

Théo, bouche bée, dévisageait sa sœur qui, déjà, s'était tournée vers quelqu'un d'autre.

– En somme, risqua Papy, de l'air d'un homme qui a fait une bonne blague, tu ne t'attendais guère à nous voir, hein ?

– C'est d'autant plus charmant, dit Agathe, très désinvolte. J'espère...

On ne sut pas ce qu'elle espérait, car ils apportèrent le coquelet. Théo eut le bout qu'il aimait le moins, mais Mémère échangea discrètement leurs assiettes pendant que Maman avait les yeux ailleurs.

– Quelle différence il y a entre le poulet et le coquelet ? demanda-t-il lorsqu'il eut terminé.

– Ça, en tout cas, dit gravement l'oncle Maximilien, c'est du poulet, tout ce que vous voudrez !

Il se mit à retourner les os de son aile du bout de sa fourchette, avec une expression de profond dégoût.

– Tu crois ? fit Maman en levant un sourcil inquisiteur.

– Pourquoi c'est mis coquelet, alors ? demanda encore Théo.

– Chut ! chuchota Maman.

– Il me semble que c'est assez simple, dit Agathe. (Elle sourit avec les coins de la bouche abaissés.) Un coquelet est un jeune coq; un poulet est une jeune poule.

Elle eut un rire bref.

– Et une poulette, alors? grogna Théo.

– Tiens! Je n'avais pas l'impression qu'il était question de poulette jusqu'ici, fit Agathe de cette voix flûtée qui n'était plus la sienne.

– Vous n'allez pas vous battre! intervint Maman dans un murmure. Tout le monde nous regarde!

– Les petits pois sont trois fois trop cuits, c'est de la boîte, déclara Mémère au beau milieu du silence qui s'était installé, sans voir que la serveuse était juste derrière sa chaise.

Agathe et Maman piquèrent un fard.

– Tu aurais été moins surprise si ç'avait été ton amoureux, hein, Gatou? se hâta de dire Papy pour faire diversion.

Agathe ouvrit la bouche, mais ils apportaient le biscuit.

*
* *

On disait: non, il n'y aura pas la guerre, la dernière nous a fait trop de mal et, au bout du compte, personne n'y a rien gagné. Pourtant, il allait y avoir la guerre. Personne ne voulait l'admettre, mais ça se voyait comme un cochon au milieu d'un salon. Et la guerre viendrait dans Belfort, comme c'était son habitude depuis très longtemps. Parmi les photos de Mémère et Papy, il y avait une carte postale représentant un grand tas de sacs de sable empilés devant des maisons. La légende disait : « 491. BELFORT : La Petite Fontaine, construite en 1686, classée comme monument historique et protégée contre les bombardements des Boches. » Cette carte datait de la guerre précédente, celle où avaient été Papy et le fils de Papy, qui n'était rien moins que l'oncle Maximilien Schultz. Ils avaient eu la chance insigne d'en revenir à peu près entiers, à part peut-être le robinet défectueux de l'oncle. Tout le monde ne pouvait pas en dire autant. Il y avait eu assez de morts, disait Gentil, pour faire chariver le paradis si on les avait tous mis du même côté. On s'était débrouillé autrement. Chacun avait eu son petit nuage. C'est pour ça que depuis, le temps était détraqué.

La Miotte, au-dessus de leurs têtes, c'était une chose de la guerre. Des générations de Boches avaient passé leur temps à la canarder, eux-mêmes ne savaient pas au juste pourquoi. De temps à autre elle dégringolait, mais on se dépêchait d'en reconstruire une nouvelle à la même place, exprès pour les emmerder. Les Boches, on dirait que ça les rend malades, cette malheureuse tour. Dès qu'ils l'aperçoivent au fond de leurs jumelles, ils deviennent comme fous. D'un bout du jour à l'autre, ils en oublient le boire et le manger. Ils sautent de tous côtés. Ils s'aboient les uns les autres comme eux seuls savent le faire, enfournent dans leurs canons les plus gros obus qu'ils peuvent, en font fabriquer spécialement par Herr Krupp des qu'il faut se mettre à vingt-cinq pour les porter, et badaboum ! ils bombardent cette pauvre Miotte pendant des semaines et des semaines, jusqu'à ce qu'elle soit par terre. C'est leur idée de Boches, n'essayez surtout pas de comprendre !

Il faisait de nouveau assez jour après la sortie de l'usine pour que l'ancien marsouin puisse emmener Théo dans le pré faire de la clarinette. Théo jouait et Gentil ne disait rien, car il n'y avait rien à dire. Théo jouait de plus en plus vite et se trompait rarement d'endroit pour appuyer les doigts, mais il savait très bien que ce qu'il jouait n'était pas de la musique. Il n'avait pas réussi à dominer la clarinette. Il ne savait pas la faire chanter à distance. Il ne saurait jamais.

Théo était amoureux de la musique, il la portait dans son cœur. Mais son cœur n'était pas le cœur de la musique et son amour pour la musique n'était pas la musique elle-même. Alors il n'était pas un vrai musicien. Et s'il jouait la même phrase que Gentil, en mettant les mêmes notes exactement à la même place, avec exactement le même son, Gentil ferait de la musique, et lui pas.

Tous deux avaient compris cela depuis lontemps. Mais l'ancien marsouin disait qu'il fallait continuer malgré tout :

– Tu sauras, au moins, te servir d'un instrument et ce n'est déjà pas si mal ! La plupart des musiciens de métier n'en savent pas davantage. S'il n'y avait pas déjà des airs qui existent, ils seraient incapables de jouer quoi que ce soit ! Il leur faut toute une chanson que les gens connaissent pour avoir l'air de musiciens. Tandis qu'un vrai musicien peut faire de la musique en jouant la même note toute la soirée : do, par exemple. Do suffit pour exprimer tous les sentiments et pour les inspirer à ceux qui t'écoutent, mon Théo. Fais-moi un do, tiens, pour voir.

Théo s'exécuta.

– Eh bien, c'est un do, il n'y a pas de doute, dit Gentil. Tu ne sais pas ? Ça me fait penser à ces histoires du pôle Nord où un homme cherche ses doigts de pied au fond de ses chaussettes. Ce qu'il ramène dans le creux de sa main, ce sont ses doigts de pied, aucun doute là-dessus – et pourtant, justement, il n'en a plus, de doigts de pied, puisqu'ils sont dans sa main. Ton do, c'est pareil : tu me le montres, et au moment où tu me le montres, je vois que tu n'en as pas. Tiens, passe-moi voir un peu la clarinette…

*
* *

Les années noires n'étaient pas seulement pour nous. Chacun dans le faubourg recevait sa part de chagrin, largement comptée. Par exemple, il a fallu rouvrir la mère Gras et cette fois, elle est restée sur le billard. Le conscrit Zarifian, qui n'était plus conscrit depuis belle lurette, s'est acheté une motocyclette le jour où il est rentré de l'armée ; il a dérapé dans le gravier, avenue Gaspard-Ziegler, et s'est brisé la tête contre la bordure du trottoir. Cochise Zehnacker est allé en prison. Il ne l'avait certainement pas volé, mais ça ne nous a pas plu, la façon dont les hirondelles l'ont flanqué dans le panier à salade. Il paraît qu'arrivés au poste, ils se sont relayés pendant une heure pour le battre.

Le «chien de garde de l'usine», qui s'était tenu à carreau pendant un certain temps, avait repris du poil de la bête. *La République de l'Est* gémissait à longueur de pages sur les «funestes erreurs» du Front populaire. Hitler s'emparait de l'Autriche, entrait en Tchécoslovaquie. En Espagne, Franco marchait sur Barcelone. Mussolini n'arrêtait plus de brailler sur son balcon. Dans toute l'Europe, c'était le diable et son train.

Et parmi toute cette pagaille, un homme au moins trouvait que la vie était belle. Et c'était Kramsky, car il n'était plus amoureux de Madeleine Girard, mais d'une dame du faubourg de France, qu'il avait à peine vue, qui était mariée avec trois enfants et qu'il ne risquait pas de rencontrer en allant chercher son pain chez Schrutt, vu que ça n'était pas du tout son quartier et qu'elle faisait faire ses commissions par d'autres, étant femme d'un gros marchand de chaussures.

– Comme ça, expliquait le coupeur de bois à son ami Gentil, je n'ai pas à m'en faire, tu comprends?

Il était ravi.

M. Clément, lui, avait une poule, une sucrée qu'il traînait au Luxhof et qui se donnait des airs d'avoir une plume au derrière. On ne savait pas où il l'avait dénichée. En tout cas, ça ne lui avait pas fait le caractère. Ses prises de bec avec Gentil étaient de plus en plus fréquentes. L'ancien marsouin l'envoyait bouler et M. Clément, trépignant et fulminant sous le regard glacial de sa mijaurée, promettait qu'il ne remettrait plus les pieds au Luxhof. La fois d'après, cependant, il grimpait sur l'estrade comme si de rien n'était et commençait à défaire la housse de sa boîte à violon. Il parlait de la poule en disant «mademoiselle Irène» et ne trouvait pas le courage de la regarder en face. Mlle Irène n'aimait ni l'Artichaut ni rien. Elle n'applaudissait même pas, contrairement à toutes les autres femmes de l'assistance, lorsque Théo prenait la clarinette à Gentil et jouait, sans une faute, une ou deux jolies chansons qui étaient à la mode à ce moment-là. Elle étouffait ostensiblement des bâillements pendant toute la soirée et refusait de danser avec qui que ce soit.

Nous ne comprîmes ni pour quelle raison le préparateur en pharmacie lui demanda sa main ni pour quelle raison elle la lui accorda. Visiblement, il avait peur d'elle et, tout aussi visiblement, elle n'éprouvait pour lui que du mépris. Cependant ils se marièrent. À dater de ce jour, on ne la revit plus au Luxhof. Quant à lui, il cessa à tout jamais de s'attraper avec Gentil. Il arrivait bon dernier au dancing. Dès que le morceau d'adieu était expédié, il raflait sa part, serrait les mains avec effusion, l'œil tout embué, et décampait sans un mot. Au bout de trois mois, il avait vieilli de dix ans.

Et pendant ce temps-là, les années noires noircissaient et l'on voyait le ciel se soulever de nos têtes et se réfugier au-dessus des nuages. Ou bien c'était le monde qui s'enfonçait, entraîné vers le bas par les malheurs et la méchanceté. On sentait bien qu'à dériver comme ça, il finirait par rentrer dans quelque chose

– mais que pouvions-nous faire ? Le monde n'est pas comme un bateau, d'où l'on peut toujours sauter dans la mer si les choses se gâtent. On ne peut pas sortir du monde. Même quand on meurt, c'est là qu'on va, c'est dedans. La terre nous attend. On n'est pas fait pour la quitter. Par conséquent, nous sommes demeurés sur ce monde en détresse, et ce qui devait arriver arriva. Il y eut un terrible accident.

Mais pour l'instant, il fait un temps superbe, une luxueuse voiture, véritable objet d'art, tourne dans la rue de Toulouse, glisse en silence devant le vétuste immeuble que l'honorable Deslauriers-Vacheron n'a pas encore acquis pour une bouchée de pain et où demeure un vieux phénomène ressemeleur d'assiettes, ainsi que l'espèce de ménagerie qu'il désigne du nom de parenté. Descend un gamin, un écrignôle, un petit merdeux devançant la domesticité qui doublait le capot les coudes au corps pour arriver la première à la poignée de porte.

– C'était rudement bath, monsieur Désormais ! s'écrie le gamin. Dites, on en refera une, de balade ?

– On verra ça, répond le gros tas avachi sur les coussins de la voiture. Je ne dis pas non, si ça te fait tellement plaisir. Mais il faudra venir me voir à la maison. Tiens, viens donc demain à quatre heures : on goûtera – et puis il y aura une surprise pour toi, figure-toi !

Le gamin regarde s'éloigner l'Hispano-Suiza. Il sourit, agite la main, puis fonce dans le couloir de l'immeuble pour aller raconter à Mémère et Papy comment s'est déroulée cette extraordinaire journée, depuis qu'il a quitté la maison.

Ils étaient donc allés à Lure, le Passe-lacet et lui, s'arrêtant un instant vers Ronchamp pour manger les sandwiches que le gros bonhomme avait apportés. Ils étaient faits de petits pains au lait fendus en deux, tartinés de beurre et farcis de beau jambon de montagne violacé, presque transparent, d'une autre chose rosée que le Passe-lacet appela du saumon et aussi d'une espèce de confiture de petits grains noirs qui, d'abord, déconcerta l'enfant, puis lui donna envie d'y regoûter et ensuite, il ne voulait plus que ces sandwiches-là. Il apprit que cette confiture était du caviar et que les rois dégustaient le caviar à pleins pots dans des pays mystérieux. Théo les imaginait, armés d'une louche d'or au manche serti de pierres précieuses, qui s'empiffraient pendant que des zouaves agitaient des plumes au-dessus de leur crâne et faisaient trotter des crocodiles en laisse à travers toute la chambre.

Il n'y avait pas un souffle d'air. L'endroit où ils se trouvaient, un chemin au milieu des champs, exhalait une puissante odeur de foin qui vous montait à la tête. Quand elle pénétrait dans vos narines, vous aviez l'impression qu'elle y déposait des petits morceaux d'herbe sèche et de fleurs jaunes.

– Il fait chaud ! dit Théo.

– Tu as soif ?

Le Passe-lacet fit un signe à son chauffeur qui alla ouvrir le coffre. D'un seau plein de glace, coincé entre des malles et arrimé au moyen de courroies, il retira une bouteille ruisselante où étincelait un liquide qui semblait avoir été distillé à partir d'un rayon du soleil. L'étiquette était un peu de traviole, car elle s'était décollée. C'était une magnifique étiquette blanche, où l'on avait tracé de belles lettres tordues comme dans le temps, avec une encre en or.

Rien qu'à voir cette bouteille, Théo rit de plaisir.

– Sauternes ! annonça le Passe-lacet.

– Sauternes ! répéta Théo, hilare.

Le vin était de soie, de miel, de moelle et d'acacia. Il roulait sur la langue en lourdes et pulpeuses écharpes, tapissant l'intérieur de la bouche d'une lente pellicule de saveurs.

Théo avait demandé pourquoi le domestique ne prenait pas lui aussi un peu de sauternes, et de caviar, du moment qu'il y en avait largement pour trois, voire pour quatre. Mais le vieillard, rougissant jusqu'au sommet du crâne et détournant les yeux, s'était hâté de répondre sur un ton de mortel effroi :

– Oh ! non, Monsieur, merci bien. J'ai déjà mangé, Monsieur, j'ai tout ce qu'il me faut !

L'enfant entendait le son de sa voix pour la première fois. On aurait dit que le domestique roulait un caillou rond avec sa gorge, en même temps qu'il prononçait les mots.

– Moi aussi, répliqua-t-il, j'ai déjà mangé. Mais c'est que des bonnes choses qu'il y a ici !

L'autre arborait un sourire idiot, comme s'il ne comprenait rien à ce qu'on lui disait.

Le Passe-lacet haussa les épaules.

– Que veux-tu ! expliqua-t-il à Théo sur un ton de gêne et de fatalité. Igor est domestique. Alors, ça ne se fait pas de partager son repas avec les maîtres. Ça ne serait pas du tout convenable : il préférerait se faire tuer sur place. N'est-ce pas, Igor ?

– Moi, dit Théo, je suis pas un maître...

– Tu es mon invité, dit le Passe-lacet, ça revient au même.

Théo était tout retourné. Il se sentait devenir triste. Au fond de son verre, le sauternes s'était transformé en quelque chose d'éteint, de flasque et de vergogneux.

– Remarque bien, reprit le Passe-lacet pour le consoler, qu'Igor n'a pas dû manquer de caviar dans sa vie ! En Russie, ils en ont autant qu'ils en veulent. Et là-bas, Igor était une espèce de général, figure-toi !

Stupéfait, Théo se mit à détailler le chauffeur de la tête aux pieds. À dire vrai, il n'avait jamais rencontré personne qui ressemblât moins à un général, excepté peut-être l'ancien accordéoniste du Bristol. Igor était malingre, il n'avait plus de cheveux, plus de dents, son nez coulait tout le temps et il n'arrêtait pas de trembloter, on aurait cru un paquet de gélatine. Si on lui avait tendu un sabre, il se le serait probablement laissé tomber sur les arpions. En plus, quand il souriait, il ressemblait tout à fait à un gaga de l'hospice. Et voici que pour compléter le tableau, il se mettait à faire entendre un petit ricanement fêlé et graillonnant...

Mélancolique, le Passe-lacet regardait dans le vague et murmurait :

– Il n'a pas eu de chance, Igor. Être général, avec

toutes les décorations, et être obligé de se sauver, tu imagines ça? et de devenir chauffeur chez les gens, dans un autre pays. Figure-toi qu'Igor possédait une des premières voitures qu'on a vues rouler en Russie...!

Igor se tortillait sur place. En s'accentuant, son ricanement devenait de plus en plus pitoyable.

– Igor est arrivé chez nous quand j'avais quatre ans, continuait le Passe-lacet. C'est lui qui me prenait sur ses genoux... (Théo sourit...) pour m'administrer le martinet. (Le sourire de Théo s'effaça instantanément. Une ombre passa dans les yeux du Passe-lacet.) «Igor, allez-y, disait-elle. Faites-lui un peu sentir son derrière, à ce petit porc!»

Le ricanement du vieillard, à présent, ressemblait à une plainte.

– Il avait le coup, poursuivait imperturbablement le Passe-lacet. Oh! c'est qu'il n'y allait pas de main morte! Naturellement, il n'était pas vieux comme maintenant. Il lui restait encore quelques bonnes années et il était encore capable de frapper quelqu'un, ne fût-ce qu'un enfant sans défense...

– Hééééééééé... se mit à psalmodier le domestique, gloussant et gémissant tout à la fois.

Théo n'avait pas le courage de le regarder: il avait l'impression que le vieux général s'était mis à pleurer.

– Le temps passe, soupirait le Passe-lacet, lui-même au bord des larmes. Pauvre vieil Igor. On lui a pris son auto, ses médailles, son caviar. Et moi, quand elle est morte, j'ai pris le martinet et je l'ai flanqué à la poubelle. Ah! mon cher ami, ce que c'est que la vie! il ne faut pas croire... Maintenant qu'il va mourir à son tour, le pauvre Igor n'a plus rien. Toute son existence aura consisté à perdre ce qu'il avait: comme c'est bizarre, hein? Peut-être que j'aurais dû lui laisser le martinet?

Ils burent du sauternes et oublièrent. Il y a un temps pour la peine et un temps pour l'insouciance. Un temps pour le regret et un temps pour la joie. Lure était plein de soleil et d'oiseaux. Et le lendemain, le ciel n'avait pas changé. C'était le même mois d'août. Un ciel brûlant qui ferait fondre les maisons, si la nuit ne venait pas à temps souffler dessus, refroidissant ce qui brasille encore à l'horizon des collines, lorsqu'on va se mettre au lit.

*
* *

Serge, le jeune valet qui était peut-être le petit-fils d'Igor (et peut-être pas), ouvrit la porte à Théo.

Des centaines de fois, depuis la rue ou depuis la fenêtre de la cuisine, Théo avait vu la villa et la cour du Passe-lacet. Mais de si près, il ne reconnaissait plus rien.

– M. Désormais va recevoir Monsieur, dit Serge.

– C'est Théo, dit Théo.

Le domestique le précéda dans un sombre vestibule où on aurait presque pu organiser un match de foot. Rien ne pouvait laisser supposer que le Passe-lacet était dans sa maison. On n'entendait pas un bruit. On ne sentait pas non plus les parfums et la chaleur du dehors.

Il y avait dans cette maison quelque chose de

bizarre et de vaguement inquiétant. Subitement, Théo comprit d'où cette impression lui venait. Dans le bois de chaque meuble – table, chaise, fauteuil, bahut, commode, banquette, guéridon, etc. – et même dans la pendule et la rampe de l'escalier – étaient sculptées des têtes d'animaux. Il y avait des loups, des lions, des panthères, des renards, des sangliers, des ours, d'autres bêtes que Théo ne connaissait même pas – et tous montraient les dents, retroussaient leurs babines sur des rangées de crocs menaçants. En outre, leurs yeux n'étaient pas de bois comme le reste: on aurait plutôt dit des billes d'agate, d'un vert laiteux, enchâssées dans les orbites. Si bien que ces gueules furieuses avaient un regard qui vous fixait mais qui, faute de prunelles, ne voyait pas. C'était une meute immobile et aveugle qui vous encerclait.

Le domestique introduisit Théo dans une pièce dont les trois fenêtres étaient garnies de vitraux constitués de losanges jaunes et bleus, dans un encadrement bleu, rouge, noir et blanc. Une table étroite et longue était dressée, couverte d'une nappe blanche dont les plis s'étalaient sur un tapis d'Orient. À chaque extrémité avait été disposée une assiette de porcelaine encadrée de couverts ciselés et d'élégants verres en cristal taillé. La partie centrale était occupée par des plats recouverts de cloches d'argent, des carafes habitées de liquides multicolores, des assiettes d'étain sur lesquelles petits fours, tranches de cake, truffes au chocolat, gâteaux de toute sorte et petits légumes en pâte d'amande formaient de vertigineuses pièces montées

Dans cette pièce encore, c'était plein de bêtes féroces aux yeux exorbités mais vides. Profitant de ce que Serge avait été prévenir son maître, Théo alla subrepticement soulever un coin de la nappe : tapie dans l'ombre, une sorte de chacal dardait sur lui un regard vitreux. Théo laissa retomber la nappe et s'écarta lentement à reculons. Une voix sonore et haut perchée le fit sursauter :

– Tu voudras bien m'excuser, je n'étais pas encore descendu !

Dans sa robe de chambre chamarrée, le Passe-lacet avait l'air encore plus énorme qu'à l'ordinaire. Il portait un foulard de soie blanche autour du cou et sa ceinture était une sorte de grosse corde tressée de fils d'argent. Théo éprouvait le plus grand mal à détacher les yeux de cette merveille.

– Ça te plaît, ma maison ?

Théo hocha la tête tout en jetant un regard circulaire sur la pièce, comme s'il venait seulement d'y pénétrer.

– Pourquoi il y a toutes ces bêtes ? questionna-t-il négligemment, observant obliquement le Passe-lacet entre ses cils.

– Ces bêtes ?... Ah ! tu veux dire ces bêtes-là ? C'est ma maman qui les a fait faire, figure-toi. Quand je restais tout seul avec les domestiques, elle me disait : « Elles vous regardent, Cochonnet, et toutes les bêtises que vous ne manquerez pas de faire, petit sot, elles nous les rapporteront et vous sentirez votre derrière ! » Alors, un jour, j'ai pris un outil dont Igor se servait pour réparer ce qui ne marchait pas dans la maison et je leur ai crevé les yeux. À toutes l'une après l'autre. Elles avaient des yeux en bois, à l'époque. Quand mon papa et ma maman sont revenus, elles n'avaient plus que des trous ! Maman a piqué une crise de nerfs, figure-toi ! Elle se tenait la poitrine et elle faisait comme ça : « ah ! ah ! ah ! ouh ! ouh ! ouh ! » Il a fallu la porter dans sa chambre...

Revivant ces glorieux instants, le Passe-lacet était aux anges.

– Depuis, poursuivit-il, je leur ai fait mettre ces yeux en pierre.

– On dirait des agates, dit Théo, des billes pour jouer.

– Oui-oui, c'est bien ça, répondit le Passe-lacet. Tu as vu ? ajouta-t-il à voix basse. On dirait des yeux de morts !

Il pouffa à l'abri de sa main, secouant l'autre main à toute vitesse ainsi que Théo le lui avait déjà vu faire de nombreuses fois.

– Et puis, tiens, attends, suis-moi...

Marchant sur la pointe des pieds en levant très haut les genoux, le gros homme conduisit l'enfant près d'un fauteuil dont chacun des accoudoirs se terminait par une grimaçante figure de tigre.

Le Passe-lacet avança la main vers une de ces gueules et la retira vivement, comme si le tigre avait voulu le mordre. De nouveau, il se mit à pouffer, mais Théo n'était pas trop rassuré.

– Regarde l'intérieur de la gueule...

Très raide, Théo se pencha en avant, de quelques millimètres seulement, prêt à déguerpir à la moindre alerte. Il s'attendait à tout moment à ce que l'accoudoir se transforme en un vrai tigre et lui saute à la gorge.

– Mais regarde donc ! s'impatientait le Passe-lacet.

En se penchant encore un peu, il aperçut quelque chose qui luisait entre les crocs.

– Qu'est-ce que c'est ? articula-t-il d'une voix rauque.

Les yeux du Passe-lacet étaient pleins d'une malice puérile.

– Je leur ai tous fait clouer la langue, mon cher ami ! Tous, tous, tous ! Ils peuvent toujours essayer de rapporter, maintenant !

Et là-dessus, le gros homme, qui jusqu'ici ne s'était contenu qu'avec peine, partit d'un formidable éclat de rire. Il bramait, hennissait, chuintait, crissait, secouant de droite à gauche ses bajoues où ruisselaient des larmes de pure félicité. Il se tordait les bras et tapait du pied par terre devant Théo qui, interdit, ne savait ni que faire ni que dire, éprouvant bientôt la sensation qu'un monstrueux clou d'argent était en train de s'enfoncer dans sa propre langue, traversait sa mâchoire, sa poitrine, son cœur et tout son corps et le rivait pour l'éternité au terrible passé et à la terrible folie du Passe-lacet.

Celui-ci continua de s'agiter et de rire pendant d'interminables minutes. Après quoi il s'essuya les yeux avec l'extrémité de son foulard de soie, prit l'enfant pétrifié par l'épaule et l'entraîna vers la table.

Il l'installa sur une chaise, lui noua délicatement derrière la nuque une ample serviette damassée, puis il alla s'asseoir en face de lui à l'autre bout de la table agitant une petite sonnette qui se trouvait à portée de sa main. Les domestiques accoururent aussitôt et commencèrent à entasser des monceaux de friandises sur les assiettes de Théo et du Passe-lacet. Les assiettes débordaient et, cependant, on aurait juré que les plats avaient à peine été touchés. La peur de Théo, quand il vit cela, se dissipa comme brume au soleil, immédiatement remplacée par une angoisse d'un tout autre ordre. On n'arrivera jamais à tout finir! se disait-il avec désespoir. Mais, du coup, il ne pensait plus aux yeux sans regard, aux langues clouées ni au rire hallucinant du Passe-lacet.

Comme on se laisse glisser dans le sommeil, au soir d'une mauvaise journée, il se laissa glisser dans la nourriture et la boisson, engouffrant d'énormes fourchettées de douceurs sans quitter des yeux celles qui attendaient sur les plats ou lui faisaient de voluptueuses promesses, sournoisement dissimulées sous les cloches d'argent, au creux des sorbetières et dans les compotiers. D'abord, il essaya de manger le plus vite qu'il pouvait puis, comprenant que c'était vouloir vider la mer avec un dé à coudre, il se calma et se mit au contraire à mastiquer chaque chose longuement, posément, suavement, les yeux mi-clos, appuyé contre le dossier de son siège.

– Mange, mange, mon ami! bafouillait le Passe-lacet la bouche pleine.

Ses yeux luisaient de convoitise et d'attendrissement. La belle robe de chambre était déjà toute maculée de taches de crème et de projections de confiture.

Théo le regardait en silence et lui souriait. L'intérieur de son crâne était tapissé d'une couche d'ouate qui épaississait doucement, doucement, lascivement. Et imperceptiblement, imperceptiblement, l'enfant glissait du monde réel dans celui des chimères, cet autre monde arrosé de sauternes et piqueté d'yeux sans prunelles. Il glissait, il s'évaporait. Son corps se transformait peu à peu en un brouillard, en une suspension de particules insensibles. Il n'avait plus de contours et n'était posé sur rien. De même son esprit flottait et s'effilochait, traversait des espaces nus où l'on ne voit pas la limite de la terre et du ciel, parce que la terre est blanche, et blanc le ciel, et l'on est peut-être en train de naviguer la tête en bas. Il n'y avait pas davantage de limite précise entre les mets (ou les boissons) et les organes qui les recueillaient, les pressaient, les rompaient, les émiettaient, les enrobaient de sucs et les digéraient sans hâte: tout cela n'était qu'un vaste corps en mouvement, indistinctement constitué d'aliments, de muqueuses, d'appareil digestif et de sensations brutes. La conscience de Théo était un peu en retrait, assoupie. Les sons ne lui parvenaient plus que filtrés; les images lui apparaissaient floues, lointaines et vacillantes.

Jean-Marie Désormais se lève. Tout là-bas, son image danse au fond de la pièce telle une petite flamme qu'on apercevrait à travers une vitre dépolie.

– Je t'avais parlé d'une surprise... dit sa voix affaiblie.

La petite flamme s'agite à l'horizon, s'éloigne encore, baisse jusqu'à n'être plus qu'un point coloré. Puis, sans transition, l'épaisse silhouette du Passe-lacet se dresse comme une montagne au-dessus de Théo qui se frotte les yeux.

Théo rassemble péniblement les petits morceaux de son esprit, dispersés dans l'atmosphère confinée de la pièce comme autant de petites poussières endormies.

Il voit que le gros homme tient un volumineux paquet dans ses bras :

– Ouvre-le ! Qu'est-ce que tu attends ?

Théo émerge enfin de sa torpeur. Il défait le ruban, soulève le papier, aperçoit par-dessous un objet d'un rouge violent. À côté de lui, le Passe-lacet gémit de plaisir et d'impatience.

– C'est quoi ? demande Théo.

– Regarde !!!

Le Passe-lacet est sur les charbons ardents. Sa voix est devenue suraiguë.

D'un geste brusque, Théo arrache le papier.

Le Passe-lacet émet un cri étranglé, joint les mains et commence à se dandiner d'un pied sur l'autre, les yeux noyés de larmes.

Théo a devant lui, attachés après un grand carton rectangulaire : un chapeau de feutre grenat à large bord, décoré d'une plume blanche ; une sorte de petite pèlerine rouge portant une croix blanche ; une ceinture de carton bouilli, rouge comme la pèlerine et percée de trous bordés par un anneau de métal; des manchettes de carton rouge avec des franges en cuir rouge; une paire de gants rouges.

– Une panoplie de mousquetaire! s'égosille le Passe-lacet. Une panoplie de mousquetaire! Allez, mets-la! Mets-la, nom de nom!

Il tambourine dans le vide avec ses poings fermés et se mord sauvagement les lèvres.

Sans précipitation (parce qu'il ne veut rien abîmer), Théo détache les affaires du carton et les ajuste autour de son corps.

Le gros homme n'y tient plus. Il intervient dans cet habillage avec des gestes frénétiques, ne faisant bien entendu que tout embrouiller. Il a les yeux grands comme des soucoupes et ses cheveux sont dressés au-dessus de sa tête.

– Les gants! trépigne-t-il. Le chapeau! Le chapeau maintenant, vite!! Noooooonnnnnn! Tu as mis la plume à l'envers!! Là, ça y est. Ça y est, tu es prêt?

Il n'attend pas la réponse. Il bondit hors de la pièce. L'enfant a tout juste le temps de le voir s'engouffrer dans le vestibule qu'il est déjà de retour et, Seigneur! voilà qu'il est habillé en mousquetaire, lui aussi! Il s'est fait tailler une panoplie spéciale, une belle bleue avec la croix en argent. Brandissant une épée de bois, il galope à travers le salon.

– En gaaaaaarde! hurle-t-il. Traître, ta dernière heure a sonné!

Épouvanté, Théo se met à fuir devant lui. Un cri plus horrible encore lui coupe les jambes. Il croit sa dernière heure venue, mais le forcené vient seulement de basculer sur un canapé qui s'effondre sous son poids. Il se tient le ventre à deux mains et râle à pleins poumons :

– Je suis touché ! Je suis touché ! Aaaaah ! je meurs ! Que Dieu ait mon âme en sa sainte garde !

Il s'immobilise et fait le mort, louchant atrocement et laissant pendre sa langue sur son menton.

Puis le voici qui, sans crier gare, saute au plafond et braille de sa voix de crécelle :

– Vengeaaaaaannnnnnce ! Vengeaaaaaannnnnnnnce ! La botte de Neveeeeeers !

Il se pricipite sur Théo, son morceau de bois levé au-dessus de la tête.

– Pkrrr ! Pkrrr ! Pkrrr !

De ses deux index tendus, Théo le crible de coups de pistolet, mais en vain.

– Raté ! Ratéééééé ! vocifère le Passe-lacet. Ta poudre était mouillée, faquin !

Alors Théo, à son tour, se jette à la renverse sur une petite table chargée de bibelots et trépasse à grands cris. D'un moulinet, maintenant, le Passe-lacet démolit une pyramide de religieuses. Pour ne pas être en reste, Théo envoie dinguer une assiette de truffes. Et vlan ! le Passe-lacet réduit en miettes tout un alignement de verres anciens. Bloum ! Théo lance un compotier sur les tigres du fauteuil. Bagadabadadzouim !!! Le Passe-lacet saisit un bord de la nappe blanche et tire jusqu'à ce que tout ce qui se trouvait sur la table dégringole par terre. Il a l'écume aux lèvres. Plaf ! Plaf ! Plaf !

Théo écrase les millefeuilles du talon sur le tapis d'Orient.

– La garde meurt mais ne se rend pas ! piaille le Passe-lacet.

Il empoigne deux carafes et les fait exploser l'une contre l'autre.

Attiré par le vacarme, le vieil Igor risque une tête horrifiée par l'embrasure de la porte. Son maître pousse un cri farouche lorsqu'il l'aperçoit :

– L'homme de Meung ! Sus à la canaille !

Il grimpe sur la table avec une agilité stupéfiante et s'élance en vol plané dans la direction du domestique qui n'a que le temps de se jeter en arrière. Debout sur un fauteuil revêtu de satin rose, Théo revolvérise le malheureux avec un acharnement démoniaque :

– Pkrrr ! Pkrrr ! Pkrrr ! Pkrrr ! Pkrrr !

Tout le monde se retrouve dans le vestibule qui devient le théâtre d'une action confuse. Les mousquetaires déchaînés traquent le vieillard d'un meuble à l'autre et finissent par le coincer dans un angle.

– Pas de quartier ! vagit le Passe-lacet. Bourreau, fais ton office ! La botte de Neveeeeeers !

La botte de Nevers griffe le crâne du vieux sur une dizaine de centimètres. Le domestique rit de terreur – lui, Igor, l'ancien général de cosaques qui faisait donner le knout de l'aube au crépuscule, au point que le tortionnaire attitré ne pouvait plus quitter ses bottes et s'endormait en frappant ; lui qui faisait couper les oreilles des moujiks pour divertir les dames, qui avait possédé et conduit sans apprentissage l'une des premières automobiles lancées sur la terre russe, puis qui s'était loué comme cireur d'escarpins, réparateur de plombs sautés, épouvantail à mendiants et père fouettard de grand standing, loin de la steppe et des clochers bulbeux, lorsque les temps avaient changé. Il piaule tel un rat pris au piège, avant de se dégager miraculeusement et de trouver refuge dans l'escalier de la cave, rabattant la porte en catastrophe et tirant le verrou sur ses vieux os frissonnants.

Le Passe-lacet prend son élan pour défoncer le panneau, mais Théo l'entraîne à nouveau dans le salon. Les voilà qui défendent un château fort contre une multitude d'assaillants : ils sont à plat ventre sur la table et vident sur le tapis carafes, pots de crème et sorbetières.

– Du plomb fondu pour boire à ma santé ! hurle le Passe-lacet.

Il bondit sur ses pieds et frappe furieusement le lustre de son épée :

– Aux canooooonnnnnns !

Les mousquetaires se laissent glisser de la table, ramassent les débris du goûter et en bombardent les murs.

– Attention ! crie Théo. Ils reviennent à l'attaque !

– Ils l'auront voulu ! clame le Passe-lacet dans un rire de dément.

Il s'empare d'une cloche d'argent, la soulève, la hisse à bout de bras et, hululant comme tout un sabbat de damnés, la balance au travers d'un des vitraux dans un bruit somptueux qui explose, roule, s'envole puis retombe en une fine pluie de sonorités cristallines, tandis que le cœur s'arrête, hésite et s'endort une fraction de seconde sur le rebord extrême du monde des chimères, avant d'osciller puis de sombrer doucement et d'atterrir enfin sur ce monde-ci, étourdi et paisible, innocent – et plus vieux d'un bon millier d'années.

*
* *

Ils seront assis par terre, le dos appuyé au mur, dans la chambre qui n'a jamais vu le jour. Portant encore leurs habits de mousquetaires, mais n'y faisant plus du tout attention. Assis dans la poussière, calmement. Écoutant dans le noir le bruit du temps qui passe : c'est un frôlement de gaze contre la soie des jours.

D'abord, sans un regard en arrière, ils auront quitté le salon ravagé. Ils seront montés au premier étage, enfonçant leurs semelles dans la bande de tapis qui dévale les marches, retenue par des barres de cuivre si brillantes qu'elles ont l'air d'être en or. D'une pièce à l'autre ils auront erré. Le Passe-lacet aura mis son bras autour de l'enfant et l'aura serré contre lui, dans la grande maison où l'on ne sent pas la chaleur du dehors. Ils seront entrés dans une chambre, puis dans une autre, foulant sans cesse de nouvelles et plus onctueuses épaisseurs de laine, ouvrant des pianos aux dents jaunes, faux ou complètement muets, caressant de fragiles bonheurs-du-jour ayant appartenu à de jeunes mortes, et n'éprouvant pas le besoin de causer. Il y aura eu, au fond d'un couloir caverneux, une porte à deux battants, aux sombres reflets rouges. Et le Passe-lacet aura murmuré : « Leur chambre... » Il aura hésité, son cœur meurtri se détachant à nouveau et filant droit vers le monde des chimères, peuplé de spectres grimaçants. Il aura sorti de sa poche une clé, retenue à la ceinture de son pantalon par une chaînette, et il aura ouvert la porte.

La chambre était noire. Noire. Du temps où vivaient encore le vieux Désormais, ivrogne clandestin, et sa femme, l'intraitable mégère au goût de qui la vie d'autrui n'était jamais assez gâchée, on dégageait les fenêtres, étouffées par d'impénétrables rideaux de velours noir, on ouvrait les croisées pour faire entrer un peu d'air pur, mais les volets restaient clos, parce que ce qui se passait ici, et même ce qui ne s'y passait pas, ne regardait aucunement les voisins.

Et Théo demeurait pétrifié au seuil de ces ténèbres. Le couloir lui-même était trop sombre pour apporter la moindre clarté par la porte grande ouverte. Tout au plus l'ambiance glauque, sous-marine, qu'y faisait régner un petit œil-de-bœuf en verre vert, permettait-t-elle de distinguer dans le noir des taches un peu plus noires.

Alors le Passe-lacet rabattait les rideaux de velours de chaque côté des fenêtres, les volets laissaient filtrer quelques rais de lumière et l'on s'habituait peu à peu à l'obscurité. Sans bruit, le Passe-lacet refermait la porte derrière eux.

Au sein des ténèbres prenaient forme une armoire, une commode, une coiffeuse désuète, une chaise, deux fauteuils, une chancelière, deux tables de nuit, un lit incroyablement haut, long et large.

Théo n'avait même pas idée qu'un tel lit pût exister. Il l'examina plus attentivement, essayant d'en distinguer les détails en plissant et en écarquillant alternativement les yeux.

Soudain, il pousse un grand cri et se jette en arrière, venant buter contre les jambes du Passe-lacet. Il y avait quelqu'un dans le lit ! Il y avait deux personnes étendues côte à côte et qui le contemplaient sans mot dire.

– Non-non ! faisait le Passe-lacet d'une voix lénifiante, tout en retenant l'enfant pour qu'il ne se sauve pas. N'aie pas peur. Il n'y a personne. C'est des mannequins que j'ai mis pour m'amuser.

– Y m'ont regardé ! geignait Théo, se cabrant pour échapper à l'étreinte du gros homme.

– C'est pour rigoler ! chuchotait le Passe-lacet. Attends que je te montre...

Il poussait Théo vers le lit et l'enfant résistait de toutes ses forces, arc-bouté sur ses jambes.

– Y m'ont regardé ! Y m'ont regardé ! s'obstinait-il. J'veux partir ! J'veux retourner à la maison !

– C'est des mannequins, je te dis ! Des mannequins comme dans les vitrines, tu sais !

Théo cessa de se débattre à l'instant même où le gros homme renonçait à le maîtriser. Brusquement, il n'avait plus peur du tout. Mais il commençait à être las des simagrées et des extravagances du Passe-lacet.

– Des mannequins! pleurnichait celui-ci. Ils ne peuvent pas faire minette, c'est bien fait!

Il plaqua l'une de ses mains sur sa bouche pour étouffer un fou rire et fit son geste habituel avec l'autre main.

– Moi je peux faire minette, dit-il encore. Moi je peux! Oui, monsieur! Oui, madame! Ils ne peuvent pas me voir! Ils ne peuvent pas: je leur ai mis les mêmes yeux qu'aux bêtes!

Théo s'avança jusqu'au pied du lit. L'un des mannequins avait de longs cheveux et des bosses sur la poitrine; l'autre était un grand moustachu. Ils étaient nus comme la main et fixaient à la fois tout et rien de leur globuleux regard d'agate.

Le Passe-lacet pouffait entre ses doigts. L'enfant, cependant, ne s'intéressait plus à lui. Il considérait sévèrement la grotesque mise en scène qu'il avait sous les yeux.

– Tu as vu ça? s'étranglait le Passe-lacet. Tu as vu ça?

– Qu'est-ce qu'ils font? interrogea froidement Théo. Est-ce qu'ils dorment?

Le Passe-lacet poussa une sorte de hennissement:

– Hiiiiiiii! Ils sentent leurs derrières. Ouille aïe aïe! Ils ont voulu faire minette: ils sentent leurs derrières!

Il courut au mannequin homme et le retourna: les fesses étaient garnies d'une ribambelle d'épingles. Il le laissa retomber et souleva le mannequin femme. Celui-ci avait subi le même sort mais, à la place d'épingles, c'étaient de longs clous de charpentier qu'on avait plantés dans la cire.

– Ça cuit ! Ça cuit minette ! hoquetait le Passe-lacet. Ils ont mal ! Bobo ! Bobo !

– Rien du tout ! fit Théo sans se démonter. Ils ne sentent rien : c'est des mannequins. C'est des choses.

– Ils ont voulu faire minette ! gémit le Passe-lacet.

– Tout ça c'est des blagues, déclara Théo. Y a pas de minette, y a rien : c'est des choses.

– C'est pas vrai ! hurla le gros homme. Tu es un sale petit menteur ! Je vais te faire un peu sentir ton derrière, moi, attends !

– Vous avez pas le droit, dit Théo avec toute la dignité dont il était capable, en regardant son hôte droit dans les yeux.

Alors le Passe-lacet éclata en sanglots. Avec un cri de rage impuissante, il lança le mannequin femme contre la coiffeuse. Dans le choc, la tête se détacha du corps et l'un des yeux vint rouler aux pieds de Théo. L'enfant le ramassa tranquillement. Il n'accordait pas la moindre attention à Jean-Marie Désormais, plaqué contre le mur de la chambre et balbutiant des « minette, minette » et d'autres mots incompréhensibles, secoué de longs frissons.

L'autre œil se décrocha à son tour, avec un petit toc au moment où il frappa le plancher. Théo se précipita avant qu'il ne roule sous le lit.

– Qu'est-ce que j'ai fait ? balbutiait à présent le Passe-lacet. Ma petite maman ! Je l'ai tuée !

– Vous avez seulement cassé ce vieux mannequin

bon à foutre à la poubelle, dit Théo, et vous avez eu rudement raison. Qu'est-ce que vous attendez pour faire pareil avec l'autre ?

Mais le gros homme se jetait sur la tête mutilée et la pressait sauvagement sur son cœur.

– Ses jolis yeux ! Ses pauvres yeux ! geignait-il. Ses jolis yeux !

– C'est des billes, dit Théo. Y en a plein des mêmes chez Cherpitel, alors !

Le Passe-lacet se retourna et fouilla les yeux de l'enfant d'un air égaré.

– Des… billes… ? murmura-t-il.

– Parfaitement, des billes ! fit Théo avec un petit reniflement dédaigneux. Vous savez jouer, seulement, au lieu de faire le zigoto avec vos sales mannequins ?

Et comme il n'obtenait aucune réponse, il insistait :

– Vous savez y jouer, aux billes ?

Le Passe-lacet ne savait pas, et par conséquent il avait perdu. Je ne sais combien de fois il avait fallu que Théo lui rende ses deux agates, celles du mannequin homme (arrachées sans ménagement), pour que la partie continue. À la fin, il avait proposé de les lui redonner toutes les quatre, mais le gros homme avait fait non de la tête.

Alors ils s'étaient aperçus qu'ils étaient très fatigués et ils s'étaient assis l'un près de l'autre, contre le mur, entre l'armoire et la commode.

Encore un peu ils resteront là, sans un mot, immobiles, épuisés, pendant que les trams continueront de circuler sur le faubourg, au bout de la rue, équipés de vitres de mica orange et suivis de baladeuses découvertes, ce qui veut dire qu'on est en été. Mais dans la pénombre de cette chambre, quelque part dans la vie ancienne d'un certain Théo, personnage très accessoire et pour ainsi dire superflu de l'Histoire universelle, dans la pénombre de cette chambre, on ne sera pas en été. On ne sera en aucune saison, en aucun moment du jour ni de la nuit puisque la nuit et le jour sont pareils en cet endroit. On sera dans le lieu que Dieu n'a pas fait, étant occupé ailleurs, et où maintenant il n'a pas le droit de venir tant qu'on ne l'a pas appelé – mais on l'appellera bientôt, lui ou un autre porteur de miséricorde et d'oubli : ce n'est plus qu'une question de temps.

Puis ils se lèveront, sans un mot. Ils se lèveront ; se débarrasseront de leur accoutrement ; descendront l'escalier ; ouvriront la porte d'entrée ; se quitteront.

Ils se quittent :

– R'voir !

– R'voir !

C'est tout. Du bout des lèvres. Dehors, c'est orange. On a mis un mica sur les choses.

Ils auront été amis et ne pourront plus l'être. Grâce à Théo, le Passe-lacet aura tour à tour été délivré de ses ripailles, de ses mousquetaireries rentrées, de ses yeux morts, de ses derrières cuisants, de ses mannequins d'enfer allongés dans le noir. Il pourra congédier le vieil Igor, désuet fantôme de son enfance pathétique. Il pourra ouvrir les volets de la chambre et faire minette jusqu'à la fin des temps, si ça lui chante. Mais il ne pourra plus être l'ami de Théo. Vous comprenez cela ?

Théo a vu et compris trop de choses. Il a pénétré trop profond dans les secrets du Passe-lacet et, par sa seule présence, il en a démonté le mystère. Il a défait ce mystère et l'a ramené aux proportions d'un peu d'obscurité, de cire, d'épingles et de clous, de verre brisé, de vaisselle brisée, de mauvais souvenirs et de billes d'agate.

Maintenant le Passe-lacet reste dans sa maison, faisant entrer à flots la lumière, les parfums et la chaleur du monde réel – et Théo retourne dans la sienne, étourdi et songeur comme les personnes qui ont visité le monde des chimères et ont aperçu les choses qui sont derrière les choses et les grands diables, pauvres diables, qui se tiennent dans l'ombre des gens, frileusement cachés, farfouillant dans le sac où leurs diableries sont encloses. C'est ainsi que l'enfant et le gros homme n'iront plus jamais ensemble à Lure et ne partageront plus des tartines de caviar sur les chemins de campagne. Une fois ils se rencontreront, un dimanche par hasard, et le Passe-lacet, posant les yeux sur Théo, ne fera pas semblant de le connaître. Alors Théo gardera sa casquette sur la tête. Tant pis.

*
* *

Le temps passe. L'enfance finit. Ou plutôt elle continue, mais on la quitte, faisant semblant de l'avoir assez vue. On saute en marche. Elle va sans nous.

On peut attendre longtemps, si l'on attend que l'enfance s'arrête. C'est nous qui nous arrêtons. On fait le cœur de pierre et on se laisse tomber, creusant le trou où sera bientôt notre tombe, car le temps, à présent, va se mettre à filer comme un zèbre.

Théo allait avoir onze ans, il décollait de son moi ancien, semblable aux crustacés du livre de sciences qui changent de carapace à une certaine époque. Il tirait pour se libérer des dernières adhérences. Déjà, il s'apprêtait à pénétrer dans l'univers des hommes, à connaître le labeur sans fin, les paroles brèves, les désirs matériels, le sommeil lourd et insuffisant, la pensée des femmes, la force et les défis. Il marchait avec plus de lenteur, faisant peser son corps sur le trottoir, et promenait alentour des regards plus appuyés, plus patients et plus sceptiques. Il tâchait de s'émouvoir seulement pour ce qui en valait la peine, et cela devait être assez peu de chose, sinon on est une girouette. Il écartait de soi les chansons, les jeux, les idées baroques et les ridicules ambitions de l'enfance, les rires qui partent trop vite. Il serrait les lèvres, apprenant à refouler les mots qui ne sont pas absolument nécessaires et à maîtriser l'expression de son visage, n'étant pas un clown. Il n'aimait plus les noms comme général Galipette, qui lui donnaient du bonheur autrefois. Il avait le sentiment que si ce bonheur existait encore quelque part, il n'y avait plus droit, du fait qu'il était devenu grand.

Il s'adressait à Gentil d'une autre manière qu'avant : avec moins de familiarité et, en même temps, avec plus d'assurance, comme s'il prétendait être traité d'égal à égal. L'ancien marsouin entrait dans le jeu. Il ne se moquait pas de Théo, ne considérait pas qu'il fallait le remettre à sa place. Il répondait à sa gravité par une gravité au moins aussi grande. Quelque chose de solennel et d'emprunté s'installait dans leurs relations; mais Gentil attendait sagement que l'enfant lui-même s'en inquiète et décide d'y remédier.

Gentil avait pleinement confiance en Théo. De même, il n'avait jamais cru qu'Agathe deviendrait une pimbêche et nous tournerait le dos, ainsi que Maman l'avait prédit et que les faits semblaient le confirmer depuis qu'elle était à Vesoul.

– Laissez-lui donc le temps! disait-il. Si vous croyez que c'est facile pour elle de vivre loin de vous autres, toute seule perdue au milieu d'une bande de perruches qui ont des papas directeurs d'école ou receveurs des postes! Elle fait ce qu'elle peut, ma pauvre Agathe! tout ce qu'elle peut pour tenir le coup et ne pas se sauver à toutes jambes! C'est ça que vous voulez: qu'elle se sauve de là-bas et se gâche son avenir pour vous montrer qu'elle vous aime? Si vous n'êtes pas capables de vous en rendre compte par vous-mêmes, et de deviner combien elle souffre, je ne vous fais pas mes compliments!

Puis venait le sourire de lumière:

– Allez! concluait-il seulement. Laissez-la faire, ne faites semblant de rien: elle reviendra. Elle reviendra quand elle pourra, quand elle se sentira assez forte.

Gentil avait raison. En juillet 39, Agathe retourna

de Vesoul pour les grandes vacances et celle qui revenait était notre petite Agathe de toujours. Il ne lui restait plus qu'un an à faire à l'École Normale, où elle occupait l'une des toutes premières places après avoir été bien moyenne dans les débuts. Nous reconnaissions de nouveau sa voix. Elle plongea dans les bras de Théo, le pressa contre elle et lui dit son vrai nom; jamais plus elle ne l'appela «monsieur mon frère».

Le grand beau temps venait avec elle. Au mois d'août, pendant les congés payés de Maman, on irait tous faire un pique-nique à l'étang des Belles-Filles. On emmènerait Gentil. En attendant, Mémère fabriquait pour Agathe le dessert qu'elle aimait, qui étaient de gros beignets aux cerises saupoudrés de sucre. Agathe riait avec Papy, causait avec Maman comme deux copines et embrassait toute la personne du pauvre Roméo d'un regard qui était comme une eau de jouvence sur le cœur flétri de cet homme. Le soir même de son retour, elle courut à la boutique pour lui faire une surprise.

La porte était grande ouverte. Elle le vit au milieu de la pièce, assis sur une petite chaise basse, regardant l'étagère où il mettait le travail terminé pour les clientes. Son corps ne bougeait pas plus que celui d'une statue de pierre. Sa chemise sans col et son gilet noir à dos de lustrine étaient fermés jusqu'en haut. Sur le pas de la porte, Agathe le contemplait, le cœur serré, sa fille dont la peau était douce, et vaporeuse la chevelure, car Agathe était belle, sans aucun doute, et ses habits devaient sentir comme le linge dépendu qu'on rentre un soleilleux matin d'avril. Interdite au bord de cette immobilité poussiéreuse et de ce lourd silence, modeste support de sa propre beauté éclatante, elle voyait le vieux, elle voyait son regard fixe et vide et les sombres cavités creusées dans son visage. Il était mal rasé ; son menton était gris, presque blanc. Derrière lui les outils étaient rangés dans un ordre impeccable, contre le mur et sur l'établi. Les mauvaises pensées tournaient comme une meule à l'intérieur de sa tête et obscurcissaient la lumière de ses yeux ; elles brûlaient à petit feu la substance de son corps débile et de son esprit implorant et de son âme terrassée. Ainsi apparut-il à l'être rayonnant, à ce provisoire chef-d'œuvre de charme et de réussite scolaire qu'il avait mis sur terre en sa jeunesse, s'aidant du grand amour qu'il avait et d'un certain élan de sa verge. Et elle, Agathe, l'être en question, née d'un bonheur et d'une démangeaison de cet homme, se tenait sur le pas de sa porte, n'osant franchir le seuil d'une aussi grande douleur. Alors son regard à lui, là sur le côté, enregistra comme une ombre : il se détourna de l'étagère et la vit, douce, légère, vaporeuse, belle et remplie d'effroi. Et dans sa défaite il lui restait assez d'amour pour faire éclore un sourire. Il sourit. Sa bouche se releva à peine, à peine une étincelle passa dans ses yeux – mais il souriait. Dans l'encadrement de la porte, Agathe souriait de même, écarquillant les yeux pour refouler ses larmes. Le vieux murmura, comme en extase :

– Oh !... Oh !... Agathe...

Et Agathe ne dit pas : « Me voici, je ne te quitterai plus », ni : « Je t'ai toujours aimé plus que personne au monde», ni rien de ce que hurlait son cœur désespéré, elle dit :

– Alors ? On se prélasse, à ce que je vois !

*
* *

Dans sa robe claire et légère de l'été, Agathe ressemblait à une mariée au bras de son vieux père, et lui-même se redressait à la façon d'un homme qui conduit son enfant à l'autel. Juillet leur posait dessus ses couleurs de la fin d'après-midi, quand les murs commencent à rendre la chaleur qu'ils ont retenue depuis le matin. Ils allaient paisiblement et fièrement.

Le vieux disait, crispant la nuque pour que son regard n'aille pas désigner l'étagère vide :

– On pourra se balader comme ça, si je n'ai pas trop de travail...

Elle répondait :

– Et même ! Tu finiras un peu plus tôt, voilà tout : tu as bien droit à des congés, toi aussi !

– Des congés, peut-être... mais pas payés !

– Alors des congés gratuits ! Des congés volés, mon petit papa : ce sont les vrais congés, ceux-là !

Cette idée enchantait le vieux, apparemment.

– Oui-oui, faisait-il, je vais me voler un petit congé de temps en temps pour promener mon Agathe...

– Et tu ne l'auras pas volé !

Ils riaient comme des enfants, le long des murs à l'haleine brûlante, entre Lépine et Madagascar. Juillet était leur complice.

– Agathe ?

– Oui ?

– Il fait bon chez nous, hein ?

– Il fait bon.

– Tu es contente d'être avec nous ?

Agathe pose un baiser sur la tempe du pauvre Roméo.

– On pense bien à toi, tu sais, lorsque tu n'es pas là…

– Je sais, Papa…

– Ta mère… tu lui manques beaucoup. Si elle avait…

Il fait une espèce de geste. Il se tait.

– Dis, mon petit Papa…

– Oui ?

– Rien… Mémère a préparé des beignets de cerises.

– C'est une brave femme.

– Ils sont tous braves. Ils sont merveilleux !

– Oui. Nous avons bien de la chance de les avoir, hein ?

– Et toi ! Nous avons tellement de chance de t'avoir, toi !

– Oh ! moi…

– Veux-tu bien ne pas faire le modeste comme ça ! Allons-allons ! comme si tu ne le savais pas !

– Pour ça, on s'entend bien, disait le vieux. Il y a des familles où c'est la bagarre tout le temps, mais on ne connaît pas ça chez nous, Dieu merci…

– Et on restera toujours comme ça. Toujours ! affirmait Agathe avec force.

– Toujours… répétait le vieux.

D'une voix rêveuse, en ce temps-là, il prononçait ce mot étrange, entre Madagascar et Lépine, sur le faubourg des Coups-de-Trique, à Belfort.

Nous dégustions l'amour retrouvé d'Agathe. Ce furent des jours suaves pendant lesquels Théo fit des progrès à la clarinette, tandis que Papy parlait aux chevaux d'une voix plus douce que jamais. Le pauvre Roméo fréquentait beaucoup moins assidûment les cabinets du palier. Son épouse paraissait détendue et riait volontiers. Elle prenait le plus vif plaisir aux anecdotes nombreuses que sa fille racontait sur sa vie à Vesoul, car Agathe avait complètement cessé de penser à autre chose quand nous étions là. De plus, elle laissa passer trois jours avant d'aller voir Mlle Loncle, qui d'ailleurs était partie en vacances dans le Bas-Rhin, chez sa sœur mariée.

Pour ses vacances, Agathe avait trouvé une place d'employée aux écritures aux établissements Bérolle, qui sont la grande bâtisse à coupole en forme d'obus, à côté de la gare. C'était loin, mais elle pouvait prendre le tram.

Le travail était stupide et monotone. Il était aussi mal payé, sous prétexte qu'Agathe n'était qu'une petite remplaçante de rien du tout, sans aucune expérience. La vieille sorcière qui commandait les bureaux se moquait pas mal qu'elle soit en train d'apprendre pour devenir institutrice. Elle l'avait tout de suite prévenue :

– Institutrice ? Mais qu'est-ce que vous voulez que ça me fasse, ma petite ? Si vous comptez obtenir des passe-droits avant même d'avoir montré ce que vous savez faire, vous ne manquez pas de toupet ! Et si vous avez dans l'idée d'entrer ici pour nous donner des leçons, vous feriez mieux de prendre la porte tout de suite !

Voilà comment Agathe fut accueillie. Il faut dire que, même à cette époque-là, vous auriez dû faire du chemin pour tomber sur une harpie pareille ! Question vacherie, elle aurait pu s'aligner avec le chien de garde de l'Alsthom.

Le matin, déjà furibonde, répondant aux bonjours par des grognements menaçants, elle distribuait à chaque fille le travail de la journée, prenant bien soin que pas une n'ait une tâche équivalente à celle de sa voisine, probablement dans l'espoir de les monter les unes contre les autres. Elle s'arrangeait en tout cas de manière que chacune ait assez à faire pour ne pas avoir une seconde à soi jusqu'au moment de la fermeture, et même pour être obligée de rester vingt minutes ou une demi-heure après (bien entendu, les heures supplémentaires, chez Bérolle, on ne connaissait pas). Si, par un hasard extraordinaire, il vous arrivait de finir trois minutes avant l'heure, mal vous en prenait. Toujours à l'affût derrière son bureau qui faisait face à ceux des filles, telle une pionne de collège, le vieux chameau vous repérait et alors, l'œil allumé, pleurant presque de joie, elle se précipitait pour vous fourrer dans les mains un monceau de paperasses qui vous faisait sortir encore deux fois plus tard que d'habitude.

Elle faisait des remarques acerbes sur les toilettes, interdisait les bavardages et il fallait lui demander pour aller faire pipi, sans même être certaine que la permission serait accordée. Avec ça, elle surveillait les corbeilles à papier, attendant d'y voir une boulette pour vous tomber dessus et vous accuser d'incapacité, de gâchis, de sabotage! Lorsqu'une fille se trompait et était obligée de recommencer (car la vieille ne tolérait pas la moindre rature), elle glissait discrètement le chiffon de papier dans son sac. Mais l'autre, qui devait compter les feuilles chaque matin et chaque soir, avait fini par se douter de quelque chose. Elle fit ouvrir les sacs. Puis, sentant qu'un vent de révolte s'apprêtait à souffler sur le bureau, elle mit au point une autre méthode: en même temps que le travail du jour, elle vous donnait le nombre exact de feuilles nécessaires. Si vous commettiez une erreur, il fallait vous lever et lui demander à elle une autre feuille, ce qui ne manquait pas d'attirer sur vous injures, sarcasmes et réprimandes. L'opinion de la vieille était que les employées auraient dû acheter elles-mêmes leur papier puisque, sans cet accessoire, elles ne pouvaient profiter du grand honneur qui leur était fait de trimer pour Bérolle comme des galériennes.

Mis au courant de la situation, Gentil imagina toutes sortes de représailles susceptibles de faire sentir à la garde-chiourme qu'elle avait intérêt à mettre de l'eau dans son vin. Lui-même se proposait, au grand effroi de Maman, d'aller lui faire partir sous les jupes tout un essaim de hannetons à Kramsky.

Entendant cela, Agathe battit des mains, tandis que Papy hurlait de rire et que Mémère se lançait devant le fourneau dans une sarabande effrénée qui était l'imitation du vieux chameau en train de se débattre avec les bestioles :

– Arrêtez ! piaillait Mémère. Voulez-vous cesser de me chatouiller les cuisses !

– Ou M. Bérolle sera jaloux ! ajoutait Papy.

Et tout le monde se mettait à hurler avec lui, sauf Maman, qui ne souriait que d'un côté de la bouche et disait :

– Quand même ! N'allez pas lui mettre de telles idées en tête ! C'est sa chef, après tout !

– Une chef comme ça ! faisait Mémère, outrée, en reprenant brusquement son sérieux.

Papy tapait du plat de la main sur la table :

– Ni Dieu ni maître ! s'écriait-il en clignant de l'œil à Gentil.

– C'est une garce, oui ! insistait Mémère.

– Vous parlez de la femme à Clément ? interrogeait naïvement Papa qui rentrait juste de la boutique.

Et, le soir, quand on s'était promenés un peu, ou simplement accoudés à la fenêtre, échangeant des propos avec ceux qui prenaient le frais dehors, toute la famille se retrouvait à écouter les nouvelles de la radio qui, malheureusement, n'étaient pas bonnes.

Comme promis, Papa quitta quelquefois son échoppe plus tôt pour faire un petit tour tout seuls les deux avec sa fille. Une fois, Agathe eut la surprise de le trouver sur le trottoir de la rue Koechlin, lorsqu'elle sortit des établissements Bérolle. Il l'attendait, minuscule, intimidé – parce que c'était bien la première fois qu'il se livrait à des fantaisies pareilles. Mais Agathe traversa la rue en courant et se jeta à son cou.

Ils auraient pu revenir par le tram, mais ils préférèrent aller à pied, pour jeter un œil aux boutiques du faubourg de France et, surtout, pour profiter plus longtemps l'un de l'autre.

Ils passèrent devant les étalages de robes de mariées, les vitrines de la Cordonnerie Parisienne, les affiches de la Grande Taverne ; ils entrèrent à la Fée des Poupées acheter un soldat de plomb à Théo, changèrent de trottoir entre le Commerce et la Bourse.

Ils traversèrent à nouveau pour voir les jolies choses chez Helmont – mais qui pouvait se permettre de payer ces prix-là ? Agathe insista pour ramener à sa mère un gendarme de chez Dulac, car Maman adorait ça et ne songeait jamais à s'en acheter. Ils retraversèrent, ayant décidé de passer par le square.

Le square était vraiment magnifique. On voyait des paillettes d'or entre les feuilles des arbres ; l'allée était comme un tunnel creusé dans un bloc de parfums tiédissants.

– Ce que ça sent bon ! murmura Agathe. On a bien fait de passer par là, hein ?

– Oui, dit Papa. On a beau être dans sa ville, on ne profite pas de tout…

– Je me demande si je ne préfère pas encore le square à la Roseraie… dit Agathe.

– C'est autre chose, dit Papa.

Ils se turent jusqu'à l'hôpital. Au bout de la rue Voltaire, Papa dit :

– À propos, tu sais, je me demande si je ne devrais pas chercher un autre travail...

Agathe se raidit et ne répondit rien, espérant que le vieux allait changer de conversation. Mais il continua, la tête tournée vers le trottoir d'en face :

– La faïence, ça ne marche plus comme avant. À quoi ça servirait de prétendre le contraire ? Les gens... je ne sais pas, les gens... ils s'arrangent autrement qu'autrefois – qu'est-ce que tu veux y faire ? Je ne peux quand même pas les tirer par la manche comme le bonhomme du marché ! J'attends, j'attends, je viens tôt le matin et je reste le soir jusqu'à la dernière minute pour au cas que, mais il n'y a plus rien à faire. Depuis le début du mois, je n'ai pas eu une seule cliente. Pas une seule, Gatou !

– C'est l'été, dit-elle. Les gens gardent leurs sous pour partir en vacances au mois d'août. À ta place, je ne m'inquiéterais pas.

– Je n'ai eu personne non plus le mois dernier. Juste un saladier, rien du tout. Et en mai, je...

– Tu es ton propre maître ; c'est des métiers où il y a des hauts et des bas...

Elle rougit violemment. Son père poussa un profond soupir :

– Si je quitte la boutique, qu'est-ce que je vais faire ?

– Tu ne vas pas quitter la boutique maintenant ! Les gens te connaissent, ils ont l'habitude avec toi...

Elle avait conscience de dire des bêtises et aurait voulu s'envoyer des gifles.

– Je suis père de famille, Agathe ! rappela doucement le vieux.

– Mais je vais bientôt être institutrice ! dit Agathe. Plus qu'un an et je travaillerai, j'aurai ma paye. Tu ne crois quand même pas que je vais la garder pour moi ? Qu'est-ce que j'en ferais, mon Dieu !

– C'est à moi de veiller sur ma famille, Agathe ! Je suis le père. Si un père n'est pas capable...

– Pas capable ! s'écria-t-elle. Qu'est-ce que tu racontes, allons ! Ce n'est pas parce que les affaires marchent un peu moins bien en ce moment ! Il y a forcément des hauts et des bas !

Agathe cherchait désespérément d'autres arguments.

– Si ce n'était pas ma santé, disait-il, j'irais voir à la manutention, avec Gentil. Ils me prendraient peut-être...

– Pour être commandé comme un petit garçon, toi qui n'as jamais eu de chef sur le dos !

Le vieux fit comme s'il n'avait pas entendu :

– Il faut d'abord que je me rétablisse.

Agathe se hâta de saisir la perche tendue :

– Tu en auras bien besoin pour faire face à tout le travail que les gens te donneront lorsqu'ils seront revenus de vacances ! s'écria-t-elle joyeusement.

Néanmoins, elle n'eut pas le cœur de tourner la tête pour apprécier l'effet produit par ses paroles sur le visage du pauvre Roméo.

– Regarde donc le bonhomme qui sort de chez le coiffeur ! s'exclama-t-elle en désignant un passant du menton. Ma parole ! il est tombé la tête la première dans un baquet de saindoux !

Le vieux imita un éclat de rire du mieux qu'il put et c'était à peu près aussi réussi que ses clins d'œil. Mais Agathe fit comme si elle était dupe. Elle serra le bras du vieux et inclina la tête sur son épaule, à demi morte de chagrin, de honte et de désespoir. À peine arrivée à la maison, elle alla se réfugier dans les cabinets pour pleurer tout son saoul.

Demain était dimanche. Elle se rendit au Champ-de-Mars avec Mémère, Papy et Théo, qui n'étaient pas peu fiers, du fait qu'Agathe avait mis ses gants blancs. On rencontra au bord de la Savoureuse, occupé à pêcher, un ancien collègue de Papy aux Galeries, qui fut soufflé en apprenant qu'il allait y avoir une institutrice dans la famille.

– Ah ! Il fallait voir la tête à Michel Chipaux ! devait répéter Papy toute la soirée. Eh bien !

Et Mémère, en écho :

– Ça valait dix !

Lorsqu'ils revinrent de leur promenade, Agathe ôta ses gants.

– Où qu'il est, Papa ? demanda Théo.

– Il est allé voir à la boutique, répondit distraitement sa mère, qui lisait un livre de sciences naturelles appartenant à Agathe.

Théo ne comprit pas pourquoi sa sœur s'immobilisait et devenait aussi blanche que les gants.

*
* *

Dans les semaines qui suivirent, les nouvelles de la radio devinrent de plus en plus mauvaises. Au point qu'il ne fut plus du tout possible de croire qu'on éviterait la guerre. Le 23 août était signé le pacte germano-soviétique. Le 1er septembre, les Boches pénétraient en Pologne et le lendemain, ça y était !

Il n'y avait pas tellement d'affectés spéciaux chez nous, ce n'était pas le quartier à ça. Hansi Hoffstetter partit le premier. Puis ce fut le tour de M. Clément, de Kramsky, du Cugnet, de cette brute de Charly Fulgraff et des pères à Noguez, Nussbaum et aux Binda. Buisson rejoignit son unité le même jour que le père Jeandheur et Cochise Zehnacker, dont on avait cru un moment qu'ils ne voudraient pas. Finalement, les seuls qui restèrent furent le père Mouret (on avait besoin de lui pour faire l'école), le Passe-lacet, qui n'avait jamais été soldat, et ceux qui, à l'image de Papy, étaient devenus trop vieux pour faire encore cette guerre-ci.

Gentil fut appelé peu de temps après Buisson, si bien que de l'orchestre du Luxhof, il ne restait en tout et pour tout que Lucie Schnoebelen. Kramsky n'avait eu que quelques centaines de mètres à faire pour revêtir l'uniforme, étant affecté au fort Hatry. Mais Gentil, lui, devait rejoindre Toulon.

Il vint nous dire adieu, avec sa valise en alu et l'étui à clarinette. Agathe était déjà retournée à Vesoul. Mais tous les autres se trouvaient à la maison, attendant dans un morne silence cette visite de Gentil.

– Eh bien, voilà ! dit-il. Il faut y aller !

Le sourire de lumière était sur son visage.

– Vous ferez attention à vous ? fit Maman le sourcil froncé. Un exalté pareil !

– C'est plutôt aux Boches de faire attention, maintenant que notre Gentil est de la partie ! plaisanta Papy.

– Si vous trouvez le temps d'écrire un petit mot... » dit Mémère.

– Tu penses ! ironisa Papy. Il n'aura que ça à faire !

– J'essaierai, madame Schultz, dit Gentil. Je ne suis pas un grand écrivain, mais ma foi...

Le sourire de lumière était sur son visage.

– Alors, au revoir, Marthe. Au revoir, Roméo, soigne-toi bien, mon vieux, hein, surtout !

– On s'embrasse, décida Maman, les larmes aux yeux.

Gentil-N'a-qu'un-Œil posa la valise par terre et l'étui sur la toile cirée de la cuisine. Ils s'embrassèrent. Papa, qui n'avait pas encore ouvert la bouche, empoigna son ami par les épaules et le serra fort :

– Reviens ! souffla-t-il. Reviens vite !

– C'est que j'en ai fermement l'intention ! s'écria Gentil. Le sourire de lumière était sur son visage.

– Et toi, mon Théo, qu'est-ce que tu me dis ?

L'enfant luttait contre son envie de sangloter. Il se sentait redevenir le tout petit Théo d'autrefois.

– Tu sais qu'on ne te chasse pas, dit Papy à l'ancien marsouin, mais ne va quand même pas rater ton train !

Gentil souleva la valise et désigna Théo d'un mouvement de tête :

– Je me demande si cet oiseau-là ne m'aiderait pas à porter la clarinette jusqu'à la gare. C'est jeudi, après tout!

Le sourire de lumière était sur son visage.

Le hall de la gare était encombré d'autres hommes qui partaient à la guerre, le plus souvent accompagnés de parents ou d'amis. Il y avait aussi beaucoup de soldats en transit qui se croisaient dans tous les sens, avec le casque, le fusil et tout le barda.

Gentil n'était pas du même genre qu'Agathe. Lorsqu'il mit le pied sur le quai, son train partait dans deux minutes.

Il embrassa fougueusement Théo et sauta sur un marchepied.

– Eh! dit Théo. Vous oubliez la clarinette!

– Penses-tu! La clarinette, c'est toi qui la gardes! Prends-en bien soin, mon Théo. Tu me la rendras quand je reviendrai!

Il s'élança à l'intérieur du wagon mais, presque tout de suite, il réapparaissait à une fenêtre entre deux chasseurs alpins, clignant de l'œil et appelant le nom de Théo.

Le sourire de lumière était sur son visage.

Il y eut un coup de sifflet et des cris. Sur le quai, Théo levait la tête pour regarder son ami penché à la fenêtre juste au-dessus de lui. Mais il ne voyait rien parce que tout à coup ses yeux s'étaient couverts de buée. Il entendit la voix de Gentil, la belle voix chaude de Gentil, son meilleur ami de toujours, son maître de l'école des jeudis, des dimanches et de l'heure des repas, celui qui lui avait appris la beauté du monde et la vraie façon d'être un homme :

– Eh ! Théo, qu'est-ce qui t'arrive ? disait cette voix avec une tendresse un peu goguenarde. Tu ne vas pas te mettre à pleurer ? C'est pas le moment d'arroser la terre ! Artichaut ! Artichaut, mon gamin !

– Artichaut ! hurla Théo comme le train s'ébranlait – mais sa gorge n'émit qu'un petit gargouillis.

*
* *

Deux jours après Gentil, c'est l'oncle Maximilien qui nous quittait. Il n'était plus mobilisable, mais il avait fait des pieds et des mains pour être engagé quand même. Il partit pour une caserne de Dijon où on l'installa dans un bureau comme planton ou je ne sais quoi, malgré son instant désir d'aller pourfendre le Boche. Au moins, on n'avait pas de souci à se faire pour Maximilien Schultz.

Mémère reçut une carte de Toulon : « Tout va bien. Bons baisers à toute la famille. Théo aimerait voir tous les bateaux qu'il y a ici ! Votre ami qui pense à vous. G. » De sorte qu'on était également rassuré sur le sort de Gentil.

Paradoxalement, le seul homme qui nous donnait des inquiétudes était un de ceux qui n'étaient pas partis – et c'était Papa. Lui non plus n'était plus mobilisable. À dix jours près ! Il aurait pu s'en frotter les mains, mais il ne pensait en fait qu'à une chose : on allait le prendre pour un planqué dans le faubourg. Que lui répondre ? Qu'il avait tellement l'air d'un crevé que même les plus mal intentionnés ne se seraient jamais attendus à ce qu'on l'envoie au casse-pipe ? Que les étrangers le prenaient plus volontiers pour le frère que pour le gendre de Papy ? Alors on se taisait. Une fois de plus on baissait le nez pendant qu'il se rongeait les sangs. Et lui ruminait tout ça. Avec le reste, c'est-à-dire avec tout ce qui le minait déjà avant que la guerre soit déclarée : sa maladie, la boutique déserte, l'éloignement de sa fille à Vesoul, la défaite du Front populaire, etc., etc., etc.

Dès que l'oncle nous annonça qu'il s'était présenté comme engagé volontaire, nous sûmes que nous ne pourrions pas retenir Papa. Le lendemain matin, en effet, il se rendait au bureau de recrutement, ignorant les supplications de Maman. Il revint deux heures plus tard, passa au milieu de nous comme s'il ne nous voyait pas et alla se planter devant la fenêtre, un verre dans une main, l'autre main posée sur le robinet de l'évier. Il fixait un point dans l'espace, les yeux à demi clos. Mémère avait besoin du robinet, mais elle ne dit rien. On se regardait à la dérobée. On attendait.

Cette attente dura des siècles. Pour finir, il s'écarta de l'évier sans avoir bu, se retourna et parut découvrir notre présence. Il nous regarda l'un après l'autre et nous apprit que pour raison de santé, ils n'avaient pas voulu de lui. Nous ne pûmes lui dissimuler notre soulagement. Mais il resta indifférent à ces soupirs. Il s'assit et dit d'une voix tranquille, raisonnable, se parlant à lui-même sur le ton de qui énonce une évidence·

– Je suis quand même encore bon à quelque chose.

Il médita là-dessus un petit moment, puis ouvrit les mains :

– J'ai des mains. J'ai une tête.

Il leva les yeux vers nous :

– Non ?

On le regardait, on ne répondait rien.

– Oh ! Je n'en ai pas peur, de vos grimaces ! s'écria-t-il tout à coup.

Il bondit de sa chaise et sortit en claquant la porte si violemment que le verre fut fendu.

De tout le repas, il ne nous adressa pas la parole. Il ne touchait à rien de ce qu'on mettait dans son assiette. Même Maman n'osait rien lui dire. Puis il sortit précipitamment et se dirigea vers l'entrée. Maman courut derrière lui, mais elle prit la peine de refermer la porte de la cuisine, si bien qu'on ne pouvait pas savoir ce qui se passait. Il y eut encore des bruits, mais on n'arrivait pas à deviner à quoi ils correspondaient.

Maman revint dix minutes plus tard, blême, les traits tirés, défaisant son tablier :

– Ça ne va pas. Il a vomi. Il respire mal. Je l'ai fait s'étendre dans la chambre. Je vais chercher Corbon.

Elle sortit.

– Je vais voir, dit Mémère. Restez là, vous !

Nous étions tous serrés les uns contre les autres dans le couloir lorsque Corbon sortit de la chambre. Il nous regarda par en dessous en remettant son chapeau.

– Chère madame, marmonna-t-il à l'adresse de Maman, votre mari n'a pas le cœur bien solide, je vous l'ai déjà dit. Il est sujet aux attaques. Il nous en a déjà fait deux. La troisième serait fatale et cette fois, il s'en est fallu d'un cheveu. Je vous avais dit qu'il fallait du repos, du repos, et encore du repos. Pas d'effort, pas de contrariété. Vous n'avez pas voulu m'écouter, et voyez le résultat.

Il se mordillait l'intérieur de la joue d'un air préoccupé.

– Mais... c'est vraiment grave ? interrogea Maman d'une petite voix apeurée.

– C'est assez grave pour qu'il ne fasse plus le mariole. Le cœur, ça ne plaisante pas... Qu'il reste au lit, et nous verrons bien dans quelques jours s'il y a quelque chose à faire.

Il salua gravement la famille, d'une inclinaison de tête, soulevant son chapeau devant Mémère et Maman. On se serait cru à la fin d'un enterrement. Lorsqu'il fut parti, nous nous aperçûmes que la porte de la chambre à coucher était grande ouverte. Et Papa se tenait là en chemise de nuit, sur ses jambes grosses comme des allumettes, agrippant le chambranle et disant d'une voix très humble, avec un air de timide reproche :

– Vous savez, j'ai tout entendu.

*
* *

Théo apprit en rentrant de l'école que son père s'était énervé à mesure que l'après-midi avançait. Et maintenant, il n'était plus du tout dans son état normal. On interdit à l'enfant d'aller le voir.

À travers la porte de la cuisine, où il s'était installé avec son cahier pour apprendre une récitation, lui parvenaient des éclats de voix et d'autres bruits qu'il préférait ne pas interpréter, ce qui ne l'empêchait pas de tendre l'oreille chaque fois qu'il les entendait.

À un certain moment, Mémère entra dans la cuisine en même temps que Maman sortait de la chambre, de sorte que les deux portes étaient ouvertes, et Théo entendit le vieux qui criait :

– ... que vous croyez ? Je ne vais pas rester dans mon lit à attendre bien sagement la troisième at...

Mémère referma la porte, évitant le regard de Théo. Dix minutes plus tard, celui-ci s'aperçut que, depuis qu'il était là, il ne faisait que lire et relire les deux premières lignes de sa récitation, sans en comprendre un traître mot :

Ceux qui vivent, ce sont ceux qui luttent ; ce sont
Ceux dont un dessein ferme emplit l'âme et le front.

On expédia le souper. Théo dut aller se coucher. Allongé dans le noir, il restait aux aguets. Il savait qu'on parlait, qu'on criait là-bas, dans la chambre des parents. Un pauvre Roméo efflanqué lançait des imprécations et des plaintes. Il se révoltait contre quelque chose. Il était seul. Mais il se débattait comme un beau diable. Et Théo, par-delà sa frayeur extrême, avait la conviction que son pauvre vieux père Roméo finirait par l'emporter – parce que cela serait juste.

Et d'ailleurs, lorsque Théo se leva, Papa allait

beaucoup mieux. C'est la première chose que Mémère lui dit en le réveillant. Le vieux s'était beaucoup agité pendant toute une partie de la nuit, refusant bouillon, tisane et paroles d'apaisement, pour mieux continuer ses protestations farouches. Puis, sans raison, il s'était arrêté au milieu d'une phrase, avait regardé le plafond d'un air abasourdi, comme s'il n'arrivait pas à le reconnaître, ni même à comprendre à quoi un plafond pouvait bien servir et zou ! il s'était endormi comme une masse.

Le vieux pauvre père à Théo était assis dans son lit, le dos calé avec trois oreillers. Ses traits étaient tirés, mais il était parfaitement calme, souriant, parlant à chacun avec gentillesse, disant oui à tout. Il bavardait, badinait. Depuis des mois et des mois, on ne lui avait pas connu une telle sérénité. Pour un peu, nous l'aurions trouvé bien désinvolte, pour un grand malade. Mais son insouciance d'aujourd'hui était encore plus contagieuse que son angoisse d'hier. À telle enseigne que Mémère et Papy, qui voulaient remettre une visite qu'ils devaient faire en ville, revinrent sur leur décision et s'habillèrent pour sortir. Maman étant partie au D.M.C., le pauvre Roméo fut laissé à la garde de Théo, qui n'avait justement pas école ce jour-là, bien qu'on fût mercredi.

L'enfant alla donc s'asseoir dans la chambre de son père, son cahier sous le bras.

– Te voilà, mon garçon ! fit Papa.

Théo lui sourit.

– Tu as apporté ton cahier ?

– J'ai une récitation à apprendre.

– Une récitation ? Aha... Laquelle ?

Théo ouvrit le cahier :

– Poésie de Victor Hugo, lut-il en haut de la page.

– Fais voir.

L'enfant tendit le cahier.

– Non-non, dit Papa, récite-la-moi.

– Je la sais pas encore, dit Théo en rougissant.

– Ça ne fait rien, dit Papa. Je ne suis pas le père Mouret ! Qu'est-ce que ça me fiche si tu la récites en regardant ou sans regarder ? De toute façon, je sais bien que ce n'est pas toi qui l'as faite !

– Y a pas tout, prévint Théo. Seulement les dix premières lignes.

– Vas-y donc !

Il commença de lire, butant par-ci par-là sur les mots car, lisant ligne après ligne, il ne comprenait toujours pas ce que Victor Hugo avait voulu dire.

Il lut les dernières lignes : « *Ceux dont le cœur est bon, ceux dont les jours sont pleins. / Ceux-là vivent, Seigneur ! Les autres, je les plains.* » – et regarda son père.

Le vieux hochait la tête, souriant d'un air mystérieux, comme si tout ce charabia évoquait pour lui une bonne blague, quelque chose de grivois, plutôt, dont il ne pouvait pas faire part à son fils.

– Pas mal, murmurait-il. Pas mal.

Théo ne savait pas quoi dire. Il s'agitait sur sa chaise et tripotait le cahier.

Une brève lueur passa dans les yeux de Papa, qui changea de position :

– Dis donc, mon garçon, as-tu décidé ce que tu allais faire plus tard ?

Théo réfléchit un instant.

– … Comme toi ? dit-il finalement d'un air dubitatif.

– Non, dit simplement le père, d'un ton calme mais sans réplique.

– Je sais pas, avoua piteusement Théo.

Mais le vieux n'eut aucune réaction.

– J'ai confiance en toi, dit-il au bout d'un petit moment, tout sourire. Ta maman peut avoir confiance en toi. Je me trompe ?

Théo secoua farouchement la tête.

– Je le savais ! dit le vieux. J'ai toujours été fier de toi, mon garçon. Tu vas réussir ta vie, mon garçon. Tu es sain, tu es bon, tu es courageux. Je n'ai pas peur pour toi. Ta pauvre sœur s'est bien débrouillée – et tu te débrouilleras aussi. Un jour, vous aurez des enfants…

Son visage se décomposa tout à coup :

– Ah ! j'envie les enfants que tu auras, Théo ! dit-il rageusement, les dents serrées.

Théo eut très peur, mais le vieux se reprit.

– Théo, dit-il, aime ta mère ! C'est la meilleure de nous tous ! Une mère, tu sais, on n'en a qu'une !

L'enfant secoua de nouveau la tête.

– Aime-la toujours. Obéis-lui. C'est une femme exceptionnelle, tu sais – et qui méritait de connaître mieux que ce qu'elle a connu, je m'entends…

Théo secouait la tête.

– Théo, dit encore le vieux, si tu n'apprends pas tes

récitations, ça n'a guère d'importance. Un père ne devrait pas dire ça, mais moi, je te le dis… Ce qu'il faut, c'est que tu retiennes ce qu'elles disent, et que tu en fasses ton profit. Alors, tu en auras appris bien plus que ceux qui peuvent réciter des milliers de lignes comme des perroquets, en pensant à autre chose. Entends-tu ?

Théo secouait la tête.

– Travaille dur, mon garçon, travaille bien dur ! Mais ne laisse jamais tes mains ou ta langue travailler sans ta tête. Tu as la tête solide, comme ta mère, alors ne la fais pas chômer ! Et ne fais rien sans cœur. Si tu dois faire quelque chose sans cœur, refuse plutôt de le faire !

Le vieux s'énervait encore :

– Ne t'y trompe pas, mon garçon, refuser est dur ! Dire non est parfois le plus dur de tout, mais un homme qui dit non est un homme : c'est dans ta poésie de Victor Hugo, et c'est ça qu'il faut apprendre, Théo, c'est ça ! Le reste tu peux l'oublier. Ce sont des mots, un Chinois mettrait des autres mots, mais il dirait la même chose. Le père Mouret veut des mots ? Donne-lui ses mots, si ça peut lui faire plaisir ! Mais l'idée, mon garçon, garde-la pour toi. Mets-la dans ton cœur, car la tête ne suffit pas, si une idée est bonne – et garde-la !

Il se dressa, les yeux flamboyants :

– Tu peux avoir des revers et des malheurs, Théo ! Tu en auras, comme tout un chacun ! Mais fais en sorte de n'avoir rien à regretter, tu comprends ? La vie et les hommes te feront des misères. Mais toi, tu ne dois rien avoir à regretter de ce que tu as fait, toi!

Il se laissa retomber sur les oreillers, soupira un grand coup, puis redevint tout tranquille et sourit gentiment.

– Dis donc, hier, en passant, tu ne sais pas ce que j'ai vu à la vitrine de chez Schrutt?

Il attendit que Théo ait fait non de la tête.

– Des jeanbonhommes! Toute une armée de jeanbonhommes!

Les yeux de Théo se mirent à briller.

– Tu sais pas? dit le vieux. Tu devrais aller nous en chercher quelques-uns. D'accord? Tiens, prends le porte-monnaie, là, dans la poche de mon pantalon, sur la chaise. Tu y es? Prends-nous-en six. Et puis, non, tiens! la douzaine, que tout le monde en ait – et dis bien de ma part à Mme Schrutt qu'elle te mette les plus gros! Allez, cours!

Théo fonça en direction de la porte.

– Eh! dit son père. Dis-moi au revoir!

– Je reviens tout de suite! dit Théo.

– Alors dis-moi bonjour, si tu ne veux pas me dire au revoir!

Théo se précipita dans les bras de Papa en éclatant de rire:

– Bonjour, Papa!

Et le vieux lui fit son espèce de clin d'œil à la manque:

– Bonjour, mon garçon!

Théo dévala l'escalier et courut d'un trait jusqu'à

la boulangerie. C'est pendant ce temps-là que le vieux se pendit à l'espagnolette, avec le cordon de la robe de chambre.

Ses fesses touchaient presque le parquet.

– Pour se détruire comme ça, décrétèrent les gens du faubourg, il faut vraiment en avoir envie !

Joseph
Histoire du colporteur

Quand vous mourez, paraît-il, vous revoyez en un clin d'œil toutes les histoires de votre vie, comme un homme qui rassemblerait ses affaires avant de s'en aller. Si c'est vrai, alors le vieux avait dû revoir bien des choses. Il avait dû revoir le jour où il avait levé Maman dans ses bras pour passer le seuil de leur premier logement, un minuscule deux-pièces rue d'Aspach, derrière la gare des marchandises. Il avait dû revoir Théo dépité, rentrant du Luxhof avant d'avoir fini de s'amuser, un certain samedi soir ; revoir Mlle Loncle le suppliant d'envoyer Agathe à l'E.P.S. ; revoir Gentil l'appelant à la fenêtre, la fois où les Vurpillot s'étaient réconciliés, et la nouba qu'ils avaient faite ce soir-là et le bonheur incongru et parfait qu'ils eurent sur le ballast, où pas un d'entre eux n'était jamais retourné – dites-moi seulement pourquoi ? Et puis le regard de Mémère disant «mon pauvre Roméo», les stations dans les cabinets du palier, les anciens jours où la boutique était presque trop petite pour tout le travail qu'il y avait à faire, et les bouteilles de bière, brunes ou vertes, qu'on met dans la cuvette à rafraîchir, sous le robinet qui coule, et la première poignée de main de Gentil, et le premier cadeau de la petite Agathe (c'était une montre en carton dont il fallait bouger soi-même les aiguilles car il n'y avait pas de mécanisme à l'intérieur), et la première fois qu'il avait prononcé les mots « quand on sera un peu moins gênés... », puis toutes les autres fois, et puis les crépuscules vert et or sur le Salbert, la grêle en juin, la neige au mois d'août et Noël au balcon, étincelant telle une vitrine de bijoutier, l'heure triomphale où il avait prononcé la phrase que nous garderions en souvenir de lui, jusqu'à l'heure de notre propre mort, et cette fin d'après-midi où un Théo pas plus haut que trois pommes était revenu de la fête : « Viens, mon garçon, viens un peu... Là, là, que je te montre, mon fils... » Oui, il avait dû voir cela aussi, entendre ces paroles et peut-être, au tout dernier instant, deviner que Théo n'avait pas dépensé le sou – deviner cela et vouloir en sourire sans se douter qu'il était déjà mort, ayant revu ce que sa vie avait été, combien elle avait été belle et malheureuse, combien brève et languissante elle avait été. Ayant revu l'époque où n'existaient ni le marché couvert, ni la Maison du peuple, ni l'E.P.S., ni même le clocher de Saint-Joseph, qui tout bonnement n'avait pas de clocher en ce temps-là et semblait aussi bien comme ça ; ayant revu l'apparition de la jeune fille Marthe dans sa timide existence, et sa transformation en femme vaillante et raisonnable, porteuse de beaux enfants ; ayant revu les années douces et les sombres années, les trottoirs mouillés brillant sous le soleil, les visages infinis de la nuit, les matins. Ayant tout bien repassé dans sa mémoire, au seuil de l'éternel oubli, il fit avec ses paupières le signe qu'il était d'accord avec cet inventaire, pas un bouton de culotte n'y manquait, et il ne vit plus rien, bien qu'ayant gardé les yeux ouverts. Mais il avait tout revu auparavant. Il s'en était payé une bonne tranche, n'en perdant pas une miette et revivant tout ça avec passion, tout pendu qu'il était.

Sa bizarre jeunesse avait ressuscité en même temps que tout le reste. Il avait revu son enfance dans la brume et la neige, plus haut que Belfahy, plus haut que Miellin, avec ses parents et les bêtes, tout seuls perdus dans le ballon de Servance, quand les mauvais hivers emprisonnent les gens dans les maisons. – Et vous ne pouvez aimer personne, à part Maman. Le Père ne veut pas. Il a d'autres chats à fouetter. On est enfermé dans la chambre sans feu ; les esprits de la montagne toquent au volet toute la nuit et marchent sur le toit.

Terrible enfance prise dans l'interminable brouillard et cette défense absolue d'aimer le Père tailleur de bâtons, vieil exécrateur des joies de la terre. Oh ! il avait essayé, Roméo, il avait bien essayé ! Pauvre ! C'était perdu d'avance ! Le vieux puant se serait plutôt arraché le cœur, que de supporter les tendresses de son fils. Maudit vieux fou ! Vieux malhonnête des montagnes ! Sacristain du diable ! Grimaceux ! Il grinçait des dents, s'il entendait la moindre douceur. En le voyant, Lucifer se tapait les cuisses. Des démons moins aguerris en seraient raides morts de rire. Ah ! méchant ! Sacré vieux teneur de conciliabules aux vaches ! N'admettant pas une seule parole pendant la soupe, martyrisant sa femme de son éternelle exécrable humeur d'ours à queue prise sous la porte, aussi pétulant qu'une momie quand on voulait faire la fête, mais vrai diable à quatre, enragé des quatre pattes et du menton dès qu'il s'agissait de rendre malheureux les gens. Tous les élans du cœur, il les brisait. Du matin au soir et du soir au matin, il s'ingéniait à désespérer son entourage, qui était cette femme au pâle visage et de petite santé, puis cet enfant baptisé Roméo, qu'il avait aimé dans les commencements, oh ! tant aimé alors, qu'il aurait pu envelopper ses pieds nus dans un chapeau à lui au cas où le vent serait passé sous la porte, si toutefois les circonstances avaient été différentes. Et la femme – Delphine ou Charlotte, peut-être bien Manuella –, il l'avait chérie de même, les premiers temps de leur union. C'était alors un homme simple et puissant, au rire gai, soufflant des heures dans une musique à bouche, la chemise ouverte jusqu'au nombril, le chapeau collé sur l'arrière de la tête. Un homme grand posé sur la montagne, ayant trouvé un peu plus bas cette femme descendue d'un autre dessus du monde et l'ayant menée là-haut à bout de cœur. L'ayant montée pour être son adorateur au milieu des nuages, enfermés dans l'hiver (ainsi que dans la bulle qu'on agite pour faire lever une tempête de neige factice sur une petite cabane) et ne mésusant point de la lumière du jour. Manuella, Delphine, Charlotte – elle seule, femme unique de tout l'univers et des lunes innombrables qui valsent au travers. Et lui, homme à femme de cette femme, infatigable fatigueur de sommiers, et ran, et ran. Grimpé avec elle, étendu contre, sur la couche rêveuse des nuages, pendant les beaux jours de leur vie. Voguant sur l'ouate-femme et cet amour-nuage, dans le froid soleil, et plus tard sous la grande lune jaune escaladant les noirceurs, âprement désireux de l'aveuglante intimité féminine et des félicités subséquentes (le chatoiement de la soie, dans le royaume sens dessus dessous et l'arrière-lueur de son idée fixe), dévorant à belles dents, aux heures inopportunes, des nourritures qui sentent le trèfle en fleur, courant la prétentaine comme un dératé, inventant un genre de lucre absolument démesuré, pour déifier les petites allures féminines, peu soucieux de la grêle opalescente qui bat au carreau, sur cette montagne, et pour faire pleuvoir son sourire sur la femme qui rendait gris les ensoleillements du dehors, dans un long laps de vie sept fois sacrée, derrière les vieux murs qui penchent en dedans, et puis, viens, mon âme, recommençons, et ran et ran, tandis que le cœur des autres est à noircir dans le vent d'est, tout en bas, dans la fraîcheur terreuse des en-dessous.

Toc-toc-toc, qui est là ? Qui frappe à la porte ? C'est le colporteur. Qu'est-ce qu'il vient foutre, cet enfoiré, on l'a sonné ? Non, il est perdu. Il a tourné, tourné dans la neige, le voici devant la maison avec ses sacs, il est aux trois quarts gelé, vous n'allez pas le laisser crever dehors ? Il égoutte devant le feu. Le femme s'habille en hâte dans la chambre – elle ne sait plus guère comment on fait. Le colporteur est un joyeux drille. Il fait rire et raconte des romans à perdre haleine, c'est sa manière de payer son écot, puisqu'il est reçu chez ces gens, soustrait par eux à la tourmente et à la blanche agonie. Regardez-le plutôt, cet homme de la ville ! À la fin du jour, la langue lui pèle, tant il a parlé. Il s'en voudrait de lâcher un seul mot qui ne soit une fameuse sottise. Joseph rit malgré lui, de temps en temps. Mais cette Manuella, ou autre, s'esclaffe à gorge déployée, sans une seconde de répit ; elle viendrait à l'instant de découvrir le plaisir de rire qu'elle ne se comporterait pas autrement !

C'est la nuit. Le colporteur ouvre un de ses sacs. Il tire un peigne d'écaille, il dit : un piège à poux, mais pas papou, les Papous n'ont pas de poux. Il tend le peigne à la femme, il dit : ces dames des îles, les mousmées, elles ont les mêmes, c'est un peigne pour cheveux naturels, en écaille de tortue, vous n'en verrez pas souvent de semblable par chez nous, prenez. Elle prend, elle sourit, il y a marqué dessus *Félix Potin Paris ;* elle dit merci bien, elle approche le peigne de son chignon, elle regarde son mari, elle repose le peigne sur la table, il dit à Joseph : à vous, je ne vous en donne pas, les époux n'ont pas de poux ! Il entre la main dans le sac, il dit : mais j'ai aussi quelque chose pour vous, ne vous en faites pas, pas de jaloux ! c'est pas joli, jaloux ! Il sort une bouteille. Les hommes boivent.

– J'ai de la chance d'être tombé sur vous ! dit le colporteur, hilare.

– On est contents de vous avoir, dit cette femme.

Vous êtes le premier qu'on voye depuis qu'on est installés là, c'est-à-dire septembre !

– Mmmm, fait Joseph.

Les hommes boivent, puis ils boivent. Après quoi, ils boivent. Le jeune marié Joseph se réveille en sursaut. Il n'est pas dans son lit, sacrebleu ! il est affalé sur la table, roupillant contre sa manche. Il voit par la vitre que la neige a cessé : est-il possible que le cessement de la neige l'ait réveillé ? Allons donc ! Par conséquent, c'est autre chose. Il se lève, titube, perd l'équilibre et pique une tête dans la chambre où dort toute vêtue, raide et boutonnée, cette femme. Elle dort curieusement. Ses narines palpitent. On dirait qu'elle se mord les joues pour ne pas éclater de rire. Et pourquoi n'est-elle pas entre les draps, nue comme le jour qui va naître par-dessus la montagne, attendant le copieux amour joséphin ? Hein donc ? Ah ! mais c'est vrai, cul d'âne, ils ne sont plus seuls ! Où est-y passé, justement, l'arracheur de dents, le peigneur de mousmées ? Où se cache-t-y, saperlotte ? Y es-tu, dindon ? Et ton litre, cul d'âne, où l'as-tu fourré ? Bonté divine, va-t-y me faire devenir chèvre, à s'endissimuler de même ? Muche-toi donc, mon bonhomme ! Si seulement je t'attrape, je te rends à la neige ! Son paquet n'est plus là. Ah ! cul d'âne, il s'en est allé dans la nuit comme les brigands ! Et qu'est-ce qu'il nous a pris, donc, qu'il se sauve de même ? Pourtant non, il n'a rien pris. Rien qui se voye, en tous cas. – Il retourne auprès d'elle. Et pourquoi rit-elle comme ça, dans son sommeil, ç'a-t-y du bon sens ? Elle sait peut-être, elle, ce qu'on a pris...

Par cette fente ouverte, son cœur s'échappe. Silence.

Voici le bel amour joséphin fauché comme le blé mur. C'était un amour aux proportions de la montagne, mais il s'est vidé par cette fente, ce chas d'aiguille. Un doute paraît. D'abord le doute d'un doute, la crainte de nul ne saurait dire quoi. Puis il s'accroche à une idée qui passe, se pétrifie et se trouve changé tout à coup en la certitude d'un très grand malheur. Un froid s'installe autour du cœur, puis un trou se met à la place.

Joseph a une vision. Un autre homme éclaboussé de rire s'évapore avec ses sacs, par la forêt dénuée de sentiers, ayant volé ce pauvre cœur, l'ayant jeté parmi le bric-à-brac à déballer aux couillons qui n'ont jamais rien vu, un prix dérisoire gribouillé dessus à la hâte. Alors rien ne sera plus jamais pareil là-haut.

Les traces sont fraîches, mais il ne va pas courir après. Il revient dans la maison, ne sentant ni le froid ni le chaud. Au fond, il n'est sûr de rien. Il pourrait ramasser le blé mûr de l'amour et le repiquer dans la terre, faisant repousser son cœur. Mais le diable lui souffle une autre solution. Il rumine des pensées, il raisonne – lui qui, de sa vie, n'a jamais appris comment on s'y prenait. Voilà son raisonnement : ce n'est pas lui qui sait, c'est elle ; alors il va attendre qu'elle lui dise ; pendant ce temps-là, il ne dira rien. C'est à elle de parler, c'est elle qui sait.

Les jours passent. Il ne dit pas un mot. Elle parle, elle parle, elle dit : es-tu donc devenu muet, mon

Joseph, que se passe-t-y ? – mais elle ne dit rien de ce qui a eu lieu cette fameuse nuit, et qu'il attend. C'est à elle de dire, par conséquent il attend. Elle cesse de parler, et pleure. Puis elle cesse de pleurer, mais ne dit toujours rien de ce qu'il espère. Ce n'est quand même pas à lui de parler à sa place ! Il attend. Elle ne le dit pas. Elle n'en a même pas l'idée, puisqu'il n'y a rien à dire. Très bien ! songe-t-il. Si tu ne veux rien dire, tais-toi. Fais comme tu l'entends. J'aurai toute la patience qu'il faut. Tu ne me connais pas. Moi, j'ai tout mon temps.

Imaginez-les sur la montagne, muets comme les pierres. Or, dit le Livre, la terre était vide et vague. Telle était bien leur terre, loin au-dessus de Belfahy : vide de paroles et vague d'existence. Ils n'étaient plus très sûrs qu'ils vivaient et, en cela, montraient une sagacité remarquable.

Cependant, six mois plus tard, l'enfant vient. Ils s'étaient aimés de telle sorte, en ces temps immémoriaux de six mois plus tôt, qu'il aurait pu en viendre mille, ou cinq cents millions. Il vient celui-ci. La femme sort de son silence pour crier puis dire : « Je vais l'appeler Roméo. » L'autre enragé ne desserre pas les dents. Il attend toujours. Avant d'embrasser l'enfant, il veut entendre le dire de sa femme, car il ne conviendrait pas de saluer le fils d'un autre, quand votre femme est sa mère.

Pourtant, s'il est seul dans le brouillard, gardant les bêtes qui, du moins, font meuh de temps en temps, marquant ainsi plus d'intelligence qu'il n'en a, alors il pense à ce nom, Roméo, et le remue dans sa tête. Il le prononce derrière la barrière de ses dents et le trouve fort magnifique; un matin, il l'avouera aux vaches. D'ailleurs, il sait compter: six mois, ça n'est pas neuf. Mais on peut naître à six mois, cela s'est vu et, de toute façon, elle n'a qu'à dire, c'est à elle de parler. Il attend donc encore. Il conçoit de cette attente, à la fin, un orgueil parfaitement déplacé.

L'enfant lui ressemble d'une telle façon, par les traits de la figure, que c'est comme s'il l'avait conçu tout seul – mais plus il se persuade de sa paternité et plus il s'entortille dans sa ridicule obstination à vouloir que sa femme prononce qu'en effet, oui, oui, oui, là, l'enfant est bien de lui et il ne s'est rien passé du tout cette nuit-là avec le colporteur. En attendant, il se prive de l'amour de cette femme, qui est sa vie, et de l'affection de l'enfant, qui est la vie de cette vie. Et il devient si malheureux que son orgueil ne connaît plus de bornes et qu'il arpente férocement la montagne, comme si lui-même avait élevé le monde de ses mains, étant l'ancêtre de ceux qui marchent à deux pattes et poussent les troupeaux.

Ainsi le petit Roméo prend connaissance de ce personnage, drapé dans son imbécile souffrance tel un monarque dans l'hermine et la pourpre. On dit le Père, c'est comme ça que l'on dit. Le soir amène des tintinnabulements. La femme lève le doigt, elle annonce, souriante: le voici! c'est le Père! s'imaginant que de sourire le lui rapportera tel qu'il était naguère, joueur de musique à bouche, tiré en avant d'elle par un sexe de taureau et prêt à catapulter sa semence à peine franchie la porte. Mais non, c'est l'autre qui fait son entrée – c'est-à-dire le même devenu, plus lugubre que les sépulcres de l'hiver, fléau, motus et bouche cousue.

Il entre, fou d'orgueil, il a les yeux hors la tête ; on dirait qu'il vient de surprendre le bon Dieu à tricher aux cartes ; il vibre de la tête aux pieds, son regard embrase la maison. Elle ne peut plus respirer, elle porte la main à son sein dégrafé. Il rugit d'orgueil et de désespoir, n'y pouvant plus toucher tant qu'elle n'a rien dit. Puis c'est un autre silence.

Le petit Roméo observe ce dénommé Père, dont les sublimes exploits lui ont été contés : il voit une personne énervée, qui touche le plafond avec sa tête et se retire quand on avance. Il l'admire considérablement et le craint plus que le tonnerre roulant des nuits d'orage et les esprits de la montagne, gratteurs d'huis. Devenu un peu plus grand, il lui donne dans sa tête le nom grandiose de Bourha-Bourha, qui ne veut rien dire.

Avec les bêtes à cornes, allant ensemble sur les pentes, Bourha-Bourha était un homme loquace. Il leur criait, assenant sur elles de formidables coups de gourdin sculpté :

– J'ai un fils, moi, j'ai un fils ! J'ai ! Il n'est pas plus bel enfant sur la terre, on dirait moi ! Mais sa mère est une fausse. Par sa fausseté elle nous tient écartés l'un de l'autre et je n'ai pas encore pu le tenir une seule fois dans mes bras, mon petit, mon pauvre petit !

Et il cognait à bras raccourci, ébloui par l'orgueil,

plastronnant devant les bêtes qui méprisaient assez de tels emportements. Il se dressait sur une crête et lançait son bâton contre le ciel. Et la femme Manuella (ou quel que fût son nom) ne disait toujours rien – ignorant qu'il y eût à dire qu'elle n'avait rien à dire, puisque rien n'avait eu lieu.

L'enfant souffrait de n'être pas considéré par cet héroïque et taciturne Bourha-Bourha autrement qu'un morceau de la maison, tel que porte ou fenêtre. Encore arrivait-il à Bourha-Bourha de poser la main sur ces objets, alors qu'il s'écartait toujours du petit Roméo, comme d'un poêle brûlant. Un jour, le petit Roméo s'approcha en catimini de Bourha-Bourha assis à méditer devant un grand feu clair. Mais Bourha-Bourha l'aperçut à la dernière seconde et bondit de sa chaise au moment où la main de l'enfant allait se mettre sur la sienne. La chaise fut renversée et le bâton sculpté échappa des mains du héros. L'enfant s'en empara, faisant faire à l'homme encore un pas en arrière, et le jeta dans le feu. Il espérait qu'ainsi, Bourha-Bourha offensé se jetterait sur lui pour le corriger, ce qui serait quand même une façon de toucher sa peau.

Voyant son geste, Bourha-Bourha le considéra avec une douloureuse incrédulité, mais ne fit rien de plus. C'est-à-dire qu'il sortit de la maison.

– Cette femme lui a inculqué la haine de son père, alla-t-il dire aux vaches. De toute façon, maintenant, ça n'est plus mon fils. Ils vont payer, tous les deux !

Dès lors, il cessa d'adorer son infortune et d'attendre. Encore quelques années et il ne saurait même plus très bien ce qu'il avait attendu en vain si longtemps. Il cessa du même coup de se taire et honora l'enfant et la femme de quelques grognements qui leur signifiaient son mépris, le mécontentement qu'il avait de les voir et les ordres auxquels ils devaient se soumettre séance tenante, s'ils ne voulaient pas tâter du gourdin.

À part la bêtise, la mesquinerie et la méchanceté, il n'y eut plus rien d'héroïque en lui, et le nom de Bourha-Bourha ne lui seyait guère, mais l'enfant continuait à le lui conférer dans sa tête, espérant que cette magie ramènerait sa gloire des anciens jours. Peine perdue, comme je l'ai déjà dit. À présent, Joseph n'a plus d'amour à refuser aux siens, pour l'excellente raison qu'il n'éprouve plus d'amour pour quiconque, et moins encore pour lui-même que pour n'importe qui. Il a trente ans: c'est un vieux patachon. On plaint ouvertement sa femme dans les fermes de Miellin et de Belfahy. On le dit malpropre et répugnant et faisant l'amour comme un bouc, ce qui est erroné, car il ne fait pas l'amour du tout.

Lui qui était l'amour incarné et grimpé dans la montagne, il ne fait plus l'amour, il ne connaît plus l'amour, il ne sait même plus ce que c'est. Alors le petit Roméo grandissait et embrassait souvent sa mère. Et c'était là-haut la vie que j'ai dite, au milieu des airs froids.

Le temps vient où l'enfant a quinze ans. Tout ce qu'il sait du monde, c'est ce que lui ont enseigné la bonté de sa mère et la mesquine méchanceté de son père. Il lit, compte un peu, écrit les mots courts. Il connaît le début d'une chanson :

Las de t'attendre dans la ru-eu
J'ai lancé deux petits pavés
Sur tes carreaux que j'ai crevés
Mais tu ne m'es pas apparu-eu
Tu te moques de tout, je crois
Tu te moques de tout, je crois
Demain je t'en lancerai trois

Mais quinze ans est un âge, c'est un âge aérien. Il est un temps pour la peine, un temps pour l'insouciance, un temps pour le regret et un temps pour la joie. Roméo entrait en insouciance, embrassait moins sa mère, mais encore quelquefois, en plein après-midi, si elle venait à passer. Et le vieux scélérat pouvait bien les maudire ! Seize ans. Dix-sept ans. Un foulard rouge autour du cou, il s'élance au milieu des collines, écartant les bras dans la bise pour accueillir les cadeaux du bon Dieu.

C'est l'été tout là-haut. Un été comme une braise sur les jours et les nuits. Voici venir un homme, poussant une brouette lourdement chargée. C'est le premier qui monte ici depuis la fois du colporteur, dix-huit ans plus tôt.

Bourha-Bourha, l'ancien héros de cet univers, sort devant sa maison, il est sept heures du soir, son fusil à la main.

– Va-t'en, dit-il. À trois, je tire ! Un...

L'homme lâche sa brouette et sourit :

– Ne te fâche pas, camarade ! Je ne suis que le réparateur de vaisselle ambulant. (Il exhibe ses paumes vides.) Au service des ménages !

– J'ai dit : à trois. Un...

À son tour, la femme se précipite hors de la maison :

– Joseph ! Es-tu vraiment devenu fou, cette fois ? Tu veux aller au bagne, c'est ça que tu veux ?

Au détour du chemin apparaît un garçon au foulard rouge, une herbe coincée au-dessus de l'oreille.

– Qu'il s'en aille, dit Joseph. Qu'il fiche son camp. Nous n'avons besoin ni de lui, ni de ses pareils. Je l'aurai prévenu !

– Je ne suis que le réparateur de vaisselle ambulant, madame. Au service des ménages. Peut-être que vous avez quelque chose pour moi ?

– Tu vois bien ! dit la femme. C'est le réparateur de vaisselle ambulant. Il y a justement le plat bleu qu'il faut rafistoler.

– Je ne prends pas cher, dit l'homme.

– Je vais le descendre, ce salaud ! dit Joseph, épaulant le fusil.

– Non ! dit le garçon au foulard rouge.

Il se place entre l'homme et l'œil du fusil, et il regarde au fond de cet œil sans trembler.

– Roméo ! crie la femme.

– Ôte-toi de là, jeune goret ! gronde Joseph. À trois, je tire !

– Je vais compter pour toi, dit le garçon. Un. deux...

– Ça va, c'est bien, dit l'homme, je m'en vais. C'est sans doute ce temps d'orage qui vous énerve. Je comprends ça. Adieu, excusez-moi.

Il saisit les brancards de son véhicule et s'apprête à faire demi-tour.

– Restez, dit le garçon. Ma mère a besoin de vos services. Combien prenez-vous ?

Il n'a pas cessé un instant de regarder dans l'œil du fusil.

– Non, Roméo, ça ira, dit la femme.

– Le camarade, là, n'est pas d'accord, marmonne le réparateur de vaisselle ambulant. Allez, bonsoir !

– J'ai dit : restez !

Roméo lance le bout de son soulier dans la main gauche de l'homme qui, de douleur, lâche le brancard. La brouette est déséquilibrée et tout son chargement roule dans la poussière.

Joseph pose le fusil contre le mur et part comme un illuminé dans la montagne, hurlant après les vaches.

Le soir-même, poussé par sa mère, Roméo partit avec l'homme. Il ne voulait pas laisser la chère femme dans les griffes de cet individu prêt à fusiller le monde entier pour une lubie lui traversant la cervelle. Mais il partit néanmoins, c'est elle qui le força. Il descendit de cette montagne, poussant la brouette de l'homme qui avait accepté de lui apprendre son métier. Il quitta la femme. Il l'embrassa une dernière fois et, sur le chemin qui l'éloignait d'elle à jamais, il ne put pas lui faire de signe car il tenait les brancards de la brouette. Lorsqu'ils eurent dépassé le coin après quoi on a beau se retourner, on ne voit plus la maison, le réparateur de vaisselle ambulant lui décocha de toutes ses forces un coup de pied dans la main gauche. Ensuite, il dut ramasser les affaires et les remettre tout bien comme elles étaient, recevant un bon coup de pied au cul, comme il était penché pour accomplir cette tâche.

Au demeurant, l'homme n'était pas si mauvais. L'un près de l'autre, ils dormirent au pied des épilobes, dans la gentiane et l'origan. Roméo apprit sans trop de peine à raccommoder les faïences. Il apprit à tenir les outils, et le nom qu'ils portaient. Ils allaient de village en village, de ferme en ferme. On ne leur donnait pas toujours du travail mais, souvent, il y avait un morceau de pain pour eux, un reste de quelque chose, et toute l'eau qu'ils voulaient dans les fontaines. L'homme savait la fin de la chanson des petits pavés. Il éclatait toujours de rire lorsqu'il arrivait à l'endroit où la chanson dit :

Les gendar-meu z'en cavalca-deu
Me poursuivront après ce coup
Pour m'attacher la corde au cou

ce qui n'empêcha nullement les gendarmes, les vrais, de les arrêter un beau matin et de les mettre en prison, car le réparateur de vaisselle se trouvait avoir égorgé sa femme l'an passé, loin d'ici, et l'on soupçonnait Roméo d'être son complice.

Après trois mois, pourtant, Roméo fut relâché. Son patron avait été envoyé dans une autre prison. On dit à Roméo que l'assassin aurait un procès à Rennes, puis qu'on détacherait sa tête sur une place, ce qui serait une chose excellente. Lui, Roméo, on ne voulait plus le voir dans les parages, étant donné que qui se ressemble s'assemble, et dis-moi qui tu fréquentes, je te dirai qui tu es.

Bien entendu, n'en étant pas le légitime propriétaire, il ne put réclamer les outils qui pourrirent dans un coin. Il s'éloigna très vite, mettant le plus de kilomètres possible entre lui et ce mauvais moment de son existence. Mais il avait beau s'éloigner de la prison, on aurait dit que celle-ci avait mis sur lui un signe que lui-même ne pouvait pas voir mais qui éclatait au regard de tous les autres, et les offusquait. Brusquement, les portes des maisons se fermaient devant lui. Il n'y avait plus de pain, plus de restes. Bien heureux encore quand les chiens n'étaient pas lâchés à ses trousses.

Que voulez-vous qu'il fît? Il n'était pas assez endurci pour devenir brigand, maraudeur, bohémien, chemineau. La mort dans l'âme, il remonta sur sa montagne, où son père devait l'attendre pour rire de lui, le châtier brutalement de sa fugue et lui imposer, ainsi qu'à sa mère, la loi de la plus grande force et de la plus grande méchanceté. Cependant, il n'était pas tout à fait désespéré, car il allait revoir cette femme qu'il n'avait pas cessé d'adorer un seul instant. Il lui revenait en vaincu, l'oreille basse – mais il lui revenait, et c'est ce qu'elle verrait d'abord, dans son immense tendresse.

Il gravit la montagne vers la fin de l'automne, un jour couleur de fer.

Bourha-Bourha était en sa maison, assis comme un sot devant le feu éteint. Il tourna la tête et vit son fils.

– Elle est morte, dit-il. Pourquoi es-tu revenu ?

– Elle est morte ? dit le jeune homme. Pourquoi ?

Bourha-Bourha le regardait. Il avait la figure d'un homme de plusieurs fois cent ans.

– Qu'est-ce qu'elle a dit ? interrogea le jeune homme d'une voix implorante.

– Elle n'a rien dit, répondit l'autre. Elle est morte sans rien dire, justement.

Puis il ne parla plus et le pauvre Roméo devait se souvenir de tout cela aussi, tandis qu'il pendait après l'espagnolette et que son cou craquait, une trentaine d'années plus tard.

Théo

Histoire du dernier jour

D'un certain endroit, Gentil envoya une autre carte, puis plus rien. On avait dû déménager. Les temps étaient difficiles. M. Blèze avait prévenu qu'il allait augmenter le loyer ; et puis aussi, on n'avait plus besoin de toutes ces pièces, maintenant qu'Agathe et Papa étaient partis, chacun à sa manière.

On alla habiter directement sur le faubourg, non loin du Bristol, au coin de la rue de l'Yser, celle qui venait en tout dernier sur la liste alphabétique (maintenant, il y en a une autre après : rue de Zaporodjié).

De la sorte, au matin du 18 juin 40, on fut aux premières loges pour voir les colonnes allemandes traverser la ville, se dirigeant vers Valdoie, pendant que nos propres chars attendaient à la porte du Vallon, sur la route de Mulhouse, et ne se doutaient de rien...

Un bruit réveilla Théo. Mémère et Papy avaient levé le volet roulant de quelques centimètres et regardaient par cette ouverture, cassés en deux.

– Oui, souffla Mémère, c'est bien eux, c'est les Boches.

Théo se leva et alla les rejoindre. Ils lui firent une petite place entre eux deux.

Théo vit les chenillettes, les camions à ridelles où les soldats boches étaient assis, le fusil entre les jambes, surveillant les fenêtres. Il regarda de tous ses yeux, la bouche entrouverte, évitant même de tousser.

Le soir, on sut que la citadelle avait capitulé à quinze heures. Sans condition. Le drapeau à croix gammée flottait dessus. Trois jours plus tard, le Territoire tout entier était aux mains de l'ennemi, qui installait ses pancartes aux carrefours.

Nantis d'un papier monnaie qui valait beaucoup chez nous, mais ne leur avait presque rien coûté, les Boches se ruèrent sur les magasins et les vidèrent en quelques semaines. On en vit plus d'un mordre à belles dents dans un sandwich fait d'une demi-livre de beurre glissée entre deux plaques de chocolat... Les officiers S.S. étaient très grands et très élégants dans leurs uniformes noirs; ils descendaient du trottoir pour laisser passer les jeunes femmes.

Les Feldgendarmen – ceux qui ont les colliers de chien, vous savez – patrouillaient à travers la ville. Quand ils entraient dans une maison, ils emportaient le guidon de leur bicyclette, afin qu'on ne puisse pas la voler. Et s'ils apercevaient quelqu'un rouler à vélo en se lâchant des deux mains, ils l'arrêtaient et lui ôtaient son guidon à lui aussi : c'était une manie qu'ils avaient.

Un matin, on put lire ce communiqué dans *La Frontière :*

« Par ordre des autorités allemandes, l'heure allemande entrera en vigueur à Belfort, à partir du dimanche 30 juin 1940.

« Toutes les montres et pendules devront être avancées de 60 minutes.

« Les heures d'interdiction de circulation sont fixées de 22 heures à 6 heures. »

Dans le nouveau logement, ces événements ne furent guère commentés. Les paroles y étaient rares. On attendait que le monde finisse une bonne fois. Ce logement était plus sombre que celui de la rue de Toulouse ; il sentait une odeur qui n'était pas la nôtre et qui nous incommodait. Une petite vieille y avait vécu avec ses chats.

À Vesoul, Agathe achevait sa dernière année d'École Normale. En septembre, elle aurait son premier poste – certainement à la campagne, comme il était de règle pour les débutantes.

Théo aurait dû passer son certificat le 28 mais, avec l'arrivée des Boches, ça n'avait pas été possible. Finalement, pour les garçons de Belfort ville, l'examen fut remis au 2 août. Les choses furent menées rondement. Théo avait déjà fait deux fois le problème à l'école et connaissait toutes les autres questions. Dans la classe, du reste, personne n'échoua et l'on ne fut pas étonné d'apprendre qu'Albert Trimaille avait obtenu la meilleure note du département, ayant 20 partout, sauf en rédaction où on lui mit seulement 19, parce que ça ne se fait pas de mettre davantage.

Le 2 août était un vendredi. Le lundi matin, Théo

se présenterait à la serrurerie Breschbuhl, rue de la Marseillaise, où Maman lui avait trouvé une place d'apprenti, par une collègue d'atelier dont le mari était ouvrier dans cette entreprise depuis bientôt trente ans.

Vers cinq heures de l'après-midi, le dimanche, Théo était en train de chantonner un air que Gentil avait aimé et son grand-père l'écoutait, dodelinant de la tête pour marquer la mesure. Après que papa, cet ancien roi du monde, se fut pendu, Élysée Schultz avait beaucoup vieilli. Il ne pouvait plus ouvrir les trois derniers doigts de la main gauche.

Tout à coup, il demanda :

– Si on allait se promener, tout seuls les deux, tu ne crois pas ?

Théo s'arrêta de chanter :

– Où c'est qu'on irait ?

– Où alliez-vous, avec Gentil ?

– Pour la clarinette, dit Théo, on allait en bas de la Miotte, dans les prés qui sont là.

– Je vais t'apprendre quelque chose : je crois bien que je n'y ai jamais été, dit Élysée Schultz. Tu ne voudrais pas me montrer ?

Ils sortirent.

Le faubourg était vide et muet. Pas un souffle de vent n'agitait le drapeau des Boches au-dessus du château.

– Ça ne fait rien si on passe rue de la Marseillaise ? demanda Théo.

– Pourquoi ça ? fit Papy.

– Je veux voir chez Breschbuhl, dit Théo.

Chez Breschbuhl était fermé. Un volet métallique tout écaillé empêchait de rien voir.

Ils poursuivirent donc leur route et rejoignirent la rue de l'Est, montèrent le long du Champ-de-Mars, empruntèrent le chemin de scories qui borde l'étang des Forges, passèrent à côté du jardin où il y a la tonnelle, comme Gentil et le gamin l'avaient fait des dizaines et des dizaines de fois auparavant. En silence, ils s'attaquèrent au dernier raidillon, qui mène à la petite herbe sous la Miotte – la Miotte que, le 18 juin, les Boches avaient flanquée par terre une fois de plus. Il y en avait des bouts dans le pré.

Le grand-père à Théo peinait. Le simple fait de respirer lui râpait la poitrine, mais il tenait bon. Il s'accrochait, il ne ralentissait pas l'allure, ne voulant pas qu'il soit dit. C'était drôle, quand même, cette vie qu'il avait eue. Dans sa jeunesse, une fois, il avait marché, délaissant sa maison et le lieu de sa naissance, traversant nuitamment des montagnes. La jeune Ida, l'épousée aux cheveux d'or, allait avec lui, ils bravaient de farouches sentinelles. Les cadres restaient au milieu des fougères, le couple poursuivait sa route. Puis le vieil homme avait fait un autre voyage, se rendant de Gi à Belfort, et d'un quartier à l'autre de cette ville. Ida était avec lui. Et maintenant, de nouveau, au bout de tant d'années, les Boches étaient là tout autour. Mais eux, les Schultz, cette fois, ils n'avaient plus nulle part où aller. Et même s'ils avaient connu un endroit, ils n'auraient pas été capables de s'y rendre. Ils n'en auraient pas eu la force. Les cheveux d'Ida étaient blancs. C'était leur histoire à eux.

Théo se dirigeait vers l'endroit où il avait porté la clarinette à sa bouche pour la première fois, assis dans l'herbe près de son vieil ami. L'écho de ce qu'ils s'étaient dit traînait encore dans les parages. Mais Théo ne voulait pas l'entendre, il pressait le pas.

Un peu plus loin, on s'arrête. On se retourne pour regarder.

Les vieux yeux de Papy glissent sur le paysage qui s'offre à la vue, depuis le pré sous la Miotte. Tout à fait à gauche, c'est le château, où paradent les têtes carrées. À droite, en contrebas, Offemont et son clocher, ayant glissé comme une luge au fond de cette cuvette. Devant: l'étang immobile, l'éblouissant mâchefer et les arbres, dont certains nous survivront. Alors vient la ville, entre ces arbres et le Salbert. Les maisons, la tour de Saint-Joseph, les toits de l'Alsthom. Et cette ligne, ce coup de rasoir? Le faubourg des Coups-de-Trique, peut-être, où nous aurions tant voulu être heureux, mais on ne savait pas bien comment s'y prendre. Les vieux yeux voguent sur cela.

Théo garde le silence: demain, l'ancienne vie s'achève. Ce qui commence, on n'est seulement pas sûr que ce soit vraiment une vie. C'est quelque chose qu'on n'a pas demandé, derrière un vilain rideau de fer. Bon.

Élysée Schultz tâtonne avec sa main pour saisir la main de Théo. Il faut dire quelque chose.

– Alors, c'est ici que vous veniez avec Gentil?

– On se mettait là.

Élysée Schultz a trouvé la main de l'enfant. Le vieil homme cloué par terre dans le camp des ennemis, revenu au point de départ de sa vie d'homme, quand aucune nuit n'était trop noire, quand aucune montagne n'était trop grande pour lui. Et Ida, mon Dieu ! Ida... Ils ont tellement couru à droite à gauche : en fin de compte, ils n'ont pas avancé d'un pouce. Pourtant leur vie s'achève. On plonge ses bras jusqu'aux coudes dans une chevelure, on fait des pêches miraculeuses dans cette mer dorée – et puis rien. Comme si cette vie tout entière n'avait été qu'une parenthèse dérisoire, un simple mot qu'on change au bout d'un certain temps, semblable au nom des rues. On dit encore « Ida », « Élysée », mais c'est seulement que les habitudes ont la peau dure. À la longue, cela passera. Élysée, Ida, de l'histoire ancienne ! Demain, le gamin va tenter sa chance à son tour. Il ne faut pas qu'il parte battu d'avance.

Papy essaie de se rappeler comment on fabrique un sourire. Il regarde la petite herbe, l'étang, les arbres : pour lui, cela n'a aucun sens. C'est une peinture qu'on montre à un aveugle. Ce monde n'a aucun sens nulle part, on n'arrive même pas à comprendre pourquoi on est dessus. Mais il y a Théo.

Alors, dans une seconde, hochant la tête avec conviction, Élysée Schultz va dire d'une voix bien chaude :

– C'est un rudement beau coin, dis donc !

Ou quelque chose comme ça.

Table des matières